U0165788

文學欣賞

王　首　程 主編

方　英　王鳳霞

王瀘生　王首程

李尚杏　李祥偉　合著

易紅霞　惠　鳴

五南圖書出版公司 印行

目錄

第一章　文學欣賞概述．．．．．．．．．．．．．．．．．．．．．1

一、文學的起源／3

二、文學的價值與功能／6

三、文學的流變／8

四、文學體裁／9

五、文學語言／11

六、文學欣賞／15

第二章　詩歌欣賞．．．．．．．．．．．．．．．．．．．．．．．．33

一、詩歌概述／35

二、我國詩歌的發展線索／42

三、詩歌欣賞的方法／50

名詩賞讀

蒹葭．．．．．．．．．54　　如夢令．．．．．．．．．．75

短歌行．．．．．．．56　　破陣子．．．．．．．．．．76

飲酒（其五）．．．．58　　（雙調）夜行船．．．78

春江花月夜．．．．60　　（中呂）山坡羊．．．81

蜀道難．．．．．．．62　　爐中煤．．．．．．．．．．82

登高．．．．．．．．．64　　再別康橋．．．．．．．．84

長恨歌．．．．．．．65　　雨巷．．．．．．．．．．．．86

錦瑟．．．．．．．．．72　　致橡樹．．．．．．．．．．89

定風波．．．．．．．74

第三章　散文欣賞．．．．．．．．．．．．．．．．．．．．．．．．93

一、散文概述／95

二、中國散文的發展線索／100

三、散文欣賞的方法／107

名篇賞讀

秋水（節選）......111　前赤壁賦...........141

唐雎不辱使命......114　徐文長傳...........145

報任安書（節選）...117　少年中國說（節選）

蘭亭集序..........125　...................151

張中丞傳後敘......127　追悼志摩...........156

鈷鉧潭西小丘記...134　都江堰.............165

朋黨論..............137

第四章　小說欣賞...................173

一、小說概述／175

二、中國小說的發展線索／178

三、小說欣賞的方法／184

名作賞讀

《世說新語》二則...188　透明的紅蘿蔔（節

霍小玉傳..........190　選）...............238

小翠..............197　永遠的尹雪豔（節

青梅煮酒論英雄...203　選）...............249

寶玉挨打..........207　巨翅老人...........259

受戒..............218

第五章　戲劇文學欣賞.................267

一、戲劇概述／269

二、戲劇的沿革／271

三、戲劇文學的欣賞方法／278

名劇賞讀

竇娥冤…………281　雷雨…………297

西廂記…………287　伊底帕斯王………305

牡丹亭…………293　哈姆雷特………311

第六章　影視文學欣賞………317

　一、影視文學概述／319

　二、影視的沿革／323

　三、影視文學及欣賞／324

　名片賞讀

　電影《藍色情挑》　　　電影《陽光燦爛的日

　…………327　子》…………344

　電影《鐵達尼號》333　電視劇《水滸傳》351

附錄一　唐詩宋詞格律知識…………359

　一、唐詩格律知識／361

　二、宋詞格律知識／376

附錄二　外國文學知識…………389

　一、古代文學／391

　二、近代文學／395

　三、現當代文學／414

　四、二十世紀現代主義文學／418

附錄三　推薦閱讀作品篇目…………425

　一、詩歌／427

　二、散文／428

　三、小說／429

　四、戲劇／430

　五、影視／432

第一章

文學欣賞概述

一、文學的起源

　　文學是運用語言媒介創造藝術形象、表達思想情感的一種社會意識形態。

　　在藝術史上，人們對文藝的起源提出了各種不同見解。古希臘的哲學家德謨克里特認為文藝起源於神啟的「靈感」，亞里斯多德認為文藝起源於「模仿」，德國文學家席勒認為文藝起源於「遊戲」，詩人雪萊認為文藝起源於「情感表現」，馬克思主義文藝家普列漢諾夫認為文藝起源於「勞動」，人類學家愛德華・泰勒提出文藝起源於「巫術」。儘管這些觀點都不能令人信服地揭示文藝起源的根本動力，但它們本身就顯示了人類對於探索文藝起源的濃厚興趣。

　　事實上，作為一種特殊的意識形態，文學與一切藝術形式一樣，都是人類通過生產實踐改造自身和自然界的產物。文學活動的產生需要具備兩個方面的條件：文學主體和文學介質。文學主體是從事文學創作和欣賞文學活動的人，包括作者和讀者。文學活動中，作者透過創作將自身的情感認識轉化為文學形式，實現自身情感的價值。讀者則透過閱讀活動與作品進行情感交流，獲得審美愉悅。文學介質指文學語言，它是文學藝術基本存在形式和審美創造的基礎。它們的產生都與「自然的人化」密切關聯。

　　「自然的人化」是馬克思主義哲學關於人的本質的歷史生成的一個重要概念。在漫長的生產實踐中，人類不斷擴大著對自然的影響力，透過勞動實踐在自然界打上人的烙印，賦予自然以人的本質力量，使之成為被人類改變和影響過的「人化」的自然。同時，人類自身也在「自然的人化」的過程中獲得特殊的本質力量，使自己不同於自然界的其他存在物。鷹的眼睛雖然比人的眼睛看得遠，但人的眼睛卻可以看到鷹眼所無法看懂的內容。正如馬克思在《一八四四年經濟學─哲學手稿》中所指出的，「眼睛的感覺不同於耳朵，眼睛的對象

不同於耳朵的對象。每一種本質力量的獨特性，恰恰就是這種本質力量的獨特本質，也就是它的對象化之獨特方式，它的對象性的、現實的、活生生的存在方式。因此，人不僅在思維中，而且以全部感覺在對象世界中肯定自己。」

「自然的人化」使人類不斷獲得「人」的屬性。人的四肢、器官、感覺、需求、情感、慾望都成為人區別於動物的本質力量。漁獵稼穡，佩飾骨牙，跳躍奔跑，聽雨觀潮，載言載笑，人自身的一切，人的一切活動都成為人之為人的證明。人在被自己所感覺到的對象中得到自我本質力量的確證，獲得審美愉悅，也完成對自身和自然的精神超越。東西方神話中諸神上天入地、呼風喚雨、無所不能的神奇光環，正是人類對自然的精神超越的生動表現。這種精神超越是審美的反思的開始，它為人類提供了在虛擬的感性形象中反觀自身，關注自己的精神和需求的有效途徑，它通過引導人類自覺追求和表達自身的情感願望，成為藝術情感的起源的直接動力。漢代的《毛詩序》中說：「情動於中而形成於言，言之不足故詠歌之，詠歌之不足，不知手之舞之，足之蹈之。」列夫・托爾斯泰在〈論藝術〉一文中說：「一個人為了要把自己體驗過的感情傳達給別人，於是自己心裡重新喚起這種感情，並用某種外在的形式把它表現出來——這就是藝術的起源。」

在「自然的人化」過程中，人類不斷豐富並改造著自己的物質生活，也創造了各種用以傳遞信息、交流情感的文化符號。這些粗糙的原始符號經過不斷積澱，逐漸獲得較為純粹的形式，成為最早的藝術萌芽。從聲音符號中演化出節奏、韻律，由此發展為最早的音樂；從圖形符號中演化出線條、圖案，進而發展為繪畫、雕刻；從體態符號演化出節拍、造型，進而發展為最早的舞蹈；從傳意的圖形中抽象出語言文字符號，其與音樂符號相結合，則產生了各民族最早的文學形態——詩歌。古埃及的《亡靈書》、古巴比倫的《吉爾伽什美》、古印度的《吠陀》、我國古代的《詩經》，都是不同民族文學起源時期

的代表作品。這些詩歌的共同特徵是句式簡單，富有節奏，且內容大多與宗教、神靈有關。早期詩歌的這些特點恰恰說明文學的發生發展與人類「自然的人化」進程的某種同步性。

生產實踐提供了文學發生的根本動力，自然的「人化」促進了文學情感和文學介質的生成。正是「在對象世界中肯定自己」的意義上，人成為文學介質和文學情感的審美創造者，成了能夠創造並欣賞的文學主體，但這並不意味著文學藝術是生產實踐的直接產物。文學活動是一個多元的結構系統，包括文學主體、文學情感、文學形象、藝術想像、藝術體驗等。在文學發生的過程中，人類的模仿行為促進了文學藝術形象的萌芽，巫術活動培養了人類藝術想像力，非功利的遊戲活動溝通了人與世界的現實關係到審美關係的橋梁，而情感表現的需要則促進了文學審美特質的確立。文學活動是多種因素結合的產物。

文學藝術作為一種特殊的意識形態，歸根究柢是人類對自身存在的藝術掌握。馬克思在《政治經濟學批判》導言中曾指出人類透過四種方式掌握世界，即理論認知的、實踐精神的、藝術的和宗教的方式。在這些掌握方式中，宗教的掌握是以扭曲顛倒的方式反映人與自然的關係；理論認知掌握是以抽象的方式反映客觀世界；生產實踐是從現實的物質形態層面掌握客觀世界。宗教是虛幻的，現論是抽象的，生產實踐則受到客觀規律的制約，唯有文學藝術是自由超越的。在生產實踐中，人們可以劈山開路，引水灌田，卻不能揠苗助長，緣木求魚。相反的，在文學活動中，人的內在意識和願望卻可以超越現實的束縛，在藝術想像的空間自由馳騁。陶淵明痛恨污濁的現實，就幻想一個不染塵泥的世外桃源；托瑪斯・摩爾夢想一個人人平等的社會，就描繪一個理想中的烏托邦；湯顯祖呼喚自由幸福的愛情，就讓杜麗娘死而復生；卡夫卡要批判社會對人的壓迫與異化，就讓格里高列變為甲蟲……，正是這無與倫比的超越性確立了文學藝術在人類精神中的神聖地位，使文學活動成為人類自覺追求情感價值和理想願望

的有效手段。

二、文學的價值與功能

　　文學活動的價值由三個層面組成。第一個層面是感性價值。文學的感性價值集中體現在作品的形象性中。大到一部小說、一首詩歌，小到一個人物、一段場景、一組畫面、一則比喻、一種意境，都是文學形象。作家總是把自己的情感體驗凝固在作品的藝術形象中，而讀者則借助藝術形象進入作品的意義世界。形象性是文學情感價值的集中體現。第二個層面是審美——道德層面。在文學審美創造活動中，文學的表現對象由個體生命領域進入到社會的審美文化領域，作家透過個體的生命感性表現人類的群體生存狀態。例如，哈姆雷特之所以魅力永存，就在於他性格中的機智和遲疑、猶豫和堅決、理性和衝動並存的矛盾，展示了人類自身的軟弱和動搖。同樣是在以生命的代價追求愛情，安娜‧卡列尼娜可以違逆世俗，離家出走，以死抗爭，而身處瀟湘館的林黛玉，只能在苦孤自憐中香消玉殞。安娜和林黛玉的抗爭方式截然不同，但她們的人格魅力卻同樣讓世人為之震撼。文學正是在情感與倫理的糾纏、慾望與道德的衝突、理想與現實的對立所構成的生命張力中，展示並關注著人性的無限豐富性與現實性。也正是在這個意義上，文學被稱為人學。第三個層面，是人類存在和命運。在這個層面裡，文學試圖超越理想和現實的矛盾，立足於人類意識的深刻覺醒，去追問人類命運，展示人的本質實現的現實性和可能。古希臘悲劇對人類命運的哀憐，建安文學梗概多氣的生命憂患，《紅樓夢》悲涼空落的佛家意識，西方現代派作品對人類生存狀態的絕望、荒誕的感覺，無一不是指向對人類的存在及命運的深切關注。

　　文學的功能與價值是密切相關的，文學的價值是以審美為基本尺度，文學的功能也以審美為中心，多層次展開，包括審美、認知、教育、娛樂等功能。

　　文學的審美功能是文學審美價值的實現途徑。作為一種無功利目的的審美活動，文學最主要的功能在於滿足人對情感價值的自覺追求。在文學活動中，讀者經由對藝術形象或意境的情感體驗和審美觀照，實現情感價值的滿足。這一點，很早就為人們所認識。孔子曾說「詩可以興，可以觀，可以群，可以怨」，其中的「興」和「怨」都有審美體驗的成分在內。在西方，亞里斯多德認為悲劇可引起人們的憐憫與恐懼之情，從而使人的心靈得到淨化，他所指的正是文學的審美功能。

　　文學的認知功能是一種審美認知，指向主體自身存在的內部世界。審美認知表現為透過審美觀照對審美對象作出價值判斷與認識，這一過程伴隨著獨特的審美體驗。審美認知的指向是文學主體的情感價值，它只對情感的真實負責，而不對客觀規律負責。在現實中不可能、也不會存在的「竇娥冤死，六月飛雪」、「白髮三千丈，緣愁似個長」，在文學藝術中，卻成為人們情感交流與共鳴的真實基礎了。欣賞就是在藝術中重新發現自己，這句話是對文學審美認知功能的最好注釋。

　　文學在以審美認知功能提高人們對社會、人生及自身的認識的同時，還影響淨化著人們的道德、情操，娛樂著人們的生命。漢代的《毛詩序》談到詩歌的教育和娛樂功能時說「先王以是經夫婦，成孝敬，厚人倫，美教化，移風俗」，認為詩歌具有促進家庭和睦、激發人尊老愛幼的情感、增強倫理道德觀念、淨化社會風氣、移風易俗的作用。文學的教育、娛樂功能首先是與文學的特殊本質相關的。一般的教育以事實說話，以道理服人，而文學的教育功能則是透過藝術形象，讓讀者的經驗與作品中蘊含的情感產生共鳴，獲得美的享受和心靈的提升。換言之，文學活動的主體是伴隨著美的享受或娛樂，在潛移默化中受到啟發、教育的。正因此，作品的審美境界愈深邃、蘊藉，讀者獲得的啟迪、享受就愈豐富、持久與博大。

三、文學的流變

文學作品的價值與功能，都體現著文學藝術與人類精神追求的水乳交融。文學觀念的流變映射著人類精神的變遷。當社會處於巨大變革的歷史階段，文學中的情感與道德的衝突，往往表現為人的生命、意志、情感、慾望的高揚，並透過對人自身生命的體認與探秘，為衝擊傳統的規範提供一面「直觀」的鏡子。例如，《詩經》中大膽表現兩性愛情的詩歌，戰國時的楚辭，六朝時的宮體詩，晚唐的「花間詞」，西方文學中的荷馬史詩，文藝復興時期的文學，都表現為猛烈衝擊舊有道德秩序，高揚勃發的生命感性。而當社會處於相對穩定發展的時期，人的生命、意志、慾望出現某種失衡狀態，文學則體現為呼喚理性道德，追求生命感性與理性的和諧，提高人的社會意識和社會道德情感。中國文學中的漢賦、盛唐詩歌，歐洲十七世紀的古典主義文學、啟蒙主義文學，都呈現出對人類道德理性與生命情感的和諧飽滿狀態的追求。如果說，宗教是人類精神的避難所，那麼文學則是人類精神的伊甸園、心靈的「萬花筒」。

從文體演進的角度看，各民族的文學大都經歷了從詩歌、散文到戲劇、小說，從簡單的抒情文學到複雜的敘事文學的演進。這一過程是文學語言由朦朧到自覺，敘事技巧由簡單到複雜，藝術形象由粗糙到高級的發展過程，集中體現著人類「藝術掌握」方式的不斷成熟與發展。

從早期文學到古典文學，再到現代文學，文學的形態發生著巨大的轉變。在各民族的早期文學中，宗教與神話占有很大分量，文學的關注對象是「超人的」神，文學是「神的文學」。在古典文學時代，文學關注的對象由神轉向人，成為「人的文學」。在古典文學中，雖然也存在人與自然、人與社會及人與自身的相互矛盾，但總體上依然指向人與自然、人與社會的和諧，及理想化的生命情感。在現代主義

文學中，反映人與社會的對立，人的異化、絕望及社會機器對人的命運之嘲弄的內容，成為重要的觀念取向。文學形態的這種轉變深刻反映著人類精神的轉型與提升。

在文學史上，曾出現了古典主義、浪漫主義、批判現實主義、自然主義、現代主義、意識流、魔幻現實主義等諸多文學流派。每一個流派的出現都是人類特定的精神文化的產物。例如，十九世紀歐洲浪漫主義文學的興起，就源於對資本主義啟蒙理想幻滅的失望，而隨後的批判現實主義文學的興起，則源於作家們對資本主義黑暗、骯髒和殘酷本質的深刻體驗。同樣，魔幻現實主義只能在二十世紀腐朽的官僚制度與封閉落後的社會現實並存的拉丁美洲文化中產生。一種文學流派代表著人類的一種精神狀態，文學流派的豐富多樣折射著人類心靈世界的無限創造力與豐富性。

文學是一種特殊的意識形態，文學流變的動力是人類心靈世界對情感價值無限境界的不懈追求。人類的精神追求永不停息，文學的發展也永無止境。

四、文學體裁

體裁是作品的具體式樣，即作品內部結構與外部表現形態的有機結合。依據作品的審美特徵，文學作品可劃分為不同的類型和體裁。

從語音上，可將文學作品劃分為散文和韻文。韻文講究押韻，句式較為工整；散文不押韻，句式自由。這種劃分注重作品的語音特徵，但未能揭示文學的其他審美特徵。從文學作品描寫對象及藝術表現方式的角度，可將作品分為抒情類文學、敘事類文學和戲劇類文學。敘事類文學透過對作家所體驗的外部世界的抒寫來折射時代生活，如小說、史詩、史傳文學等。抒情類文學側重透過對主體內部世界的抒寫，從中折射人類的精神狀態，如抒情散文、抒情詩等。戲劇類文學透過人物的矛盾關係、情境和人物自身的動作來反映人類的情

感經驗和對人類社會生活的認識，如悲劇、喜劇等。

我們常說的詩歌、散文、小說、戲劇四種文體是從作品的整體形態出發，按其內容與形式統一的不同特點所作出的劃分。按這個標準，詩歌是那些內容凝鍊、集中，情感強烈、獨特，語言形式有一定節奏和韻律的作品。小說是那些經由一定敘事方式，在情節和故事的對立統一中塑造人物形象，多方面地反映社會生活的作品。散文是那些透過對某些生活片斷或情景的自由、生動的描寫來傳達作者思想情感的作品。戲劇是借助人物的語言和動作，以尖銳、緊張的矛盾衝突來反映人類情感認識的作品。

體裁是文學作品審美特徵的集中體現，不同的文學作品凸顯著不同的審美要素。這些審美要素既是一種體裁得以區別於其他文體的依據，又是掌握該類作品一般審美方法的鑰匙。從審美的角度而言，抒情類文學作品中的意境與情感，敘事類文學作品中的故事和情節，戲劇類文學作品中的矛盾和衝突等，都是這些文體中最為顯著的審美特徵。具體而言，節奏、韻律、情感、意境等要素，構成了詩的審美特徵；情節、故事、人物、敘事視角等要素，構成了小說的審美特徵；矛盾衝突、人物語言等要素，構成了戲劇的審美特徵；而知識性、趣味性、哲理性、抒情性和自由性，則是散文的審美特徵。

文學是感性的藝術，無論是詩歌、散文、小說還是戲劇，本質上都是借助形象化的語言方式傳達情感。形象性是文學作品的生命之源，每一部作品都是一個獨立自足的形象體系，傳遞著獨特的審美義蘊。打開文學畫卷，一個個生動活潑的「熟悉」面孔撲面而來：伊底帕斯王、普羅米修斯、斯巴達克斯、夸父、女媧、唐‧吉訶德、哈姆雷特、浮士德、簡‧愛、瑪格麗特、羅敷、花木蘭、竇娥、崔鶯鶯、杜麗娘、林黛玉、賈寶玉、于連、奧涅金、羅亭、黛絲、奧勃洛摩夫、約翰‧克里斯多夫、保爾‧柯察金、「狂人」、孔乙己、阿Q、吳蓀甫、高覺慧……，這些不朽的藝術形象走近我們，輕輕叩動我們的心靈，在靈魂深處對我們悄然絮語：人情的喜怒哀樂，人生的悲歡

離合，人性的善惡美醜，世間的風塵霜雪，心靈的狂濤巨瀾，生命的夢幻渴望，激情的逆風飛颺……，這一切，讓我們的生命在無聲的細語中悄然騰升。

五、文學語言

文學是語言的藝術。文學作品的形態、作品中的情感與意義，無不與語言有著密切聯繫。在某種意義上，作品就是語言透過作者的排列組合所構成的審美符號系統。

在日常生活中，由於具體的語言環境、交流對象、表述目的的限定，語言只有傳播一定概念的作用，只能沿著一定的文字意義來解釋，這種語言最大特點是準確、明晰。與日常語言不同，文學作品中的語言雖來自日常語言，但其符號功能卻與日常語言不同。文學語言較日常語言更側重表現功能。文學語言的功能單位有大於語句的句群，或段落、篇章，也有個別的詞語，它們不同於日常語言中詞與物的對等關係，而是自身組成了一個與現實世界相聯繫又相區別的獨特的新世界。文學語言是創作主體體驗和把握世界的審美表現形式。與日常語言相比，文學語言具有意象性、表現性、模糊性、多義性。

文學語言的意象性體現在文學作品總是以藝術意象傳達意旨，讀者只有在對作品所提供的藝術形象的體味與把玩過程中，才能領悟作者的意旨或作品的內涵。例如現代詩人賀敬之〈放聲歌唱〉中的幾句詩：「五月——麥浪。八月——海浪。桃花——南方。雪花——北方。」這裡作者並沒有作出任何判斷，但讀者卻能從「麥浪」、「海浪」、「桃花」、「雪花」這些鮮明的形象中獲得強烈的意象衝擊，當讀者頭腦中逐漸喚起曾經感知過的「麥浪」、「海浪」、「桃花」、「雪花」，並將它們與個人經驗中的「五月」、「八月」、「南方」、「北方」這些感性經驗聯繫起來時，一幅南北大地由春到冬、跨越時空、生機盎然的生命圖景油然而生。讀者在瞬間感悟到了

作品的義蘊：大地充滿生機，生命自由勃發。而如果作者直接用這兩句話來表白自己的感受，無論如何都不能打動讀者。又如，魯迅的《祝福》開頭的敘述：「舊曆的年底畢竟最像年底，村鎮上不必說，就在天空上也顯出將到新年的氣象來。灰白色的沈重的晚雲中時時發出閃光，接著一聲鈍響，是送灶的炮竹；近處燃放的可就更猛烈了，震耳的大音還沒有熄，空氣裡已經散滿了幽微的火藥香。」這段話以寫實的手法描述了魯鎮過年前的景象，作者動用了聽覺、味覺、視覺，造成近乎電影蒙太奇的畫面。從表面上看，作者只是介紹人物活動的背景，然而結合全文，讀者就能領會到，這個著意描繪的新年氛圍，暗示著二十世紀初葉中國農村古老文化傳統與習俗的沈重慣性，祥林嫂就生於這種氛圍，死於這種氛圍。只有當讀者結合全文的語境領悟到這重暗示性的旨意時，作品的整體審美價值才能被實現，作品中蘊含的深刻的社會悲劇和人生悲劇才顯得如此地震撼人心。

　　文學語言的表現性是指，在文學作品中，詞語總是超出字面的含義，表現深層的意義。文學作品是作者的情感、想像、理智和社會意識的凝聚物，作者總是借助文學語言的隱喻、轉換、象徵、反諷等表現功能，表現自己的情感價值和生命體驗。如中國古典詩詞中「紅杏枝頭春意鬧」，「桃花依舊笑春風」這樣的詩句中，「鬧」和「笑」神奇的擬人化效果，使「紅杏」與「春意」、「桃花」與「春風」之間若隱若現、若即若離的內在關聯得以悄然呈現，成為詩人某種情感的暗示，而充盈著生命活力與動感的「紅杏」、「桃花」則成為某種情感寄託的象徵。文學創作中，作家總是精心選詞，在一字一詞之間去傳神寫意。如，同樣是寫人物的走動，魯迅寫阿Q為了「結識革命黨」去錢府找假洋鬼子時「怯怯地躄進去」，而高曉聲的小說《陳奐生上城》中的陳奐生回家時，「愉快地劃著快步，像一陣清風到了家門」，一個「躄」，一個「劃」，生動地傳達了人物的內心世界和精神狀態。阿Q對假洋鬼子的敬畏及內心的自卑，陳奐生在縣城經歷了坐縣委書記的小車，住五元一夜的高級房間之後獲得巨大的精神

滿足，都在這一「豎」一「劃」中得到充分表現。為增強語言的表現力，文學作品中總是儘量離間詞語的意義與涵義，如魯迅筆下稱阿Q和小D滑稽可笑的扭打為「龍虎鬥」，稱圍觀阿Q欺侮小尼姑的人為「鑑賞家」，王蒙將小說定名為《堅硬的稀粥》，這些諷刺意味強烈的離間手法傳達著作者深刻的批判性情感。

　　文學語言的表現功能，還體現在語言的整體結構中。例如當代作家王蒙〈相見時難〉中的一段：

　　　　「哪兒去了？」

　　　　「什麼哪兒去了？」

　　　　「你說什麼哪兒去了？」

　　　　「我哪知道你說什麼哪兒去了？」

　　　　「你怎麼會不知道我說什麼哪兒去了？」

　　　　「你怎麼會知道我一定知道你說什麼哪兒去了？」

　　作者在這裡並未顯示任何態度和情感，但從對話雙方近於無聊的語言遊戲中，讀者感受到的並不是風趣，而是一種帶有某種對立、內耗意味的深層涵義，進而使人聯想到現實中的官僚主義和麻木、冷漠、相互揭瘡疤，甚至促發自我反省。這樣，讀者對作品中兩位對話者自然產生厭惡、反感的情感判斷。這正是文學語言的表現力所在。

　　文學語言的模糊性和多義性是指，文學語言的涵義在多數情況下並不明確，而是模糊的，多義的。這種模糊性、多義性為讀者提供著富有彈性的多元化複雜審美空間。

　　文學語言的模糊性和多義性表現在兩個方面：由語法結構產生的模糊和由語義含混產生的模糊。出於實現本身價值的需要，文學語言總是竭力打破日常語法規範的制約，按照情感邏輯來組織詞語。例如杜甫〈秋興〉八首中的詩句：「香稻啄餘鸚鵡粒，碧梧棲老鳳凰枝。」「香稻」怎麼去「啄」？「碧梧」怎麼去「棲」？按照常規語

言或許應是「鸚鵡啄餘香稻粒，鳳凰棲老碧梧枝」，然而這樣的修正以後，詩句的審美內涵就要大打折扣，千古名句就變得平庸。「晨鐘雲外溼」，「月傍九霄多」這樣的詩句中，「溼」是鐘溼，鐘聲溼，還是「雲外」的空氣溼？「多」是月多，九霄多，還是月光所照之境多？當讀者從情感的角度，把「溼」與「沈重」、「凝重」聯繫在一起，把「多」與「擴張」、「飽滿」聯繫起來時，就能理解其中所表達的心境。「溶溶院落梨花月，淡淡池塘柳絮風」，「三年笛裡關山月，萬國兵前草木風」都是這樣的例子。為強化讀者的某種感受，文學語言常常打破詞語的常規用法，以「陌生化」手法表達意義。例如「撕下來一個空洞的微笑，讓它在空中飄蕩」，「那隻簽署文件的手砍倒了一座城市」。「微笑」怎麼能夠定義為「空洞的」？一隻「手」怎能「砍倒」一座城市？這種旨在打破讀者思維模式的「陌生化」搭配，迫使讀者的思維進入連續不斷的語符置換過程，在相鄰語義的鏈接和替換中逼近作者的意旨，從而獲得比常規表述豐富得多的審美感受。例如從「空洞」出發，可聯想到無力、蒼白、貧乏、生硬、乾癟、虛假、做作……，從「砍倒」出發，可聯想到摧毀、毀滅、出賣、陰謀、斷送、快速、狠毒……。

　　文學語言的多義性還體現在同一詞語，因為語言環境的不同，往往具有多重意義。葉聖陶在〈文學作品的品鑑〉一文中說：「在語言感受敏銳的人心裡，『赤』不但解作紅色，『夜』不但解作晝的反面吧。『田園』不但解作種菜的地方，『春雨』不但解作春天的雨吧。見了『新綠』二字，就會感到希望、自然的化身、少年的氣概等說不盡的旨趣，見了『落葉』二字，就會感到無常、寂寥等說不盡的意味吧。真的生活在此，真的文學也在此。」

　　如，英語中的 rose 一詞，本指玫瑰，但在一般情詩中它又與情人、心愛的女人等詞義相關，因此，當 rose 出現在文學作品中時，就具有了雙關的意義。在某些語境中，一個詞語的多種含意還會相互激發，造成更為複雜的語義狀態。又如，《紅樓夢》中林黛玉住的瀟

湘館，這裡「瀟湘」的語義成分有傳說中的「帝之二女」娥皇女英，有清冷的瀟水和湘水，有湘妃的眼淚，有淚痕斑斑的翠竹，有傳統文化中竹子所蘊含的清高等等。而林黛玉的性格與命運也在「瀟湘」二字的多重義蘊中得到反覆映照與暗示。

　　文學語言的意象性、表現性、模糊性和多義性，為文學作品提供了豐富的審美價值，使文學作品成為開放性的審美價值系統，為閱讀活動提供著開放的審美創造空間。

六、文學欣賞

❀ 文學欣賞的定位

　　文學活動是在世界──作家──作品──讀者構成的四環鏈中展開的。作家從現實世界中汲取創作靈感，將自己的理智、情感、意念和審美判斷透過形象化的文學語言表現出來，創造出具有潛在審美價值的作品。讀者從自身的文化修養和閱讀經驗出發，經由文學作品的閱讀，完成對作品的審美創造，實現作品的審美價值。這一過程始終離不開讀者的參與。作品只有在讀者的閱讀活動中才能實現自身潛在的審美價值，成為具有真實情感和涵義的作品；作家的創作受到潛在閱讀者的影響，不得不考慮為誰寫作；而同時代讀者對作品的共時性閱讀和不同時代的讀者對作品的歷時性閱讀，都在不斷豐富著作品的審美內涵，使作品不斷「增值」。

　　閱讀活動是文學作品的審美功能和價值的完成者，也是創造者。根據讀者在審美創造層面的介入程度，閱讀活動可分為三種類型，即一般性閱讀、欣賞性閱讀和批評性閱讀。

　　一般性閱讀是閱讀活動中最為廣泛的一類，閱讀的對象大多是比較輕鬆、通俗、淺近、娛樂性較強的作品，讀者的注意力和閱讀興趣主要集中在作品的感性層面，如傳奇的故事，曲折的情節，浪漫的愛

情，奇幻的境地等，都是讀者的興趣所在。日常生活中擁有大量讀者的言情小說、武俠小說、科幻小說、推理小說等，都是一般性閱讀集中的作品。在一般性閱讀中通常不對作品的審美要素和深層涵義進行深入分析，也不大關注自己的閱讀經驗，閱讀只是為了自我消遣和娛樂。

　　欣賞性閱讀是以審美為目的的閱讀。受閱讀目的的制約，欣賞性閱讀的對象主要是內涵豐富，審美價值較高的文學作品，如中外文學經典作品、古典詩歌、當代名作等。與一般性閱讀和批評性閱讀不同，在欣賞性閱讀中，讀者以審美觀照的方式，對作品的情節、結構、形象、敘述方式等審美要素進行全面關注，從詞語層面去體會和感悟作品的情感與涵義，以期獲得豐富的審美感受和精神陶冶。欣賞性閱讀的主要目的是為了獲得豐富的審美感受，閱讀者須有藝術修養，才能完成欣賞的過程。這意味著讀者要在豐富的欣賞活動中不斷總結自己的閱讀經驗，拓寬閱讀視野，提高欣賞能力。

　　批評性閱讀是一種高層次的閱讀活動。批評性閱讀的目的是對作品進行闡釋、說明與評價。批評性閱讀也需要注意作品的感性層面和審美要素，如作品的形象、情感，故事、情節、節奏、韻律等，但讀者的注意力並不停留在感性層面，而是深入到作品的形式和深層涵義的層面。作品在藝術形式上的成功或失敗，作品在語言模式或表現手法上的平庸或突破，作品中的語言如何與意象、情感相互匹配，作品的深層涵義究竟何在等，才是批評性閱讀最為關注的對象。批評性閱讀的使命是研究和評論作品。

　　文學欣賞是欣賞性閱讀。

❀ 進入作品世界

　　文學作品是作者從自我的審美經驗出發，經由一定的結構方式，對詞語進行排列組合的產物。作品是作者的情感和願望的載體，但作品一經產生，其內涵就會獨立於作者的意志，存在於自身的語言結構

中，成為一個包含特定審美內涵的獨立自足體。因為語言的意象性、模糊性、多義性、表現性等特徵，以及語言靈活自由的組合方式的影響，作品的審美內涵往往相當模糊。對積極尋求掌握作品特定審美內涵的讀者來說，作品就像一座語言迷宮，探尋作品審美內涵的閱讀活動就像在語言迷宮中探幽尋寶。

閱讀活動是讀者對文學作品的審美創造。作為閱讀對象的作品既為讀者提供著開放性的審美創造空間，又從本質上制約著讀者的審美創造和藝術想像。受讀者的文化修養、閱讀背景、閱讀經驗等因素的影響，即使對同一閱讀對象，讀者的審美感受也千差萬別，「一千個讀者的心目中有一千個哈姆雷特」，但無論如何，讀者也不會把他想像成破盔爛甲、騎瘦馬、揮長矛的唐·吉訶德。作為審美創造活動的閱讀，本質上是以作品為基礎的有限創造。離開了作品所提供的創造空間，文學欣賞就失去了自身的創造性。所以，細讀作品，全面掌握作品的細節，就成為文學欣賞活動的基點。

細讀就是從作品結構入手，從語言開始，對作品的形象、情感、結構和敘事方式、意義進行全面分析，尋找審美創造的切入點，打開藝術想像空間。

語言層是作品中詞語的音調、節奏、質感等所造成的表現效果。如作品的語音是清亮高昂的，還是低沈壓抑的？語言節奏是機敏跳動的，還是遲緩滯重的？詞語的質感是溫和透明的，還是晦暗幽冷的？詞語搭配是循規蹈矩的，還是新鮮陌生的？等等。

形象層是作品中藝術形象的呈現方式。如作品中的形象是單一的，還是由一系列的形象所構成的形象體系？是人物形象，還是審美意境？如果是人物形象，這個形象是具有時代特徵的「典型」人物，還是象徵某種觀念的「類型」人物……等等。

結構和敘事方式是作品內容的展開方式。如作品中有無敘述故事，故事情節是有頭有尾的，還是空缺開放的？故事情節是單線展開的，還是多頭線索，複調展開的？作品的敘事內容是像《阿 Q 正

傳》、《子夜》一樣只限於經驗層，還是像《紅樓夢》、《百年孤寂》一樣，經驗層與超驗層交織並存？誰是敘述者，是作者還是作品中的角色？在情節發展中，敘述視角有無轉移？等等。這些都是影響讀者的審美創造的直接因素。

　　情感和意義都屬於作品的審美內涵層面，既是作家審美理想的寄託，也是閱讀活動中審美創造的指向。如果說語言、敘事、結構、形象等要素構成了作品的語言迷宮，情感和意義才是隱藏在迷宮中的財寶。對作品進行細讀的根本目的是發現並領悟其中情感與意義，如作品中的情感是外在表露的，還是曲折隱晦的？作品的主旨是傳情，還是達意？作品的內涵是情感成分大於意義，還是意義大於情感？是肯定的情感、否定的情感，還是雙重的情感？情感的價值何在？等等。

　　不妨以李白〈玉階怨〉為例說明細讀的過程：

玉階生白露，夜久侵羅襪。
卻下水晶簾，玲瓏望秋月。

　　1. 語言層　這首詩中入聲較多，「玉」、「露」、「夜」、「襪」、「卻」、「下」、「望」、「月」等都是入聲字。單句以入聲起，雙句以入聲結，詩的第一個字「玉」和最後一個字「月」讀音極為相近，把首尾兩句環結起來。全詩的語調因入聲詞的巧妙運用而呈咽噎之感。從語詞選擇上，詩中共有「玉階」、「白露」、「夜」、「羅襪」、「水晶簾」、「秋月」五個名詞和一個形容詞「玲瓏」，其中「羅襪」指女人，其餘的詞語除「夜」具有朦朧的「厚重」感以外，「玉階」、「白露」、「水晶簾」、「秋月」、「玲瓏」都具有透明清冷的感覺，因而全詩的語言總體上呈透明清冷的質感。這種質感可能暗示著某種純淨的情感品質。

　　2. 形象層　這首詩的意象核心是「羅襪」所代表的女人。全詩的意象動態呈現為：秋夜已深，玉階上生出白露——（女人的）羅襪也

被白露浸溼──女人因羅襪浸溼不能久佇而放下水晶簾子──放下簾子後又透過晶瑩剔透的簾子久久注視著令人斷腸的秋月。這是一個夜不能寐而有所思的女人。

3.**結構層** 這首五言絕句的結構呈現連環遞進的態勢。全詩除了音韻上首尾環接外，還有語義上的連環。即前一句的動賓結構是後一句動賓結構的因，第一句的「生」指向的「白露」，成為第二句中動作發出者，打「溼」了「羅襪」（女人），第二句中動作「溼」的承受者「羅襪」（女人）在第三句中又成為放簾子「卻下」的動作主體。各句之間的連環因果關係使詩中的意境獲得時間上的流轉和空間上的延伸。這首詩的審美內涵和它獨特的結構密不可分。

4.**情感因素** 從動態展開的詩歌意象中可以感知，女主人剛開始站在玉階上似乎在期待什麼，由於夜深露重而不得不返回屋內，但終不能放棄，於是隔簾望月，又陷於期待之中。這一過程中蘊含著希望、憧憬、不安、焦急、失望、惆悵、難言、哀嘆、自憐等複雜的心理轉換。這些情感又都體現了一個「怨」字。故「怨」是統率全詩的情感主調。

5.**超情感的意義** 從詩中選用具有豐富文化義蘊的詞來看，詩中的各種意象都有潛在的象徵功能。白色──白露，水晶簾，月──象徵著希望、光明，暗示女人玉一般透明澄澈的心思；黑色（夜久）象徵著失望，不安；溼潤象徵著悲哀，惆悵；秋象徵著淒涼。這些象徵意構成詩的深層結構：白色的希望，澄澈的心思受秋夜白露的潮溼而悲哀而失望，但經過潮溼的憂傷之後，純潔的心靈於朦朧之中似乎又看到一線光明隨即又轉化為希望，但這希望又畢竟是朦朧之中的極不可靠的希望──惆悵。這樣，語音的哽咽，詞語的清冷透明的質感，來自詞語文化內涵的深層象徵意義，以及由文體效應而產生的白色意象、潮溼感、朦朧感，都與詩中人物的動作和情感相融合，形成浸透全詩的悲涼哀怨。當讀者體會到這種悲涼哀怨無可奈何的意味時，一種超越「哀怨」情感的類似「人生在世，不得意者十之八九」的人生

感悟油然而生。這樣，讀者就完成了閱讀活動高級階段的審美創造，獲得了超越情感的深層意義。

❀ 保持虛靜心態

　　藝術鑑賞是從審美靜觀開始的。在文藝鑑賞活動中，讀者擺脫個人意志的支配，完全沈浸在對作品的知覺狀態中，對作品進行自由、全面的審視、觀照，從而在整體上感知客體形象，獲得充分的美感享受，這就是審美靜觀。

　　審美靜觀的核心是虛靜心態。唐代司空圖在《詩品》之「自然」一品中有「幽人空山，雨過采蘋」的句子，這句話可用來形容虛靜心態。虛靜心態是藝術活動的主體自覺，摒除一切欲求雜念和先在經驗，為藝術創作和鑑賞營造的一個凝神靜氣的澄澈心境。這種澄澈的心境構成了文藝創作與鑑賞活動中重要的心理特徵。西晉的陸機在〈文賦〉中談到文學創作規律時說，「其始也，皆收視返聽」，認為藝術構思時作家的思維必須擺脫現實世界的干擾，高度集中。南朝的宗炳提出「澄懷味象」，認為藝術鑑賞過程中，鑑賞者應以澄澈透明的心境去觀照和玩味審美對象。稍後的劉勰在《文心雕龍‧神思》篇中談到文學創作心理時說「陶鈞文思，貴在虛靜，疏瀹五臟，澡雪精神」，強調了虛靜心態在文學構思中的重要作用。

　　與創作過程一樣，閱讀過程也存在一個從現實世界到藝術世界的切換。為了充分接納作品的審美內涵，使欣賞主體的意識與閱讀對象充分結合，欣賞的過程中讀者應保持虛靜心態。文學閱讀是一個包括了認知、感悟、想像和情感體驗等階段的綜合心理過程。虛靜心態在其中每一階段都發揮著重要作用。

　　在認知階段，虛靜心態使閱讀主體排除經驗和偏見的干擾，以豁達開放的心態對作品保持新鮮的藝術感受。魯迅在談人們對《紅樓夢》題旨的認識時說：「單是命意，就因讀者的眼光而有種種：經學家看見《易》，道學家看見淫，才子看見纏綿，革命家看見排除滿

清，流言家看見宮闈秘事……」對《紅樓夢》這樣一部博大精深、魅力四射的藝術瑰寶，這些見解無不顯得過於簡單，因為它們都不能反映作品的整體義蘊。造成這種現象的原因，恰恰在於這些讀者缺乏對作品進行整體上的審美靜觀的虛靜心態，偏見和過於自信妨礙了對作品義蘊的完整接受。

　　相反，只有保持虛靜心態，讀者才能敏銳地感知作品的特定審美內涵。例如，魯迅筆下的孔乙己這個人物，作者寫他向小孩賣弄回字有四種寫法，寫他紅著臉爭辯「竊書不算偷」，寫他買酒喝時「排出九文大錢」，這些細節，閱讀時稍不留意，就很容易當作可有可無的內容滑過去，頂多覺得滑稽可笑。但如果讀者能夠將這些細節與孔乙己日趨衰敗的形象及周圍人對他的嘲笑聯繫起來時，一種對孔乙己的悲憫與同情之感就會悄然而生。對於一些全心全意投入的讀者，甚至作品中的一處「閒筆」也能帶給他們深刻的審美感受。一位讀者這樣說：「這一篇之中，我以為最妙的文字是『孔乙己是這樣的使人快活，可是沒有他，別人也便這麼過』。這句話傳達出無可奈何的寂寞之感。這種寂寞之感不只屬於這一篇中的酒店小夥計，也普遍屬於一般人。『也便這麼過』，誰能跳出這寂寞的羅網呢？」不是每一位讀者都能產生如此深刻的理解，但沒有虛靜的審美心態支持，恐怕任何一位《孔乙己》的讀者都難以生出這樣的感受。

　　在感悟階段，虛靜心態使讀者專注凝神於審美對象，調動一切感知經驗，體會作品的審美義蘊。例如《紅樓夢》第四十八回香菱談自己讀王維的詩時說：「據我看來，詩的好處，有口裡說不出的意思，想去卻是逼真的。似乎無理的，想去畢竟是有情有理的。」「我看他〈塞上〉一首，內一聯云：『大漠孤煙直，長河落日圓。』想來煙如何直？日自然是圓的：這『直』字似無理，『圓』字似太俗。合上書一想，倒像是看見了這景。要說再找兩個字換這兩個字，竟再找不出兩個字來。再來還有『日落江潮白，潮來天地清』，這『白』、『清』兩個字，也似無理。想來必得這兩個字才形容得盡，念在嘴

裡，倒像有幾千斤重的橄欖似的。還有『渡頭餘落日，墟裡上孤煙』，這『餘』字和『上』字難為他怎麼想來！我們那年上京來，那日下晚便挽住船，岸上沒有人，只有幾棵樹，遠遠的幾家人家在做晚飯，那個煙竟是青碧連雲。誰知我昨晚上看了這兩句，倒像我又到那個地方去了。」這兩段話，都是完全從個人的感覺、知覺和體驗出發談對詩的審美感受，雖然香菱用以表述審美感受的語言顯得樸拙，如「合上書一想，倒像是見了這景的」，「念在嘴裡，倒像是幾千斤重的橄欖似的」，「倒像我又到那個地方去了」，但這恰恰是虛靜心態下的生動新鮮、毫無先入之見的審美感受。

想像階段，虛靜心態使讀者排除現實世界的情緒干擾，進入自由想像的藝術境界。蘇軾在〈送參寥師〉一詩中說「欲令詩語妙，無厭空且靜，空故納萬物，靜故了群動」，深刻揭示了保持虛靜心態是自由想像的前提。劉勰在《文心雕龍‧神思》中也說「寂然凝神，思接千載，悄焉動容，視通萬里」，強調虛靜心態是打開藝術想像空間的鑰匙。例如，當代作家金庸的武俠小說，將「俠」、「武」、「奇」、「情」有機結合，構成一幅幅奇幻無比的江湖社會圖景，令人感到浪漫神奇，不可思議。如果讀者從日常經驗出發，去看待作品中的奇幻情節，必然覺得難以相信，產生武俠小說「無聊，不真實」，「毫無意義」的觀念，甚至產生排斥。這樣讀者就將自己逐出了藝術想像的空間，從而也無緣於金庸武俠小說豐富的審美內涵。相反，如果讀者閱讀時能自覺放棄「現實性」思維，進入奇幻的想像世界，就會感到小說中「雪山飛狐」的傳奇故事，「琅環福洞」的奇幻境地，「六脈神劍」的神奇武功，「九陰真經」的神秘莫測，「神鵰俠侶」的曠世奇戀等奇人、奇事、奇境、奇情，不僅使我們的想像力空前活躍，而且使我們生命的自由意志得以盡情釋放，讓我們的精神獲得現實人生中難以體驗到的解放。

文學欣賞是一種創造性體驗，在體驗階段，虛靜心態使讀者能夠以開放的心態，調動自己的一切相關經驗和體會，反覆品鑑，使每一

次閱讀都產生新的審美感受，從而不斷深化對作品的理解。出版家王冶秋在〈阿 Q 正傳——讀書隨筆〉一文中談到自己讀十四遍《阿 Q 正傳》的種種體會：

第一遍：我們會笑得肚子痛

第二遍：才咂出一點不是笑的成分

第三遍：鄙棄阿 Q 的為人

第四遍：鄙棄化為同情

第五遍：同情化為深思的眼淚

第六遍：阿 Q 還是阿 Q

第七遍：阿 Q 向自己身上撲來

第八遍：合二為一

第九遍：又一次化為你的親戚故舊

第十遍：擴大到你的左鄰右舍

第十一遍：擴大到全國

第十二遍：甚至洋人的國土

第十三遍：你覺得它是一面鏡子

第十四遍：也許是警報器……

不難發現，如果沒有虛靜心態所支持的開放包容的審美態度，作者就很難在一次次的重複閱讀中不斷突破舊的審美感受，獲得新的理解，從而也很難把阿 Q 這一藝術典型的審美意義從個人身上提升到全人類，意識到其普遍性的意義。

❀ 展開自由想像

想像是文學欣賞活動中必不可少的心理因素。離開了想像，讀者無法完成對文學作品的鑑賞。只有在文學欣賞中充分運用自己的想像力，根據個人自己的印象和經驗，來補充增加作家在作品中所提供的畫面、形象、姿態、性格的時候，讀者才能體會到文學作品豐富的藝術感染力和審美內涵。

　　溫庭筠的〈商山早行〉中有「人跡板橋霜，雞聲茅店月」的詩句，兩句之中出現了十個名詞，沒有任何言情之詞。但如果讀者透過想像把每個名詞轉化為鮮活的文學意象，這些最初看來毫無生命的詞彙就會相互激化，交織成生動的情境性畫面：天色薄明，逆旅在外的人就在鄉野茅店的一聲聲雞鳴催促中頂著寒霜，匆匆上路了，可是月光下鄉野板橋上的寒霜已印上早行者的足跡。在這幅圖景中，「板橋」、「茅店」都傳遞著荒涼、蕭瑟的感覺，「霜」有壓抑之感，「月」有寒冷之意，「雞聲」頻傳催促之音，「人跡」暗示旅途漫漫。一幅逆旅在外、顛沛轉徙的人生圖景悄然呈現。一種苦澀沈悶、身不由己的生命感受油然而生！就這樣，詩的審美內涵在積極自由的想像中得以實現。

　　作品的許多審美義蘊如文學語言的模糊性、作品結構的空白性，只有在想像力的積極參與下才能獲得。「當黃昏向天邊延伸，像病人麻醉在手術臺上」，艾略特〈普魯弗洛克情歌〉中的這段晦澀詩句，到底有何意味？是誰像病人？麻醉在手術臺上的病人是什麼樣子？由於「當……」這個狀語性結構巧妙地將「黃昏」從比喻本體的位置轉換出來，使得前後詩句之間充滿不確定的關係，造成了詩意的這種晦澀。但當讀者調動想像力，將詩句還原成黃昏的晦暗、瀰漫，病人的孱弱、蒼白無力，麻醉藥的擴散性、麻木感，手術臺對死亡的隱喻等經驗性意象群時，就會從意象的相互暗示中體會到一種指向人的無力、孱弱生存狀態的強烈意旨。漢代樂府詩〈陌上桑〉中對美女羅敷的美，荷馬史詩〈伊里亞德〉對美女海倫的美，都沒有正面的描寫，羅敷到底有多美，海倫究竟什麼樣，讀者只能透過作品中的暗示去自由想像。每個讀者描述出來的海倫和羅敷可能千差萬別，但沒有誰會懷疑海倫和羅敷的美，這便是文學之真。

　　事實上，藝術想像在閱讀活動扮演著極為活躍的角色。學者葉維廉在〈秘響旁通：文意的派生與交相引發〉一文中闡述了想像在閱讀過程中的作用：「打開一本書，接觸一篇文章，其他書的另一些篇

章，古代的、近代的，甚至外國的，同時都被打開，同時呈現在腦海裡，在那裡顫然欲語。一個聲音從白紙黑字間躍出向我們說話，其他的聲音，或遠遠地回響，或細語提醒，或高聲抗議，或由應和而向更廣闊的空間伸張，或重疊而成巨響，像一個龐大的交響樂隊，在我們肉耳無法聽見的演奏裡，交匯洶湧而綿密的音樂。」想像使我們的閱讀經驗相互激發，從而產生大於作品自身審美內涵的情景比比皆是。例如，一位具有豐富相關閱讀經驗的讀者在對一首寫「月」的古典詩歌進行欣賞玩味時，頭腦中就很容易湧現出種種月的意象：「秦時明月漢時關」的關山之月；「三十功名塵與土，八千里路雲和月」的慷慨之月；「海上明月共潮生」的浩淼之月；「人約黃昏後，月上柳梢頭」的朦朧之月；「舉杯邀明月，對影成三人」的抒懷之月；「野曠天低樹，江清月近人」的宜人之月；「人跡板橋霜，鷄聲茅店月」的蕭殺之月；「雲破月來花弄影」的盈動之月；「暗香浮動月黃昏」的蕩悠之月；「楊柳岸，曉風殘月」的淒涼之月；「明月幾時有，把酒問青天」的奇逸之月；「缺月掛疏桐，漏斷人初靜」的靜謐之月……。讀者對「月」的審美正是在這許多「同類」意象的相互交響、交織、疊變中以祕響旁通的方式進行的。在這個層面，讀者獲得的審美感受遠遠超出原來的閱讀對象。這正是想像活動對於文學欣賞的意義。

❀ 追溯創作背景

　　文學欣賞中常用知人論世的方法。知人論世的思想最早來源於孟子。《孟子‧萬章》裡說：「誦其詩，讀其書，不知其人，可乎？是以論其世也。」認為對作者生平、思想及有關情況的了解和對作者所處的時代的認識，是理解其作品必不可少的條件。魯迅也曾說：「倘要論文，最好顧及全篇，並顧及作者的全人，以及他所處的社會狀況，要不然，是容易近乎說夢的。」從文學活動的發生看，知人論世有其現實的依據。作者的生平、經歷、世界觀、藝術觀乃至氣質、個性，都會對作品的審美義蘊產生影響。每一部作品都產生於特定的時

代，都是作者對特定時代的社會生活和人生感受進行審美創造的結果，知人論世的方法可以從創作意圖的方面幫助讀者深化對作品義蘊的理解。

以魯迅的小說為例。魯迅小說多取材於不幸的最下層平民百姓，如祥林嫂、孔乙己、閏土、阿 Q 等；藝術構思主要刻畫人物的性格和命運，畫出國民的靈魂，「不去寫風雲風月」；在藝術方法和表現技巧的運用上，主要採取寫實的白描方法，筆墨極簡省。這些特徵使魯迅小說具有一種不同於同時代小說家的獨特風格和義蘊。為什麼魯迅小說會有這種與眾不同的風格和義蘊？我們只有從他的時代、身世、人生道路、世界觀、藝術觀、思想、人格中去尋找答案。一方面，作為深刻關注國家前途和民族命運的民主主義者，魯迅的身世、生活道路與教養，形成了他對中國社會的深刻認識及對國民性弱點的深刻洞察力，這使他把創作看作是召喚國民覺醒的武器，鄙棄閒適風雅的「為藝術而藝術」的主張；另一方面，他熟諳中國傳統文學和民間文化，深得其中底蘊，具有宏闊的中外比較文學視野，善於批判地吸收中外文學的優良因子，具有出色的藝術審美創造能力。魯迅擅長白描的藝術手法，這其中既可見傳統小說的影響，又吸收了俄國作家果戈里、契訶夫在人物形象描寫方面的所長；魯迅重視經由行動來表現人物，同時又吸取了托爾斯泰「心靈辯證法」的描寫技巧，使人物行動的描繪始終圍繞人物心靈的展開深入開挖進行；魯迅吸取了中外文學的語言造型技巧，又賦予了自身的特點和方法，取得了運用上的突破，他總能用極簡省的筆法刻畫出人物的性格與心靈，他筆下的人物形象無不簡練傳神。掌握了這些背景材料，我們閱讀魯迅小說時就能理解何以魯迅小說呈現出與其他作家的小說截然不同的審美特徵，並進而深刻領悟小說深刻的主題內涵。並不是每一個讀魯迅小說的人都有機會去對魯迅作上述「知人論世」式的了解，一位對魯迅一無所知的外國讀者也可以從《阿 Q 正傳》、《孔乙己》中獲得某種審美義蘊，但卻很難獲得熟悉魯迅藝術風格和生活時代的中國讀者那種

「阿Q向自己身上撲來」的痛切之感。

　　「知人論世」作為一種文學欣賞方法有它的適用範圍。某些表現類作品如主觀感受型小說、象徵類詩，知人論世的方法就很難適應。例如李商隱的《錦瑟》一詩：

> 錦瑟無端五十弦，一弦一柱思華年。
> 莊生曉夢迷蝴蝶，望帝春心托杜鵑。
> 滄海月明珠有淚，藍田日暖玉生煙。
> 此情可待成追憶，只是當時已惘然。

　　這首詩的意旨十分模糊，即便試圖用「知人論世」的方法，要破解作者的意圖，都是十分困難的。因為詩句本身沒有直接對作者的時代或生活事件作出任何提示。歷來對這首詩的意旨的認識多有分歧：有說「錦瑟」是婢女名，認為是愛情詩的；有認為作者為追懷亡妻而作，是悼亡詩的；有認為這是描繪音樂的詠物詩的；有認為是作者追敘生平的自傷身世之辭的。這些不同的理解，恰恰說明知人論世的局限性。又如葉芝的詩〈駛向拜占庭〉中的部分：「那不是老年人的國度。青年人在相互擁抱；那垂死的世代，樹上的鳥，正從事牠們的歌唱；魚的瀑布，青花魚充塞的大海，魚、獸或者鳥，一整個夏天在讚揚凡是誕生和死亡的一切的存在。耽溺於那感官的音樂，個個都疏忽萬古長青的理性的紀念物。」對於這樣的詩句，如果試圖用「知人論世」的途徑進行解釋，恐怕是極其困難的。

　　文學作品是具有開放性結構的審美創造客體，一部作品之所以不朽，並不是它把同一種意義強加給不同的人，而是因為它向一個人暗示了不同的意義。美國文學理論家韋勒克・沃倫在《文學原理》一書中說：「倘若今天我們可以會見莎士比亞，他談創作《哈姆雷特》的意圖就可能使我們大失所望。我們仍然有理由堅持在《哈姆雷特》中不斷發現新意（而不僅是創造的新意），這些新意就可能大大超過莎

士比亞原先的創作意圖。」知人論世的目的是更好地理解作品的意義。但作品的意義卻並不完全由作家的創作意圖所決定。在知人論世的方法中，最大的危險性是把自己認定的作者的創作意圖作為作品的主旨，從而限制審美想像的空間，抽乾作品豐富的審美義蘊。

在閱讀中適當使用知人論世的方法可加深對某些作品的理解，但「知人論世」時不應過於機械，以免自我封閉審美創造的空間。

❀ 拉開審美距離

唐代的司空圖在〈與極浦談詩書〉一文中說：「『詩家之景，如藍田日暖，良玉生煙，可望而不可置於眉睫之前也。』象外之象，景外之景，豈容易談可哉。」古人認為，陝西藍田有玉山，在日照之下，遠遠望去，青煙氤氳，近看則不能見。以此喻詩，暗示閱讀中讀者應與作品的內容保持一定距離，才能感悟詩文中的義蘊。西方人也有同類的觀點，瑞士的布洛提出「距離說」，主張在審美主客體之間要保持一種無功利實用的「心理距離」，認為一旦功利實用關係介入，就不會得到美感了。例如海上大霧，對航行其中的水手是危險的，對於在陸地的人卻能自由地欣賞它的美。

保持審美距離是閱讀活動成功的基礎。閱讀活動中，讀者是鑑賞的主體，作品是閱讀活動的客體，閱讀是主體以自我的審美經驗感知、理解並闡釋作品客體的，但無論如何，讀者是在作品虛構世界之外的現實世界去感知和欣賞作品的。如果讀者混淆二者的距離，將虛擬世界與現實世界等同起來，甚至將自我與作品中的人物混同起來，讀者就會失去自由自在的審美心境和審美創造能力，成為作品的俘虜，無法體味到作品的深層內涵，閱讀活動就會隨之失敗。沈括《夢溪筆談》中指責杜甫〈古柏行〉中的詩句「霜皮溜雨四十圍，黛色參天二千尺」說：「四十圍乃是徑長七尺，無乃太長太細乎？」明代楊慎指杜牧〈江南春〉「千里鶯啼綠映紅，水村山郭酒旗風。南朝四百八十寺，多少樓臺煙雨中」說：「『千里鶯啼』，誰人聽得？『千里

綠映紅』，誰人見得？若作十里，則鶯啼綠紅之景，村郭樓臺，僧寺
酒旗，皆在其中矣。」這些執迂的看法不是從藝術規律出發，而是從
自我經驗出發，硬將現實之真與藝術之真混同起來，用現實規律對藝
術表現手法進行匡正，結果自然是喪失了對作品的審美感受能力。

　　在閱讀過程中不能有效地保持與作品的距離，就會落入「閱讀的
陷阱」。如有人在閱讀《三國演義》時為劉備的失敗傷懷不已，就連
小說的後半部分都讀不下去。有人在欣賞《奧賽羅》時愈是發現奧賽
羅的性格、處境、行為與自己相似，就愈認定妻子對自己不忠。文學
史上有這樣的事例：失戀少年讀了《少年維特之煩惱》，就模仿維特
自殺了斷，閨中少女因酷愛《紅樓夢》，就把自己幻化為林黛玉而心
力交瘁，氣絕身亡。這些現象都是沒有掌握「距離」這個藝術鑑賞尺
度所致。

　　魯迅曾對那種不知自己是誰的閱讀方式進行批評：「中國人看小
說，不能用賞罰分明的態度去欣賞，卻自己鑽入書中，硬去充當其中
的角色，所以青年有看《紅樓夢》，便以寶玉黛玉自居；老年看去，
又多占據了賈政管束寶玉的身分，滿心是利害的打算……」這樣的讀
者，無論如何，是領會不到作品的恢宏氣象和豐富內蘊的。

　　在閱讀過程中，保持必要的審美距離才能真正領會到作品豐富的
審美內蘊。

　　切忌對號入座。

❀ 品味象外之象

　　文學作品是作者獨特的審美觀念和審美創造能力的產物，優秀的
作品總是包含超出作品形象層面的深刻義蘊，這就是作品的言外之
意，象外之象。宋人嚴羽在《滄浪詩話・詩辯》中對作品的審美義蘊
有這樣的表述：「詩者，吟詠性情也。盛唐諸人惟在興趣，羚羊掛
角，無跡可求。故其妙處玲瓏剔透，不可湊泊，如空中之音，相中之
色，水中之月，鏡中之像，言有盡而意無窮。」嚴羽在這裡所講的

「無跡可求」的「興趣」，正是超越作品表層意象的「景外之景」或「象外之象」。

　　一部作品總有其文字所表現出來的作為閱讀接受基礎的審美意象，這便是作品的第一個「象」。作品的第二個「象」即「象外之象」。「象外之象」則是讀者透過對第一個「象」的領悟和把握，想像出來的一幅虛幻景象，它是一種高層次的情與景的結合，它產生的是一種令人一唱三嘆回味不絕的藝術幻境、意趣和氛圍，具有朦朧和不穩定的特點，如同「水中之月」，「空中之音」，「相中之色」可感受而難以言傳；彷彿「藍田日暖，良玉生煙，可望而不可置於眉睫之前」。「象外之象」雖然並不穩定，但卻是文學閱讀中審美體驗的最高級形態，是讀者對作品審美義蘊的最高創造成果。文學欣賞活動的一個重要目標就是完成對象外之象的創造。如〈楓橋夜泊〉一詩：

> 月落烏啼霜滿天，江楓漁火對愁眠。
> 姑蘇城外寒山寺，夜半鐘聲到客船。

　　這首詩中，由首句中月落、烏啼、霜天構成了全詩的意象基調，這個意象基調與江楓、漁火、寒山寺、鐘聲、客船這些輔助意象一起，構成一幅充滿愁緒的蕭殺意境：霜天夜半，月落烏啼，寒山寺鐘聲驚動了一位輾轉難眠的泊子，喚起他難言的愁緒，而陪伴他的卻只有蕭殺的烏啼和疏疏點點的漁火。這個蕭殺愁苦的意境就是作品的第一個象。然而在這個具體的意象之外，讀者似乎又可領悟到一個流寓在外的人那種顛沛逆旅、沈悶壓抑、鄉關何處、愁腸難言的心境。這便是第二個象，作品的象外之象。當讀者領悟到這個象外之象時，讀者自身的情感經驗也被喚醒：芸芸眾生裡，有幾人能逃脫生活的奔波？誰不是人生旅途中的羈旅之客？生命之中，多少時候我們是被悠遠的鐘聲悄然喚起了難言的愁緒？「白髮三千丈，緣愁似個長」；「日暮鄉關何處是，煙波江上使人愁」；「酒入愁腸，化作相思

淚」；「江晚正愁餘，深山聞鷓鴣」；「又聞子規啼，月夜愁空山」；「梧桐樹，三更雨，不道離愁正苦！一葉葉，一聲聲，空階滴到明」；「抽刀斷水水更流，借酒澆愁愁更愁」。愁緒難言，愁懷難遣！這境地，怎一個愁字了得！當讀者在對各種似曾相識的情感經驗進行交織體驗，反覆玩味時，那個由「夜半、霜天、月落、鳥啼、寒山寺鐘聲」等最初意象所滋生的「象外之象」，竟成為所有現實經驗與審美聯想狂歡的舞臺！在這裡，讀者的情感被激發，想像的閘門被打開。讀者在對鬱愁苦悶的虛擬性體驗與品鑑中完成精神壓力的釋放，感受自身品性的美好，人格的飽滿。不知不覺中，生活中難以逃避之愁懷成為生命中不可或缺之悠韻。這便是「象外之象」的魅力。

不獨詩詞有「象外之象」，作為敘事類作品的小說也不例外。優秀的敘事作品在敘事的形象層和敘事內容之外，常隱含著深遠的義蘊。以《紅樓夢》為例，從形象層看，整部《紅樓夢》就是一個有機的形象體系。這個由幾百個各類人物的日常生活和某些奇幻情節構成的形象體系又可分為二個層面：由通靈寶玉、太幻虛境、金玉奇緣、風月寶鑑、花妖告凶這些情節組成的超驗層面；由賈府興衰、寶黛愛情這些故事線索構成的現實層面，這個現實層面又由黛玉葬花、晴雯撕扇、寶玉挨打、探春理家、香菱學詩、元春省親、鴛鴦抗婚等細節場景所交織而成。一部「紅樓」讀罷，每一位讀者都會對《紅樓夢》的主題作以總結：透過寶黛愛情悲劇「反對封建的婚姻制度」。或者：透過四大家族的衰敗反映封建制度的必然沒落等等。然而，作為千古絕唱的「紅樓」，其迷人之處絕不會只限於此。《紅樓夢》的深層義蘊何在？掩卷長思，我們漸漸感悟出：作為一幅完整的藝術長卷，它的形象整體走勢似乎朝向結束，衰敗，毀滅，消亡。無論是癡絕愛情的悲劇，還是烜赫世家的沒落，不論是「水做的」女人們悲慘地凋零，還是「泥做的」男人們淫亂地淪落，無論是祖傳家業的揮散，還是恩寵權勢的消亡，無論是絳珠神瑛淚盡情絕，還是金玉良緣最終幻滅，《紅樓夢》中的人物無論貴賤，竟沒有一個活得痛快，故

事不分大小，竟沒有一樁結局圓滿。洋洋百萬言，歷歷數百人，他們的言談舉止，音容笑貌，千種風情，萬般事端似乎都只為一個字而存：「空」。我們很自然地生出「人生如夢」，「萬般皆空」的感觸。這種感觸隨著對作品某些內在義蘊的感知而加深。那塊奇幻的通靈寶玉不僅在作品中起著穿引情節線索的作用，而且它的前身、它的塵世經歷，以及它最終回到出發點的歸宿，都是某種哲學或宗教意味的象徵；那不太為人注意的一僧一道，令人聯想到佛家、道家對人世、生命的許多共同理解；「太幻虛境」的穿插更具有強烈的宿命色彩，它的形象與作品的整體氣氛契合得天衣無縫；「好了歌」、「葬花詞」都從各自的角度暗示著作品的整體義蘊。甚至作品中貴族的淫靡、墮落、謀財害命，官場的貪贓枉法，也不是孤立地寫道德倫理，而是與世紀末的恐慌感、人生的幻滅感、命運的危機感相關的。這一切與作品的篇名聯繫起來時，「空」、「夢」的生命悲劇感就會越來越強烈，成為不知不覺中支配著讀者審美興趣的「象外之象」。

　　王國維在《人間詞話》中論詞境說：「有我之境，以我觀物，故物皆著我之色；無我之境，以物觀物，故不知何者為我，何者為物。」文學欣賞的過程中，物我兩忘的審美境界既不是單純的「以我觀物」，也不是簡單的「以物觀物」，而是讀者與作品二者間主客互動，交相激化的動態審美體驗過程，是閱讀主體的審美意識與作品深層審美內涵的高度契合。它可意會而不可言傳，是文學欣賞中閱讀主體所能達到的最高審美境界。

第二章

詩歌欣賞

一、詩歌概述

❈ 詩歌的概念

　　詩歌是最古老的文學樣式，其本質特徵究竟如何，人們從不同的角度作過很多解釋，這裡介紹幾種較為流行的說法。

　　1.言志說　我國最早的對詩的本質的解釋，如「詩言志」（《尚書·堯典》），「詩者，志之所之也。在心為志，發言為詩」（《詩大序》），「詩以道志」（《莊子·天下篇》）等。據聞一多先生考證：「志與詩原來是一個字。志有三個意義：一記憶；二記錄；三懷抱。」「詩言志」的「志」，在古代一般理解為懷抱，它與「禮」，即政治、教化分不開。

　　2.緣情說　即詩歌是表現感情的。如「詩緣情而綺靡」（陸機：《文賦》），「詩者，吟詠性情也」（嚴羽：《滄浪詩話》），「夫詩者哀樂之器也」（黃宗羲：《謝莘野詩序》）。

　　3.想像說　英國詩人雪萊在《詩辯》中是這樣給詩下定義的：在通常的意義下，詩可以界說為「想像的表現」。

　　新詩誕生後，我國的一些新詩人和詩論家用綜合的方式給詩下了定義。例如：

詩＝（直覺＋情調＋想像）＋（適當的文字）

　　　　　　Inhalt　　　　　　　　　　Form

（郭沫若：《論詩三札》，其中 Inhalt 是德語「內容」，Form 是德語的「形式」）

　　詩歌是表現人生感情思想的，比別的文字更多情緒想像的成分，更接近音樂，而多數是有韻律的（汪靜之：《詩歌原理》）。

　　人類對於宇宙的一切景物和情思、所得到的觀感，用一種的形式和音律，並以巧妙的文筆寫出的就是詩（田明凡：《中國詩學研究》）。

　　詩是具有音律的純文學（朱光潛：《詩論》）。

　　詩是一種最集中地反映社會生活的文學樣式，它飽含著豐富的想像和感情，常常以直接抒情的方式來表現，而且在精練與和諧的程度上，特別是在節奏的鮮明上，它的語言有別於散文的語言（何其芳：《關於寫詩和讀詩》）。

　　目前對詩歌的定義大多遵循何其芳的說法，它較全面概括了詩歌的性質，有一定的科學性。

　　詩歌的種類，從其內容和表現形式來劃分，可分為抒情詩、敘事詩和散文詩三大類。從詩的聲韻格律來劃分，我國詩歌可分為古體詩、近體詩（格律詩）、自由體詩。從年代上來劃分，可分為古典詩和現代詩。

　　古體詩是指由《詩經》、《楚辭》以來盛行於漢魏直到隋朝的一種詩歌體式，格式比較自由，詩的句數、平仄聲調、對仗等都沒有嚴格的規定，雖基本上是雙句押韻，但隨時可以換韻。古體是一個很寬泛的概念，它包括四言體、五言體、七言古體、古絕、新舊樂府、歌行體詩等詩歌形式。

　　近代詩即格律詩，其始創於齊梁時代，到唐代定型。它的特點是字數、句數、平仄聲調、對仗和押韻等都有一套嚴格的規定。它包括律詩、絕句、詞和曲。

　　自由體詩亦即新詩，是指「五四」以後的詩歌，它使用白話文代替文言文，打破傳統詩歌律的束縛，給詩歌以充分自由。

❀ 詩歌的特點

　　詩歌有別於其他文學體裁的特點，主要有以下幾個方面：

　　*1.*強烈的抒情性　任何文學作品都滲透著作者的思想感情，但和

其他的文學體裁相比較，詩歌的感情色彩最為濃烈。詩歌不僅以抒情的方式來反映生活，表達作者的思想感情，並且以抒情的方式打動和感染讀者。我們欣賞詩歌不是為了增長知識，也不是為了獲得明確的概念，而是為了獲得一種心靈被感動的滿足。清人吳喬曾打過一個比喻：「意喻之為米，文喻之為炊而為飯，詩喻之為釀而為酒，飯不變米形，酒形質盡變；啖飯則飽，可以養生，可以盡年，為人事之正道；飲酒則醉，憂者以樂，喜者以悲，有不知其所以然者。」（《清詩話‧答萬季野詩問》）這種酒飯之喻，實際上是對詩歌強烈抒情性特徵的形象化說明。

的確，詩最擅長抒情。郭沫若認為：「詩的本職專在抒情」（《沫若文集》第十卷第211頁）。其「專」字突出了詩歌這一美學特徵，詩歌如果離開了情，就失去了靈魂。任何優秀的詩篇都具有抒情的美感，即使是敘事詩、諷刺詩，也都以從情感上感染讀者為最終目的。「敘事詩，假若只是韻文故事，那就是敘事而不是詩了，諷刺詩，任它怎麼潑辣、犀利，也總是抒發想伸張真理之情的。」（周良沛《靈感的流雲》第5頁）

在詩歌中，詩人根據情感的變化和發展，可以把互不關聯的各種藝術形象和畫面串聯起來。如果詩歌中缺乏情感的滲透，也不能稱為好詩。試比較元代兩首小令，曲牌都是〈越調‧天淨沙〉，第一首是馬致遠的〈秋思〉：

> 枯藤老樹昏鴉，小橋流水人家。
> 古道西風瘦馬，夕陽西下，斷腸人在天涯。

第二首是吳西逸的〈閑題〉之四：

> 江亭遠樹殘霞，淡煙芳草平沙。
> 綠柳陰中繫馬，夕陽西下，水村山郭人家。

　　比較這兩首詩優劣的關鍵是情感，第一首詩正是由於強烈情感的滲透，把三組互不關聯的客觀景物串聯起來，準確而生動地勾勒出秋天蕭瑟、悲涼的氣氛，從而表達出旅人的孤獨和悲涼，以及思鄉的情懷。第二首詩由於從頭到尾都是意象的鋪排，缺乏情感的滲透，從而不具有強烈的感染力。

　　2.**豐富的想像性**　我國古代最早的兩部文藝理論專著：劉勰的《文心雕龍‧神思篇》和陸機的《文賦》都對想像和聯想在文藝創作中的作用作過專門論述。

　　文學創作應該有豐富的想像力，「沒有想像就沒有藝術創造」（王朝文：〈審美談〉）。尤其是詩歌，要透過生動優美的形象來表達內心豐富的思想感情，從而感染讀者。因而優秀的詩歌作品總是充分地發揮詩人的想像力，同時又要調動讀者的想像力，超越物我之間、時空之間、理想和現實之間的限制，以有限的意象，創造出一種非同凡響的、美妙的詩的意境。

　　在文學作品中，形象一般是指人物形象、環境、場面、事態、景物，以及情景交融的畫面或氛圍意境等。詩歌不太注重人物形象的塑造。雖然敘事詩常會刻畫人物形象，抒情詩中的許多詩篇抒情主體常常出現，但這些形象是作為詩人思想情感的載體而出現的。在文學的各種體裁中，詩歌是最長於抒情的體裁，而詩歌抒情最主要的藝術手法，便是創造意境。

　　意境是我國抒情文學創作傳統錘鍊出來的審美範疇。我國古代傳統文藝理論中最早使用「意境」一詞是託名王昌齡的〈詩格〉，它把「意境、物境和情境」並舉，稱為詩的「三境」。自此後，詩的意境問題漸受重視，說法頗不統一，先後出現過「意象」（王世禎：《藝苑卮言》）、「興象」（胡應麟：《詩藪》）、「情景」（王夫之：《薑齋詩話》）、「境界」（王國維：《人間詞話》）等名稱，這些名稱雖不同，但實質是一致的。「意境說」這一文學理論是在晚清學者王國維《人間詞話》中才基本確立。他強調「文學之事，其內足以

擄己而外足以感人者，意與境二者而已。上焉者意與境渾，其次或以境勝，或以意勝。苟缺其一，不足以言文學」。在此，他明確地從物與我、客體和主體、情與理的內在關係上剖析意境的內涵。

　　意境是作者主觀情意（意）與客觀生活的物景（境）互相交融而形成的藝術境界。具體地說，意，包括情與理，即詩人對生活的獨特情思和認識；境，包括形與神，即客觀事物的外在形貌和內在義蘊。意境的營造要求「意」與「境」妙合無間，渾然一體。詩人常藉由象徵、暗示、雙關等藝術手法，營造出一種意在言外的「味道」，把許多問題留給欣賞者自己去回味和思考，在領會詩人的立意後，進入詩詞所開拓的境界。

　　試比較下面兩首詩：

　　　　　死，
　　　　　也不做奴隸！
　　　　　奴隸啊，
　　　　　像馬，
　　　　　像牛，
　　　　　像狗。

　　　　　　　（林采：〈死也不做奴隸〉）

　　　　　假設我們不去打仗，
　　　　　敵人用刺刀
　　　　　　殺死我們
　　　　　　還要用手指著我們骨頭說：
　　　　　「看，這是奴隸！」

　　　　　　　（田間：〈假使我們不去打仗〉）

　　這兩首詩的立意相同，但意境創造上大不一樣。第一首詩並未構成一種意境，雖然用了一組比喻，但只是概念的直寫，未找到恰當的

藝術形象或生活圖景表達出來。第二首用假使語氣設計一幅形象的圖
畫，畫面鮮明獨特，怵目驚心，從而調動讀者的情感，引起他們的想
像和聯想。

　　意境構成的形式多種多樣，情隨景生、緣情寫景、寓情於景、情
景交融等各有所不同。同時，意境是詩人內心世界的藝術再現，滲透
著詩人獨特的情趣和性格，由此形成了各個不同風格的意境特點，比
如李清照的空靈沈鬱、王維的綺麗幽美、孟浩然的淡遠清秀等，各呈
異采。

　　想像是詩歌的翅膀，詩歌意境的營造靠詩人豐富的想像和聯想。
同時，古代詩論家常常以詩歌是否有想像回味的餘地來作為品評的重
要標準。浪漫主義的詩歌自不待言，即使是偏重於現實主義的詩歌也
如此。白居易的敘事長詩〈長恨歌〉，寫的是唐明皇與楊貴妃生死相
思的愛情故事，作者以豐富奇詭的想像，上天入地，將唐明皇對楊貴
妃的生死相思之情推向極致，使人不得不感嘆於這一種生死相思的無
限長恨。

　　3.結構的跳躍性　「詩歌由於其語言的高度凝鍊與豐富大膽的想
像、跌宕起伏的情感相結合，使得其內容難以遵循日常經驗的邏輯按
部就班地展開。在詩歌中，結構所遵循的是情感和想像的邏輯，因而
常常省略掉語言中的過渡、轉折和聯繫交代的詞語，甚至打破語法規
則，以滿足情感與想像飛躍變化的需要。」（童慶炳主編：《文學概
論》）詩歌中常常略過一些過程的交代，拋開表層的連線，把過去和
現在、開頭和結尾、原因和後果、現象和本質等直接聯繫在一起。節
與節、行與行，甚至一行之內的大幅度跳躍，這種跳躍的頻率之快與
幅度之大，在其他文體中是不多見的，但詩歌中卻是允許的。詩人聞
一多曾打個很形象的比喻：「詩是跳舞，散文是走路。」

　　詩的跳躍有不同的方式，最基本的有時間的跳躍、空間的跳躍，
更多的是時空同時跳躍。如臧克家在二十世紀四〇年代曾寫過一首題
為〈三代〉的短詩：

　　孩子

　　在土裡洗澡；

　　爸爸

　　在土裡流汗；

　　爺爺

　　在土裡葬埋。

　　這首短詩三個急劇跳躍的詩句，概括了三代人的處境，時間的跳躍相當大。

　　又如前面引用過馬致遠的〈天淨沙・秋思〉，把同一瞬間看到的景物並置到一起，若用嚴格的語法來要求，它是不完整的。可是，作為詩句，這種空間的跳躍是允許的，同時由於這三組景物的有機搭配，動靜結合，從而達到一種渾然天成的藝術高度。

　　詩的跳躍從本質上是情感的跳躍、思維的跳躍，因此，欣賞詩歌應沿詩人的情感線索展開聯想，深入領會詩歌所表現的豐富思想和情感。

　　4.語言的多義性　在諸種文學形式中，詩的語言是最有魅力的。一方面，它不同於科學論著的語言。科學論著的語言強調明確、單一，直截了當；而詩的語言強調含蓄、多義、可感，讓讀者借助想像和聯想把握形象，體會作者的情感和思想。另一方面，詩的語言也不同於小說戲劇語言，小說戲劇要在情節的推進中再現人物與客觀事實，追求畫面的完整和形象的直觀；詩的語言則更接近音樂，不追求情節與場面的完整，跳躍性極強，以多層次地抒發詩人的內心感受為主，注重表情。

　　劉勰在《文心雕龍・隱秀》中說：「隱也者，文外之重旨也。」這裡談到的「隱」，即詩歌的語言要求有言外之意。清代詩人袁枚《隨園詩話》中講道「詩含兩層意，不求其佳而自佳」。前人的這些論述也就是指詩歌語言要具有多義性，即除去表層意思，還應具有深

層內涵。詩人常借助於象徵、暗示、婉轉、雙關等多種表現手段來加強這種多義性。同時,詩歌的語言還應當使其富形象、具有可感性,能使讀者在想像中形成一種富有色彩感、立體感和具體感的意境。

5.和諧的音樂性　詩歌的音樂性主要來自語言的音樂性,而詩歌語言的音樂性則表現為內在的情緒律動與外在韻律的完美結合;它藉由押韻、聲調、節奏等手段把內在的情緒律動外化出來。詩,習慣上稱為「詩歌」,因為從藝術的起源來看,詩和音樂幾乎同時誕生。我國的古典詩歌是有聲韻、有節奏、能吟能唱的,它和音樂關係的體現是直接的。我國古代的第一部詩歌總集《詩經》中的詩都可以入樂,它的編排是按照樂曲的不同分為風、雅、頌三類。《史記》中曾記載:「『詩三百』孔子曾弦歌之。」《楚辭》中的〈離騷〉、〈九歌〉、〈九章〉,漢魏六朝的樂府詩,唐代的一些詩歌等都可以入樂。況周儀《蕙風詩話》說「唐人朝成一詩,夕付管弦,往往聲稀節促,則加入和聲」。唐以後的宋詞、元曲,是先有詞譜、曲譜再依譜填詞歌唱。

「五四」以後的新詩,用白話文代替了文言文,打破古詩聲律的束縛,側重於詩歌內在的旋律和節奏,隨著詩人感情的起伏而變化,顯示出一種自然的節奏感和旋律感。詩歌的音樂性得以向深層發展。

二、我國詩歌的發展線索

詩歌最先起源於原始人在勞動中發出的有節奏的呼聲。後來,隨著人類語言的產生,文字的出現,人們把歌唱的語言記錄下來,便成了文字記錄的詩歌。《吳越春秋》上記載一首相傳是黃帝時代的原始歌謠〈彈歌〉:

斷竹,

續竹,

　　　飛土，

　　　逐肉。

　　翻譯出來就是砍短竹子，作為武器，鍬起土塊，追打野獸。這首詩反映的是原始時代人們的狩獵過程。

　　中國詩歌的歷史，嚴格地說，應從《詩經》開始。《詩經》是我國最早的一部詩歌總集。最初只稱為《詩》或《詩三百》，直到漢代，學者們把它奉為儒家經典之一，始稱為《詩經》。它收集的大約上起西元前十一世紀（西周初年），下至西元前六世紀（春秋中期）五百多年間的詩歌作品，代表了西周、東周、春秋時代的詩歌創作。《詩經》共三百零五篇，都是配合音樂的歌辭，根據樂調的不同，分為風、雅、頌三類。作品所反映的是從氏族時代到奴隸制度沒落崩潰時代的社會生活風貌，是我國現實主義文學的奠基之作。《詩經》以四言句式為主體，靈活多變，廣泛運用賦、比、興手法，大量使用重疊、雙句韻以及各種修辭手法，語言豐富多彩，開創了我國第一種古典詩體形式──風體詩。

　　戰國後期形成於楚國的「楚辭」是繼《詩經》之後出現的一種新的詩歌體裁，是一種與《詩經》所代表的現實主義詩歌相映照的浪漫主義風格的詩歌。它是一種「書楚語、作楚聲、紀楚地、名楚物」具有楚文化特色的民間樂詩，以六言、七言為主，長短參差，靈活多變，多用語氣詞「兮」字。偉大的愛國主義詩人屈原是它的奠基人和最優秀的代表作家，其代表作品是〈離騷〉。〈離騷〉是我國古代文學史上最瑰麗的長篇政治抒情詩。後人把《詩經》和《楚辭》並稱為「風騷」。此外，屈原的〈九歌〉、〈九章〉、〈天問〉以及宋玉的〈九辯〉都是其重要作品。《楚辭》中的作品大都以宗教巫術為主要題材和線索，貫穿著強烈的浪漫主義精神和濃鬱的悲劇色彩，其豐富的表現手法、章法結構及華美繁麗的辭藻，對後世文學，特別是漢賦影響極大。

　　兩漢時期的賦體是導源於荀子的〈賦篇〉，並吸收了《楚辭》的某些形式要素而形成的。漢初，賈誼的辭賦取得了一定成就，他的代表作品〈弔屈原賦〉表達了對屈原的深切哀悼和懷念，也抒發了對自己遭遇的不平和憤慨。形式上雖已有散文化傾向，但仍未脫楚辭的形跡，被稱為騷體賦。賈誼以後，辭賦進入大賦時期，內容大多是鋪陳帝王貴族的生活。枚乘的〈七發〉奠定漢大賦形式格局，司馬相如的〈子虛賦〉、〈上林賦〉等是重要的代表作品。東漢張衡〈歸田賦〉、蔡邕〈述行賦〉等開始用辭賦抒情寫志，突破大賦原有體制，對魏晉時期的抒情小賦和唐宋時期的散文賦產生了積極影響。

　　兩漢時期出現了我國第三種古典詩體形式──樂府詩。作為詩體名稱的樂府，最初的意義是入樂的歌辭。我們一般所說的樂府詩是指民間歌謠以及一部分帶有民歌色彩的文人作品。從現存的樂府民歌來看，東漢的作品居多，西漢也有一部分。樂府民歌直接繼承《詩經》的現實主義精神，樂府詩如同《詩經》的主要部分的風體詩，以「飢者歌其食，勞者歌其事」、「感於哀樂，緣事而發」的里巷歌謠，深刻反映當時社會生活的風貌，體現勞動人民的心態、願望和要求，如〈戰城南〉、〈十五從軍征〉、〈孔雀東南飛〉、〈上邪〉、〈有所思〉、〈陌上桑〉等都是其中名篇。樂府詩以敘事鋪陳見長，故事性強，在敘事中抒發感情。語言富於生活氣息，句式以五言、雜言為主，為以後的五言詩奠定了基礎，也孕育了七言詩的胚胎。

　　受漢樂府民歌的影響，漢代文人五言詩也開始醞釀發展。東漢末年產生的《古詩十九首》標誌著文人五言詩的成熟。《古詩十九首》非一人所作，內容相當複雜，大都描寫失意文人、閨人怨別、遊子懷鄉、遊宦無成等傷感情緒，是東漢末年政治生活的真實反映。它繼承了樂府詩中的抒情詩技巧，並進一步融合《詩經》、《楚辭》的藝術成果，使五言詩成為更成熟的詩歌形式。劉勰在《文心雕龍·明詩篇》中說它是「五言之冠冕」，在中國詩歌史上的地位是「風之餘而詩之母」（風指歌謠，詩指文人寫的五言詩）。《古詩十九首》是民

歌轉變為文人詩的關鍵，其主要藝術特色是長於抒情，交替使用賦、比、興三法，語言異常精練，前人有「篇不可句摘，句不可字求」的讚譽。

漢末魏初（西元二、三世紀），即歷史上被稱為建安的時代，以「三曹」（曹操、曹丕、曹植父子）為核心，加上孔融、王粲、劉楨、阮瑀、應瑒、徐幹、陳琳等被稱為「建安七子」的文人，開創了五言詩歌的輝煌時代。建安詩歌反映了動盪的社會面貌和人民的痛苦，抒發建立統一局面的理想情操，調子慷慨蒼涼。劉勰在《文心雕龍‧時序》中曾評述到：「觀其時文，雅為慷慨，良由世積亂，風衰俗怨，並志深而筆長，故梗概而多氣。」這種特色就是後人所稱「建安風骨」或「漢魏風骨」的藝術風格。

魏晉之際，詩歌創作呈現出與建安文學不同的風貌，詩風出現辭藻對偶，輕綺繁縟的傾向，但文人抒情五言詩創作有進一步的發展，出現了阮籍、嵇康、左思、劉琨等著名詩人。東晉時期「理過其辭，淡乎寡味」（鍾嶸：《詩品》）的玄言詩氾濫一時，直到東晉末年陶淵明才為詩壇帶來富有現實內容和獨特風格的詩作。陶詩多寫農家生活、田園風光，代表作品〈歸田園居〉、〈飲酒〉等，語言自然，境界悠遠，風格恬淡，為後世田園山水詩的繁榮積聚了能量。

南北朝時期，「文」「筆」之分日益明顯，駢文盛行。此間，雖有謝靈運、謝朓、鮑照、庾信等著名詩人，但綺麗浮艷詩風仍占居主導地位。總的說來，「儷采百字之偶，爭價一局之奇」（劉勰）是這一時期主要的文學風尚。但對形式聲律的追求，也為唐代近體詩的定型和成熟奠定了基礎。

唐代是我國詩歌史上的黃金時期，也是古典詩歌高度成熟和百花齊放的時期，初、盛、中、晚唐各期，名家輩出，群星燦爛，各種藝術風格流派異彩紛呈，在不到三百年的時間裡，無論作品數量或是作家人數，遠遠超過自西周至南北朝一千六、七百年的總和。清代新編的《全唐詩》，錄有二千三百餘家，四萬八千九百餘首詩，其餘散失

的無法計算，可見唐詩發展的盛況。唐詩在形式上除了繼續使用五言古體詩、七言古體詩以及由樂府詩發展變化出來的「雜言歌行體」外，絕大多數詩作是格律詩，也稱為近體詩。這是詩歌發展史上出現的又一種占統治地位的古典詩體形式。

　　有「初唐四傑」之稱的王勃、楊炯、盧照鄰、駱賓王四人，和稍後的陳子昂，上承漢魏風骨，反對齊梁浮艷詩風，積極開拓詩歌思想內容，詩歌題材從宮廷擴展到社會現實，風格變化漸多，律詩絕句的規範化完成，特別是陳子昂打出復古的旗號，力促詩歌革新，把唐詩推向一個新的發展階段。此間，重要的詩人還有張若虛、賀知章、張九齡等。

　　唐玄宗開元、天寶年間，史稱盛唐。「李杜文章在，光焰萬丈長」（韓愈的〈調張籍〉）。李白、杜甫被稱為我國詩歌史上雄視古今的「雙子星座」，他們也代表盛唐詩歌的最高成就。李白詩歌多歌頌祖國的大好河山，反映個人理想和當時社會現實的矛盾，感情奔放熱烈、風格豪放飄逸，是繼屈原後我國最偉大的浪漫主義詩人，代表作有〈蜀道難〉、〈遠別離〉、〈將進酒〉、〈行路難〉等。杜甫詩歌集中反映唐安史之亂後由盛轉衰過程中一系列重大事件，號稱「詩史」，以〈三吏〉、〈三別〉最負盛名。杜甫繼承和發揚了《詩經》、樂府民歌、漢魏風骨等傳統的現實主義精神，感情深沈，風格沈鬱頓挫。在詩歌形式上，杜甫喜用律體，他把律詩發展到了完全成熟的階段。〈登高〉、〈秋興八首〉更被奉為律詩的典範。

　　盛唐時期還出現了兩大詩歌流派，一派是以王維、孟浩然為代表的「山水田園派」，詩的內容多寫山水風景，詩的風格澹遠；一派是以高適、岑參、王昌齡為代表的「邊塞詩派」，詩的內容注重戰爭或政治的題材，詩的風格雄放。王維善於將繪景狀物與闡發禪趣相結合，被稱為「詩佛」，詩中不少「入禪之作」，詩中有畫，意境幽美，審美價值極高。其代表作品有〈山居秋暝〉、〈鹿柴〉、〈竹里館〉等。高適的〈燕歌行〉和岑參的〈白雪歌送武判官歸京〉等七言

歌行體詩，都是唐代邊塞詩的名篇。

　　「安史之亂」之後的中唐時期是唐詩再盛時期，詩歌創作又形成一個新的高潮，劉長卿、韋應物的山水詩，盧綸、李益的邊塞詩承接著盛唐，同時，現實主義逐漸進入一個全面發展的新階段。詩人元結、顧況致力於用詩歌直接反映現實，繼承了杜甫「即事名篇，無復依傍」的現實主義詩歌的創作傳統，多作新題樂府詩。唐憲宗元和年間，以白居易、元稹為首的現實主義詩人倡導了一場新樂府運動。其主張為「文章合為時而著，歌詩合為事而作」，強調詩歌的社會作用。其中白居易的〈賣炭翁〉、〈秦中吟〉抨擊時弊，有鮮明的形象性和強烈的戰鬥性，而其敘事長詩〈長恨歌〉、〈琵琶行〉堪稱我國古代敘事詩的傑作。此外，以韓愈、孟郊為首的險硬詩派，崇高險怪，以才學為本，以議論見長，開宋詩多以議論入詩的風氣。柳宗元、劉禹錫、賈島等人的詩歌也各具風格。中晚唐之交的李賀，被稱為「詩鬼」，善用象徵性的語言創造獨特的意象，以其浪漫主義風格獨樹一幟。

　　晚唐時期，隨著唐王朝的沒落，詩歌大多染上濃厚的衰亡感傷色彩。此間最有成就的詩人是杜牧和李商隱。杜牧擅長寫七絕，其詠史懷古詩風格俊爽高絕，最為出色；李商隱的七律沈博絕麗，內容十分豐富，感懷詩深受杜甫影響，廣泛深刻反映當時社會生活，而其愛情詩最為成功，尤其是「無題」詩，工於比興，用典甚多，往往意味雋永，耐人尋味。〈錦瑟〉被稱為最難解讀的古典詩歌。

　　詞產生於隋唐初年，起源於民間，是隨燕樂而興起的新詩體。敦煌曲子詞是現存最早的民間詞。中晚唐，文人填詞漸成風氣。五代時，中國第一部文人詞總集《花間詞》問世。南唐後主李煜的詞作抒寫家國身世之恨，感慨遙深，語言樸素自然，流走如珠，〈虞美人〉、〈浪淘沙〉、〈烏夜啼〉等，均是詞中的精品。

　　詞發展到宋代，進入極盛，成為與唐詩、元曲並指的一代「獨藝」。《全宋詞》錄得作品有兩萬餘首，詞人一千四百餘位。北宋詞

壇，柳永是第一個精通詞律的專業詞人，大量創制並寫作了篇幅較長、結構複雜、音調更為繁複好聽的慢詞，從內容到形式都富於平民色彩。〈八聲甘州〉、〈雨霖鈴〉等將抒情、敘事、寫景完美結合，是其詞中精品。蘇軾的「以詩為詞」擴大了詩歌題材，提高了詩歌的意境，豐富了詩歌的表現手法，其豪放清曠的詞風，啟迪了南宋豪放詞派的產生。此外，賀鑄、黃庭堅以及被稱為「婉約之宗」的秦觀等各有風格，形成北宋詞壇繁榮的景象。

北宋婉約詞的集大成者是周邦彥，他的作品標誌著宋詞藝術的深化和成熟。其精巧工麗的典雅風格薰染了南宋的格律派、風雅派詞人。生活在南北宋之交的李清照，是繼秦觀以後另一個「婉約派」的正宗詞人，是我國古代最優秀的女詞人，其詞意境深厚，感情宛曲，造語清新，婉約中帶有豪放的風格。南宋最偉大的愛國主義詞人當推辛棄疾，他繼承蘇軾詞的豪放風格，並加以發展。其詞慷慨縱橫，以強烈的愛國熱情、豪爽的英雄氣概和充沛的創作才力，多種的藝術風格，尤其是能將經史子集之語熔鑄入詞，開拓了詞的境界，形成詞史上著名的辛派詞。

宋詩的成就不如唐詩，但其思想內容和藝術表現也有自己的特點。總的來說，唐詩主情，宋詩主理。北宋詩壇上影響最大的兩位詩人是蘇軾和黃庭堅。黃庭堅首倡「點鐵成金」、「脫胎換骨」之說，成為江西詩派的宗主。此外，愛國詩人陸游、擅寫田園風光的楊萬里、范成大等都是影響較大的詩人。

散曲是元代出現的一種配合當時流行曲調清唱的抒情詩體。一般所說的元曲是雜劇和散曲的合稱。散曲的內容十分廣泛，譏世、嘆世、隱逸、閨怨等無不涉及，具有濃厚的市民通俗文學色彩。元散曲重要作家有關漢卿、馬致遠、張可久、喬吉、白樸、張養浩、睢景臣等。其中關漢卿的〈南呂·一枝花·不伏老〉、馬致遠的〈天淨沙·秋思〉、張養浩的〈山坡羊·潼關懷古〉等都是散曲中的精采之作。

明、清時期的詩歌創作相對衰落，總體成就未能超越前代，但也

流派眾多，名家迭出。明中葉以後的「前後七子」針對明初的「臺閣體」萎靡文風，提出「文必秦漢，詩必盛唐」的主張，對詩壇有較大影響。清初的王士禎提倡「神韻」，成為當時詩壇的領袖，另外，鄭燮反映民情之作，袁枚直抒性情之作，納蘭性德的小令，都代表清代的詩歌成就。

龔自珍是近代文學史上具有啟蒙思想的重要詩人，他的詩富於政治敏感，獨闢蹊徑，代表作〈己亥雜詩〉富有時代色彩和歷史意義。改良主義運動代表梁啟超提出「詩界革命」、「文界革命」，並推譽黃遵憲「我手寫我口」的新派詩，成為「詩界革命」的一面旗幟。辛亥革命時期，柳亞子、陳去病、蘇曼殊、秋瑾等人的作品洋溢著愛國主義和民主主義的精神。

「新詩」發端於「五四」新文化運動和文學革命。胡適的《嘗試集》是現代文學史上第一部白話詩集，用白話文代替文言文，並打破傳統詩歌的格律束縛，是現代新詩的第一塊基石。而郭沫若的《女神》則表現了「五四」時期狂飆突進的時代精神，詩風雄渾豪放，具有典型的浪漫主義風格，是現代文學史上第一部真正的新詩集，代表新詩創作期的最高成就。

二十世紀二〇年代後期，以聞一多、徐志摩為代表的「新月詩派」試圖使不知節制的自由體詩格律化，提出其著名的「三美原則」（即詩歌要求音樂美、建築美和繪畫美）。同期，還有以李金髮為代表的象徵派、以戴望舒為代表的現代派等。

二十世紀三〇年代初「左聯」成立後，新詩的現實主義精神得到發揚，出現了現代文學史上第一個革命詩歌社團──中國詩歌會。當時著名的詩人還有艾青、田間、臧克家等。艾青的〈大堰河──我的保姆〉，田間的〈致戰鬥者〉，臧克家的〈罪惡的黑手〉都是名篇。

二十世紀四〇年代，詩歌創作特別活躍，優秀的作品有李季的〈王貴與李香香〉，田間的〈趕車傳〉（第一部），張志民的〈死不著〉，阮章競的〈漳河水〉。

三、詩歌欣賞的方法

❀　知人論世

　　知人論世是我國傳統的文藝批評和鑑賞的方法之一，最早是由孟子提出來的。《孟子・萬章》中說：「頌其詩、讀其書，不知其人可乎？是以論其世也，是尚友也。」他認為要理解文學作品，一定要對作者和作者所處的時代有所了解，這才能與古人為友。魯迅也曾說道：「我總以為倘要論文，最好是顧及全篇，而且顧及作者全人，以及他所處的社會狀況，這才較為確鑿。要不然，很容易近乎說夢的。」

　　「知人」就是要了解詩人各方面的情況，特別是注意了解詩人與作品的關係。這裡的「人」一是作為社會的人，他的生活經歷、政治遭遇、思想崇尚，乃至籍貫、家世、交遊等；二是作為詩人的人，如創作才能、個性氣質、文學修養、審美情趣，甚至師承、流派等。古人有所謂的「詩如其人，不可不慎」（施閏章：《蠖齋詩話》）、「詩以人品為第一」（李調元：《詩話》）等說法，這都強調了詩與作者之間的關係。了解作者其人，能幫助我們更深刻地理解他的作品，否則，會有所偏頗。

　　「論世」就是要了解作品所反映的那個時代的社會背景，以及詩人創作該作品時的社會狀況。比如政治上的治亂、經濟上的興衰、下層社會面貌乃至典章制度、文化思潮、學術風氣、風俗習慣等。比如白居易敘事長詩〈長恨歌〉，作者選擇了具有典型意義的帝妃愛情悲劇為題材，涉及到安史之亂這個重大的社會內容，具有強烈的時代感。如果我們不了解作者關於「文章合為時而著，歌詩合為事而作」的文學主張及思想，不了解白居易「警戒後人」的創作意圖，不了解當時的社會狀況，就很難準確地對作品作出歷史唯物主義的審美評

價。

　　在文學欣賞中常犯的毛病是把古人現代化。用現代的詞義、現代的認識去理解、評價古典詩詞。如今人試圖從歷史的變化和中華民族大一統的觀點去理解評價屈原、岳飛、文天祥等人，認為他們的作品無所謂表現愛國精神與民族氣節，把今人對「國家」概念的理解強加在古人身上，實不可取。

✿ 言外求意

　　大凡優秀的詩人都講究詩的含蓄美，重視婉轉曲達，透過精練的語言表現出豐富的內涵，使鑑賞者感到千回百轉、山重水複、曲徑通幽。司空圖要求詩有「韻外之致」、「味外之旨」（〈與李生論詩書〉），「不著一字，盡得風流……深淺聚散，萬取一收」（《二十四詩品》）。現代著名的詩人艾青也說：「一首詩不僅使人從那裡感觸了它所包含的，同時也還可以由它而想起一些更深更遠的東西。」（《詩論》）這也就是說，一首好詩，其內容應該是言外有意、耐人思索的。

　　詩歌中或寫景狀物，或寫史詠懷，表面的意思很容易理解，但實際上卻另有深意，有所寄託，我們在欣賞中要能透過表面的字意，體會其深層的寄託之意。如柳宗元一首著名的絕句〈江雪〉：

　　　千山鳥飛絕，萬徑人蹤滅。孤舟簑笠翁，獨釣寒江雪。

　　如果我們不理解詩人的寄託，不知道詩人是藉這幅寒江獨釣圖來表達他在政治上遭受打擊後不屈而又深感孤獨的情緒，只是得到詩中的物景，這種欣賞也就沒有意味了。

❀ 比較鑑別

「有比較才有鑑別」。在詩歌欣賞中，比較的方法也是常用的欣賞方法之一。透過比較，可以不斷提高欣賞能力和水平。

詩歌比較中常用的方法是「同類比較」。同一主題、同一標題、同一手法等可以進行比較。如謝榛在《四溟詩話》中曾對韋蘇州的「窗裡人將老，門前樹已秋」、白樂天的「樹初黃葉日，人欲白頭時」、司空曙的「雨中黃葉樹，燈下白頭人」三詩的意境進行比較，說：「三詩同一機樞，司空為優。」司空用的是以景寓情的方法，透過兩個具體生動的畫面──黃葉樹、白頭人，含蓄地抒發情感，比直接用「已秋」「將老」一語道破的表白，更有韻味，營造出情景交融的意境。

文學史上有很多同題作品的比較，例如比較欣賞陸游與毛澤東的〈卜算子・詠梅〉，一古一今兩首詞物我交融的意境，有異曲同工之妙，但同題意不同，陸游筆下象徵著作者孤寂、清冷、高潔的人格精神的梅花，毛澤東反其意而用之，用它來象徵樂觀、堅強、敢於迎霜鬥雪的革命者的人生態度。

詩歌欣賞中的比較還包括優秀的作品與有缺點毛病的作品的比較。魯迅先生曾講過：「凡是已有定評的大作家，他的作品，全部就是說明著『應該怎麼寫』。只是讀者很不容易看出，也就不能領悟。因為在學習者一方面，是必須知道了『不應該那麼寫』，這才明白原來『應該這麼寫』。」同時他又指出：「應該這麼寫，必須從大作家們完成了的作品去領會。那麼，不應該那麼寫這一面，恐怕最好是從那同一作品的未定稿本去學習了。」這裡魯迅強調的是一種比較鑑別的學習方法，同時也是一種欣賞方法。

在古代詩話詞話中，保存了一些詩人練字練句的創作佳話，如賈島的「僧敲月下門」（「推」與「敲」的選擇）、王安石的「春風又綠江南岸」（「綠」與「過」、「滿」、「到」、「入」等的反覆修

改）。在現代新詩中，詩人練字練句的例子也常有。比如臧克家的〈難民〉一詩，開頭兩句是「日頭墜在鳥巢裡，黃昏還沒有熔盡歸鴉的翅膀」，是經過兩次修改後的定稿。最初是這樣寫的：「黃昏裡煽動著歸鴉的翅膀」，後又修改為「黃昏裡還辨得出歸鴉的翅膀」，直到定稿才寫成這樣。

經過比較，可以拓寬詩歌欣賞的視野。

❀ 品嘗韻味

欣賞詩歌，還必須要反覆體驗、回味和吟詠。沈德潛在《說詩晬語》中說到：「詩以聲為用者也，其微妙在抑揚抗墜之間。讀者靜氣按節、密詠恬吟，覺前人聲中難寫、響外別傳之妙，一齊俱出。朱子云：『諷詠以昌之，涵濡以體之。』真得讀詩趣味。」我們知道語言的音樂性是詩歌的特點之一，那麼，怎樣從富有音樂性的詩歌語言中體會詩歌的情致？只有吟詠，才能充分表現出詩歌的整齊之美、抑揚之美、迴環之美和抒情之美。只有在吟詠中去充分玩味每個字的含義，從而領略詩中的情致、韻味。

古人讀詩即吟詩，杜甫有這樣的詩句：「晚節漸於詩律細，新詩改罷自長吟。」苦吟詩人盧延讓也說：「吟安一個字，捻斷數莖鬚。」新詩的欣賞同樣也可以吟詠。魯迅先生曾指出：「新詩先要有節調，押大致相近的韻，給大家容易記，又順口，唱得出來。」

名詩賞讀

蒹葭①

蒹葭蒼蒼，白露為霜。
所謂伊人，在水一方。
溯洄②從之，道阻且長；
溯游從之，宛在水中央。

蒹葭淒淒③，白露未晞。
所謂伊人，在水之湄④。
溯洄從之，道阻且躋⑤。
溯游從之，宛在水中坻⑥。

蒹葭采采⑦，白露未已。
所謂伊人，在水之涘⑧。
溯洄從之，道阻且右⑨。
溯游從之，宛在水中沚⑩。

注釋

①《詩經》，又稱《詩》或《詩三百》，是我國最早的一部詩歌
　總集，共三百零五篇，分風、雅、頌三個部分。〈蒹葭〉選自
　《詩經・秦風》。蒹葭：蘆葦。蒼蒼：形容蘆葦尚未出穗，顏
　色蒼翠。
②溯：逆水方向。洄：迂迴曲折的流水。
③淒淒：同「萋萋」，茂盛。
④湄：水邊。

⑤躋：地勢偏高。

⑥坻：突出水中的小塊陸地。

⑦采采：色彩鮮艷。與「蒼蒼」、「淒淒」意義相近，都是蒼翠
　茂盛之義。

⑧涘：水邊。

⑨右：彎曲。

⑩沚：水中小塊沙地。

提示

　　清人王闓運在《湘綺樓說詩》卷八中曾說過，《楚辭・九歌・湘
夫人》、《詩經・秦風・蒹葭》二詩，應該同是「千古傷心之作」，
都是寫對愛的追求受到阻隔的情詩。

　　〈蒹葭〉全詩三章，每章八句，結構簡明單純，採取鋪敘直陳之
法，僅僅攝取秋葦、秋露、秋霜、秋水和一位活動其間的「伊人」及
其追求者，輔之複沓迴環的詠嘆，使人感到傷心徹骨。同時由於對象
（伊人）的不確定，地點（在水一方）的不確定，追求結果的不確
定，形成一種縹緲迷離的藝術風格。不定指的「伊人」並不是僅指心
上人，同時也象徵一種美的事物或美的信念。

　　王國維在《人間詞話》中講到：「《詩經・蒹葭》一篇，最得風
人深致。晏同叔之『昨夜西風凋碧樹，獨上高樓，望盡天涯路』意頗
近之，但一灑脫，一悲壯爾。」

詩賞讀

短歌行①

曹操②

對酒當歌③，人生幾何？

譬如朝露④，去日苦多⑤。

慨當以慷⑥，憂思難忘。

何以解憂？唯有杜康⑦。

青青子衿⑧，悠悠我心⑨。

但為君故⑩，沈吟至今。

呦呦鹿鳴，食野之苹，

我有嘉賓，鼓瑟吹笙⑪。

明明如月，何時可掇⑫？

憂從中來，不可斷絕。

越陌度阡⑬，枉用相存⑭。

契闊談讌⑮，心念舊恩。

月明星稀，烏鵲南飛，

繞樹三匝⑯，何枝可依？

山不厭高⑰，水不厭深。

周公吐哺⑱，天下歸心。

注釋

①短歌行：漢樂府曲調名，屬〈相和歌・平曲調〉，因其聲調短
　促，故名，是宴會上唱的樂曲。作者是按舊題寫的新辭，原辭
　二首，此其一。

②曹操（155～220），字孟德，沛國譙（今安徽亳縣）人，我國

古代著名政治家、軍事家和文學家。曹操是建安文學的開創者，今存樂府詩二十餘首。《詩品》說：「曹公古直，頗有悲涼之句。」遺作《魏武帝集》已佚。有今人整理的《曹操集》。

③對酒當歌：宴會中面對著美酒和歌聲。對：面對。當：門當戶對之當，與「對」互文。一說當，應當，亦可。

④譬如朝露：朝露在日出後很快蒸發掉，此喻人生短暫。

⑤去日：已往的時日。苦：苦於。此句是說，已經逝去的歲月苦於太多，言外之意是餘生太少了。

⑥慨當以慷：歌聲應當既慨且慷。以：而。

⑦杜康：人名，相傳為我國最早發明釀酒的人。此處代酒。

⑧青：黑色。衿：衣領。青衿是周時讀書人的服裝，故代指學子。

⑨悠悠：長遠貌，表示思念的深沈、長久。《詩經·鄭風·子衿》裡有：「青青子衿，悠悠我心。縱我不往，子寧不嗣音？」此句表示對賢才的思慕。

⑩君：指所慕賢才。沈吟：低聲叨念。

⑪《詩經·小雅·鹿鳴》：「呦呦鹿鳴，食野之苹。我有嘉賓，吹瑟鼓笙。」這是一篇歡迎宴賓客的詩，作者引此句，表示對賢才的熱誠期待。呦呦：鹿鳴聲。苹：艾蒿。鼓：彈奏。瑟：古代一種弦樂器。笙：一種管樂器。

⑫輟：停止。一說同「掇」，拾取。

⑬陌、阡：田間小路，東西為陌，南北為阡。此句是說朋友遠道來訪，踴躍而至。

⑭枉用相存：枉屈尊駕來探問。枉：枉駕，屈就。用：以。存：問。

⑮契闊：聚散，合離。此處偏意在「闊」，意為久別。契：相會。闊：久別。此二句是說，我們久別重逢，在一起歡宴談心，共同回憶舊日的情意。

⑯匝：周，圈。此四句以烏鵲喻賢者，以烏鵲繞飛無枝可依喻賢

才亂世中欲擇賢主。

⑰厭：滿足。《管子‧形勢解》：「海不辭水，故能成其大；山
　不辭石，故能成其高；明主不厭人，故能成其眾……」此所本。

⑱吐哺：吐出嘴裡正在咀嚼的食物。《史記‧魯世家》：周公自
　稱：「一沐三握髮，一飯三吐哺，猶恐失天下之士。」歸心：
　民心歸附。此為曹操要學周公以招納天下賢士。

提示

　　本詩是曹操的代表作之一。作者感嘆光陰易逝，功業難成，表現
出作者為實現政治理想求賢若渴的心情和統一天下的雄心壯志。整首
詩的基調昂揚。

　　全詩以「憂思」為中心抒情言志，一系列比喻以及《詩經》兩個
片斷和《史記》典故的引用使其意境幽深，情、境、意融而為一，是
四言詩的佳作。

飲酒①（其五）

陶淵明②

結廬在人境③，而無車馬喧。
問君何能爾④，心遠地自偏⑤。
採菊東籬下，悠然見南山⑥。
山氣日夕佳，飛鳥相與還。
此中有真意，欲辯已忘言⑦。

①〈飲酒〉詩共二十首，本篇為第五首。據詩序說，題為〈飲酒〉

是因這組詩都寫於酒醉之後，實際上是借以述懷，取其漫然不受拘束之意。

②陶淵明（365～427），一名潛，字元亮，潯陽柴桑（今江西九江）人。青壯年時，有建功立業的抱負，因不滿政治腐敗、官場黑暗，41歲時棄官歸田，過著「躬耕自資」的隱居生活。其現存詩文大都寫於歸隱之後。代表作有〈歸去來兮辭〉、〈歸園田居〉五首、〈飲酒〉、〈桃花源詩〉等，有《陶淵明集》。

③結廬：建造住宅，這裡是居住的意思。人境：人間，世間。

④君：指作者自己。何能爾：為什麼能夠這樣。

⑤心遠地自偏：意謂只要心志高遠不受塵俗的干擾，住地儘管處於喧鬧之中，也能夠像在偏僻安靜之處一樣。

⑥南山：當是泛指。一說是指柴桑以南的廬山。

⑦此中二句：意謂在這種隱逸生活中蘊藏著人生的真正意義，想加以辯說，可惜已忘記該怎麼說才好。另一層的言外之意是，既已領略到真意，也就不必用語言來辯說了。

提示

　　本詩表現了詩人棄官歸田後的人生態度和生活情趣，反映出詩人樂於田園，陶醉自然的恬靜心境，同時也流露出作者與世無爭、獨善其身的消極情緒。

　　詩歌前四句，強調歸隱在心志不在形跡；後六句重在寫歸隱的樂趣，表達了詩人徹悟人生真諦後的愉悅。全詩情景交融，語言自然平淡質樸，含蘊豐厚，並富有理趣。

名詩賞讀

春江花月夜①

張若虛②

春江潮水連海平，海上明月共潮生。

灔灔③隨波千萬里，何處春江無月明。

江流宛轉繞芳甸④，月照花林皆似霰⑤。

空裡流霜不覺飛，汀⑥上白沙看不見。

江天一色無纖塵，皎皎空中孤月輪。

江畔何人初見月？江月何年初照人？

人生代代無窮已，江月年年只相似。

不知江月待何人，但見長江送流水。

白雲一片去悠悠，青楓浦上不勝愁⑦？

誰家今夜扁舟子⑧，何處相思明月樓？

可憐樓上月徘徊，應照離人妝鏡台。

玉戶簾中卷不去，擣衣砧上拂還來⑨。

此時相望不相聞，願逐月華流照君。

鴻雁長飛光不度，魚龍潛躍水成文⑩。

昨夜閑潭夢落花，可憐春半不還家。

江水流春去欲盡，江潭落月復西斜⑪。

斜月沈沈藏海霧，碣石⑫瀟湘無限路。

不知乘月幾人歸，落月搖情⑬滿江樹。

①〈春江花月夜〉：又稱〈春江花月〉，本詩屬於曲詞，為吳聲
　名曲。其曲調相傳為南朝陳後主所作，後主之詞已佚亡，其調

尚為許多文人所採用，多寫浮艷的宮體詩。

②張若虛（660？－720？），初唐揚州（今屬江蘇）人。其文思敏捷，尤具詩才。唐玄宗開元初年，與賀知章、張旭、包融齊名，號「吳中四士」。其詩大都散失，《全唐詩》僅存詩二首，〈代答閨夢還〉與〈春江花月夜〉。

③灩灩：水光波動。

④芳甸：遍生芳草的郊野。

⑤霰：雪珠，小冰粒。

⑥汀：小洲。

⑦青楓浦：泛指水邊。浦：水濱。不勝愁：禁不起深深的離愁之苦。

⑧扁舟子：乘坐小船漂泊在外的人，指遊子。

⑨玉戶：指閨房。搗衣砧：捶洗衣服用的石板。此二句中以月光代撩人思緒難以排遣的相思情。

⑩鴻雁二句：連善於長飛傳書的鴻雁也難隨月光飛渡到你面前，善於潛躍的魚龍也只能在水面泛起波紋（更何況我呢！）文：同「紋」。

⑪江水二句：上句謂年復一年，下句謂日復一日。

⑫碣石；碣石山，在河北昌黎西北。瀟湘：二水名，均在湖南省，至零陵相匯稱瀟湘。此句意謂南北兩地相隔遙遠，難以相見。

⑬搖情：落月的光影搖蕩，撩撥離情別緒。

〈春江花月夜〉全詩以時間為線索，以江月為中心，鋪陳描繪出整體的春江月夜圖，並成功地融情於景，攝情入詩，使月色和人情，現實與夢幻，情境與哲理渾然一體，營造出清幽奇幻，朦朧惝恍的意境，表現出一種純潔的情愛、美好的憧憬以及樸素的哲理思考。享有「孤篇橫絕，竟為大家」之譽。

　　本詩章法井然有序，善於鋪陳渲染，用辭清麗，採用了對偶、擬人、設問、平仄交錯換韻等多種手法，使全篇充滿詩情畫意。聞一多在《宮體詩的自贖》中稱其為「詩中的詩，頂峰中的頂峰」。

詩賞讀

<h1 style="text-align:center">蜀道難①</h1>

李白②

　　噫吁兮③，危乎高哉④！蜀道之難，難於上青天。蠶叢及魚鳧⑤，開國何茫然。爾來四萬八千歲，不與秦塞⑥通人煙。西當太白⑦有鳥道，可以橫絕峨眉巔。地崩山摧壯士死，然後天梯石棧方鉤連⑧。上有六龍回日之高標⑨，下有衝波逆折之迴川⑩。黃鶴之飛尚不得過，猿猱欲度愁攀援。青泥何盤盤⑪，百步九折縈巖巒。捫參歷井仰脅息⑫，以手撫膺⑬坐長嘆。問君西遊何時還？畏途巉巖不可攀。但見悲鳥號古木，雄飛雌從繞林間。又聞子規⑭啼夜月，愁空山。蜀道之難，難於上青天，使人聽此凋朱顏。連峰去天不盈尺，枯松倒掛倚絕壁。飛湍瀑流爭喧豗⑮，砯崖轉石萬壑雷⑯。其險也如此！嗟爾遠道之人，胡為乎來哉！劍閣⑰崢嶸而崔嵬，一夫當關，萬夫莫開。所守或匪親，化為狼與豺⑱。朝避猛虎，夕避長蛇，磨牙吮血，殺人如麻。錦城雖云樂，不如早還家。蜀道之難，難於上青天，側身西望長咨嗟⑲！

①〈蜀道難〉：樂府瑟調曲名，《樂府題解》：「〈蜀道難〉備言銅梁、玉壘（均蜀山名）之阻。」本詩屬七言歌體，其寫作年代與主題頗多爭議。

②李白（701～762），字太白，號青蓮居士，陝西成紀（今甘肅

秦安縣）人，其出身富而不貴，自幼「觀奇書」、「好劍術」、「游神仙」，今存詩近千首，以樂府和歌行體最為著名。風格飄逸豪放，是我國偉大的浪漫主義詩人，有《李太白集》。

③噫吁兮：連用三個嘆詞，表驚訝不已。

④危乎高哉：危、高同意，乎、哉均為嘆詞。

⑤蠶叢及魚鳧：傳說中古代蜀國的兩個先王。

⑥秦塞：秦因四面有山關之固，故稱四塞之國。

⑦太白：秦嶺數峰。因山勢高，只有飛鳥往返。

⑧地崩二句：此處引用了「五丁開山」的傳說。據《華陽國志‧蜀志》記載：蜀王好色，秦惠王便把五個美女送他。蜀王派五個大力士（五丁）前去迎接，回到梓潼時，發現有條巨蛇鑽入山洞，五丁齊用力拉蛇尾，結果高山崩毀，五丁與美女全部埋住，於是山分五嶺，秦蜀相通。石棧：山險之地，鑿石架木為路。

⑨上有六龍回日之高標：神話中說，太陽每天由馭手羲和趕著六條神龍拉的車從天而過。回日：山勢高峻，連太陽拉的龍車也要回轉。標：蜀中最高標記的山峰。標：本義為樹梢，此引申為最高峰。

⑩逆折：折返的逆流。川：漩渦，極言水勢之險。

⑪青泥：嶺名，為古入蜀之要道。盤盤：曲折迴環。

⑫捫參歷井仰脅息：捫：摸。歷：越過。古人把天上二十八星宿與地上相應的地理位置相對應，稱為分野。參宿、井宿分別是蜀、秦的分野。捫參歷井意謂登山走蜀道似乎可以摸到參宿、井宿也從旁掠過。仰脅息：仰望時要屏住呼吸。

⑬撫膺：摸著胸口。

⑭子規：杜鵑，據說該鳥啼叫淒切，聲似「不如歸去！」傳說為蜀王杜宇（號望帝）之魂所化。

⑮喧豗：水激喧鬧聲。

⑯砯崖轉石萬壑雷：激流撞擊山崖。此句寫激流之威與聲勢之巨。

⑰劍閣：棧道名。

⑱一夫當關四句：西晉張載〈劍閣銘〉有：「一夫荷戟，萬夫趑
趄。形勝之地，匪親勿居。」詩由此化來，以示劍閣之勢險要。
匪通「非」。或匪親：倘或不是親信嫡系。豺狼及下文的虎、
蛇，一是實指，一是以此喻割據一方的叛逆。

⑲咨嗟：嘆息。

 提示

　　本詩透過對「蜀道之難，難於上青天」壯麗奇險的描寫，讚嘆了
蜀地山川的壯偉，同時也抒發了詩人對現實的隱憂。全詩反覆詠嘆，
首尾呼應點題，筆調雄健豪放，想像豐富大膽，變化恍惚，情感濃
烈，用散文化的句式以及誇張、反襯、反覆等藝術手法，融現實、神
話、想像於一體，具有強烈的藝術感染力，是其浪漫主義風格的代表
作。

　　古人曾評價此詩：「妙在起伏。其才思放肆，語次崛奇，自不在
言。」

 名詩賞讀

登高①

杜甫②

風急天高猿嘯哀，渚清沙白鳥飛回③。

無邊落木蕭蕭下，不盡長江滾滾來。

萬里悲秋常作客④，百年多病獨登臺。

艱難苦恨繁霜鬢⑤，潦倒新停濁酒杯⑥。

①此詩寫於大曆二年（767）秋。詩題含有登高抒懷之義。

②杜甫（712～770），字子美，鞏縣（今屬河南）人，生活在唐朝由盛轉衰、禍亂迭起的時代。他的詩歌真實地反映了當時廣闊的社會生活，充滿強烈的憂國憂民感情，被譽為「詩史」、「詩聖」。其詩繼承了《詩經》和漢樂府的傳統並加以發揚，形成其「沈鬱頓挫」的藝術風格。有《杜少陵集》。

③渚：水中的小塊陸地。鳥飛回：鳥兒盤旋飛翔。

④萬里悲秋：在距故鄉極其遙遠的地方望秋色而生悲。常作客：長久地客居異鄉。

⑤繁霜鬢：滿頭白髮。

⑥新停濁酒杯：當時杜甫因肺病嚴重而戒酒，故云。

　　這首詩借景抒懷，寓情於景。詩人以雄渾開闊的筆力，寫漂泊異鄉、衰年多病的詩人登高時的情景，表現詩人極其豐富複雜的內心世界。在詩中，蕭殺、空廓深遠的秋聲秋色和詩人百感交集的感傷，互相映襯，融合成為整體，表現了杜詩所特有的悲壯蒼涼的意境。

　　這是一首格律精嚴的七言律詩，全詩四聯都用工對，語言精練無比，形象性強，前人讚其「通章章法、句法、字法，前無古人，後無來者」。

長恨歌①

白居易②

漢皇重色思傾國③，御宇多年求不得④。

楊家有女初長成，養在深閨人未識。

天生麗質難自棄，一朝選在君王側。

回眸一笑百媚生，六宮粉黛無顏色⑤。

春寒賜浴華清池⑥，溫泉水滑洗凝脂。

侍兒扶起嬌無力⑦，始是新承恩澤時⑧。

雲鬢花顏金步搖⑨，芙蓉帳暖度春宵。

春宵苦短日高起，從此君王不早朝。

承歡侍宴無閒暇，春從春遊夜專夜⑩。

後宮佳麗三千人，三千寵愛在一身。

金屋妝成嬌侍夜⑪，玉樓宴罷醉和春⑫。

姊妹弟兄皆裂土⑬，可憐光彩生門戶⑭。

遂令天下父母心，不重生男重生女⑮。

驪宮高處入青雲，仙樂風飄處處聞。

緩歌慢舞凝絲竹⑯，盡日君王看不足。

漁陽鼙鼓動地來⑰，驚破霓裳羽衣曲⑱。

九重城闕煙塵生⑲，千乘萬騎西南行⑳。

翠華搖搖行復止㉑，西出都門百餘里。

六軍不發無奈何㉒，宛轉蛾眉馬前死㉓。

花鈿委地無人收，翠翹金雀玉搔頭㉔。

君王掩面救不得，回看血淚相和流。

黃埃散漫風蕭索，雲棧縈紆登劍閣。

峨眉山下少人行㉕，旌旗無光日色薄。

蜀江水碧蜀山青，聖主朝朝暮暮情。

行宮見月傷心色，夜雨聞鈴腸斷聲。

天旋日轉回龍馭㉖，到此躊躇不能去。

馬嵬坡下泥土中，不見玉顏空死處。

君臣相顧盡沾衣，東望都門信馬歸。
歸來池苑皆依舊㉗，太液芙蓉未央柳㉘。
芙蓉如面柳如眉，對此如何不淚垂㉙！
春風桃李花開日，秋雨梧桐葉落時。
西宮南內多秋草㉚，落葉滿階紅不掃。
梨園弟子白髮新㉛，椒房阿監青娥老㉜。
夕殿螢飛思悄然，孤燈挑盡未成眠。
遲遲鐘鼓初長夜，耿耿星河欲曙天㉝。
鴛鴦瓦冷霜華重㉞，翡翠衾寒誰與共㉟？
悠悠生死別經年，魂魄不曾來入夢。

臨邛道士鴻都客㊱，能以精誠致魂魄。
為感君王輾轉思，遂教方士殷勤覓。
排空馭氣奔如電，昇天入地求之遍。
上窮碧落下黃泉㊲，兩處茫茫皆不見。
忽聞海上有仙山，山在虛無縹緲間。
樓閣玲瓏五雲起㊳，其中綽約多仙子㊴。
中有一人字太真，雪膚花貌參差是㊵。
金闕西廂叩玉扃㊶，轉教小玉報雙成㊷。
聞道漢家天子使，九華帳裡夢魂驚㊸。
攬衣推枕起徘徊，珠箔銀屏迤邐開㊹。
雲鬢半偏新睡覺，花冠不整下堂來。
風吹仙袂飄飄舉㊺，猶似霓裳羽衣舞。
玉容寂寞淚闌干㊻，梨花一枝春帶雨。
含情凝睇謝君王㊼，一別音容兩渺茫。
昭陽殿裡恩愛絕㊽，蓬萊宮裡日月長㊾。
回頭下望人寰處，不見長安見塵霧。
唯將舊物表深情，鈿合金釵寄將去㊿。

釵留一股合一扇[51]，釵擘黃金合分鈿[52]。

但教心似金鈿堅，天上人間會相見。

臨別殷勤重寄詞，詞中有誓兩心知。

七月七日長生殿[53]，夜半無人私語時。

在天願做比翼鳥，在地願作連理枝[54]。

天長地久有時盡，此恨綿綿無絕期[55]。

注釋

①〈長恨歌〉：憲宗元和元年（806）冬，白居易與友人陳鴻、王
質夫同遊馬嵬坡附近的仙游寺。因談及李隆基和楊玉環的愛情
故事，感慨萬千。在王的提議下，寫成此詩，陳寫成《長恨歌
傳》。

②白居易（772～846），字樂天，晚年自號香山居士，下邽（今
陝西渭南）人，是唐代繼杜甫後又一偉大的現實主義詩人，是
新樂府運動的倡導者和主要代表，提出了「文章合為時而著，
歌詩合為事而作」的著名主張。其詩以通俗易懂、雅俗共賞著
稱於世，尤以〈秦中吟〉、〈新樂府〉成就最著。與元稹齊名，
並稱「元白」。有《白氏長慶集》。

③漢皇重色思傾國：漢皇本指漢武帝，此以漢代唐，實指唐明皇。
傾國：指具有絕色可傾倒國人的美女。漢李延年歌：「北方有
佳人，絕世而獨立。一顧傾人城，再顧傾人國。」

④御宇：統治天下。

⑤六宮：后妃的住處。粉黛：本為婦女化妝品，此代指後宮美女。

⑥華清池：今陝西臨潼縣驪山華清宮的溫泉。開元十一年（723）
建。

⑦侍兒：婢女。

⑧承恩澤：指受皇帝寵幸。

⑨步搖：一種首飾，上懸垂珠，插於髮鬢，行步則搖，故稱。

⑩春從春遊夜專夜：春，年。年年，夜夜都專寵於貴妃。

⑪金屋妝成嬌侍夜：金屋藏嬌典出《漢武故事》：武帝幼時，姑母指著女兒阿嬌問他是否喜歡，他說：「若得阿嬌作婦，當作金屋貯之。」此處以阿嬌喻貴妃。

⑫醉和春：指玄宗醉意中深含春情。

⑬姊妹弟兄皆裂土：指楊氏家族都得到分封的爵位和土地。

⑭可憐：可愛。

⑮不重生男重生女：當時歌謠說：「生女勿悲酸，生男勿歡喜。」「男不封侯女作妃，看女卻為門上楣。」

⑯緩歌慢舞凝絲竹：舒緩的歌、輕快的舞與管弦樂的伴奏十分和諧。

⑰漁陽鼙鼓：借指安祿山從漁陽（今河北薊縣一帶）起兵謀反。鼙鼓：騎兵用的軍鼓。

⑱驚破霓裳羽衣曲：〈霓裳羽衣曲〉，舞曲，由印度傳入，原名〈婆羅門〉。此句意謂安史之亂驚擾了玄宗耽於享樂的生活。

⑲九重城闕：因皇帝居處有九道門，曰九重。語出〈九辯〉：「君之門以九重。」

⑳千乘萬騎：言其多。西南行：指玄宗逃蜀。

㉑翠華：皇帝儀仗中飾有翠羽的旗子。搖搖：指儀仗中旗幟飄揚。

㉒六軍不發無奈何：六軍指皇帝的禁衛軍。《舊唐書‧肅宗傳》：「至馬嵬坡，六軍不發。」

㉓蛾眉：原指美女的眉毛，後代指美女，此指貴妃。

㉔花鈿：用金翠珠寶製成花朵形的首飾。委地：散落在地。翠翹金雀：以翠羽為飾的金釵。玉搔頭：玉簪。

㉕峨眉山下少人行：玄宗入蜀未經峨眉山，此泛指蜀山。

㉖天旋日轉回龍馭：喻政局大亂。龍馭：皇帝的車駕。

㉗池苑：池即下文的太液池，漢宮池名。苑，畜養禽獸、栽種林木以供帝王、貴族遊玩的地方。

㉘未央：漢代宮名。

㉙芙蓉二句：《新唐書‧后妃傳》：玄宗回京後，命人畫楊肖像，天天早晚往看，看了便哭。

㉚西宮：唐稱太極宮為「西內」（皇宮稱「大內」，故云），興慶宮為「南內」。

㉛梨園弟子：玄宗通音律，選弟子三百，親自教於梨園，故對歌舞人員稱之。後亦稱戲劇藝人為梨園弟子。

㉜椒房句：漢未央宮有椒房殿，以椒和泥塗壁，故稱。阿監：宮內女官。青娥：宮女。

㉝耿耿：明亮。

㉞鴛鴦瓦：兩瓦一仰一俯，成雙成對，有如鴛鴦，故稱。

㉟翡翠衾：繡有翡翠鳥圖案的錦被。

㊱臨邛道士鴻都客：意謂一個從邛崍到京都做客的道士。臨邛：今四川邛崍縣。鴻都：借指長安。

㊲窮：窮盡，尋遍。碧落：指天上。黃泉：即九泉，指地下。

㊳五雲：五彩瑞雲。

㊴綽約：柔美。

㊵參差是：好像就是。

㊶金闕西廂叩玉扃：闕：宮殿。扃：門環。

㊷轉教小玉報雙成：《漢武帝內傳》：「西王母命玉女董雙成吹雲和之笙。」小玉、雙成均為仙女名，此借指太真的婢女。

㊸九華帳：色彩斑斕的帷帳。

㊹珠箔銀屏迤邐開：箔：簾。屏：屏風。迤邐：狀珠簾紛垂、屏風展開連續貌。

㊺仙袂：仙人的衣袖。

㊻淚闌干：淚下縱橫。一說眼淚盈眶。〈韻會〉：「眼眶亦謂之闌干。」

㊼凝睇：深情地注盼。

㊽昭陽殿：漢宮殿名，為成帝后趙飛燕居處，此詩以漢代唐，以趙喻楊。

㊾蓬萊宮：傳說中的海上仙宮。

㊿鈿合：嵌金花的盒子。合，通「盒」。

51釵留一股合一扇：釵分兩股，盒分兩扇，寄留各半，以「將舊物表深情」。

52擘：用手把東西分開或折斷。

53長生殿：名為集仙臺，以祀神。

54在天二句：意為世世代代願結為夫妻。

55此恨綿綿無絕期：指李、楊生離死別，人間天上兩相隔無緣相見的終生之恨。

這是一首戲劇性很強的敘事詩。從唐玄宗求色、楊貴妃得寵、安史之亂玄宗出逃、馬嵬坡縊妃，寫到仙山中求見楊貴妃，貫穿始終的是敘述。同時又將敘述和寫景、抒情相結合，人物形象鮮明，情節曲折動人，特別是心理活動描寫細膩，語言通俗流暢，浪漫主義色彩極濃。

關於這首詩的主題爭議頗多，一為諷喻說，諷唐玄宗荒淫誤國，勸喻最高統治者引以為戒。一是愛情說，歌頌李、楊忠貞不渝的愛情。一是雙重主題說，前諷後頌。還有一個顯、隱主題說，顯在主題是頌愛情專誠，隱在主題是表達美的存在、毀滅以及人類對美的嚮往。詩中白居易用近一半的篇幅虛構一個蓬萊仙境的神話，正是其用意所在。

從詩人寫作的意圖來看，李、楊的愛情故事是作者的「所感之事」，這感慨既有對荒淫的唐玄宗和恃寵而驕逸的楊貴妃的諷刺和批判，也有對悲劇主角的深切同情，而蓬萊仙境的神話更歌頌了這種愛情，作品的義蘊因此而變得更加深厚。

名詩賞讀

錦瑟①

李商隱②

錦瑟無端五十弦③，一弦一柱思華年。
莊生曉夢迷蝴蝶④，望帝春心托杜鵑⑤。
滄海月明珠有淚⑥，藍田日暖玉生煙⑦。
此情可待成追憶⑧，只是當時已惘然。

注釋

①本篇詩題〈錦瑟〉，仿《詩經》舊例，取其起句首二字。因而有人認為此詩亦屬「無題詩」。此詩歷來被認為古典詩歌中最難解的一首。有自傷身世說、悼亡說、音樂境界說、自敘詩歌創作說等。

②李商隱（813～858），字義山，號玉谿生，又號樊南生。懷州河內（今河南沁陽縣）人。唐文宗開成二年（837）進士。素有濟世雄心，因在黨爭中屢受排擠，抑鬱而終，享年僅四十五歲。其詩題材廣泛，內容豐富，所作愛情方面的「無題」詩，善用比興、象徵、暗示、典故等手法，故使其詩呈現出朦朧、幽微的美。但某些篇章意旨過於朦朧而流於晦澀，使人不易解索。有《李義山詩集》和《樊南文集》。

③錦瑟：周禮樂器圖記載：雅瑟二十三弦，宋瑟二十五弦，飾以寶玉曰寶瑟，繪以如錦曰錦瑟。《漢書·郊祀志》：秦帝使素女鼓五十弦瑟，悲，帝禁不止，故破其瑟為二十五弦。

④莊生曉夢迷蝴蝶：此句用的是「莊周夢為蝴蝶」的典故。《莊子·齊物論》：「昔者莊周夢為蝴蝶，栩栩然蝴蝶也……俄然

覺，則蘧蘧然周也。不知周之夢為蝴蝶，蝴蝶之夢為周與？」
　　迷：迷幻。

⑤望帝春心托杜鵑：此句用望帝魂化為杜鵑的典故：「杜宇王蜀，
　　號曰望帝。宇死，俗語云：宇化為子規。蜀人聞子規鳴，皆曰
　　望帝也。」

⑥滄海月明珠有淚：《博物志》：南海有鮫人，水居人魚，不廢
　　績織，其眼能泣珠。

⑦藍田日暖玉生煙：唐司空圖〈與極浦談詩書〉引戴叔倫說：「詩
　　家之景如藍田日暖，良玉生煙，可望而不可置於眉睫之前也。」

⑧可待：豈待。惘然：悵惘、惆悵。

　　這首七律委婉含蓄，義蘊極為豐富。詩人把生活中瑣細事情、重
大變故以及精神、心理狀態全部都高度概括、抽象為一種人生的感覺
和情緒，然後用浪漫的象徵手法表現出來。

　　首聯以「錦瑟」起興，並以其象徵著詩人的命運。以瑟之華美暗
喻詩人才華出眾，又以瑟之「五十弦」暗示華年流逝，而它的一弦一
柱所發出的包含感情的曲聲，比喻人生的喜怒哀樂。「無端」兩字更
蘊含詩人的傷痛之情，悲憤之意。中間兩聯，一連用了四個典故，一
系列的意象群，描繪出四個清麗、迷離而又淒傷的意景，寄託詩人的
身世遭遇或心情意緒，深含一種人生的空幻感和失落感。此詩造語清
麗、辭采斐然，典故、象徵、比喻三法並用，具有極高的審美價值。

名詩賞讀

定風波①

蘇軾②

三月七日，沙湖道中遇雨，雨具先去，同行皆狼狽，余不覺。已而遂晴。故作此。

莫聽穿林打葉聲，何妨吟嘯且徐行③。竹杖芒鞋輕勝馬④，誰怕？一蓑煙雨任平生。

料峭春風吹酒醒⑤，微冷，山頭斜照卻相迎。回首向來蕭瑟處，歸去，也無風雨也無晴。

注釋

① 〈定風波〉，唐玄宗時教坊曲名，後用為詞調。此調取名的本意是平定變亂之意。此詞為宋神宗元豐五年（1082）蘇軾被貶黃州時作。

② 蘇軾（1038～1101），字子瞻，號東坡居士，眉山（今四川眉山縣）人。為唐宋八大家之一。在文學各個方面都有傑出成就，所作視野開闊，風格豪邁，個性鮮明，意趣盎然。其散文與歐陽修並稱為「歐、蘇」，為北宋名家；詩與黃庭堅並稱為「蘇、黃」，開宋一代詩歌之新風；詞與辛棄疾並稱「蘇、辛」，為豪放詞派創始人，對後世文學影響極深。有《蘇東坡集》、《東坡樂府》。

③ 吟嘯：吟詩、長嘯。表示意態閒適。陶淵明〈歸去來辭〉：「登東皋以舒嘯，臨清流而賦詩。」

④ 芒鞋：即草鞋。

⑤ 料峭：形容風寒。

提示

作品緊扣道中遇雨這樣一件生活小事，來抒寫自己當時內心感受，從而表現出作者豪邁的胸襟和達觀灑脫的性格。作品的主要特點是寫景與議論相結合，藉意境發議論。寫的是眼前景，說的是帶有禪意的人生哲理，富有詩情畫意。

在格式上，作品有八個七言句，三個兩字句。如果去掉「誰怕」、「微冷」、「歸去」這三個二字句，仍可構成一首七言詩，這三個二字句主要的作用是突出感情氣氛，增強節奏感，讀起來跌宕起伏、豪邁奔放。

名 詩賞讀

如夢令①

李清照②

昨夜雨疏風驟，濃睡不消殘酒。
試問捲簾人③，卻道海棠依舊。
知否？知否？應是綠肥紅瘦④。

注釋

①蘇軾《東坡樂府》卷下〈如夢令〉詞序：「此曲本唐莊宗製，
　名〈憶仙姿〉，嫌其名不雅，故改為〈如夢令〉。莊宗作此詞，
　卒章云：『如夢，如夢，和淚出門相送。』因去以為名云。」
　此詞一題「春晚」或「暮春」。

②李清照（1084～1151），號易安居士，濟南（今山東省濟南市）
　人，是婉約詞派重要的代表人物。其詞較多表現她個人生活中
　的喜怒哀樂、深閨情致和離愁別恨。她工於造語，善於創意出
　奇。有《漱玉詞》（後人輯本）。今人輯有《李清照集》。

③捲簾人：指正在捲簾的侍女。

④綠肥紅瘦：指枝葉繁茂，花朵凋零。

〈如夢令〉詠海棠，這首小令用清新流暢的語言描繪了一個閨中女子片斷的生活細節和思想情緒，表現詩人惜春悵己的情懷。同時，詞中還浸透著詩人對清靜平淡生活的些許厭倦，隱藏著一種求變的渴望。

通觀全詞，既無汪洋恣肆的抒情也無鋪張華麗的雕飾。寫景不過「雨疏風驟」、「綠肥紅瘦」的直描，記事不過「試問」、「卻道」、「知否」、「應是」的直述。用字不求險，有奇句亦有常言，但奇而不怪，常而不俗。「應是綠肥紅瘦」乃全詞畫龍點睛之筆。肥、瘦本是俗字，紅、綠本是俗色，兩兩搭配頓生異彩，成為驚人之語。綠因肥而飽滿，紅因瘦而稀落。

破陣子①

辛棄疾②

為陳同甫③賦壯詞以寄之

醉裡挑燈看劍，夢回吹角連營④。八百里分麾下炙⑤，五十弦翻塞外聲⑥。沙場秋點兵⑦。

馬作的盧飛快⑧，弓如霹靂弦驚⑨。了卻君王天下事⑩，贏得生前身後名⑪。可憐⑫白髮生！

① 〈破陣子〉：唐教坊曲名，出自〈破陣樂〉，曲調雄壯，後用為詞調。

② 辛棄疾（1140～1207），字幼安，號稼軒。出生於金人統治下的歷城（今山東濟南）。南宋著名的愛國主義詞人。其詞現存六百多首，題材廣泛，內容豐富，多方面反映當時的社會生活，飽含愛國熱情。詞風以豪放悲壯為主，與蘇軾並稱，但又以沈鬱、蒼涼有別於蘇軾的曠達、飄逸。有《稼軒長短句》。

③ 陳同甫：即陳亮，字同甫，是辛棄疾摯友，政見、志趣、詞風都與辛棄疾相似。

④ 夢回吹角連營：夢醒後耳邊還回響著各個軍營傳出的接連不斷的號角。夢回：夢醒。

⑤ 八百里：形容軍營分布之廣。麾下：部下，泛指眾將士。炙：烤肉。

⑥ 五十弦：瑟的一種，此處泛指軍中樂器。翻：演奏。塞外聲：以邊塞軍旅生活為題材的樂曲，指軍樂。

⑦ 沙場：戰場。點兵：檢閱軍隊。古時征戰多在秋天，故稱「秋點兵」。

⑧ 作：如。的盧：古代著名的駿馬，相傳能一躍三丈。

⑨ 弓如句：射箭時弓弦如霹靂震響，令人心驚。

⑩ 了卻：完成。天下事：指收復中原，統一祖國的大業。

⑪ 贏得：博得。身後：死後。

⑫ 可憐：可惜。

　　這是一首豪放詞，著重表現詩人報國欲死無疆場的憤慨。作者以浪漫的想像、飛動的筆觸，細膩地描繪了一個愛國戰士馳騁沙場，志遂功成的全過程。詞作用夢境來反襯現實，用夢境與現實的不協調，

反襯火熱的感情和冷酷現實之間的尖銳矛盾，並含蓄指出當朝者奉行
的妥協政策是其報國無門、壯志難酬的根本原因。

　　作者構思精巧，以壯襯悲，以虛襯實，出色地描寫了醉態、夢
境、往事、理想和現實等多層境界，給人以新奇不凡的美感享受。

 詩賞讀

（雙調）夜行船①

秋思

馬致遠②

　　百歲光陰一夢蝶③，重回首往事堪嗟。今日春來，明朝花謝。
急罰盞夜闌燈滅。

　　【喬木查】想秦宮漢闕，都作了衰草牛羊野。不恁麼，④漁樵
沒話說。縱荒墳，橫斷碑，不辨龍蛇⑤。

　　【慶宣和】投至狐蹤與兔穴，多少豪傑。鼎足三分半腰裡折
⑥，魏耶？晉耶？

　　【落梅風】天教你富，莫太奢。沒多時好天良夜。看錢奴更做
道你心似鐵，空辜負錦堂風月。

　　【風入松】眼前紅日又西斜，疾似下坡車。曉來清鏡添白雪，
上床與鞋履相別。莫笑鳩巢計拙⑦，葫蘆提一向裝呆⑧。

　　【撥不斷】名利竭，是非絕。紅塵不向門前惹，綠樹偏宜屋角
遮，青山正補牆頭缺，更那堪竹籬茅舍。

　　【離亭宴煞】蛩吟罷一覺纔寧貼⑨，雞鳴時萬事無休歇，爭名
利，何年是徹？看密匝匝蟻排兵，亂紛紛蜂釀蜜，急攘攘蠅爭血。
裴公綠野堂⑩，陶令白蓮社⑪，愛秋來時那些：和露摘黃花，帶霜
分紫蟹，煮酒燒紅葉。想人生有限杯，渾幾個登高節⑫。人問我，

頑童記者：便北海⑬探吾來，道東籬⑭醉了也。

 注釋

①雙調：這套散曲的共同宮調名。夜行船：套曲中第一首的曲牌名。

②馬致遠（約1250～1321至1324間），號東籬，大都（今北京）人。元代雜劇、散曲作家。曾任江浙行省務官，晚年退隱山林，詩酒自娛。其雜劇有15種，以〈漢宮秋〉最為著名。現有散曲120餘首，今人輯為《東籬樂府》。歷來被認為是元代散曲成就最高的作家，有「曲狀元」的稱號。

③夢蝶：《莊子・齊物論》：「昔者莊周夢為蝴蝶，栩栩然蝴蝶也……俄然覺，則蘧蘧然周也。不知周之夢為蝴蝶，蝴蝶之夢為周與？」

④不恁：不如此。

⑤龍蛇：有二義，一指字跡，一指碑文所屬或賢或不肖的事蹟。

⑥鼎足三分：指三國時期魏、蜀、吳彼此抗衡，爭奪天下。半折腰：指三方英雄人物都沒有得到最後的勝利。

⑦鳩巢計拙：《禽經》張華注引《方言》：「（鳩）蜀謂之拙鳥，不善營巢。」後喻生性笨拙，不善營生，多為自謙、自嘲之詞。

⑧葫蘆提：宋元俗語，糊裡糊塗。

⑨蛩：蟋蟀。寧貼：安寧，安穩。

⑩裴公：裴度，字中立，唐憲宗時任宰相，削除藩鎮有政績。晚年因宦官專權，辭官退居洛陽。綠野堂：裴度別墅名。裴度退居洛陽後，在午橋種花木萬株，建臺館，名曰綠野堂。與白居易、劉禹錫等作詩酒之會，不問政事。

⑪陶令：陶淵明，字元亮，東晉大詩人，曾任彭澤令。白蓮社：東晉僧人慧遠與劉遺民等於廬山東林寺結社修行，掘池植白蓮，故稱白蓮社。陶淵明與慧遠相契，時常參與社事，但因好酒疏

懶，不肯入社。

⑫登高節：重陽節（夏曆九月初九），古代有此日登高歡宴的習
　俗。

⑬北海：東漢末年文學家孔融曾任北海相，世稱孔北海，有惜才
　好客的名聲。

⑭東籬：作者自稱。

　　悲秋，是我國古典詩詞的傳統題材，名篇甚多，而馬致遠的兩篇
同以「秋思」命題的作品，尤為人稱道。小令〈越調・天淨沙・秋
思〉和散套〈雙調・夜行船・秋思〉分別被周德清譽為「秋思之
祖」、「萬中無一」（《中原音韻》）。

　　這套套數寫的是作者晚年對人生意義的思考，表現了作者超然絕
世的生活態度。全篇共七支曲子，開頭（夜行船）總領全篇，作者主
要說，人生百年，猶如一夢，應該抓緊時間，及時行樂。然後分別從
帝王、豪傑、富人說明富貴無常。接下去兩支曲子敘說自己與世無
爭、自得其樂的人生態度。最後一支曲子比較兩種人的處世態度，總
括上文。

　　此套曲語言俗中透雅，明快率直，富於韻味。意象準確生動。如
「綠樹偏宜屋角遮，青山正補牆頭缺」，又如「和露摘黃花，帶霜煮
紫蟹」，「上床與鞋履相別」等語言情趣盎然，俱入妙境。

名 詩賞讀

（中呂）山坡羊①

潼關②懷古

張養浩③

　　峰巒如聚④，波濤如怒，山河表裡潼關路⑤。望西都⑥，意躊躇，傷心秦漢經行處⑦，宮闕萬間都做了土⑧。興，百姓苦；亡，百姓苦。

注釋

①〈山坡羊〉：曲牌名。

②潼關：在陝西潼關縣北，多山，是西安屏障，形勢險要，歷來為兵家必爭之地。

③張養浩（1270～1329），字希孟，號雲莊，濟南（今屬山東）人，是元代著名的散曲家。著有《雲莊休居自適小樂府》一卷，主要是歸隱期間的作品。晚年目擊人民的苦難，寫了一些揭露社會黑暗、同情民生疾苦的作品，格調較高。這首〈山坡羊·潼關懷古〉就是其中一篇。

④峰巒：山峰。巒：多指連綿的山。

⑤山河表裡潼關路：指潼關一帶外有黃河，內有華山，形勢險要。

⑥西都：指長安。

⑦經行：經過。

⑧宮闕：宮殿。闕：原指宮門兩邊供瞭望的樓，泛指帝王住所。

提示

這是一篇懷古傷今之作。

前三句扣題寫潼關形勢的險要,首句寫山,次句寫河,第三句總括山河,歸到「潼關」。其中「聚」、「怒」運用擬人的手法,賦予山河以動態和感情,形象鮮明、生動。中間四句扣題寫懷古之意,詩人「望西都」,感嘆千古之盛衰興亡。末兩句「興,百姓苦;亡,百姓苦」可稱為「曲眼」,它將懷古的主題昇華到一個新的思想高度,其批判的鋒芒指向歷史上歷朝累代的統治者,更指向當時的元朝統治者,並一針見血地指出了封建統治階級與勞動人民的根本對立。

這首小令遣詞精闢,形象鮮明,立意精深,是元散曲中最優秀的篇章之一。

爐中煤

——眷念祖國的情緒

郭沫若①

啊,我年輕的女郎!
我不辜負你的殷勤,
你也不要辜負了我的思量。
我為我心愛的人兒,
燃到了這般模樣!
啊,我年輕的女郎!
你該知道了我的前身?
你不嫌我黑奴魯莽?
要我這黑奴的胸中,

才有火一樣的心腸。

啊，我年輕的女郎！
我想我的前身
原本是有用的棟梁，
我活埋在地底多年，
到今朝總得重見天光。

啊，我年輕的女郎！
我自從重見天光，
我常常思念我的故鄉，
我為我心愛的人兒，
燃到了這般模樣！

①郭沫若（1892～1978），原名開貞，曾用名郭鼎堂、麥克昂等。
四川樂山人。我國著名的詩人、劇作家、歷史學家。1914 年東
渡日本留學。1916 年開始寫作新詩，「五四」時期進入詩歌創
作的「爆發期」。1921 年與郁達夫等人成立「創造社」。同年
出版詩集《女神》，是我國現代文學史上第一部新詩集，它以
其狂飆突進的戰鬥精神和大膽新穎的藝術創造，被譽為我國新
詩的奠基之作。他的著名詩集還有《瓶》、《前茅》、《恢復》
等，劇作有《三個叛逆的女性》、《屈原》、《虎符》等。另
有多種史論、文論、譯作等，現有《郭沫若全集》38 卷出版。
②本詩作於 1920 年 1、2 月間，最初發表在同年 2 月 3 日《時事
新報‧學燈》上，後收入詩集《女神》，是「五四」時期詩歌
創作中的名篇。

這首詩託物言志，詩人借「爐中煤」的獨白，唱給「年輕的女郎」的「戀歌」，來抒發「眷念祖國的情緒」，表達了詩人的愛國情懷以及報效祖國的願望與熱情。

全詩運用了比喻、比擬和象徵手法，「我」以「煤」自比，「年輕的女郎」象徵著「五四」後新生的祖國，「我」的感情寓於「煤」的形象中，從對「煤」的特點發掘中狀物擬人，構思極其巧妙。同時，詩人豐富飽滿的激情融合於大體整齊勻稱的語言形象中，從而形成熱烈奔放又迴盪不盡的旋律，和深沈而明快的節奏美、音韻美。

不足的一點是副標題，似給人畫蛇添足之感，假若去掉副標題，「年輕的女郎」喻指具有不確定性或多義性，此詩的涵義可以更廣泛、豐富。

再別康橋①

徐志摩②

輕輕的我走了，
正如我輕輕的來；
我輕輕的招手，
作別西天的雲彩。

那河畔的金柳，
是夕陽中的新娘；
波光裡的艷影，
在我的心頭蕩漾。

軟泥上的青荇，
油油的在水底招搖；
在康河的柔波裡，
我甘心做一條水草！

那榆蔭下的一潭，
不是清泉，是天上的虹；
揉碎在浮藻間，
沈澱著彩虹似的夢。

尋夢，撐一支長篙，
向青草更青處漫溯，
滿載一船星輝，
在星輝斑斕裡放歌。

但我不能放歌，
悄悄是別離的笙簫；
夏蟲也為我沈默，
沈默是今晚的康橋！

悄悄的我走了，
正如我悄悄的來；
我揮一揮衣袖，
不帶走一片雲彩。

①康橋：今通譯劍橋，是英國學術、文化、風景勝地。是詩人曾
　學習、生活的地方。關於劍橋，詩人曾寫過〈康橋再會吧〉、

〈康橋西野暮色〉、〈康河晚照即景〉等詩。該詩是 1928 年詩人故地重遊，於歸國途中，在輪船上寫成，發表於年底。

②徐志摩（1896～1931），原名徐章垿，浙江海寧人。1918～1920年曾留學美、英，接受歐美浪漫主義和唯美派詩人的影響，開始從事詩歌創作。他是現代文學史上重要的詩歌流派——新月詩派的創始人及代表人物。其留下詩集四部：《志摩的詩》、《翡冷翠的一夜》、《猛虎集》和《雲游》。此外，還有部分散文、譯文和日記。

這首詩藉由對康橋景物的抒寫，表達了詩人對舊情的眷念和珍視，也表達了尋夢時的悵惘、落寞的情懷，在飄逸、灑脫的姿態下，蘊藏著深沈的憂鬱和難言的苦悶。

美是徐志摩詩歌的最大特點。美的形式、美的風格，營造美的意境。這種美的詩風一方面來自他的浪漫氣質和豐富感情，另一方面在於他詩歌美麗的外形。他是聞一多「三美理論」（音樂美、繪畫美、建築美）的主要實踐者和發展者。本詩集中體現「三美」的特點。首先是色彩的絢麗斑斕，如一幅美麗的圖畫；其次是韻律的自然和諧，朗讀起來抑揚頓挫，柔美悅耳；再次是詩行的排列有規律地參差錯落，賞心悅目。這首詩堪稱為新月詩派的經典之作。

雨巷①

戴望舒②

撐著油紙傘，獨自
彷徨在悠長、悠長

又寂寥的雨巷，
我希望逢著
一個丁香③一樣地
結著愁怨的姑娘。

她是有
丁香一樣的顏色，
丁香一樣的芬芳，
丁香一樣的憂愁，
在雨中哀怨，
哀怨又彷徨。

她彷徨在這寂寥的雨巷，
撐著油紙傘
像我一樣，
像我一樣地
默默地行著
冷漠，淒清，又惆悵。

她默默地走近
走近，又投出
太息一般的眼光，
她飄過
像夢一般地，
像夢一般地淒婉迷茫
像夢中飄過
一枝丁香地，
我身邊飄過這女郎；

她靜默地遠了，遠了，
到了頹圮的籬牆，
走盡這雨巷。

在雨的哀曲裡，
消了她的顏色，
散了她的芬芳，
消散了，甚至她的
太息般的眼光，
丁香般的惆悵。

撐著油紙傘，獨自
彷徨在悠長、悠長
又寂寥的雨巷，
我希望飄過
一個丁香一樣地
結著愁怨的姑娘。

①〈雨巷〉是戴望舒的成名作，寫於 1927 年夏天，是詩人因大革
命失敗被通緝而避鄉間所寫。發表於 1928 年 8 月的《小說月
報》，此詩的發表曾轟動詩壇，葉聖陶稱讚它「替新詩的音節
開了一個新紀元」（杜衡《望舒草‧序》）。戴望舒因之被譽
為「雨巷詩人」。

②戴望舒（1905～1950），原名夢鷗，浙江杭縣人。早年曾留學
法國、西班牙。是三○年代「現代派」代表詩人。詩集有《我
底記憶》、《望舒草》、《災難的歲月》等。早期的詩作多寫
個人哀怨，情調比較低沈。1941 年日軍占領香港，戴望舒曾被

捕入獄。從此，他的詩風發生很大變化，表現出強烈的愛國熱情，積極呼喚光明的到來。中華人民共和國建國後，曾在中央人民政府新聞總署任職。有《戴望舒詩選》。

③丁香：中國詩歌有許多吟詠丁香的名句，如「丁香空結雨中愁」、「芭蕉不展丁香結，同向春風各自愁」。此詩借用古詩中的意象，丁香是美麗、高潔、愁怨三位一體的象徵。

〈雨巷〉是一首象徵色彩極濃的抒情詩，它抒寫了一個人生旅途孤獨者極端痛苦、愁怨和失望的情懷，反映了大革命失敗後一部分青年的思想情緒。詩中那悠長、寂寥、淒清的雨巷，象徵著陰鬱的現實世界，那「丁香一樣」結著愁怨的姑娘是詩人感情和理想的象徵。〈雨巷〉在藝術上的成就是相當突出的。其一是流動空靈的意境美；其二是幽怨濃鬱的情感美；其三是和諧悠揚的音樂美；其四是秀麗暢達的辭藻美。而其運用形象的暗示來表現內心的真實，更使詩歌具有一種飄忽不定的朦朧美。

致橡樹

舒婷①

我如果愛你——
絕不像攀援的凌霄花，
借著你的高枝炫耀自己；
我如果愛你——
絕不學癡情的鳥兒，
為綠蔭重複單調的歌曲；

也不止像泉源，
長年送來清涼的慰藉；
也不止像險峰，
增加你的高度，襯托你的威儀。
甚至陽光。
甚至春雨。
不，這些都還不夠！
我必須是你近旁的一株木棉，
作為樹的形象和你站在一起。
根，緊握在地下，
葉，相觸在雲裡。
每一陣風過，
我們都互相致意，
但沒有人
聽懂我們的言語。
你有你的銅枝鐵幹，
像刀，像劍，
也像戟；
我有我紅碩的花朵，
像沈重的嘆息，
又像英勇的火炬。
我們分擔寒潮、風雷、霹靂；
我們共享霧靄、流嵐、虹霓，
彷彿永遠分離，
卻又終身相依。
這才是偉大的愛情。
堅貞就在這裡：
愛——

不僅愛你偉岸的身軀，

也愛你堅持的位置，足下的土地。

①舒婷（1952～），當代著名詩人。原名龔佩喻，福建泉州人。
插過隊，做過泥水工、擋車工。1979 年開始發表詩作。其成名
作〈祖國呵，我親愛的祖國〉獲 1979～1980 年大陸中青年詩人
優秀詩歌獎。有詩集《會唱歌的鳶尾花》、《雙桅船》等。

　　本詩是一首愛情的讚美詩。詩中的木棉與橡樹，象徵著戀人的關
係。詩中作者批判了女性愛情觀中的依賴性和虛榮心，並對女性單方
面奉獻和犧牲精神進行了深沈反思與否定，創造了男女平等、人格獨
立而身心交融的崇高愛情境界。有人把此詩稱為女性解放的宣言。它
激勵著許多婦女去追求自我的人格和價值，贏得更深層次的解放。

　　詩人善用象徵、暗示、通感、聯想、比喻等藝術手法，曲折委婉
地表達內心的感受，在朦朧的藝術氛圍中透露出思辨的力量。

第三章

散文欣賞

一、散文概述

散文的概念

「散文」是和「韻文」相對的一個概念。歷史上曾經把文章分成散文和韻文兩大類，押韻的就是韻文，不押韻的就是散文。老舍先生說：「我們寫信，寫日記、筆記、報告、評論，以及小說、話劇，都用散文。我們的刊物（除了詩歌專刊）與報紙上的文字絕大多數是散文。我們的書籍，用散文寫的不知比用韻文寫的要多若干倍。」（《散文重要》）這裡用的就是廣義的散文概念。按照廣義的理解，詩詞歌賦之外的一切不受韻律約束的作品就都成了散文家族的成員，小說、戲劇也紛紛來到了散文的旗幟之下。不過，因「廣」而「泛」，上述廣義的散文概念的確失之籠統。

現代散文是在二十世紀初期的辛亥革命和「五四」運動的烽火中橫空出世的。新文化運動和文學革命為西方文學的大量湧入敞開了大門。隨著西方小說、戲劇的湧入和白話文的興盛，長期被定格在「下九流」群體中的中國傳統的小說、戲劇躍身而起，開始與詩文平起平坐，遂形成散文、詩歌、小說、戲劇並駕齊驅的局面，文學作品的四大文體之說由此確立。

不過，作為四大文體之一的散文，較之其他文體，還是有點讓人「找不著」，因為散文可以敘事，可以抒情，可以議論，可以說明，可大可小，可長可短，可任意角度、任意側面——想寫什麼就寫什麼，想怎麼寫就怎麼寫。結果，後來又對其進一步作了限制，從與詩歌、小說、戲劇並列的「散文」中又分出了廣義和狹義兩個概念。

廣義的散文包括雜文、隨筆、通訊、報告文學、遊記、回憶錄等等。

狹義的散文是以描寫真實事物為基礎，用於抒發作者真實感情的

篇幅短小、取材廣闊、形式自由、文情並茂的一種文學樣式。

　　從內容上看，狹義的散文又可以分為以記人敘事為主的和以詠物抒情為主的兩類。

　　以記人敘事為主的散文，要求在記人時著意刻畫人物性格中自己感觸最深的某一特徵，而不要求全面展現人物的精神世界。敘事時則應選擇自己感受最深的生活片斷，簡筆勾出一幅富有時代氣息的生活畫圖，而不要求具體描繪出複雜、曲折的情節。

　　以詠物抒情為主的散文，要求透過對現實生活或自然景物的刻畫描寫，以詩的情調，著重表達作者對生活的深刻感受和真摯感情。此時的「情」不是無端的、空虛的，而總有一定的人物、事件或景物作為文章抒寫的對象。經由對它們的抒寫，比物連類，感物興懷，達到託物言志、詠物寄情，或寓事明理的目的。

　　散文不是「雕蟲小技，壯夫不為」的應景之物。相反，沒有散文就沒有文學藝術的百花齊放。散文是一切文學樣式中最自由活潑、最沒有拘束的。「它可以歡呼、歌頌、吶喊、抨擊，可以漫談、絮語、淺唱、低吟，也可以嬉笑怒罵、妙語解頤」（柯靈：《散文——文學的輕騎隊》）。在一篇散文裡，上下幾千年，縱橫八萬里，大到宇宙，小到細菌，都可以隨作者心之所願，成為其筆下的一朵浪花。

　　散文之花開得明媚燦爛，得益於足下那片培育散文生長的肥沃土地。秦牧先生說：

　　中國是一個散文傳統深厚的國度。先秦諸子，在思想和文采上各逞雄長，莊周、荀況、李斯、韓非這些人不僅是思想家，也都是散文家，漢代的賈誼、司馬遷、王充、諸葛亮等人，不僅是政治家或歷史學者，也都是散文家。他們的文章富有形象的特徵，「筆鋒常帶感情」。唐宋時候，散文就更加發揚光大、蔚為宏觀了，因而有了什麼「唐宋八大家」之類。這裡的「家」，並不是指他們在詩歌方面的造詣，而是推崇他們在散文方面的成就。其後，詩歌一

支，小說一支，散文一支，像條大河，並排浩浩蕩蕩地奔流。什麼
「筆談」、「筆記」、「文集」一類的集子，在文學庫藏中具有重
要的位置。稍後，劇作又脫穎而出。就像有四大江河流貫在中國大
地上一樣。這四道文學河流，也閃閃發光地流貫在中國文學史上。

——《散文創作談》

其實不僅是在中國文學史上，在中國當代文壇，散文也同樣以其
輕盈、高雅、靈便的特有形象，活躍在社會生活的各個領域，忠實地
陪伴著、服務著無數的讀者，成為人們工作和生活中最具實用價值的
須臾難離的文體。

散文深深地扎根於民族文化的土壤，全面地融入了我們的生活。

❀ 散文的特點

散文作為一種重要的文學體裁，必然具有用形象反映社會生活的
基本特徵，構思成文必須傾注作者的感情，講究語言的精練。即便偏
重於說理的雜文，也絲毫不能忽視這些特徵。此外，散文還有自己更
突出的個性。

1. **散文是科學知識的載體**　詩人余光中描繪詩歌與散文的不同特
徵說：

「散文乃走路，詩乃跳舞；散文乃喝水，詩乃喝酒；散文乃說
話，詩乃唱歌；散文乃門，詩乃窗。」

無論詩人的本意如何，在我們看來，散文真的要比其他文學體
裁，至少是要比詩歌重要。因為誰都不能不走路，不能不喝水，不能
不說話，不能不出入廳堂之門。散文所抒發的就是走路的情懷，喝水
的感受，說話的技巧，入門的奧妙。這些情懷、感受、技巧、奧妙正
是生活知識和經驗的結晶。

　　散文的星空就是知識的星空。你想愉快地消磨掉多餘的時間，最好去讀小說；你想為滿腔豪邁的情懷尋找宣洩的場所，或者希望感受由節奏和意境帶來的風情雅趣，那就去讀詩歌；你若想積累具體的科學知識和生活經驗，那就去讀散文。讀《三國演義》不是也能從中了解漢代末年那段驚心動魄的歷史畫卷嗎？是的。但是在《三國演義》中所了解的只是整體的歷史知識，是時代的精神輪廓，是多少已經變了形的人物世界。你可千萬不要以為周瑜的器量真的是那麼狹小，諸葛亮的神通真的那麼廣大。要認識歷史上真實的周瑜、諸葛亮，就要放下手中的《三國演義》，改讀《三國志》。兩本書的區別在於：前者是小說，後者是散文；前者是精心塑造藝術的形象，後者記錄的是生活中真實、具體的人物故事。在四大文學門類中，惟有散文才是最真實、最具體、最清晰、最實用的教科書。從散文中總能獲得自己需要的知識，這就是散文能夠超越其他文體而魅力無窮的秘密所在。

　　2.散文形散神不散　散文貴「散」，不「散」算不上散文。
　　「散」的內涵之一是題材廣闊，無所不容。小到細菌，大至宇宙，天南地北，古往今來，全都可以任憑散文馳騁。生活需要叱咤風雲的、剖析事理的、謳歌讚美的、談笑風生的、給人以思想啟發和美感陶冶的散文，散文因而可以無所不至，空間無限。「散」的內涵之二是筆法自由。散文的表現手法不循一路──可敘述，可抒情，可議論，可象徵、比喻、比擬、聯想，可粗筆，可細描……。「散」的內涵之三是篇幅可長可短，長篇巨幅的如《史記》，簡短的散文名篇如韓愈的〈諱辯〉、王安石的〈讀孟嘗君傳〉。
　　散文又忌「散」。雜亂文章的不是散文，拖杳冗繁的也不是散文。一篇散文總要有個中心，追求「意在筆先」，總要對筆下所描述的人物或事物有所傾向。只有這樣，一篇散文才能「散」而不亂，才能把一切零散的材料統一起來。「用一根思想的線串起生活的珍珠，珍珠才不會遍地亂滾，這才成其為整齊的珠串。」
　　所以，好的散文似散而非散，形散而神聚。

「神」指散文的主題（或曰散文的「志」、散文的「意」）。韓愈、柳宗元的散文能夠經久傳誦，主要貴在有「神」，漢賦不能流傳則主要失在有文無實，繁彩寡情。

「神聚」即要求一篇散文始終貫穿一根思想的紅線，行文時既潑墨如雲，又惜字如金，能揮灑，能收合，不雜亂，不拖沓，天上人間，詞不離宗。

形散神聚就要求熔裁。

《文心雕龍》曰：「規範本體謂之熔，剪裁浮詞謂之裁。裁則蕪穢不生，熔則綱領昭暢。」熔遠大、高尚於文中，則有像外神韻隨文點化，裁庸俗、迷離於筆下，則有生活的彩珠滿篇流淌。

3.**散文的語言凝鍊疏淡**　《藝概》曰：「文之神妙，莫過於能飛。」「無端而來，無端而去。」優秀的散文，語言無不凝鍊疏淡，乃至達到能飛的境地。譬如《蘭亭集序》中：「是日也，天朗氣清，惠風和暢。仰觀宇宙之大，俯察品類之盛，所以游目騁懷，足以極視聽之娛，信可樂也。」此類語言，即如撲面飛來的惠風，姍然而過，不留痕跡，卻又令人讀來精神一振，清新爽口。

散文的語言如叮咚流水，活潑疏淡，隨物賦形，極盡姿態。比詩歌更明快、更清晰，比小說更簡潔、更輕柔，比戲劇更儒雅、更疏淡，讀來不僅爽，而且暢，而且美。

好的散文最起碼的特徵是文從字順，絕不讓人讀來疙疙瘩瘩。散文是要供人「讀」的，倘若「口感」不順，令人食之無味，那就沒有散文的意境了。

「口感」順的另一個表現是文氣通達。即不僅單個的句子通順，句間的銜接也要不受阻隔，能讓人讀來一氣呵成。

「暢」含有痛快、盡情之意。僅靠文從字順或文氣通達，還不能令人獲得暢快的感覺。與「順」的感覺不同，沒有阻塞，能夠向著同一方向自然移動，就算是順了。而「暢」有節奏的要求，有速度的變化，如同水流之暢需要有落差，語感的暢快，需要集起厚勢，然後傾

瀉而下。例如：

　　下午，我們從莞城出發，經附城，到橋頭，過樟木，下長安，直抵虎門。一路上八面來風，滿眼秀色。

　　讀這樣的句子，就能獲得「暢」的感覺──痛快淋漓，鏗鏘有聲。

　　由詞彙構築的美，是表象的美；由語感構築的美，是神韻的美。散文追求的是神韻美的語言。例如：

　　南國沒有冬天。南國的校園始終一片蔥綠。校園文化就在這蔥綠之間千舟爭渡，萬花競開。

　　上面一段話也可以改成：

　　嶺南的冬天一點也不寒冷，廣州各大學的校園裡一年四季都是一片蔥綠的顏色。各種各樣的校園文化活動蓬蓬勃勃，長年不斷。

　　比較一下，語感還是那麼美嗎？前者是散文的語言，改動後的只能稱作一般的陳述性語言了。

二、中國散文的發展線索

　　散文是中國最古老的文體。就廣義的散文而言，其發端當始於由甲骨文字構成的甲骨卜辭。記載虞、夏、商、周四代政府文告、誓詞的《尚書》是我國第一部散文總集。此後孔子編《春秋》，但微言大義，不能適應反映春秋、戰國時期急劇變革的社會形勢發展的需要。於是，以記載各國卿大夫和新興的士階層言論，以及諸侯國政治、外交、軍事活動為主的歷史散文應運而生，代表作是《左傳》、《國

語》、《戰國策》。

　　《左傳》以記事為主，是我國第一部具有文學價值的編年史。《左傳》敘事具體生動，剪裁得當，尤其長於描繪春秋時期各方面的矛盾、鬥爭，能夠把頭緒紛繁的事件和錯綜複雜的戰爭故事寫得主次分明、繁而不亂。全書大小四百多次戰事，均曲折細緻、引人入勝。《左傳》還善於把戰爭的性質、民心的向背、將帥的品格以及戰爭勝敗的規律揭示出來。

　　《左傳》刻畫了一系列性格鮮明的人物形象，對後世文學產生了積極的影響。例如甘居陋室的晏嬰，不毀鄉校的子產，秉筆直書的董狐，既剛愎自用又能因咎自責、素服郊次、且「不以一眚掩大德」的秦穆公等。

　　《左傳》的語言簡練生動。劉熙載說：「左氏敘事，紛者整之，孤者輔之，板者活之，直者婉之，俗者雅之，枯者腴之，剪裁運化之方，斯為大備。」（《藝概·文概》）像知難而退、退避三舍、厲兵秣馬、數典忘祖、外強中乾、眾怒難犯、華而不實、狼子野心等漢語詞庫中的瑰寶，均出自《左傳》。

　　《國語》因記載邦國成敗的「嘉言善語」而得名，是我國最早的國別史。全書記載了西周末年至春秋末年五百餘年，周、魯、齊、晉、鄭、楚、吳、越八國的歷史片斷。所記史事與《左傳》有同有異，互有詳略，且以記言為主，不少內容反映了社會矛盾，具有進步意義。

　　《戰國策》則匯集了策士們的奇計異策，其人物描寫富有個性，言辭格外鋪張，是文學價值最高的歷史散文。全書寫了六百多個人物，魯仲連、唐雎、馮諼、鄒忌、荊軻、蘇秦、甘羅等性格鮮明的歷史人物，都是富有生命力的藝術典型。

　　春秋戰國時期，列國紛爭，游士蜂起，在百家爭鳴的政治文化環境中，產生了諸子散文。諸子散文絕大部分為哲理散文。

　　《論語》是記述孔子及其門人言談的語錄體散文集，其中時有生

動形象、富有文學情趣的內容。《論語》中有許多格言，已積澱成中華民族優良文化的重要組成部分。例如「人無遠慮，必有近憂」（〈衛靈公〉）；「學而不厭，誨人不倦」（〈述而〉）；「三人行必有我師焉」（〈述而〉）；「欲速則不達」（〈子路〉）；「歲寒，然後知松柏之後凋也」（〈子罕〉）等等。《論語》的語言極其簡練，對後世文學的發展有巨大的影響。

《孟子》是記述孟子及其弟子言行的對話式語錄體散文集。雖未脫離語錄體，但較之《論語》已大有發展。孟子是孔子之後最重要的儒家代表人物，其散文文筆犀利、銳氣逼人，感情充沛、大氣磅礴，有鼓動、縱橫、雄辯家之風，強如百萬之師，銳不可當。

《孟子》論辯邏輯嚴密，善設機關，引人入彀，欲擒先縱，讓對方無從躲閃。門人公都子對孟子說：「外人皆稱夫子好辯。」孟子辯解說：「予豈好辯哉，予不得已也！」漢代趙岐《孟子題辭》也認為：「孟子長於譬喻，辭不迫切，而意已獨至。」《孟子》全書二百六十一章中，約有九十三章共用了一百五十九個比喻。

《莊子》是莊子和他的門人、後學的論著集，是道家經典之一。莊子家境貧寒，一生坎坷，但從不止學。他玩世不恭，悲觀厭世，認為「人生天地之間，若白駒之過隙，忽然而已」，甚至「以生為附贅懸疣，以死為決疣潰癰」，乃至其妻去世時竟「箕踞鼓盆而歌」。但《莊子》在先秦諸子散文中的藝術成就最高，書中構思奇特，想像豐富，充滿浪漫主義色彩。尤其善於用生動形象的比喻和情節曲折的寓言故事，來表達抽象的哲理。魯迅先生在《漢文學史綱要》中稱「其文則汪洋捭闔，儀態萬方，晚周諸子之作，莫能先也」。

代表兩漢時期散文最高成就的，是司馬遷的《史記》。此書以人為經，以事為緯，記載了上自軒轅黃帝，下至武帝太初年間，長達三千年的歷史。全書共一百三十篇，包括十表、八書、十二本紀、三十世家和七十列傳。其內容之豐富，結構之完整，體例之嚴密，為前所未有。

　　《史記》以人物紀傳來反映歷史內容的寫法，被稱作「紀傳體」，司馬遷也因此而開創了我國的史傳文學。《史記》以後的正史大多承襲了這種體裁，《史記》也因此具有了劃時代的地位。

　　《史記》歌頌了聖明的君主，讚賞為國為民、深明大義的賢臣良將，同時，本著「不虛美、不隱惡」的實錄精神，記錄了統治階級內部爭名奪利、相互傾軋的爭鬥以及官宦們驕奢淫逸的生活。在《酷吏列傳》中，對那些以殺人為樂的官吏痛加討伐，《高祖本紀》中的劉邦、《項羽本紀》中的項羽、乃至「今上」漢武帝，均成了《史記》暴露和批評的對象。其實錄和批判精神，一直為後人所稱道。

　　《史記》還塑造了一大批出身不同、性格各異的人物形象，其中包括一些處於社會中下層的小人物的形象，在〈刺客列傳〉、〈滑稽列傳〉、〈游俠列傳〉中，為其樹碑立傳。《史記》布局謀篇的嚴謹和巧妙，語言的生動、形象與簡潔，都對後世的敘事文學樹立了示範作用。

　　《漢書》沿用《史記》的體例，僅改〈書〉為〈志〉，去掉〈世家〉併入〈傳〉，構成紀、表、志、傳四大部分。全書一百篇，包括十二〈紀〉、八〈表〉、十〈志〉和七十篇〈傳〉。主要記載高祖元年到王莽地皇四年的歷史，是我國第一部紀傳體的斷代史。

　　〈蘇武傳〉是《漢書》中最為成功的篇章之一。該傳所塑造的蘇武的民族氣節和愛國精神，已經成為中華民族不屈意志的象徵。

　　漢初的政論散文影響較大的是賈誼的〈過秦論〉、〈論積貯疏〉、〈陳政事疏〉，晁錯的〈論貴粟疏〉等，文章表現出有識之士對建立統一而強盛帝國的期盼。

　　漢代還有一些記事散文，如劉向的〈列女傳〉、〈說苑〉、〈新序〉，對後世筆記小說的發展也頗具影響。

　　漢代的一些應用文，同時也是抒情議論的散文，如鄒陽的〈獄中上梁王書〉、司馬遷的〈報任安書〉等，都是優秀的名篇。

　　漢末建安之前，行文基本上不用駢偶。魏晉以後，散文中排偶成

分增多。南朝時期，各種書札、遊記，甚至學術著作，皆通用駢體，形成駢文統治的局面。駢文特別追求形式的美，通常以四、六字句為主，注重對偶、聲律、用典和藻飾。此雖不足稱道，但駢文中有一些作品仍然具有歷史價值和審美價值。

　　唐初駢文依然盛行，陳子昂、蕭穎士、李華、元結等先後提倡鮮明暢達的散文，以取代駢文。他們的一系列散文創作主張，為韓愈、柳宗元倡導的古文運動奠定了基礎。到中唐貞元、元和年間，為適應政治復興的需要，韓愈、柳宗元以復古相號召，發起了一場古文運動。古文運動既是推崇儒學、排斥佛老的儒學復興運動，也是倡導古文、反對駢文的文學革新運動。韓、柳以繼承和發揚先秦、兩漢散文的優良傳統相號召，主張「文以明道」、「不平則鳴」、「惟陳言之務去」。韓愈的論說文，多用來闡發儒道，反對佛老，嘲諷社會現狀，呼籲重視人才，〈師說〉、〈原毀〉、〈諱辯〉等，集中體現了他的「不平則鳴」的主張。韓愈的記敘文塑造了不少生動感人的人物形象。〈張中丞傳後敘〉、〈柳子厚墓誌銘〉等，刻畫了鮮明的人物性格。韓愈祭文中的〈祭十二郎文〉、贈序文中的〈送李愿歸盤谷序〉、〈送董邵南序〉等，情節感人、文理深長。柳宗元的說理文邏輯嚴密，思想深刻。其記人敘事之作，多取材於現實生活，描寫社會下層的小人物，如〈捕蛇者說〉、〈種樹郭橐駝傳〉、〈童區寄傳〉、〈段太尉逸事狀〉等。此類散文還善於運用合理想像與誇張的手法，寄寓作者自己的社會理想和政治主張，表現出很高的寫作技巧。柳宗元的山水遊記以〈永州八記〉為代表，作者或借峻山表達自己孤傲不群的個性，或借深潭抒發自己被貶遠荒的淒愴，或借小丘的孤寂控訴懷才不遇的憤懣，但筆下的景致又都如詩如畫，讀來讓人如癡如醉。

　　韓、柳之後，古文運動趨於衰落。韓門弟子李翱、皇甫湜、孫樵等繼續提倡古文，但多片面強調創新求奇，實際成就不高。晚唐駢文再度風靡。晚唐的小品文大都短小精悍，內容多針砭時弊、頌古非

今。皮日休、陸龜蒙、羅隱等為小品文代表作家。晚唐時期還出現了散文化的賦，〈阿房宮賦〉是其中的代表。

宋初的文壇依然重形式輕內容。宋仁宗慶曆年間，柳開、王禹偁、范仲淹、穆修等人奮起抵制流俗，反對浮華。及歐陽修登上舞臺，詩文革新才波瀾壯闊，洶湧向前。歐陽修堅持「事信言文」的創作主張，極力推行平實樸素的文風。他的散文內容豐富，體裁不拘一格。〈朋黨論〉、〈五代史·伶官傳序〉等政論文立意深刻、說理透闢。〈醉翁亭記〉、〈秋聲賦〉等寫景、敘事文流暢自然、富含理趣。歐陽修對宋代文壇的另一大貢獻是所提攜的王安石、蘇軾、曾鞏等，均成了宋代文學的中堅。

王安石認為文章應當「有補於世」，「以適用為本」（〈上人書〉）。他的散文諸體皆備，以議論文成就最高，具有立意高遠、思想深刻、簡勁犀利、雄辯有力的鮮明特點，〈答司馬諫議書〉是議論文中突出的代表。

蘇軾是宋代文壇名副其實的才子，各體散文都有精品傳世。其〈前赤壁賦〉尤為千古傳唱。蘇軾的議論文見解獨到、析理透闢，記敘文揮灑自如、姿態橫生，碑傳、遊記將景、事、情、理融於一體，序跋、雜記信手拈來，自然純熟。

南宋的優秀散文大都植根於時代的土壤，為抗金救亡而吶喊。

明代是散文創作的沈寂期。明初的劉基、宋濂親身經歷了社會動亂，寫出了一些富於現實意義的作品。劉基的〈郁離子〉是寓言小品集，對當時的社會富於批判精神。〈賣柑者言〉則是劉基的一篇優秀的諷刺散文，廣為人知。宋濂長於寫傳記和記敘文，〈秦士錄〉、〈送東陽馬生序〉是其散文作品的優秀代表。

明中葉以後，散文領域擬古與反擬古爭鬥不止，先後出現了多個在當時的文壇引領風騷的文學流派。以李夢陽、何景明為首的「前七子」，以及以李攀龍、王世貞為首的「後七子」，均以復古相號召，提出「文必秦漢，詩必盛唐」的主張，不幸的是最終都深陷摹擬的泥

潭之中。以王慎中、唐順之、茅坤、歸有光等為首的「唐宋派」作家
有一些散文精品傳世。歸有光的散文多以日常生活瑣事為題，即事而
作，情味濃鬱，〈項脊軒志〉是其中的代表。以公安「三袁」為代表
的「公安派」，提出「獨抒性靈」的文學主張，但創作成就不高。其
後的「竟陵派」崇尚「幽深孤峭」成就不大。晚明小品文興盛，張岱
的〈陶庵夢憶〉、〈西湖夢尋〉、〈西湖七月半〉、〈湖心亭看
雪〉、〈柳敬亭說書〉等，都是傳世的名作，尤受讀者喜愛。

　　活躍於清初文壇的魏禧、侯方域、汪琬，被稱為古文三大家。清
中葉出現了全清時期散文領域歷時長久、影響最大的流派「桐城
派」，其代表人物是方苞、劉大櫆、姚鼐。「桐城派」講究古文「義
法」，以清真雅正為宗，作品內容多以宣揚程朱理學為主，風格雖顯
單調，但也有一些較優秀的作品，如方苞的〈獄中雜記〉、〈左忠毅
公軼事〉，姚鼐的〈登泰山記〉等，均為後世所傳誦。

　　近代散文可以分為兩支，一是「新體散文」，一是後期的「桐城
派」散文。姚鼐弟子梅曾亮的散文，文字「清淡簡樸」，多有好評。
使「桐城派」呈現「中興」局面的是曾國藩。曾國藩自稱「國藩之粗
解文章，由姚先生啟之也」。他以為「為文章者，有所法而後能，有
所能而後大」。

　　甲午戰爭之後，散文發展成為自由活潑、富於鼓動性的「時務文
體」，或稱「報章文體」。新文體的代表作家有康有為、譚嗣同、梁
啟超以及秋瑾、鄒容等人。

　　現代散文創作，一方面吸收外來文化思潮，一方面繼承了中國古
代優秀散文傳統。「五四」思想啟蒙運動促進了議論散文的繁榮，李
大釗、陳獨秀、胡適在《新青年》雜誌上發表了一批此類作品。現代
散文以魯迅的雜文最富批判力量和藝術光華。從在《新青年》上發表
〈隨感錄〉開始，魯迅總共寫了十七部雜文集。他的回憶散文集《朝
花夕拾》，散文詩集《野草》，都是公認的散文精品。優秀的散文家
還有冰心、郁達夫、朱自清等。瞿秋白、鄒韜奮、夏衍等人則在報告

文學領域拓寬了散文的空間。此外，郭沫若、茅盾、巴金、老舍、葉聖陶、徐志摩、沈從文等，也都有精采的散文篇章傳世。

三、散文欣賞的方法

優秀的散文無論從什麼視角打量過去，都容你品味，令你心動。老舍先生說：「我們不要怕散文，也別輕視散文。散文比詩容易寫，但也須下一番功夫，才能寫好。」（《散文重要》）其實，不僅是寫散文，品味散文也需要下一番功夫。「情人眼裡出西施」，藝術欣賞本是主觀與客觀的統一，但是，發現「情人」的眼力畢竟是欣賞「情人」的前提，這種眼力的獲得，還要憑藉社會的價值觀。藝術並不能夠因孤芳自賞而至於永恆，藝術的魅力首先在於她的典型性與普遍性。

散文的美的普遍性是什麼呢？是散文的思想、散文的語言、散文的構思、散文的立意，抑或散文的內容？應該說都有關係。但是對於散文欣賞來說，最需要著力「下一番功夫」的地方，首先還是要欣賞構思和品味語言。

❀ 由小見大

由小見大是散文藝術構思的原則。從小處起筆，緩步而行，更容易揚波激浪，直入東海。由小見大也是散文欣賞的原則，發現了浪花的晶瑩，凡人的偉大，我們就發現了真實的生活。

「小」，並不一定就是小事，而常常是生活的側重與集中，是引起作者寫作激情的細碎浪花。「小」尤其不是流水帳，不是要求面面俱到，而是能夠襯托起全面的某一個點。柯靈說：「散文像生活的博物館，它所陳列的，哪怕是一器一皿，一幅斷箋，一片碎瓷，也無不揭示著深刻的社會意義。」（〈散文——文學的輕騎隊〉）按照以小見大的原則，在構思散文的時候一般都是從選擇小的角度起步。無論

敘事、寫景還是話人的散文，幾乎莫不如此。

「大」，也未必就是場面大或時間長，「大」多是指生活的廣遠與深厚。「大」是大聚焦，是由細碎的浪花引發的聯想，以及由聯想昇華出的對生活的深刻感受。「大」是時代的脈搏，是思想目的，是行文宗旨。「大」要靠「小」來表現。

小中見大是一種境界。希望達到這一境界就要保持對生活的敏感，時時感悟生活的真、生活的善和生活的美，就要善於發現——發現生活所昭示的無限豐富的內涵，就要具備實實在在的知識。秦牧先生說：

> 占有豐富的生活知識的材料，對一個散文作者是十分重要的；這樣，對一個道理，發揮起來，才能夠引起豐富的聯想。我們必須是深入生活鬥爭的戰士式的文學工作者。廣泛的直接知識、感性知識，不到生活實踐中就不會知道。魯迅譬喻過，從乾荔枝的味道，是沒法推想鮮荔枝的風味的。沒有豐富的直接生活知識，就沒法吸收攝取間接知識，「瞎子摸象」的故事就是一個很好的說明。同時，我們也應該知道，間接知識的廣泛吸收，也有助於豐富和整理直接知識，使它條理化、系統化，特別是概括力巨大的正確的理論，又能夠對一切知識起一種「以簡馭繁」，融會貫通，去粗存精，去偽存真，以及幫助記憶的作用，使得應用起來更加「左右逢源」和得心應手。

了解了由小見大的構思原則，讀者在欣賞散文時就一定要善於發現「小」中之「大」。

「大」，通常蘊藏在作者所託之物中。例如〈前赤壁賦〉中「逝者如斯，而未嘗往也；盈虛者如彼，而卒莫消長也」，「且夫天地之間，物各有主；苟非吾之所有，雖一毫而莫取。惟江上之清風，與山間之明月，耳得之而為聲，目遇之而成色，取之無禁，用之不竭，是造物者之無盡藏也」。這裡，江水、清風、明月是小物，由此所託的

是瀟灑超脫之情，不為榮辱得失所累之志；所表達的是有為的生命具有永恆價值的人生哲理。發現了這樣的「大」，就同時領略了散文的崇高和理趣。

「大」，經常可以在夾敘夾議中找到。敘多實寫，議多虛筆；敘物議志，因物生情。也有些「大」是在議中直接點出的──或在文首點出，如「臣聞吏議逐客，竊以為過矣」（李斯：〈諫逐客書〉）；或在結尾處點出，如「仁義不施，而攻守之勢異也」（賈誼：〈過秦論〉）；或在文中點出，如「蓋文王拘而演《周易》，仲尼厄而作《春秋》；屈原放逐，乃賦〈離騷〉；左丘失明，厥有《國語》；孫子臏腳，《兵法》修列；不韋遷蜀，世傳《呂覽》；韓非囚秦，〈說難〉〈孤憤〉；《詩》三百篇，大抵聖賢發憤之所為作也」（司馬遷〈報任安書〉）。

❀ 品味語言

一切文學都是語言的藝術。但是，詩歌的語言太抽象了，小說的語言太具體了，戲劇的語言又過分地依賴環境。相比之下，散文的語言最容易為讀者接受，散文的語言也最接近真實的生活。換個角度看，在激情與意境的濃度上散文比不了詩歌，在人物形象的鮮明與生動上散文比不了小說，在情節的曲折誘人和矛盾衝突的激烈程度上，散文又比不上戲劇。散文能和詩歌、小說、戲劇爭鋒的，主要就是語言。

散文的語言是樸素的，但她樸素得耐人尋味；散文的語言是單純的，但又是在複雜中探求得來的單純；散文的語言是簡練的，是容量深大的簡練；散文的語言又是平淡的，平淡的背後是極度絢麗多姿之後的返璞歸真。

散文的語言應當句句是精品。秦牧說：「一座大山上有一小堆的亂石，並無損於大山的壯觀。但如果一個小小園林中有一堆亂石，卻很容易破壞園林之美。一部長篇小說，只要整體精采，個別片段稍微

沈悶，正像一株大樹有些枯枝，並無損於亭亭如蓋的大樹的雄姿。但是一篇短文章，『敗筆』之處就顯得十分刺眼了。」寫散文，「應該在十分平易流暢的基礎上講文采，在十分平易流暢的基礎上求奇警。如果文字彆彆扭扭，結結巴巴，或者裝腔作勢，『詰屈聱牙』，人家讀來，就像米飯裡面夾著許多沙子，吃的時候得不斷地揀，還有什麼心思來領略飯菜的美味！」（〈散文創作談〉）

　　散文的下述語言特點尤其值得反覆品味：

　　疏與密。劉大櫆說：「凡文力大則疏，氣疏則縱，密則拘；神疏則逸，密則勞；疏則生，密則死。」他主張散文「理不可直指」，要「即物以明理」；情不可以顯出，要「即事以寓情」（〈論文偶記〉）。膾炙人口的散文名篇，語言多用疏淡筆法。追求語言的疏淡筆法，必然要求散文不僅要會「走路」，而且要會「跳舞」。〈小石潭記〉等名篇就是以疏淡之筆，跳著舞步，流光於歷史散文之林的。

　　虛與實。黃宗羲〈南雷文定・論文管見〉概括古代散文的敘事特點是「敘事須有風韻，不可呆板」。散文則重在抒發感受，不求情節。虛處傳神，語言的風韻成了散文吸引讀者的主要藝術手段。

　　簡與繁。夏衍認為散文最重要的是清新。「清就是清爽、乾淨，不拖沓，不囉嗦。」（〈精練與清新〉）

　　濃與淡。散文的語言濃淡皆宜。〈母親的回憶〉濃在巨大的悲痛、無盡的哀思，〈荷塘月色〉淡在「頗不寧靜」的愁緒，卻都讓讀者怦然心動。

名篇賞讀

秋水①（節選）

莊子

秋水時至，百川灌河。涇流之大，兩涘渚崖之間②，不辯牛馬③。於是焉河伯④欣然自喜，以天下之美為盡在己。順流而東行，至於北海，東面而視，不見水端。於是焉河伯始旋其面目⑤，望洋向若而嘆曰⑥：「野語有之曰：『聞道百，以為莫己若者。』我之謂也。且夫我嘗聞少仲尼之聞而輕伯夷之義者⑦，始吾弗信。今我睹子之難窮也⑧，吾非至於子之門則殆矣，吾長見笑於大方之家⑨。」

北海若曰：「井蛙不可以語於海者⑩，拘於虛也⑪；夏蟲不可以語於冰者，篤於時也⑫；曲士不可以語於道者⑬，束於教也⑭。今爾出於崖涘，觀於大海，乃知爾醜⑮，爾將可與語大理矣。天下之水，莫大於海；萬川歸之，不知何時止而不盈；尾閭泄之⑯，不知何時已而不虛⑰；春秋不變，水旱不知。此其過江河之流⑱，不可為量數。而吾未嘗以此自多者⑲，自以比形於天地，而受氣於陰陽⑳，吾在於天地之間，猶小石小木之在大山也。方存乎見少㉑，又奚以自多㉒！計四海之在天地之間也，不似礨空之在大澤乎㉓？計中國之在海內㉔，不似稊米之在大倉乎㉕？號物之數謂之萬㉖，人處一焉㉗；人卒九州㉘，穀食之所生，舟車之所通㉙，人處一焉㉚。此其比萬物也㉛，不似豪末之在於馬體乎㉜？五帝之所連㉝，三王之所爭㉞，仁人之所憂，任士之所勞㉟，盡此矣！伯夷辭之以為名㊱，仲尼語之以為博㊲。此其自多也㊳，不似爾向之自多於水乎㊴？」

①莊子（約前369～前286），名周，戰國中期宋國蒙（今河南商

丘東北）人。出身貧寒，曾任蒙地的漆園吏。楚威王聞其賢，
以厚禮聘任相職，不就，終生窮困。《莊子》一書，共三十三
篇（內篇七、外篇十五、雜篇十一）。相傳內篇為莊周自著，
外、雜篇是莊周的門人和後學所撰。本文節選自《莊子・秋水》
的第一部分。全文共七部分。

②涘：水邊。兩涘：河的兩岸。渚：水中小島。渚崖：水中小島
　的岸沿。

③辯：通「辨」，辨別。

④河伯：黃河之神。

⑤旋其面目：改變了他（原先欣然自喜）的面容。旋：轉，轉變。

⑥望洋：連綿詞，仰視的樣了。若：海若，海神。

⑦少仲尼之聞：小看孔子的學識。輕伯夷之義：輕視伯夷的義行。
　伯夷：商代諸侯孤竹君的長子。武王伐紂，認為以臣伐君不義，
　為此避居首陽山；商亡後，伯夷兄弟不食周粟，最終餓死在首
　陽山。

⑧子：你，本指海神若，這裡借指整個北海。難窮：難以窮盡。

⑨大方之家：明白大道理的人。

⑩以：與。

⑪拘於虛：眼界受狹小的居處和環境的局限。拘：受拘束、局限。
　虛：同「墟」，狹小的居處。

⑫篤：固，拘限。時：時令季節。

⑬曲士：鄉曲之士，指見識淺陋之人。

⑭束於教：受所受教育的束縛。束：束縛於。

⑮爾：你。乃：才。醜：鄙陋。

⑯尾閭：神話中排泄海水的地方。泄：排泄。

⑰已：停止。虛：空虛。

⑱此其過江河之流：言大海的容水量超過了長江、黃河的水流。
　其：指大海。

⑲自多：自我誇耀。多：讚美，自負。

⑳自以二句：言自以為列身於天地間，稟受了陰陽之氣。比：並列。形：身形。

㉑方存乎見少：正是自己存有見識很少的想法。方：正。

㉒奚以：何以，怎麼。

㉓空：蟻穴，小孔穴。

㉔中國：指中原地區。

㉕稊米：一種稗草的籽粒。大倉：儲糧的大倉庫。

㉖號：稱。

㉗人處一：意思是人僅居其中之一。

㉘人卒：人眾多之意。

㉙生：生長。通：通行。言民眾依賴穀物生存，依賴舟車通行。

㉚人處一：個人只是眾人中的一個。

㉛其：人。

㉜豪末：毫毛的末梢。豪：通毫。

㉝五帝：指傳說中的黃帝、顓頊、帝嚳、堯、舜。一說指伏羲、神農、黃帝、堯、舜：連續統治，指五帝禪讓。

㉞三王：指夏啟、商湯、周武王。所爭：所爭奪的。

㉟仁人：崇尚仁的人。任士：以天下為己任的賢能之士。勞：勞心勞力。

㊱伯夷辭之以為名：言伯夷以辭讓君位而獲得名聲。

㊲仲尼語之以為博：言孔子以談說天下而顯示知識淵博。

㊳其：指伯夷、孔子。

㊴向：剛才。

提示

　　宇宙之大，海洋之闊，相形之下個人的認識是那樣的有限，作用是那樣的渺小。讀罷〈秋水〉能夠從中獲得很多啟迪。

　　莊子善於借助生動具體的形象表達深奧的哲理。本文虛構了一個河神與海神對話的寓言故事，隨後借題發揮，託出主旨。文章通過河水與海景的不同景觀，陪襯了河神與海神不同的認識境界，形象地烘托出作者的見解，令人讀到此處豁然開朗。深奧的哲理變成了通俗的知識，抽象的理論化作了生動的形象。品味無窮，想像不盡。

　　文章浩浩蕩蕩，逐層推進，結論自然天成。大量的排比句式，更使全文氣勢非凡。

名篇賞讀

唐雎不辱使命①

《戰國策》

　　秦王使人謂安陵君曰②：「寡人欲以五百里之地易安陵③，安陵君其許寡人④！」安陵君曰：「大王加惠⑤，以大易小，甚善。雖然，受地於先王，願終守之，弗敢易。」秦王不說⑥。安陵君因使唐雎使於秦。

　　秦王謂唐雎曰：「寡人以五百里之地易安陵，安陵君不聽寡人，何也？且秦滅韓亡魏⑦，而君以五十里之地存者⑧，以君為長者，故不錯意也⑨。今吾以十倍之地，請廣⑩於君，而君逆寡人者，輕寡人與⑪？」唐雎對曰：「否，非若是也。安陵君受地於先王而守之，雖千里不敢易也，豈直五百里哉⑫？」秦王怫然怒⑬，謂唐雎曰：「公亦嘗聞天子之怒乎⑭？」唐雎對曰：「臣未嘗聞也。」秦王曰：「天子之怒，伏屍百萬，流血千里。」唐雎曰：「大王嘗聞布衣之怒乎⑮？」秦王曰：「布衣之怒，亦免冠徒跣⑯，以頭搶地爾⑰。」唐雎曰：「此庸夫之怒也，非士⑱之怒也。夫專諸之刺王僚也，彗星襲月⑲；聶政之刺韓傀也，白虹貫日⑳；要離之刺慶忌

也，倉鷹擊於殿上㉑。此三子者，皆布衣之士也，懷怒未發，休祲降於天㉒，與臣而將四矣。若士必怒，伏屍二人，流血五步，天下縞素㉓，今日是也。」挺劍而起。

秦王色撓㉔，長跪而謝之㉕，曰：「先生坐，何至於此？寡人諭矣㉖；夫韓魏滅亡而安陵以五十里之地存者，徒以有先生也㉗。」

◇注釋◇

①《戰國策》約成書於秦代，一般認為書中內容出自戰國中晚期各國史官之手，後經西漢劉向整理編訂。全書分十二國策，共三十三篇。本文選自《戰國策·魏策四》。唐雎：魏人，安陵君的家臣。

②安陵君：魏襄王之弟的封號。秦王：即後來稱秦始皇的嬴政。

③寡人：古代帝王的自稱。易：交換。安陵：又作鄢陵（今屬河南），戰國時期的一個小國，附屬於魏國。

④其：語氣詞，表示揣度，大概、恐怕之意。許：允許，同意。

⑤加惠：給予恩惠。加：施給。

⑥說：同「悅」。

⑦秦滅韓亡魏：秦在始皇十七年（前 230）和始皇二十二年（前 225）分別滅了韓國和魏國。

⑧者：語氣詞。

⑨錯意：置意，放在心上。錯：通「措」。

⑩廣：擴大。

⑪逆：抵制，違背。輕：輕視。與：語氣詞。

⑫豈直：豈但。

⑬怫然：臉上變色狀。怫：通「勃」。

⑭公：尊稱，指唐雎。

⑮布衣：普通老百姓。

⑯免冠徒跣：脫去帽子光著腳。

⑰搶：撞。

⑱士：春秋戰國時指平民知識分子，這裡泛指有膽識和本領的平民百姓。

⑲專諸二句：專諸，春秋時的勇士，受吳公子光派遣，把匕首藏在魚腹中，借獻魚為名刺殺吳王僚（事見《左傳·昭公二十七年》）。彗星襲月：彗星的尾光掃過月亮。

⑳聶政二句：聶政，齊人，受韓國大夫嚴仲子之命刺殺韓相韓傀（事見《戰國策·韓策》）。貫日：穿透太陽。

㉑要離二句：要離，春秋時吳國勇士，受吳公子光之命刺殺吳王僚之子慶忌（事見《吳越春秋》）。倉鷹：老鷹。倉，同「蒼」。擊：撲擊。

㉒休：吉祥。祲：災禍之氣。

㉓縞素：此指穿孝服。縞：未經染色的絹。素：白色的綢布。

㉔色撓：臉色沮喪。

㉕長跪：直身而跪，表示敬意。古人席地而坐，坐時兩膝著地，臀部坐在腳跟上，而坐直時必須聳身挺腰，看上去身體比坐時長了一些，叫長跪。謝：謝罪，道歉。

㉖諭：理解，明白。

㉗徒：只，僅僅。以：因為。

◇提示◇

　　這是一篇以記人為主的散文。文中描繪了一場外交衝突。衝突一方是孤弱無援的安陵小國，另一方則是正在併吞天下的強秦。但是，唐雎憑著自身的忠誠，憑著勇敢和智慧，維護了小國的尊嚴，贏得了弱者在外交上的勝利。

　　文章先寫唐雎出使秦國的緣由，以及與秦王的初步較量，特意點出秦王的「不悅」、「怫然怒」，接著寫唐雎如何針鋒相對，堅決回擊了秦王的威脅，使其「色撓」，並長跪謝罪。全文情節波瀾起伏，

扣人心弦；人物形象鮮明，言辭巧妙。表現出先秦歷史散文高超的構思與表達技巧。

報任安書①（節選）
司馬遷

太史公牛馬走，司馬遷再拜言少卿足下②：曩者辱賜書③，教以順於接物，推賢進士為務。意氣勤勤懇懇，若望僕不相師④，而用流俗人之言，僕非敢如此也。僕雖罷駑⑤，亦嘗側聞長者之遺風矣⑥；顧自以為身殘處穢⑦，動而見尤⑧，欲益反損⑨，是以獨鬱悒而與誰語⑩。諺曰：「誰為為之？孰令聽之⑪？」蓋鍾子期死，伯牙終身不復鼓琴⑫。何則？士為知己者用，女為說己者容⑬。若僕大質已虧缺矣⑭，雖才懷隨和，行若由夷⑮，終不可以為榮，適足以見笑而自點耳⑯。書辭宜答⑰，會東從上來⑱，又迫賤事⑲，相見日淺，卒卒無須臾之閒⑳，得竭志意㉑。今少卿抱不測之罪，涉旬月㉒，迫季冬㉓，僕又薄從上上雍㉔，恐卒然不可為諱㉕，是僕終已不得舒憤懣以曉左右，則長逝者魂魄，私恨無窮㉖。請略陳固陋㉗。闕然久不報㉘，幸勿為過㉙。

僕聞之：修身者，智之符也㉚；愛施者，仁之端也㉛；取與者，義之表也㉜；恥辱者，勇之決也㉝；立名者，行之極也㉞。士有此五者，然後可以託於世而列於君子之林矣。故禍莫憯於欲利㉟，悲莫痛於傷心，行莫醜於辱先，詬莫大於宮刑㊱。刑餘之人㊲，無所比數㊳，非一世也㊴，所從來遠矣㊵。昔衛靈公與雍渠同載，孔子適陳㊶；商鞅因景監見，趙良寒心㊷；同子參乘，袁絲變色㊸：自古而恥之。夫以中才之人，事有關於宦豎㊹，莫不傷氣㊺，而況於慷慨之士乎㊻？如今朝廷雖乏人，奈何令刀鋸之餘㊼，薦天下豪俊哉！僕

賴先人緒業，得待罪輦轂下(48)，二十餘年矣。所以自惟：上之，不能納忠效信㊾，有奇策才力之譽㊿，自結明主(51)；次之，又不能拾遺補闕(52)，招賢進能，顯巖穴之士(53)；外之，又不能備行伍(54)，攻城野戰，有斬將搴旗之功(55)；下之，不能積日累勞(56)，取尊官厚祿，以為宗族交游光寵(57)。四者無一遂(58)，苟合取容(59)，無所短長之效(60)，可見如此矣。嚮者(61)，僕亦嘗廁下大夫之列(62)，陪外廷末議(63)，不以此時引維綱(64)，盡思慮，今已虧形為掃除之隸(65)，在闒茸之中(66)，乃欲仰首伸眉，論列是非(67)，不亦輕朝廷，羞當世之士邪？嗟乎！嗟乎！如僕，尚何言哉！尚何言哉！

……

古者富貴而名磨滅，不可勝記，惟倜儻非常之人稱焉。蓋文王拘而演《周易》(68)；仲尼厄而作《春秋》(69)；屈原放逐，乃賦〈離騷〉(70)；左丘失明，厥有《國語》(71)；孫子臏腳，兵法修列(72)；不韋遷蜀，世傳《呂覽》(73)；韓非囚秦，〈說難〉〈孤憤〉(74)；《詩》三百篇，大抵聖賢發憤之所為作也。此人皆意有所鬱結，不得通其道(75)，故述往事，思來者(76)。乃如左丘無目，孫子斷足，終不可用，退而論書策，以舒其憤，思垂空文以自見(77)。僕竊不遜，近自託於無能之辭(78)，網羅天下放失舊聞，略考其行事，綜其終始，稽其成敗興壞之紀(79)，上計軒轅(80)，下至於茲，為十表，本紀十二，書八章，世家三十，列傳七十，凡百三十篇。亦欲以究天人之際(81)，通古今之變(82)，成一家之言。草創未就，會遭此禍，惜其不成，是以就極刑而無慍色。僕誠以著此書(83)，藏之名山(84)，傳之其人(85)，通邑大都(86)，則僕償前辱之責(87)，雖萬被戮，豈有悔哉！然此可為智者道，難為俗人言也！

且負下未易居(88)，下流多謗議(89)。僕以口語遇此禍(90)，重為鄉黨所笑(91)，以污辱先人，亦何面目復上父母之丘墓乎？雖累百世，垢彌甚耳(92)！是以腸一日而九回(93)，居則忽忽若有所亡(94)，出則不知其所往。每念斯恥(95)，汗未嘗不發背沾衣也(96)！身直為閨閤之臣(97)，寧

得自引深藏於岩穴邪⑱？故且從俗浮沈⑲，與時俯仰⑳，以通其狂惑㉑。今少卿乃教以推賢進士，無乃與私心剌謬乎㉒？今雖欲自雕琢㉓，曼辭以自飾㉔，無益於俗㉕，不信㉖，適足取辱耳。要之死日然後是非乃定㉗。書不能悉意㉘，略陳固陋。謹再拜。

①任安，字少卿，西漢滎陽（今屬河南省）人。武帝征和二年（前
　91年），江充借故陷害太子劉據，太子發兵殺江充。時任安為
　京城禁衛軍北軍的長官，接到太子發兵的命令後閉門不出，太
　子兵敗自殺，任安以「坐觀成敗」罪被捕入獄，腰斬而死。此
　前任安曾寫信給司馬遷，司馬遷作此信回報。本篇又作〈報任
　少卿書〉。

②牛馬走：像牛馬般被驅使的僕人，自謙之詞。再拜：古代的一
　種禮節，先後拜兩次，以示隆重，用在信中表示敬意。足下：
　稱呼對方的敬詞。

③曩者：從前。辱：謙詞，意謂給自己寫信使對方受了屈辱。賜：
　賞賜，這裡是敬詞。

④若：好像。望：抱怨，指責。僕：對自己的謙稱。相師：效法。

⑤罷駑：疲憊的劣馬。自喻才能低下。

⑥側聞：在旁聞見。長者：有德行的人。遺風：遺留下來的風尚。

⑦顧：只是。身殘：身體因受宮刑而成殘廢。處穢：處於受污辱
　的可恥境地。

⑧動而見尤：動不動受指責。見：被。尤：過錯；用作動詞，指
　責。

⑨欲益反損：本想對事情有點補益，結果反而於事有損害。

⑩是以：所以。鬱悒：煩悶。

⑪誰為為之：第一個「為」讀「喟」，用作介詞；第二個「為」
　讀「微」，有用作動詞。孰令：令孰。古漢語倒序句式，疑問

代詞前置。孰，誰。令，讓。兩句意謂：為誰做事，又有誰來聽從？

⑫鍾子期、伯牙：春秋時楚國人。相傳伯牙善彈琴，只有鍾子期聽得懂他的琴聲。鍾子期死後，伯牙因知音已失而不再彈琴。這句和上面所說的諺語都指漢武帝不了解他，致使他難以有所作為。

⑬說：同「悅」，喜悅，喜歡。容：儀容；用作動詞，修飾打扮。

⑭大質：指身體。虧缺：殘缺。

⑮隨和：隨侯珠和和氏璧，兩件都是稀世珍寶，比喻才能。由夷：許由和伯夷。二人皆為古人所稱頌的高士。傳說許由曾拒絕堯的禪位，伯夷和他的弟弟叔齊誓不食周粟，餓死在首陽山。

⑯適：正好。點：污點；用作動詞，玷污。

⑰書辭宜答：該回信。

⑱會：恰逢。東：往東。從上：跟隨皇帝。來：歸來。征和二年七月武帝從甘泉宮（在今陝西省淳化縣西北）回到長安。當時作者任中書令，跟隨武帝出遊。

⑲迫：忙於。賤事：瑣事；謙詞。

⑳卒卒：急急忙忙的樣子。須臾：片刻。

㉑得竭志意：能詳盡說明內心的想法。

㉒涉旬月：過一個月。

㉓迫：臨近。季冬：指冬季的第三個月，也即陰曆十二月。漢律每年十二月處決犯人。任安犯了死罪，至十二月就要被處死。

㉔薄：迫近。從上上雍：跟隨皇帝去雍祭祀。雍，在今陝西省鳳翔縣南，那裡設有祭五帝的祭壇。

㉕不可為諱：不能替你避諱。這是委婉的說法，指任安將被處死。

㉖終已：終於。左右：敬稱對方。私恨：心中的遺憾。

㉗略陳固陋：稍稍陳述一下淺陋的想法。固陋：見識淺陋；自謙之詞。

㉘闕然：空缺很長時間。不報：不寫回信。

㉙幸勿為過：希望不要責備我。

㉚修身：修養身心。符：憑信。

㉛愛施：愛人而博施。端：開端。

㉜取與：拿取和給予（是否合理）。表：標誌。

㉝決：判斷。兩句意謂：是否有恥辱之心可以判斷其勇敢與否。

㉞立名：樹立好名聲。極：最高準則

㉟憯：此處音義同「慘」。欲利：貪慾和私利。

㊱詬：恥辱。

㊲刑餘之人：受過刑的人。

㊳無所比數：無法與人一起計算。

㊴非一世也：不是從此時才開始的。

㊵所從來遠矣：由來已久。

㊶衛靈公：春秋時衛國國君。雍渠：宦者。同載：共乘一輛車。
　適陳：到陳國去。孔子在衛國時，衛靈公曾與夫人同車出遊，
　讓宦者雍渠參乘（陪同乘車），孔子為次乘（坐在後面一輛車
　上），孔子感到恥辱，就離開衛國去陳國。

㊷商鞅：戰國時政治家，衛國人。因：通過。景監：秦孝公所寵
　信的宦官。趙良：秦國的賢者。寒心：失望和痛心。

㊸同子：名趙談，漢文帝的宦官。司馬遷避其父司馬談的諱，稱
　「同子」。袁絲：名盎，文帝時中郎將。變色：變臉色，指發
　怒。文帝與趙談同車出遊，袁盎曾伏車諫阻。

㊹宦豎：宦官，太監。豎：對人蔑稱。

㊺傷氣：挫傷志氣。

㊻慷慨之士：氣概抑揚有才幹的人。

㊼刀鋸之餘：受過宮刑的人，此處司馬遷自指。

㊽待罪：擔任官職的謙稱。輦轂：皇帝的車駕，用以指代京城。

㊾惟：想。納忠效信：進獻忠心，報效誠信。

(50)奇策才力：非凡的謀略和才幹。
(51)結：結識，這裡指取得信任。
(52)拾遺補闕：拾取皇帝遺忘的事，彌補皇帝欠缺的工作。
(53)顯巖穴之士：使巖穴之士顯現出來。巖穴之士，隱居的人。
(54)備行伍：充數於軍隊。行伍，古代軍隊編制，五人為「伍」，五「伍」為「行」。
(55)搴旗：拔取（敵人）的旗子。
(56)積日累勞：把功勞一天天積累起來。
(57)交遊：朋友。光寵：榮耀；用作動詞，爭光。
(58)遂：成。
(59)苟合取容：苟且求合，取悅於人。
(60)短長：偏義複詞，指長處。效：效驗。
(61)嚮者：從前。
(62)廁：夾雜，處於。下大夫：職官等級名。太史令級位屬於下大夫。
(63)外廷：朝廷。漢制，分官員為外朝與中朝。末議；無關大局的議論，謙詞。引維綱：闡明國家法令。
(65)虧形：身體殘缺。掃除之隸：洒掃殿階的僕役，謙詞。
(66)闒茸：卑賤低下。
(67)論列：議論評比。
(68)文王：周文王。拘：囚禁。演：推演。周易：古代占卜書，儒家經典之一。相傳文王被囚禁時將周易的八卦推演為八八六十四卦。
(69)仲尼：孔子。厄：困厄。孔子周遊列國時在陳、蔡受到圍攻和絕糧的威脅。春秋：孔子根據魯史修訂的編年體史書。
(70)屈原：戰國時期楚國人，偉大的愛國主義詩人。曾任楚懷王左徒，後因政治主張不同，被誣陷中傷，遭放逐。賦：創作。離騷：長篇抒情詩，屈原所作，是楚辭的代表作。

○71左丘：左丘明，春秋時魯國史官。失明：失去視力。一說其因此而名「明」。厥：語首助詞，無義。國語：春秋時國別史，相傳為左丘明所作。

○72孫子：古代軍事家孫武的後裔，戰國時著名軍事家。臏腳：受臏刑，即剔去膝蓋骨。孫子因同學龐涓的陷害而受此酷刑，於是自名孫臏。修列：編撰。孫臏著有兵法八十九篇。

○73不韋：呂不韋，秦莊襄王時丞相。遷蜀：秦王政即位後，呂不韋先被尊為相國，後因罪免職，奉命遷蜀，呂不韋畏罪自殺。呂覽：即《呂氏春秋》，是呂不韋為相期間組織門客編輯而成的一部雜家著作。

○74韓非：戰國末年韓國公子。囚秦：言韓非被囚禁在秦國時，才寫下了〈說難〉、〈孤憤〉，此說與史實有異。

○75通其道：行其道，實現自己的理想。

○76思來者：想讓後人知道自己的意思。

○77思：想要。垂：流傳。空文：文章。因文章中的意見未得以實施，故稱「空文」。自見：表現自己的志趣理想。

○78無能之辭：不中用的文章。

○79稽：考察。紀：綱紀，道理。

○80軒轅：即黃帝，傳說中我國遠古時代的帝王。

○81究：推求。天人之際：天道和人事的關係。

○82通：通曉。

○83誠：真心。

○84名山：深山，大山。

○85其人：指志同道合者。

○86通邑大都：四通八達的大都市。

○87償：償還。責：同「債」。

○88負下：負罪受辱的情況下。未易居：不容易處世。

○89下流：處在卑賤的地位。謗議：誹謗議論。

⑨⑩口語：指為李陵辯護。

⑨①鄉黨：鄰里。

⑨②彌甚：更加厲害。

⑨③腸一日而九回：形容心思重重，痛苦不堪。九，虛數，指多。
　回，旋轉，纏繞。

⑨④忽忽：精神恍惚的樣子。

⑨⑤斯恥：這個恥辱，指受宮刑。

⑨⑥發背沾衣：背上出汗沾溼了衣衫。

⑨⑦直：只。閨閣之臣：指宦官。閨閣，指宮禁。

⑨⑧寧得：怎麼能夠。自引：自己引退。

⑨⑨從俗浮沈：跟隨世俗一起沈浮。

⑩⑩與時俯仰：隨時勢一同低俯或昂揚，意謂適應時勢。

⑩①通其狂惑：抒發內心狂亂迷惑的心情。

⑩②無乃：豈不是。剌謬：違背，相反。

⑩③雕琢：指修飾美化。雕：刻、畫。琢：玉器上的雕紋。

⑩④曼辭：美麗的辭藻。

⑩⑤無益於俗：對世俗並無好處。

⑩⑥不信：不能取信於人。

⑩⑦要之：總之。

⑩⑧悉意：詳盡表達意思。

 提示

　　一封書信，釋了多少懸念——為什麼要寫《史記》，諸多經典之作分別是在什麼樣的背景下產生的，讀後恍然大悟。散文的知識性、思想性，由此文可見一斑。〈報任安書〉承接任安要他「推賢進士」的話題，敘述了因李陵事件而獲罪的經過，借此表達對蒙受奇恥大辱的悲憤，並對自己何以苟且偷生作了說明，令人感慨不已。全文感情真切，氣勢充沛，感染力極強。文中列舉的歷史著名人物在艱難困厄

中成就大業的事跡，已經被後世概括為「困厄磨意志」，「逆境出人才」的觀念，匯入了中華民族不屈不撓的精神之中。司馬遷自己忍受屈辱發憤著書的故事，也成為激勵後人在困厄中奮起的精神力量。

蘭亭集序①

王羲之

　　永和九年，歲在癸丑②，暮春之初，會於會稽山陰之蘭亭③，修禊事也④。群賢畢至，少長咸集。此地有崇山峻嶺，茂林修竹，又有清流激湍，映帶左右⑤。引以為流觴曲水⑥，列坐其次⑦；雖無絲竹管弦之盛，一觴一詠，亦足以暢敘幽情⑧。是日也，天朗氣清，惠風和暢。仰觀宇宙之大，俯察品類之盛，所以游目騁懷，足以極視聽之娛，信可樂也。

　　夫人之相與俯仰一世⑨，或取諸懷抱，晤言一室之內⑩；或因寄所託，放浪形骸之外⑪。雖取捨萬殊⑫，靜躁不同，當其欣於所遇，暫得於己⑬，快然自足，曾不知老之將至⑭。及其所之既倦⑮，情隨事遷，感慨係之矣⑯。向之所欣，俯仰之間，已為陳跡，猶不能不以之興懷⑰；況修短隨化⑱，終期於盡。古人云：「死生亦大矣。」豈不痛哉！

　　每覽昔人興感之由，若合一契⑲，未嘗不臨文嗟悼，不能喻之於懷。固知一死生為虛誕⑳，齊彭殤為妄作㉑。後之視今，亦猶今之視昔，悲夫！故列敘時人，錄其所述㉒。雖世殊事異，所以興懷，其致一也。後之覽者，亦將有感於斯文㉓。

　　①本篇是王羲之為蘭亭詩集寫的序言，記敘了王羲之會同當時名

流謝安、孫統、孫綽等 41 人蘭亭集會的盛況，抒發了作者人生短暫、歡樂有盡的感慨。王羲之精心書寫的墨跡，也成了書法藝術的瑰寶。

② 永和：東晉穆帝年號。永和九年：西元 353 年。癸丑：永和九年的干支。

③ 會稽：郡名，今浙江紹興。蘭亭：在紹興西南蘭渚山上。

④ 修禊：古代民俗於農曆三月上旬的巳日（魏以後固定為三月初三）在水邊設祭，以消除不祥，稱為修禊。

⑤ 激湍：急流。映帶：形容景物相互襯托，彼此關聯。

⑥ 流觴：將酒杯放置於環曲水流的上游，任其順流而下，杯經誰處，誰即取飲。此處意謂：引清澈、湍急的溪流環曲為渠，用以流杯飲酒。

⑦ 次：處所。這裡指曲水邊。

⑧ 幽情：深藏的感情。兩句意謂：完全可以盡情享受眼看耳聽之趣，確實讓人快樂。

⑨ 相與：相處。俯仰：形容時間短促。

⑩ 取諸：取之於。晤言：當面談話。意謂：有的人在室內暢談自己的胸懷抱負。

⑪ 所託：指所愛好的事物。放浪形骸：言行放縱，不受任何拘束。形骸：即人的形體。意謂：有的人寄情於自己所喜愛的事物，無拘無束地生活。

⑫ 取捨：趨向或捨棄，進取或退止。萬殊：指各不相同的事物。

⑬ 所遇：所接觸的事物。意謂：對所接觸到的事物感到欣喜的時候，自己就暫有所得。

⑭ 曾：竟，竟然。

⑮ 及：待，等到。所之：所去的地方。這裡指得到的事物。此句意謂：等到他對所得到的事物已經厭倦。

⑯ 感慨係之：感慨隨之而生。兩句意謂：每當看到古人感嘆生死

的文章就嘆息悲傷，心裡卻不明白為什麼會這樣。

⑰興杯：產生感慨。

⑱化：造化，言自然規律。

⑲契：符節一類的信物。言似乎完全一樣。

⑳一死生：把死和生看作一樣。一：作動詞。

㉑齊彭殤：把長壽人物彭祖和短命早死的人看作同等。殤：未成年而死。齊：用作動詞。

㉒列敘時人：一一記下當時到會的人名。錄其所述：錄下他們所作的詩。

㉓斯文：這篇文章。意謂：也將對此文有所感慨。

生與死是人類思想史上最嚴肅的話題。佛家無生，道家無死，儒家重生而不畏死。至於清談家們「一死生」，「齊彭殤」，究竟是豁達，是放浪，還是無可奈何，盡由後人評說去罷。本文堪稱六朝散文的代表作之一。全文句式整中藏散，駢散兼具；文詞初看似乎平淡，再讀描寫議論，方覺味濃似酒。雖不是書法，但全篇間架結構，章法韻味，均不讓書法。

張中丞傳後敘①

韓愈

元和二年四月十三日夜，愈與吳郡張籍閱家中舊書②，得李翰所為《張巡傳》③。翰以文章自名④，為此傳頗詳密。然尚恨有缺者⑤：不為許遠立傳⑥，又不載雷萬春事首尾⑦。

遠雖材若不及巡者⑧，開門納巡，位本在巡上，授之柄而處其

下⑨，無所疑忌，竟與巡俱守死，成功名⑩，城陷而虜⑪，與巡死先後異耳⑫。兩家子弟才智下，不能通知二父志，以為巡死而遠就虜，疑畏死而辭服於賊⑬。遠誠畏死⑭，何苦守尺寸之地，食其所愛之肉⑮，以與賊抗而不降乎？當其圍守時，外無蚍蜉蟻子之援⑯，所欲忠者，國與主耳⑰。而賊語以國亡主滅，遠見救援不至，而賊來益眾⑱，必以其言為信⑲，外無待而猶死守⑳，人相食且盡㉑，雖愚人亦能數日而知死處矣㉒。遠之不畏死亦明矣！烏有城壞，其徒俱死㉓，獨蒙愧恥求活㉔？雖至愚者不忍為。嗚呼！而謂遠之賢而為之邪㉕？

說者又謂遠與巡分城而守㉖，城之陷，自遠所分始，以此詬遠㉗，此又與兒童之見無異。人之將死，其臟腑必有先受其病者；引繩而絕之㉘，其絕必有處。觀者見其然，從而尤之㉙，其亦不達於理矣！小人之好議論㉚，不樂成人之美，如是哉㉛！如巡、遠之所成就，如此卓卓㉜，猶不得免，其他則又何說！

當二公之初守也㉝，寧能知人之卒不救㉞，棄城而逆遁㉟；苟此不能守㊱，雖避之他處何益？及其無救而且窮也㊲，將其創殘餓羸之餘㊳，雖欲去，必不達。二公之賢，其講之精矣㊴！守一城，捍天下，以千百就盡之卒，戰百萬日滋之師，蔽遮江淮，沮遏其勢，天下之不亡，其誰之功也㊵！當是時，棄城而圖存者，不可一二數；擅強兵坐而觀者㊶，相環也㊷。不追議此㊸，而責二公以死守，亦見其自比於逆亂㊹，設淫辭而助之攻也㊺。

愈嘗從事於汴、徐二府，屢道於兩府間㊻，親祭於其所謂雙廟者㊼。其老人往往說巡、遠時事。云：南霽雲之乞救於賀蘭也㊽，賀蘭嫉巡、遠之聲威功績出己上㊾，不肯出師救㊿。愛霽雲之勇且壯，不聽其語，強留之(51)，具食與樂(52)，延霽雲坐(53)。霽雲慷慨語曰：「雲來時，睢陽之人不食月餘日矣，雲雖欲獨食，義不忍(54)；雖食，且不下咽。」因拔所佩刀，斷一指，血淋漓，以示賀蘭。一座大驚，皆感激為雲泣下(55)。雲知賀蘭終無為雲出師意，即馳去；

將出城，抽矢射佛寺浮圖㊋，矢著其上磚半箭㊌，曰：「吾歸破賊，必滅賀蘭，此矢所以志也㊍。」愈貞元中過泗州㊎，船上人猶指以相語。城陷，賊以刃脅降巡㊏，巡不屈，即牽去，將斬之；又降霽雲㊐，雲未應。巡呼雲曰：「南八㊑！男兒死耳，不可為不義屈。」雲笑曰：「欲將以有為也㊒；公有言，雲敢不死㊓！」即不屈。

張籍曰：「有于嵩者，少依於巡㊔；及巡起事㊕，嵩常在圍中㊖。籍大歷中於和州烏江縣見嵩㊗，嵩時年六十餘矣。以巡初嘗得臨渙縣尉㊘，好學無所不讀。籍時尚小，粗聞巡、遠事，不能細也。云巡長七尺餘，鬚髯若神㊙。嘗見嵩讀《漢書》，謂嵩曰：『何為久讀此？』嵩曰：『未熟也。』巡曰：『吾於書讀不過三遍，終身不忘也。』因嵩誦所讀書，盡卷不錯一字㊚。嵩驚，以為巡偶熟此卷，因亂抽他帙以試㊛，無不盡然㊜。嵩又取架上諸書試以問巡，巡應口誦無疑。嵩從巡久，亦不見巡常讀書也。為文章，操紙筆立書㊝，未嘗起草。初守睢陽時，士卒僅萬人㊞，城中居人戶，亦且數萬，巡因一見問姓名，其後無不識者。巡怒，鬚髯輒張㊟。及城陷，賊縛巡等數十人坐，且將戮。巡起旋㊠，其眾見巡起，或起或泣。巡曰：『汝勿怖！死，命也。』眾泣不能仰視。巡就戮時，顏色不亂㊡，陽陽如平常㊢。遠寬厚長者，貌如其心；與巡同年生，月日後於巡，呼巡為兄，死時年四十九。」

嵩，貞元初死於亳、宋間㊣，或傳嵩有田在亳、宋間，武人奪而有之㊤，嵩將詣州訟理㊥，為所殺。嵩無子。張籍云。

①張中丞，即張巡（709～757），唐鄧州南陽（今河南南陽市）人。開元末進士。安祿山反叛時任真源縣令，在雍丘、寧陵一帶起兵抵抗。後與許遠同守睢陽（今河南商丘市），詔拜御史中丞。睢陽被圍經年，張、許以寡敵眾，牽制了叛軍。後因糧盡援絕，城被攻陷，張巡和部下雷萬春、南霽雲等36人壯烈殉

難，許遠被俘，囚往洛陽，在途中遇難。安史之亂平息後，有人誹謗指責他們，企圖抹殺他們的功績。李翰特撰〈張巡傳〉上肅宗，表彰張、許的氣節。五十年後韓愈讀此傳，深有感慨，寫了這篇後敘，進一步駁斥謬論，並補記有關軼事。

②元和，唐憲宗李純的年號。元和二年：西元 807 年。吳郡治所在今江蘇蘇州市。張籍（768～830？）：字文昌，原籍吳郡，寄居和州烏江（今安徽和縣）。貞元十四年進士。韓愈的學生，著名詩人，有《張司業集》。

③李翰：字子羽，趙州贊皇（今河北贊皇）人。官至翰林學士。與張巡友善，親見張巡戰守事蹟，所撰〈張巡傳〉原文已佚。

④自名：自許，自負。

⑤恨：遺憾。

⑥許遠（709～758）：字令威，鹽官（今浙江海寧）人。安史亂時，任睢陽太守，和張巡協力抗擊安史叛軍的進攻，城破被俘，械送洛陽，至偃師被害。

⑦雷萬春：張巡部將，曾與巡同守雍丘，站城上與敵將令狐潮對話，臉上中六箭，仍舊紋絲不動。睢陽城陷，與張巡一起遇難。一說此處「雷萬春」當是「南霽雲」之誤。首尾：始末。

⑧遠雖材若不及巡者：意謂許遠的才能雖然似乎比不上張巡。

⑨開門納巡三句：據《資治通鑑》卷 219 載：唐肅宗至德二年（757）正月，安慶緒部將尹子廳引兵十三萬圍睢陽，許遠向張巡告急，張巡自寧陵引兵入守睢陽。許遠對張巡說：「遠懦，不習兵，公智勇兼濟；遠請為公守，公請為遠戰。」此後，守城的戰鬥，主要是張巡指揮的。當時許遠是睢陽太守，張巡是真源令，把軍權交給張巡後，許遠的實際地位反在張巡之下。柄：指軍權。

⑩成功名：成就了功業和名節。

⑪虜：被俘虜。

⑫與巡死先後異耳：意謂與張巡比只是死的時間先後不同罷了。

⑬兩家子弟四句：意謂張、許兩家的兒子才智都不高，不能全面了解他們父輩的志向，只因為張巡犧牲而許遠被俘，就懷疑許遠怕死降敵了。這幾句指代宗大曆年間，張巡之子張去疾聽信傳言，上書說許遠怕死降敵事。辭服：請降。

⑭誠：假使，果真。

⑮食所愛之肉：據史書記載，睢陽被圍日久，城內糧盡，張巡殺愛妾，許遠殺家奴，給士兵們充飢。

⑯蚍蜉：黑色大螞蟻。蟻子：小螞蟻。以蚍蜉、蟻子比喻力量極小的援軍。

⑰國與主：指唐王朝與皇帝（唐玄宗）。

⑱益眾：更加多了。

⑲信：真實，可信。

⑳外無待：指城外無救兵可期待。

㉑且盡：將盡，將要吃完。

㉒數日：計算日子。死處：指死的日子。

㉓烏有：哪裡有。

㉔蒙：蒙受。

㉕此句意謂：難道說許遠這樣賢明的人會做這樣的事嗎？

㉖說者：指議論的人。分城而守：當時張巡與許遠各守睢陽城的一方，張守東北許守西南。敵兵是從西南方攻入睢陽城的，所以下句說「城之陷，自遠所分始」。

㉗詬：辱罵，誹謗。

㉘引：拉。絕：斷。

㉙尤：指責，歸罪。

㉚小人：指前面的「說者」。

㉛不樂成人之美：不樂意成全別人的美名，指心懷嫉妒，對人刁難苛求。

㉜卓卓：形容卓越、出眾。

㉝二公：指張巡、許遠。稱公，表示尊敬。

㉞寧：豈，難道。卒：到底，終於。

㉟逆遁：事先逃走。逆，預先。

㊱苟：假如。

㊲此句意謂：等到沒有援兵而且困難到極點的時候。窮：困窘。

㊳將：率領。創殘餓羸之餘：受傷、殘廢、飢餓、瘦弱的殘餘兵卒。

㊴講：研究，考慮。精：精密，透徹。

㊵守一城八句：讚揚了張巡、許遠固守睢陽的功勳。江淮是唐王朝的財源糧倉，睢陽是通向江淮的咽喉。叛軍不破睢陽，就不能長驅江淮；張、許守住睢陽，就保住了朝廷的經濟命脈，使唐軍得以組織反攻，扭轉戰局。就盡之卒：將要死盡的士兵。日滋之師，日益增多的軍隊。蔽遮：掩護。沮遏：壓制阻止。

㊶擅：擁有。

㊷相環：四周都是。

㊸追議：追究指責。

㊹自比於逆亂：把自己與叛逆者等同起來。比：比附，並列。

㊺設淫辭：捏造荒謬的言辭。

㊻此二句意謂：韓愈曾先後在汴、徐州節度使幕府任推官之職，多次經過這二州之間。從事：唐時通稱幕僚為從事。這裡用作動詞，指辦理公務。汴：汴州，今河南開封市。徐：徐州，今江蘇徐州市。

㊼雙廟：張、許死後肅宗追贈張巡為揚州大都督，立廟睢陽，當時稱為雙廟。

㊽南霽雲：張巡部下勇將。賀蘭：河南節度使賀蘭進明，賀蘭，複姓。當時他領兵駐紮臨淮。

㊾出己上：超過自己。

⑤師：軍隊。

⑤強：硬要，強迫。

⑤具食與樂：準備了筵席和歌舞。

⑤延：請。

⑤義不忍：道義上不忍心。

⑤感激：感動。

⑥浮圖：佛塔。

⑤此句意謂：箭射中塔上的磚頭，箭身一半沒入磚內。

⑤志：作標記。

⑤貞元：唐德宗李適年號。泗州：唐屬河南東道，州治在臨淮。

⑥以刃脅降巡：用刀威脅張巡，逼他投降。

⑥又降霽雲：又叫南霽雲投降。

⑥南八：南霽雲在兄弟中排行第八，故稱南八。

⑥此句意謂：打算將來有所作為（指暫時隱忍以圖報仇）。

⑥敢：豈敢。

⑥少依於巡：年輕時投靠跟隨張巡。

⑥起事：指起兵討賊。

⑥圍中：圍城之中，指睢陽。

⑥大歷：唐代宗李豫年號。和州烏江縣：在今安徽省和縣東北。

⑥此二句意謂：因為張巡的緣故，于嵩曾作過臨渙縣尉。臨渙縣城在今安徽宿縣西南。

⑦鬚髯若神：鬍鬚長得好像神仙一樣。

⑦盡卷：指背完一卷書。

⑦他帙：其他書本。帙，古人裝書用的布套，這裡借指書。

⑦盡然：都這樣。

⑦操紙筆立書：拿起紙筆就寫。

⑦僅：將近，幾乎。

⑦輒張：就蓬開。

⑦起旋：起身小便。一說起身徘徊。旋：徘徊。

⑧顏色不亂：指臉色不變。

⑦陽陽：安詳的樣子。

⑧亳：亳州，今安徽亳縣。宋：宋州，即睢陽。

⑧武人：軍人。有：占有。

⑧詣：去，到。訟理：訴訟，告狀。

「文以載道」，「不平則鳴」。

　　作者要為張巡、許遠等人鳴不平。文章開篇指出李翰〈張巡傳〉「頗詳密」，但「尚恨有缺者」，即「不為許遠立傳，又不載雷萬春事首尾」從而點明要「鳴」的理由。作者接著為許遠的被誣而鳴，為守城官兵的悲壯而鳴，最後以親身所聞補敘南霽雲及張巡軼事，以張籍之言補敘張巡及許遠軼事。讀完全文，鮮明的人物形象，悲壯的歷史故事，令人久久難以忘懷。這就是文章所載之「道」的魅力和威力。

鈷鉧潭西小丘記①

柳宗元

　　得西山後八日②，尋山口西北道二百步③，又得鈷鉧潭。潭西二十五步，當湍而浚者，為魚梁④。梁之上有丘焉，生竹樹。其石之突怒偃蹇⑤，負土而出⑥，爭為奇狀者，殆不可數⑦。其欹然相累而下者⑧，若牛馬之飲於溪；其衝然角列而上者⑨，若熊羆之登於山。

　　丘之小不能一畝⑩，可以籠而有之⑪。問其主，曰：「唐氏之棄地，貨而不售⑫。」問其價，曰：「止四百。」余憐而售之⑬。

李深源、元克己時同游⑭，皆大喜，出自意外⑮。即更取器用⑯，鏟刈穢草⑰，伐去惡木，烈火而焚之⑱。嘉木立，美竹露，奇石顯。由其中以望，則山之高，雲之浮，溪之流，鳥獸之遨遊，舉熙熙然回巧獻技⑲，以效茲丘之下⑳。枕席而臥，則清泠之狀與目謀㉑，瀯瀯之聲與耳謀㉒，悠然而虛者與神謀㉓，淵然而靜者與心謀㉔。不匝旬而得異地者二㉕，雖古好事之士㉖，或未能至焉。

　　噫！以茲丘之勝，致之灃、鎬、鄠、杜㉗，則貴游之士爭買者㉘，日增千金而愈不可得。今棄是州也，農夫、漁父過而陋之㉙。賈四百，連歲不能售㉚。而我與深源、克己獨喜得之，是其果有遭乎㉛？書於石，所以賀茲丘之遭也㉜。

注釋

①本文是柳宗元《永州八記》的第三篇。鈷鉧潭在永州西山之西，因形似熨斗而得名。鈷鉧：熨斗。

②得西山後八日：據〈始得西山宴遊記〉，柳宗元得西山在唐憲宗元和四年九月二十八日，「後八日」，當為十月六日。得：訪得，發現。西山：在今湖南零陵城西五里。

③尋：沿著。道：作動詞用，在道上走。步：長度單位，歷代不一。今世以五尺為步。

④湍：急流。浚：深。魚梁：阻水的堰，中間留有空洞，置筍其中，或以捕魚。

⑤突怒偃蹇：形容怪石嶙峋。突怒：挺起似怒。偃蹇：高聳傲岸的樣子。

⑥負土：指石頭上有土壤。

⑦殆：幾乎，差不多。

⑧嶔然：石頭聳立的樣子。相累而下：指石頭堆疊向下。

⑨衝然：向前突出的樣子。角列而上：指石頭向上的樣子像爭著排到前面的行列中去。角：較量，競爭。一說像獸角一樣並列

向上。

⑩不能：不足，不到。

⑪籠而有之：把小丘裝在籠子裡。籠：作動詞用，裝入籠中。

⑫貨而不售：標價出賣卻賣不出去。貨：出賣。售：賣出。

⑬憐：愛。售之：使之售出。售：作使動用法。之：指小丘。

⑭李深源、元克己：作者的朋友。李原任太府卿，元任侍御史，此時同貶居永州。

⑮出自意外：指得到小丘出於意外。

⑯更取器用：輪流拿工具使用。更：輪流更替。器用：指割草、伐木的工具。

⑰刈：割。穢草：荒草。

⑱烈火：使火燒得熾烈。烈，作使動用法。

⑲舉：全。熙熙然：和樂的樣子。回巧獻技：運用智巧，表演技藝。回：運，表現。

⑳效：呈獻。

㉑清泠：清澈明淨。謀：計議。這裡有「接觸」的意思。

㉒瀯瀯：形容水流的聲音。

㉓悠然而虛：悠遠空闊的境界。

㉔淵然而靜：深沈寧靜的境界。

㉕不匝旬：不滿十天。匝：周，遍。旬：十日。異地者二：兩處風景優美的地方，指西山和鈷鉧潭西小丘。異地：奇異的地方。

㉖好事之士：這裡指喜歡遊覽山水的人。

㉗致之：把它移到。灃、鎬、鄠、杜：都是唐朝長安附近貴族居住地。

㉘貴游之士：愛好游玩的貴族人士。

㉙過而陋之：從這裡走過而看不起它。

㉚賈：同「價」。連歲：連年。

㉛其：豈，難道。遭：遭遇，遇合。指碰到賞識的人。

㉜此二句意謂：把這篇文章刻寫在石頭上，就是用來祝賀這個小
　丘遇到了賞識的人。

 提示

　　唐宋古文中，柳宗元的山水遊記堪為一絕。本文描寫了鈷鉧潭西
小丘的勝景。先寫小丘的位置，著重描繪小丘上千姿百態的怪石。再
交代購買和治理小丘的經過以及遊賞小丘的感受。最後抒發自身的感
慨，喜小丘的得人賞識，寓作者懷才見棄、淪落天涯的惆悵。

　　作者寫景善於化靜為動，既「肖其貌」，又「傳其神」，怪石在
其筆下頓顯生機和靈氣。且寫景抒情，物我相通，含有不盡之意。

朋黨論①
歐陽修

　　臣聞朋黨之說，自古有之②，惟幸人君辨其君子、小人而已③。

　　大凡君子與君子以同道為朋，小人與小人以同利為朋，此自然
之理也。然臣謂小人無朋，惟君子則有之，其故何哉？小人所好
者，祿利也；所貪者，財貨也。當其同利之時，暫相黨引以為朋
者④，偽也；及其見利而爭先，或利盡而交疏，則反相賊害⑤，雖
其兄弟親戚不能相保。故臣謂小人無朋，其暫為朋者，偽也。君子
則不然，所守者道義，所行者忠信，所惜者名節。以之修身，則同
道而相益；以之事國，則同心而共濟，終始如一。此君子之朋也。
故為人君者，但當退小人之偽朋，用君子之真朋，則天下治矣。

　　堯之時，小人共工、驩兜等四人為一朋⑥，君子八元、八愷十
六人為一朋⑦。舜佐堯退四凶小人之朋，而進元、愷君子之朋，堯
之天下大治。及舜自為天子，而皋、夔、稷、契等二十二人並列於

朝⑧，更相稱美，更相推讓⑨，凡二十二人為一朋，而舜皆用之，天下亦大治。《書》曰：「紂有臣億萬，惟億萬心；周有臣三千，惟一心。」⑩紂之時，億萬人各異心，可謂不為朋矣，然紂以亡國⑪。周武王之臣，三千人為一大朋，而周用以興⑫。後漢獻帝時，盡取天下名士囚禁之，目為黨人⑬。及黃巾賊起，漢室大亂，後方悔悟，盡解黨人而釋之⑭，然已無救矣。唐之晚年，漸起朋黨之論⑮。及昭宗時，盡殺朝中名士⑯，或投之黃河，曰：「此輩清流，可投濁流⑰。」而唐遂亡矣。

夫前世之主，能使人人異心不為朋，莫如紂；能禁絕善人為朋，莫如漢獻帝；能誅戮清流之朋，莫如唐昭宗之世：然皆亂亡其國。更相稱美推讓而不自疑⑱，莫如舜之二十二臣，舜亦不疑而皆用之。然而後世不誚舜為二十二人朋黨所欺⑲，而稱舜為聰明之聖者，以能辨君子與小人也⑳。周武之世，舉其國之臣三千人共為一朋㉑，自古為朋之多且大莫如周，然周用此以興者㉒，善人雖多而不厭也㉓。

夫興亡治亂之跡，為人君者可以鑑矣。

 注釋

①慶曆三年（1043），宋仁宗進用杜衍、富弼、韓琦、范仲淹等人，醞釀改革，得到歐陽修等諫官的大力支持，但遭到守舊勢力的強烈反對。守舊派大造輿論，誣蔑富、范、歐等人為「朋黨」，陰謀陷害。於是，歐陽修作〈朋黨論〉進呈仁宗，駁斥謬論，區分邪正，為革新派辯護。朋黨：一般指人們因政治理想相同和利益一致而結合成的派別或集團。

②說：說法，議論。自古有之：《韓非子》、《戰國策》、《史記》等書中都曾論及朋黨。

③惟：只，只是。幸：希望。而已：罷了。

④黨引：結為朋黨，相互援引。

⑤及：等到。賊害：傷害。

⑥堯：儒家所推崇的古代聖賢之主。共工、驩兜等四人；傳說中堯有四個壞人除共工、驩兜外，還有鯀、三苗。下文所說的「四凶」，即指此四人。

⑦八元、八愷：據傳說，上古高辛氏有子八人，人稱八元；高陽氏有子八人，人稱八愷。均是賢臣。元：善良之意。愷：和樂之意。

⑧皋、夔、稷、契等二十二人：皆傳說中舜時的賢臣，分別擔任司法、音樂、農業、教育等各部門的長官。

⑨更相稱美，更相推讓：更替著相互推崇、相互謙讓。

⑩《書》：《尚書》，儒家經典之一，收錄上古時代政府文告，相傳由孔子編造而成。這裡引的四句話，見《尚書·周書·泰誓》。〈泰誓〉是周武王伐紂、大軍渡孟津時的誓師詞。紂：商朝末代君主。億萬：極言其多。惟：為，是。

⑪然紂以亡國：然而紂王卻因此而亡國。以：以此，因此。

⑫周武王：儒家所推崇的古代聖賢之主。他率軍攻滅了商紂，建立了周朝。周用以興，周朝因此而興旺發達。

⑬後漢獻帝：東漢的末代君主。「獻帝時」，誤，應為桓帝、靈帝時。盡取二句：將天下名士全都逮捕囚禁起來，把他們看作是朋黨。桓帝、靈帝時，宦官專權，一些名士如李膺、范滂等被誣為朋黨，被殺百餘人；此後，各州又陸續處死、流放、囚禁六、七百人，史稱「黨錮之禍」。目：視，看。

⑭黃巾賊：靈帝時，爆發了以張角為首的農民大起義，起義軍皆以黃巾裹頭。賊：對農民起義軍的誣稱。漢室三句：黃巾事起，天下大亂，再加上「黨錮之禍」，造成民怨沸騰，於是靈帝大赦黨人。解：解除，赦免。釋：放，釋放。

⑮唐之晚年二句：唐朝末年，又漸漸興起了朋黨的說法。這主要指唐穆宗至唐宣宗年間以牛僧儒、李宗閔為首和以李德裕為首

的官僚集團之間的派別鬥爭，史稱「牛李黨爭」。

⑯昭宗：誤，應為唐昭宣帝。盡殺朝中名士：唐昭宣帝天祐二年
　（907），朱全忠專權，殺大臣裴樞等七人於滑州白馬驛，同時
　受牽連而死者數百人，皆被誣蔑為朋黨。

⑰或投之三句：有的被拋進黃河，並說：「這些人自稱為清流，
　應當把他們投到濁流裡去。」當時，朱全忠的謀士李振因屢試
　不第，怨恨朝中大臣，就對朱說：「此輩自謂清流，宜投入黃
　河，永為濁流。」朱竟笑而從之，把裴樞等人的屍體拋入黃河。
　清流：指品行高潔之士。

⑱自疑：指黨人內部相互猜忌。

⑲誚：譏諷，責備。

⑳以：因為，由於。

㉑舉：全、盡。

㉒用此以興：因此而興旺發達。

㉓厭：通「饜」，滿足。

人，有君子、小人之分，交朋友自然就有交君子與交小人之別，
不辨君子與小人，一概斥之為「朋黨」則於天下大治不利。此文力勸
君王辨別真偽，權衡是非，退小人之朋，用君子之朋，維護和支持革
新派的改革成果。

　文章著重闡釋君子以同道為朋與小人以同利為朋的本質區別，從
理論上說明為什麼應當退小人之朋而用君子之朋。接著列舉事實，來
說明用君子之朋以興國、濫殺君子之朋而亡國的必然性，以及用君子
之朋的重要和退君子之朋的危害。文章在總括歷史經驗的基礎上，進
一步指出問題的關鍵在於人君是否能辨別君子與小人，希望君王借鑑
歷史經驗，接受歷史教訓。

　文章通篇採用對比法進行論證，行文緊扣人君的態度這一中心意

圖，講道理、擺事實、抓關鍵、提希望，依次推進，結構謹嚴，具有難以抗拒的邏輯力量。

前赤壁賦①

蘇軾

　　壬戌之秋②，七月既望③，蘇子與客泛舟游於赤壁之下。清風徐來，水波不興。舉酒屬客④，誦明月之詩，歌窈窕之章⑤。少焉，月出於東山之上，徘徊於斗牛之間⑥。白露橫江，水光接天。縱一葦之所如⑦，凌萬頃之茫然⑧。浩浩乎如馮虛御風⑨，而不知其所止；飄飄乎如遺世獨立⑩，羽化而登仙⑪。

　　於是飲酒樂甚，扣舷而歌之。歌曰：「桂棹兮蘭槳⑫，擊空明兮溯流光⑬。渺渺兮予懷⑭，望美人兮天一方。」客有吹洞簫者，倚歌而和之⑮。其聲嗚嗚然，如怨如慕，如泣如訴；餘音裊裊⑯，不絕如縷⑰。舞幽壑之潛蛟⑱，泣孤舟之嫠婦⑲。

　　蘇子愀然⑳，正襟危坐，而問客曰：「何為其然也㉑？」客曰：「『月明星稀，烏鵲南飛㉒』，此非曹孟德之詩乎㉓？西望夏口㉔，東望武昌㉕，山川相繆㉖，鬱乎㉗蒼蒼，此非孟德之困於周郎者乎㉘？方其破荊州㉙，下江陵，順流而東也，舳艫㉚千里，旌旗蔽空，釃酒㉛臨江，橫槊㉜賦詩，固一世之雄也，而今安在哉？況吾與子漁樵於江渚之上㉝，侶魚蝦而友麋鹿㉞，駕一葉之扁舟㉟，舉匏樽㊱以相屬。寄蜉蝣㊲於天地，渺滄海之一粟。哀吾生之須臾，羨長江之無窮。挾㊳飛仙以遨遊，抱明月而長終㊴。知不可乎驟得，託遺響於悲風㊵。」

　　蘇子曰：「客亦知夫水與月乎？逝者如斯㊶，而未嘗往也；盈虛者如彼，而卒莫消長也。蓋將自其變者而觀之，則天地曾不能以

一瞬㊷；自其不變者而觀之，則物與我皆無盡也㊸，而又何羨乎！且夫天地之間，物各有主；苟非吾之所有，雖一毫而莫取。惟江上之清風，與山間之明月、耳得之而為聲，目遇之而成色，取之無禁，用之不竭，是造物者之無盡藏也，而吾與子之所共適㊹。」

　　客喜而笑，洗盞更酌㊺。肴核既盡㊻，杯盤狼藉。相與枕藉乎舟中㊼，不知東方之既白。

 注釋

①本文寫於宋神宗元豐五年（1082）。這年蘇軾在黃州，曾於7月16日、10月15日兩遊赤壁，寫下兩篇以遊赤壁為題的賦，即〈前赤壁賦〉與〈後赤壁賦〉。赤壁：實為黃州赤鼻磯，當地人因音近誤稱「赤壁」，並非三國時赤壁之戰舊址。

②壬戌：宋神宗元豐五年（1082）。

③既望：16日。望：農曆每月15日。

④屬：傾注，引申為勸酒。

⑤誦明月二句：這兩句是互文，意謂吟誦《詩經・陳風》中的〈月出〉篇。窈窕之章：〈月出〉中有「舒窈糾兮」的句子。「窈糾」同「窈窕」。

⑥斗牛：星座名，即斗宿（南斗）、牛宿。

⑦一葦：喻指葦般的小舟。如：往。

⑧凌：越過。萬頃：水面。此極言江面之寬。茫然：浩浩蕩蕩的樣子。

⑨馮虛御風：在天空中駕風遨遊。馮通「憑」，依靠，依託。虛：指天空。

⑩遺世：超脫塵世。

⑪羽化：道教稱成仙飛升為「羽化」。

⑫棹：船槳。

⑬溯：逆流而上。

⑭渺渺：悠遠的樣子。

⑮倚歌：按著曲調。和：伴奏。

⑯裊裊：細弱悠長的樣子。

⑰縷：細絲。

⑱幽壑：深淵。

⑲嫠婦：寡婦。

⑳愀然：憂愁變色的樣子。

㉑何為其然也：為什麼聲音這樣悲涼呢？

㉒月明二句：曹操〈短歌行〉中的詩句。

㉓孟德：曹操的字。

㉔夏口：古城名，在今湖北武漢。

㉕武昌：今湖北鄂城。

㉖繆：通「繚」，盤繞。

㉗鬱乎：繁茂的樣子。

㉘此句意指：曹操在赤壁之戰被吳將周瑜擊敗的事。周郎：即周瑜，他任中郎將時年僅二十四歲，人稱周郎。

㉙方其破荊州：指建安十三年劉琮向曹操投降，操軍不戰而占領荊州，繼又擊敗劉備，進兵江陵的事。方：當。荊州：今湖北襄樊一帶。江陵：今屬湖北。

㉚舳艫：戰船。

㉛釃酒：斟酒。

㉜橫槊：橫執著長矛。槊：長矛。

㉝子：你。漁樵：捕魚打柴。江渚：江邊沙洲。

㉞侶魚蝦：與魚蝦作伴侶。友麋鹿：與麋鹿作朋友。

㉟扁舟：小船。

㊱匏樽：用匏作的酒器。匏：葫蘆的一種。

㊲蜉蝣：一種昆蟲，夏秋之交生於水邊，生命短僅數小時。

㊳挾：持，帶。這裡意為偕同。

㊴長終：長存始終。

㊵託：寄託。遺響：指洞簫的餘音。

㊶逝者如斯：流逝的江水就像這樣（不斷流逝）。《論語・子罕》：「子在川上曰：『逝者如斯夫，不舍晝夜。』」往：流失。

㊷則天地曾不能以一瞬：意謂天地萬物連一眨眼的工夫都不能存留。一瞬：極言短暫。

㊸無盡藏：佛家語，意謂無窮無盡的寶藏。

㊹共適：共同享用。

㊺更酌：重新飲酒。

㊻肴核：菜肴和果品。

㊼相與：互相。枕藉：枕靠著睡覺。

本文是千古傳誦的散文名篇。文章以遊起興，隨即由「浩浩乎如馮虛御風」，「飄飄乎如遺世獨立」之樂，突然轉入「哀吾生之須臾，羨長江之無窮」。再由發現「物與我皆無盡也」，復歸於精神解脫的愉悅。通過悲與樂的轉換，表現了作者在得與失、成與敗、毀與譽、生與死的變故面前，不為其所累，而能隨緣自適，隨遇而安的豁達人生態度。

文章因景生情，借景喻理。江水、清風、明月，或啟發遐想，或引發哀怨，或喻出萬物皆有「變」與「不變」，有為的生命具有永恆價值的人生哲理。形象、情感和哲理實現了完美的統一。

文中句式駢散兼備，用韻疏密相間，聲調和諧優美，更令千古傳誦，百讀不厭。

徐文長傳①

袁宏道

　　余少時過里肆中②，見北雜劇有《四聲猿》③，意氣豪達，與近時書生所演傳奇絕異，題曰「天池生」④，疑為元人作。後適越⑤，見人家單幅上署「田水月」者⑥，強心鐵骨，與夫一種磊塊不平之氣⑦，字畫之中，宛宛可見⑧，意甚駭之，而不知田水月為何人。

　　一夕，坐陶編修樓⑨，隨意抽架上書，得《闕編》詩一帙⑩。惡楮毛書⑪，煙煤敗墨⑫，微有字形，稍就燈間讀之，讀未數首，不覺驚躍，急呼石簣：「《闕編》何人作者？今耶，古耶？」石簣曰：「此余鄉先輩徐天池先生書也。先生名渭，字文長，嘉、隆間人⑬，前五六年方卒。今卷軸題額上有田水月者，即其人也。」余始悟前後所疑，皆即文長一人。又當詩道荒穢之時，獲此奇秘，如魘得醒⑭。兩人躍起，燈影下，讀復叫，叫復讀，童僕睡者皆驚起。

　　余自是或向人，或作書⑮，皆首稱文長先生⑯。有來看余者，即出詩與之讀。一時名公巨匠⑰，浸浸知向慕云⑱。

　　文長為山陰秀才⑲，大試輒不利⑳，豪蕩不羈。總督胡梅林公知之㉑，聘為幕客。文長與胡公約：「若欲客某者㉒，當具賓禮，非時輒得出入㉓。」胡公皆許之。文長乃葛衣烏巾，長揖就坐，縱談天下事，旁若無人，胡公大喜。是時，公督數邊兵㉔，威震東南，介冑之士㉕，膝語蛇行㉖，不敢舉頭；而文長以部下一諸生傲之，信心而行㉗，恣臆談謔，了無忌憚。會得白鹿㉘，屬文長代作表。表上，永陵喜甚㉙。公以是益重之，一切疏記㉚，皆出其手。

　　文長自負才略，好奇計，談兵多中㉛。凡公所以餌汪、徐諸虜者㉜，皆密相議，然後行。嘗飲一酒樓，有數健兒亦飲其下，不肯

留錢。文長密以數字馳公㉝，公立命縛健兒至麾下㉞，皆斬之，一軍股慄㉟。有沙門負資而穢㊱，酒間偶言於公，公後以他事杖殺之。其信任多此類。

胡公既憐文長之才㊲，哀其數困㊳，時方省試，凡入帘者㊴，公密屬曰：「徐子，天下才，若在本房㊵，幸勿脫失。」皆曰：「如命㊶。」一知縣以他羈後至㊷，至期方謁公，偶忘屬，卷適在其房，遂不偶㊸。

文長既已不得志於有司㊹，遂乃放浪曲蘗㊺，恣情山水，走齊魯燕趙之地，窮覽朔漠㊻。其所見山奔海立，沙起雲行，風鳴樹偃，幽谷大都，人物魚鳥，一切可驚可愕之狀，一一皆達之於詩。其胸中又有一段不可磨滅之氣，英雄失路，託足無門之悲㊼，故其為詩，如嗔如笑，如水鳴峽，如種出土，如寡婦之夜哭，羈人之寒起㊽。當其放意，平疇千里㊾，偶爾幽峭，鬼語秋墳㊿。文長眼空千古，獨立一時[51]。當時所謂達官貴人，騷士墨客，文長皆叱而奴之[52]，恥不與交，故其名不出於越。悲夫！

一日，飲其鄉大夫家。鄉大夫指筵上一小物求賦，陰令童僕續紙丈餘進[53]，欲以苦之。文長援筆立成，竟滿其紙，氣韻遒逸，物無遁情[54]，一座大驚。

文長喜作書，筆意奔放如其詩，蒼勁中姿媚躍出。余不能書，而謬謂文長書決當在王雅宜、文徵仲之上[55]。不論書法，而論書神[56]，先生者，誠八法之散聖[57]，字林之俠客也。間以其餘[58]，旁溢為花草竹石[59]，皆超逸有致[60]。

卒以疑殺其繼室，下獄論死。張陽和力解[61]，乃得出。既出，倔強如初。晚年，憤益深，佯狂益甚。顯者至門，皆拒不納。當道官至，求一字不可得。時攜錢至酒肆，呼下隸與飲。或自持斧擊破其頭，血流被面[62]，頭骨皆折，揉之有聲。或以利錐錐其兩耳，深入寸餘，竟不得死。

石簣言：晚歲，詩文益奇，無刻本，集藏於家。余所見者，

《徐文長集》、《闕編》二種而已。然文長竟以不得志於時，抱憤而卒。

石公⑥³曰：先生數奇不已⑥⁴，遂為狂疾；狂疾不已，遂為圄圉⑥⁵。古今文人，牢騷困苦⑥⁶，未有若先生者也。雖然⑥⁷，胡公間世豪傑⑥⁸，永陵英主，幕中禮數異等，是胡公知有先生矣；表上，人主悅，是人主知有先生矣。獨身未貴耳⑥⁹。先生詩文崛起，一掃近代蕪穢之習，百世而下⑦⁰，自有定論，胡為不遇哉⑦¹！

梅客生⑦²嘗寄余書曰：「文長，吾老友，病奇於人，人奇於詩，詩奇於字，字奇於文，文奇於畫。」余謂：文長，無之而不奇者也。無之而不奇，斯無之而不奇也哉⑦³！悲夫！

注釋

①本文選自《袁中郎集》。袁宏道，字中郎，萬歷進士，是晚明文壇「公安派」的領袖。徐文長，即徐渭，初字文清，後改字文長，山陰（今浙江紹興）人，明代著名文士。

②里肆：街頭店舖。

③北雜劇：元明時，用北曲演唱的一種戲劇形式。《四聲猿》；徐渭創作的一組短劇，包括〈狂鼓吏〉、〈玉禪師〉、〈雌木蘭〉和〈女狀元〉。

④天池生：徐渭別號。

⑤適越：到浙江。適：往，到。

⑥田水月：徐渭別號。三字合起來即為「渭」。

⑦磊塊：本意為石塊，後常用來比喻胸中鬱積的憤懣不平之氣。

⑧宛宛：宛如，彷彿。

⑨陶編修：陶望齡，字周望，號石簣，會稽（今浙江紹興）人，曾任翰林院編修。

⑩帙：書套。一帙：一函或一冊。

⑪惡楮毛書：紙質低劣，裝訂粗糙。楮：樹名，其皮可作紙，故

作紙的代稱。

⑫煙煤敗墨：形容印刷品質很差。

⑬嘉、隆：嘉靖、隆慶，明中葉的兩個年號。

⑭魘：惡夢。

⑮作書：寫信。

⑯首稱：首先讚揚。

⑰名公巨匠：指有名聲有成就的文人。

⑱浸浸：漸漸。向慕：嚮往愛慕。

⑲山陰：今浙江紹興。

⑳大試：指考取舉人的鄉試（省試），與考取秀才的「小試」相對而言。

㉑胡梅林：胡宗憲，字汝貞，號梅林，曾任浙江巡按御史，升兵部右侍郎總督軍務，剿倭有功。

㉒客某：使我受聘為幕僚。某：文長自指。

㉓非時：不按規定的時間。

㉔數邊兵：明代邊防有九鎮，稱為九邊，此指胡宗憲統帥了幾鎮的兵馬平定倭寇。

㉕介冑：盔甲。此指披甲戴盔。

㉖膝語蛇行：跪著說話，像蛇一樣匍匐而行。

㉗信心：任意。

㉘會：適逢。

㉙永陵：指嘉靖皇帝。他的墓稱永陵。

㉚疏記：奏疏等公文。

㉛談兵多中：所論軍事謀略大多切中關鍵。

㉜餌：引誘。汪、徐：汪直、徐海，海盜首領，與倭寇勾結作亂於浙江沿海，被胡宗憲設計誘降後誅殺。

㉝以數字馳公：寫短簡（差人）急送胡總督。

㉞麾下：將帥部下，此代指軍營。

㉟股慄：大腿顫抖，形容恐懼的樣子。

㊱沙門：僧人。負資而穢：有錢財而行為骯髒。

㊲憐：愛惜。

㊳數困：多次參加鄉試受挫。

㊴入帘：擔任考官。明代科舉考官也叫帘官。

㊵房：科舉考試中，協助主考的官員閱卷時各占一房，故稱房官。

㊶如命：遵命。

㊷以他羈：因其他事情被拖住。

㊸不偶：不成功。偶：與奇相對，遇合。

㊹有司：官吏，此指試官。

㊺放浪曲糱：放縱酗酒。曲糱：釀酒發酵劑，代指酒。

㊻窮覽：盡覽。朔漠：北方荒漠。

㊼託足無門：無處安身。

㊽羈人之寒起：羈旅之人冒寒早起。這兩句既形容孤獨、淒冷的
意緒，又含有心聲自然流露的意思。

㊾平疇：平原田野。

㊿鬼語秋墳：形容境界深幽清冷。

(51)獨立一時：當代傑出而不合群。

(52)奴之：視為奴僕一般。

(53)陰令：暗地指使。續紙丈餘進：把紙連接成一丈多長後奉上。

(54)物無遁情：物的情狀沒有一絲遺漏。

(55)王雅宜：明代書法家王寵，號雅宜山人。文徵仲：文徵明，字
徵仲，也是明中葉的書法家、文學家。

(56)書法：寫字的法度。書神：寫字時透露出的神采韻味。

(57)八法：即書法中「永字八法」，此代指書法藝術。散聖：放縱
不羈而自成大家。

(58)間：有時。其餘：他的餘力。

(59)旁溢為花草竹石：指在書法之外又喜繪畫。

⑥⓪超逸有致：高遠飄逸，富於情致。

⑥①張陽和：張元忭，號陽和，徐渭之友，曾任翰林院編修等職。

　力解：盡力解救。

⑥②被面：滿臉。

⑥③石公：作者之號。

⑥④數奇：命運不好。《史記·李將軍列傳》：「大將軍青亦陰受
　上誡，以為李廣老，數奇。」

⑥⑤圄圇：牢獄。

⑥⑥牢騷：憂愁。

⑥⑦雖然：雖然如此。

⑥⑧間世：隔世，此指不常見。

⑥⑨獨：只是。未貴：不曾做官。

⑦⓪百世而下：幾百年以後。

⑦①胡為不遇：怎能說是沒有遇合。遇：遇合，指施展抱負的機會。

⑦②梅客生：梅國楨，字客生，作者朋友。

⑦③奇：在此段中，前後意義不同。前面作「奇異」、「不尋常」
　解，最後一個作「數奇」、「不順利」解。

提示

　　徐渭的生平事蹟頗有傳奇色彩，他吞吐河山，指論天下的氣概和
膽識，多方涉獵、無施不可的藝術創作才能，清高傲岸、狂放不羈的
個性，皆獨立一時。本文以簡明的筆調對徐渭其人其事作了生動的描
述，表露出對徐渭才氣的欽佩，以及對徐渭際遇的同情，對徐渭率情
任性、恣意表現的浪漫精神的讚頌。

　　本文始終充滿強烈的感情，體現了作者「獨抒性靈，不拘格套」
的文學主張，全文敘事不求首尾，所記各事，均圍繞文長「才能奇
異」、「性情奇怪」、「遭遇奇特」展開，因此，儘管所記事例繁
雜，但文章依然骨力勁健，神氣凝聚。

少年中國說①（節選）

梁啟超

日本人之稱我中國也，一則曰老大帝國，再則曰老大帝國。是語也，蓋襲譯歐西人之言也②。嗚呼！我中國其果老大矣乎③？梁啟超曰：惡④！是何言⑤！是何言！吾心目中有一少年中國在。

欲言國之老少，請先言人之老少。老年人常思既往，少年人常思將來。惟思既往也，故生留戀心；惟思將來也，故生希望心。惟留戀也，故保守；惟希望也，故進取。惟保守也，故永舊；惟進取也，故日新。惟思既往也，事事皆其所已經者，故惟知照例；惟思將來也，事事皆其所未經者，故常敢破格。老年人常多憂慮，少年人常好行樂。惟多憂也，故灰心；惟行樂也，故盛氣。惟灰心也，故怯懦；惟盛氣也，故豪壯。惟怯懦也，故苟且；惟豪壯也，故冒險。惟苟且也，故能滅世界；惟冒險也，故能造世界。老年人常厭事，少年人常喜事。惟厭事也，故常覺一切事無可為者；惟喜事也，故常覺一切事無不可為者。老年人如夕照，少年人如朝陽；老年人如瘠牛⑥，少年人如乳虎；老年人如僧，少年人如俠；老年人如字典，少年人如戲文⑦；老年人如鴉片煙，少年人如潑蘭地酒⑧；老年人如別行星之隕石⑨，少年人如大洋海之珊瑚島；老年人如埃及沙漠之金字塔，少年人如西比利亞之鐵路⑩；老年人如秋後之柳，少年人如春前之草；老年人如死海之瀦為澤⑪，少年人如長江之初發源。此老年與少年性格不同之大略也。梁啟超曰：人固有之，國亦宜然⑫。

梁啟超曰：傷哉，老大也！潯陽江頭琵琶婦，當明月繞船，楓葉瑟瑟，衾寒於鐵，似夢非夢之時，追想洛陽塵中春花秋月之佳趣

⑬。西宮南內，白髮宮娥，一燈如穗，三五對坐，談開元天寶間遺事，譜〈霓裳羽衣曲〉⑭。青門種瓜人⑮，左對孺人⑯，顧弄孺子⑰，憶侯門似海、珠履雜遝之盛事⑱。拿破崙之流於厄篥⑲，阿剌飛之幽於錫蘭⑳，與三兩監守吏，或過訪之好事者，道當年短刀匹馬馳騁中原，席捲歐洲，血戰海樓㉑，一聲叱咤，萬國震恐之豐功偉烈，初而拍案，繼而撫髀㉒，終而攬鏡㉓。嗚呼！面皺齒盡㉔，白髮盈把，頹然老矣！若是者，捨幽鬱之外無心事，捨悲慘之外無天地，捨頹唐之外無日月，捨嘆息之外無聲音，捨待死之外無事業，美人豪傑且然，而況一尋常碌碌者耶？生平親友，皆在墟墓㉕；起居飲食，待命於人。今日且過，遑知他日㉖？今年且過，遑恤明年㉗？普天下灰心短氣之事，未有甚於老大者。於此人也，而欲望以拏雲之手段㉘，回天之事功，挾山超海之意氣㉙，能乎不能？

嗚呼！我中國其果老大乎？立乎今日以指疇昔，唐虞三代㉚，若何之郅治㉛；秦皇漢武，若何之雄傑；漢唐來之文學，若何之隆盛；康乾間之武功㉜，若何之烜赫㉝。歷史家所鋪敘，詞章家所謳歌，何一非我國民少年時代良辰美景賞心樂事之陳跡哉！而今頹然老矣，昨日割五城，明日割十城，處處雀鼠盡，夜夜雞犬驚。十八省之土地財產㉞，已為人懷中之肉，四百兆之父兄子弟㉟，已為人注籍之奴㊱，豈所謂「老大嫁作商人婦」者耶㊲？嗚呼！憑君莫話當年事，憔悴韶光不忍看㊳！楚囚相對㊴，岌岌顧影，人命危淺，朝不慮夕㊵。國為待死之國，一國之民為待死之民，萬事付之奈何，一切憑人作弄，亦何足怪。

梁啟超曰：我中國其果老大矣乎？是今日全地球之一大問題也。如其老大也，則是中國為過去之國，即地球上昔本有此國，而今漸漸滅㊶，他日之命運殆將盡也。如其非老大也，則是中國為未來之國，即地球上昔未現此國，而今漸發達，他日之前程且方長也。欲斷今日之中國為老大耶？為少年耶？則不可不先明國家之意義。夫國也者，何物也？有土地，有人民，以居於其土地之人民，

而治其所居土地之事，自制法律而自守之；有主權，有服從，人人
皆主權者，人人皆服從者。夫如是，斯謂之完全成立之國。地球上
之有完全成立之國也，自百年以來也。完全成立者，壯年之事也。
未能完全成立而漸進於完全成立者，少年之事也。故吾得一言以斷
之曰：歐洲列邦在今日為壯年國，而我中國在今日為少年國。

① 梁啟超（1873～1929），字卓如，號任公，別號滄江，又號飲
　 冰室主人。廣東新會人。中國近代思想家、文學家、學者。梁
　 啟超早年參加科舉考試，中舉人。自 1890 年起，他接受維新變
　 法思想，追隨康有為。1895 年他與康有為等一起發動「公車上
　 書」。1898 年成為百日維新運動的主要人物之一。戊戌變法失
　 敗後，流亡日本，先後創辦了《清議報》和《新民晚報》，大
　 量介紹西方資產階級社會政治學說和自然科學知識，對國內封
　 建專制主義進行激烈批判。1913 年歸國，晚年任清華大學教授。
　 梁啟超學識淵博，視野宏闊，一生著述豐富，涉及政治、經濟、
　 哲學、文學、新聞、語言、文字、宗教等諸多領域。他是晚清
　 「詩界革命」、「文界革命」、「小說界革命」的倡導者，作
　 品在中國近代文學中占有重要地位。本文節選自《飲冰室合集‧
　 文集之五》。
② 蓋：原來，原本。襲譯：沿襲翻譯。
③ 其：難道。果：果真。
④ 惡：語氣詞。
⑤ 何言：什麼話。
⑥ 瘠牛：瘦弱的老牛。
⑦ 戲文：泛指戲曲。
⑧ 潑蘭地：酒名，英文為 brandy，今譯「白蘭地」。
⑨ 金字塔：古埃及歷朝帝王的陵墓，方錐形，形似漢字「金」，

故名。古埃及最古老的金字塔約建於西元前三十七世紀。

⑩西比利亞之鐵路：今譯西伯利亞大鐵路，在俄國，是連接東亞與歐洲的鐵路幹線，始建於 1891 年。

⑪死海：亞洲西南的大鹹水湖，因湖水含鹽量很高，水生植物和魚類均無法生存。潴：積水處。

⑫固：本來。宜然：應當如此。

⑬潯陽江頭六句：這時借用唐代詩人白居易〈琵琶行〉詩意，即年老色衰的歌女在嫁作商人婦後，追懷往事，不勝飄零之感。潯陽：今江西九江。衾：被褥。洛陽：按〈琵琶行〉詩意，應為長安。

⑭西宮南內六句：這裡借用白居易〈長恨歌〉和元稹〈行宮〉詩意，即白髮宮女只能在追懷往事中消磨時日。開元、天寶：唐玄宗的年號。〈霓裳羽衣曲〉：唐代宮廷舞曲名。

⑮青門種瓜人：指秦末廣陵的邵平。邵平曾任東陵侯，秦亡後為布衣，在青門之外種瓜。青門：長安城東最南頭的霸城門，門色青，故名。

⑯孺人：舊時命婦的封號，指妻子。

⑰孺子：兒童，指子女。

⑱侯門似海：唐崔郊〈贈去婢〉詩：「侯門一入深如海。」侯門：顯貴之家。珠履雜遝：形容賓客的豪華和眾多。珠履：飾有珍珠之鞋。雜遝：紛亂地集聚。

⑲厄蔑（Elba）：今譯厄爾巴，位於地中海的科西嘉島與亞平寧半島之間。拿破崙於 1814 年被放逐到這裡。

⑳阿剌飛（Arabi Pasha）：今譯阿拉比沙拉，埃及政治家、軍事家，在抗擊英軍時被俘，被囚禁在錫蘭。錫蘭：國名。今斯里蘭卡。

㉑海樓（Cairo）：今譯開羅，埃及首都。上文所說阿剌飛曾在此抗擊英軍。

㉒撫髀：撫股。髀：股部，大腿。據《九州春秋》，劉備與人言：
「吾嘗身不離鞍，髀肉皆消，今不復騎，髀裡肉生。日月若馳，
老將至矣。」

㉓覽鏡：對鏡照看面容。

㉔皺：皺紋。

㉕墟墓：墳墓。

㉖遑：無暇。

㉗恤：憂慮。

㉘挈雲：拿雲。唐李賀〈致酒行〉：「少年心事當挈雲。」比喻
志大，能上干雲霄。

㉙挾山超海：《孟子‧梁惠王》：「挾泰山以超北海。」形容意
氣豪邁。挾：夾持。超：躍過。

㉚唐虞三代：通常指夏、商、周三代。

㉛郅治：治理得極好。郅：極，大。

㉜康乾：清代的康熙、乾隆兩朝。

㉝烜赫：聲威盛大。

㉞十八省：清朝末年，全國行政區劃分為十八省。

㉟兆：一百萬為一兆。四百兆：四億。

㊱注籍之奴：編入名冊的奴隸。

㊲老大嫁作商人婦：白居易〈琵琶行〉中詩句。

㊳憑君二句：化用唐曹鬆詩句「憑君莫話封侯事」和南唐李璟詞
句「還與韶光共憔悴，不堪看」。大意是：請不要再談及過去
的事，美好的青春歲月已經枯槁委靡，不堪再看。

㊴楚囚相對：典出《世說新語》。王導聽了周凱「風景不殊，正
自有山河之異」的感嘆後說：「當共戮力王室，克復神州，何
至作楚囚相對！」借指窘迫無計。楚囚：俘虜，亡國奴。

㊵人命二句：語出李密〈陳情表〉。原說祖母生命垂危，此借指
國勢危殆。

⑪澌滅：消盡滅亡。

　　本文先以老年人和少年人的不同性格形象來比擬國家的強弱，進而雄辯地論述說：造成中國目前落後局面的罪責在於封建老朽，而中國的青年必將自覺擔負起改造中國即創造少年中國的歷史重任。整篇文章，一氣呵成，氣勢磅礡，通過對黑暗現實的否定和對光明未來的憧憬，把否定現實的批判精神和憧憬未來的樂觀態度有機結合起來，在尖銳揭露封建保守思想的同時，熱烈鼓吹讚頌勇於改革進取的時代精神，表達了作者熱切盼望祖國繁榮昌盛「勝於歐洲、雄於地球」的愛國情感。

　　全文反覆運用比較、排比等手法，設喻新穎，抒情濃烈，反映了「新文體」的基本特點。

追悼志摩①

胡適

悄悄的我走了，

　　正如我悄悄的來；

我揮一揮衣袖，

　　不帶走一片雲彩。

（〈再別康橋〉）

　　志摩這一回真走了！可不是悄悄的走。在那淋漓的大雨裡，在那迷濛的大霧裡，一個猛烈的大震動，三百匹馬力的飛機撞在一座終古不動的山上，我們的朋友額上受了一下致命的撞傷，大概立刻

失去了知覺。半空中起了一團天火，像天上隕了一顆大星似的直掉下地去②。我們的志摩和他的兩個同伴就死在那烈焰裡了！

我們初得著他的死訊，都不肯相信，都不信志摩這樣一個可愛的人會死得這麼慘酷。但在那幾天的精神大震撼稍稍過去之後，我們忍不住要想，那樣的死法也許只有志摩最配。我們不相信志摩會「悄悄的走了」，也不忍想志摩會死在一個「平凡的死」，死在天空之中，大雨淋著，大霧籠罩著，大火焚燒著，那撞不倒的山頭在旁邊冷眼瞧著，我們新時代的新詩人，就是要自己挑一種死法，也逃不出更合適，更悲壯的了。

志摩走了，我們這個世界裡被他帶走了不少雲彩。他在我們這些朋友之中，真是一片最可愛的雲彩，永遠是溫暖的顏色，永遠是美的花樣，永遠是可愛。他常說：

我不知道風
是在哪一方向吹——

我們也不知風是在哪一個方向吹，可是狂風過去之後，我們的天空變慘淡了，變寂寞了，我們才感覺我們的天上的一片最可愛的雲彩被狂風捲去了，永遠不回來了！

這十幾天裡，常有朋友到家裡來談志摩，談起來常常有人痛哭，在別處痛哭他的，一定還不少。志摩所以能使朋友這樣哀念他，只因為他的為人整個的只是一團同情心，只是一團愛。葉公超先生說：「他對於任何人，任何事，從未有過絕對的怨恨，甚至於無意中都沒有表示過一些憎嫉的神氣③。」陳通伯先生說：「尤其朋友裡缺不了他。他是我們的連鎖，他是黏著性的，發酵性的。在這七八年中，國內文藝界裡起了不少的風波，吵了不少的架，許多很熟的朋友往往弄得不能見面。但我沒有聽見有人怨恨過志摩。誰也不能抵抗志摩的同情心，誰也不能避開他的黏著性。他才是和事

佬，他有無窮的同情，他總是朋友中間的『連鎖』。他從沒有疑心，他從不會妒忌，使這些多疑善妒的人們十分慚愧，又十分羨慕。」

他的一生真是愛的象徵。愛是他的宗教，他的上帝。

> 我攀登了萬仞的高岡，
> 荊棘扎爛了我的衣裳，
> 我向飄渺的雲天外望——
> 上帝，我望不見你——
>
> ……
>
> 我在道旁見一個小孩，
> 活潑，秀麗，襤褸⑤的衣衫，
> 他叫聲「媽」，眼裡亮著愛——
> ——上帝，他眼裡有你——
>
> （〈他眼裡有你〉）

志摩今年在他的《猛虎集‧自序》裡曾說他的心境是「一個曾經有單純信仰的流入懷疑的頹廢」，這句話是他最好的自述。他的人生觀真是一種「單純信仰」，這裡面只有三個大字：一個是愛，一個是自由，一個是美。他夢想這三個理想的條件能夠會合在一個人生裡，這是他的「單純信仰」。他的一生的歷史，只是他追求這個單純信仰的實現的歷史。

社會上對於他的行為，往往有不能諒解的地方，都只因為社會上批評他的人不曾懂得志摩的「單純信仰」的人生觀。他的離婚和他的第二次結婚，是他一生最受社會嚴厲批評的兩件事。現在志摩的棺已蓋了，而社會上的議論還未定。但我們知道這兩件事的人，都能明白，至少在志摩的方面，這兩件事最可以代表志摩的單純理想的追求。他萬分誠懇的相信那兩件事都是他實現他那「美與愛與

自由」的人生的正當步驟。這兩件事的結果，在別人看來，似乎都不曾能夠實現志摩的理想生活。但到了今日，我們還忍用成敗來議論他嗎？

　　我忍不住我的歷史癖，今天我要引用一點神聖的材料，來說明志摩決心離婚時的心理。民國十一年三月，他正式向他的夫人提議離婚，他告訴她，他們不應該繼續他們的沒有愛情沒有自由的結婚生活了，他提議「自由之償還自由」，他認為這是「彼此重見生命之曙光，不世之榮業⑥」。他說：「故轉夜為日，轉地獄為天堂，直指顧間事矣⑦。……真生命必自奮鬥自求得來！真幸福亦必自奮鬥自求得來，真戀愛亦必自奮鬥自求得來！彼此前途無限，……彼此有改良社會之心，彼此有造福人類之心，其先自作榜樣，勇決智斷，彼此尊重人格，自由離婚，止絕苦痛，始兆幸福⑧，皆在此矣。」

　　這信裡完全是青年的志摩的單純的理想主義，他覺得那沒有愛又沒有自由的家庭是可以摧毀他們的人格的，所以他下了決心，要把自由償還自由，要從自由求得他們的真生命，真幸福，真戀愛。

　　後來他回國了，婚是離了，而家庭和社會都不能諒解他。最奇怪的他和他已離婚的夫人通信更勤，感情更好。社會上的人更不明白了。志摩是梁任公先生最愛護的學生⑨，所以民國十二年任公先生曾寫一封很長很懇切的信去勸他。在這信裡，任公提出兩點：其一，「萬不容以他人之苦痛，易自己之快樂⑩。弟之此舉，其於弟將來之快樂能得與否，殆茫如捕風⑪，然先已予多數人以無量之苦痛。」其二，「戀愛神聖為今之少年所樂道。……茲事蓋可遇而不可求⑫。……況多情多感之人，其幻象起落鶻突⑬，而得滿足得寧帖也極難⑭。所夢想之神聖境界恐終不可得，徒以煩惱終其身已耳⑮。」任公又說：「嗚呼志摩！天下豈有圓滿之宇宙？……當知吾儕以不求圓滿為生活態度⑯，斯可以領略生活之妙味矣⑰。……若沈迷於不可必得之夢境，挫折數次，生意盡矣，鬱悒侘傺以死⑱，

死為無名。死猶可也，最可畏者，不死不生而墮落至不復能自拔。嗚呼志摩，可無懼耶！可無懼耶！（12 年 1 月 2 日信）」

　　任公一眼看透了志摩的行為是追求一種「夢想的神聖境界」，他料到他必要失望，又怕他少年人受不起幾次挫折，就會死，就會墮落。所以他以老師的資格警告他：「天下豈有圓滿之宇宙？」

　　但這種反理想主義是志摩所不能承認的。他答覆任公的信，第一不承認他是把他人的苦痛來換自己的快樂。他說：「我之甘冒世之不韙⑲，竭全力以鬥者，非特求免兇慘之苦痛⑳，實求良心之安頓，求人格之確立，求靈魂之救度耳㉑。」人誰不求庸德㉒？人誰不安現成？人誰不畏艱險？然且有突圍而出者，夫豈得已而然哉㉓？第二，他也承認戀愛是可遇而不可求的，但他不能不去追求。他說：「我將於茫茫人海中訪我惟一靈魂之伴侶；得之，我幸；不得，我命，如此而已。」我又相信他的現想是可以創造培養出來的。他對任公說：「嗟夫吾師！我嘗奮我靈魂之精髓，以凝成一理想之明珠，涵之以熱滿之心血㉔，朗照我深奧之靈府㉕。而庸俗忌之嫉之，輒欲麻木其靈魂，搗碎其理想，殺滅其希望，汗毀其純潔㉖！我之不流入墮落，流入庸懦，流入卑污，其幾亦微矣㉗！」

　　我今天發表這三封不曾發表過的信，因為這幾封信最能表現那個單純的理想主義者徐志摩。他深信理想的人生必須有愛，必須有自由，必須有美；他深信這種三位一體的人生是可以追求的，至少是可以用純潔的心血培養出來的。——我們若從這個觀點來觀察志摩一生，他這十年中的一切行為就全可以了解了。我還可以說，只有從這個觀點上才可以了解志摩的行為；我們必須先認清了他的單純信仰的人生觀，方才認得清志摩的為人。

　　志摩最近幾年的生活，他承認是失敗。他有一首〈生活〉的詩，詩暗慘的可怕。

　　　　陰沈，黑暗，毒蛇似的蜿蜒，

生活逼成了一條甬道：㉘

一度陷入，你只可向前，

手捫索著冷壁的黏潮，㉙

在妖魔的臟腑內掙扎，

頭頂不見一線的天光，

這魂魄，在恐怖的壓迫下，

除了消滅更有什麼願望？

（十九年五月二十九日）

　　他的失敗是一個單純的理想主義者的失敗。他的追求，使我們慚愧，因為我們的信心太小了，從不敢夢想他的夢想。他的失敗，也應該使我們對他表示更深厚的恭敬與同情，因為偌大的世界之中㉚，只有他有這信心，冒了絕大的危險，費了無數的麻煩，犧牲了一切平凡的安逸，犧牲了家庭的親誼和人間的名譽，去追求，去試驗一個「夢想之神聖境界」而終於免不了慘酷的失敗，也不完全是他的人生觀的失敗。他的失敗是因為他的信仰太單純了，而這個現實世界太複雜了，他的單純的信仰禁不起這個現實世界的摧毀；正如易卜生的詩劇 Brand 裡的那個理想主義者㉛，抱著他的理想，在人間處處碰釘子，碰得焦頭爛額，失敗而死。

　　然而我們的志摩「在這恐怖的壓迫下」，從不叫一聲「我投降了」——他從不曾完全絕望，他從不曾絕對怨恨誰。他對我們說：「你們不能更多的責備。我覺得我已是滿頭的血水，能不低頭已算是好的。」（《猛虎集・自序》）是的，他不曾低頭。他仍舊昂起頭來做人；他仍舊是他那一團的同情心，一團的愛。我們看他替朋友做事，替團體做事，他總是仍舊那樣熱心，仍舊那樣高興。幾年的挫折，失敗，苦痛，似乎使他更成熟了，更可愛了。

　　他在苦痛之中，仍舊繼續他的歌唱。他的詩作風也更成熟了。他所謂「初期的洶湧性」固然是沒有了，作品也減少了；但是他的

意境變深厚了，筆致變淡遠了㉜，技術和風格都更進步了。這是讀
《猛虎集》的人都能感覺到的。

　　志摩自己希望今年是他的「一個真的復活機會」。他說：「抬
起頭居然又見到天了。眼睛睜開了，心也跟著開始了跳動。」我們
一班朋友都替他高興。他這幾年來想用心血澆灌的花樹也許是枯萎
的了；但他的同情，他的鼓舞，早又在別的園地裡種出了無數的可
愛的小樹，開出了無數可愛的鮮花。他自己的歌唱有一個時代是幾
乎消沈了；但他的歌聲引起了他的園地外無數的歌喉，嘹亮的唱，
哀怨的唱，美麗的唱。這都是他的安慰，都使他高興。

　　誰也想不到在這個最有希望的復活時代，他竟丟了我們走了！
他的《猛虎集》裡有一首詠一隻黃鸝的詩，現在重讀了，好像他在
那裡描寫他自己的死，和我們對他的死的悲哀：

　　　　　等候他唱，我們靜著望，
　　　　　怕驚了他。
　　　　　但他一展翅
　　　　　衝破濃密，化一朵彩霧：
　　　　　飛來了，不見了，沒了！
　　　　　像是春光，火焰，像是熱情。

　　志摩這樣一個可愛的人，真是一片春光，一團火焰，一腔熱
情。現在難道都完了？

　　決不——決不——志摩最愛他自己的一首小詩，題目叫作「偶
然」，在他的《卞昆岡》劇本裡，在那個可愛的孩子阿明臨死時，
那個瞎子彈著三弦，唱著這首詩：

　　　　　我是天空裡的一片雲，
　　　　　偶爾投影在你的波心！

你不必訝異，

更無須歡喜！

在轉瞬間消滅了蹤影。

你我相逢在黑夜的海上，

你有你的，我有我的方向。

你記得也好，

最好你忘掉，

在這交會時互放的光芒！

朋友們，志摩是走了，但他投的影子會永遠留在我們心裡，他放的光亮也會永遠留在人間，他不曾白來了一世。我們有了他做朋友，也可以安慰自己說不曾白來了一世。我們忘不了和我們在那交會時互放的光芒！

二十年，十二月，三夜（同時在北平《晨學園》發表）

注釋

①本文選自《新月》四卷一期。志摩：徐志摩，現代著名詩人、散文家，新月派代表作家之一。胡適曾與徐志摩一起創辦過《現代評論》周刊、新月書店和《新月》月刊，兩人有著深厚的情誼。1931 年 11 月 19 日，徐志摩因所乘飛機失事遇難，12 月 3 日，胡適懷著悲痛的心情寫下了這篇追悼文章。

②隕：落。

③憎嫉：憎恨和嫉妒。

④萬仞：形容極高。仞：古時將八尺或者七尺叫作一仞。

⑤襤褸：形容衣服破爛。

⑥不世：不是每代都有的；猶言非常、非凡。

⑦直：只，僅。指顧間：時間很短；猶言瞬間。

⑧兆：預兆，預示。

⑨梁任公先生：梁啟超，字卓如，號任公。

⑩易：換取。

⑪殆：恐怕，大概。茫如捕風：渺茫難得，就像是去捕捉風一樣。

⑫茲：此。蓋：恐怕，大概；推原之詞，表揣測口氣。

⑬鶻突：即糊塗，指模糊不清。

⑭寧帖：平安舒貼。

⑮徒：空，白白地。已耳：罷了。

⑯儕：輩。

⑰斯：方，才。

⑱鬱悒：憂鬱，鬱悶。侘傺；失意的樣子。

⑲韙：是，對。

⑳非特：不僅僅。特：只，僅。

㉑救度：贖救與超度；宗教用語。

㉒庸德：中庸之德。庸：平常，經常。

㉓然且有突圍而出者，夫豈得已而然哉：意思是說，即使這樣尚
且有突破常規而衝出去的人，這難道是他們非得如此不可嗎？
是不得已才這樣的啊！且：尚且。豈：難道。

㉔涵之以熱滿之心血：即以熱滿之心血涵之。涵：沈浸。

㉕朗：明亮。靈府：指心。

㉖汗：同「污」。

㉗其幾亦微矣：恐怕這種可能是又少又小的啊！其：猶「殆」，
恐怕，大概；表擬或揣測。兀：表機會量少。微：表可能性小。

㉘甬道：兩邊有牆的通道。

㉙捫索：摸索。

㉚偌（若）大：如此大，這麼大。

㉛Brand：譯名《布蘭德》。

㉜筆致：文筆的情致。致：意態，情趣。

<提示>

　　徐志摩不幸遇難，本文作者敍述了自己的無限悲痛，隨後借題發揮，重點讚頌了徐志摩追求「美與愛與自由」的人生理想及其為這一理想而掙扎、奮鬥的精神。

　　全文主要是藉說理來抒情寫人。先寫志摩遇難給人們帶來的悲痛，接著頌揚志摩追求「美與愛與自由」的人生觀，並為志摩所遭受的不公正指責進行辯解，隨後強調志摩並未被殘酷的現實所壓倒，讚佩他在苦痛中堅持理想、繼續歌唱的精神，最後呼應開頭，收結全文。整篇文章寓情於理，理真情濃。

名篇賞讀

都江堰①

余秋雨

一

　　我以為，中國歷史上最激動人心的工程不是長城，而是都江堰。

　　長城當然也非常偉大，不管孟姜女如何痛哭流涕，站遠了看，這個苦難的民族竟用人力在野山荒漠間修了一條萬里屏障，為我們生存的星球留下了一種人類意志力的驕傲。長城到了八達嶺一帶已經沒有什麼味道，而在甘肅、陝西、山西、內蒙一帶，勁屬的寒風在時斷時續的頹壁殘垣間呼嘯②，淡淡的夕照、荒涼的曠野溶成一氣，讓人全身心地投入對歷史、對歲月、對民族的巨大驚悸，感覺就深厚得多了。

　　但是，就在秦始皇下令修長城的數十年前，四川平原上已經完成了一個了不起的工程。它的規模從表面上看遠不如長城宏大，卻注定要穩穩當當地造福千年。如果說，長城占據了遼闊的空間，那

麼，它卻實實在在地占據了邈遠的時間③。長城的社會功用早已廢弛，而它至今還在為無數民眾輸送汩汩清流④。有了它，早澇無常的四川平原成了天府之國，每當我們民族有了重大災難，天府之國總是沈著地提供庇護和濡養⑤。因此，可以毫不誇張地說，它永久性地灌溉了中華民族。

有了它，才有諸葛亮、劉備的雄才大略，才有李白、杜甫、陸游的川行華章。說得近一點，有了它，抗日戰爭中的中國才有一個比較安定的後方。

它的水流不像萬里長城那樣突兀在外，而是細細浸潤、節節延伸，延伸的距離並不比長城短。長城的文明是一種僵硬的雕塑，它的文明是一種靈動的生活。長城擺出一副老資格等待人們的修繕，它卻卑處一隅，像一位絕不炫耀、毫無所求的鄉間母親，只知貢獻。一查履歷，長城還只是它的後輩。

它，就是都江堰。

二

我去都江堰之前，以為它只是一個水利工程罷了，不會有太大的遊觀價值。連葛洲壩都看過了，它還能怎麼樣？只是要去青城山玩，得路過灌縣縣城，它就在近旁，就乘便看一眼吧。因此，在灌縣下車，心緒懶懶的，腳步散散的，在街上胡逛，一心只想看青城山。

七轉八彎，從簡樸的街市走進了一個草木茂盛的所在。臉面漸覺滋潤，眼前愈顯清朗，也沒有誰指路，只向更滋潤、更清朗的去處走。忽然，天地開始有些異常，一種隱隱然的騷動，一種不太響卻一定是非常響的聲音，充斥周際。如地震前兆，如海嘯將臨，如山崩即至，渾身起一種莫名的緊張，又緊張得急於趨附。不知是自己走去的還是被它吸去的，終於陡然一驚，我已站在伏龍館前，眼前，急流浩蕩，大地震顫。

　　即便是站在海邊礁石上，也沒有像這裡這樣強烈地領受到水的魅力。海水是雍容大度的聚會，聚會得太多太深，茫茫一片，讓人忘記它是切切實實的水，可掬可捧的水。這裡的水卻不同，要說多也不算太多，但股股疊疊都精神煥發，合在一起比賽著飛奔的力量，踴躍著喧囂的生命。這種比賽又極有規矩，奔著奔著，遇到江心的分水堤，刷地一下裁割為二，直竄出去，兩股水分別撞到了一道堅壩，立即乖乖地轉身改向，再在另一道堅壩裡撞一下，於是又根據築壩者的指令來一番調整……。也許水流對自己的馴順有點惱怒了，突然撒起野來，猛地翻捲咆哮，但愈是這樣愈是顯現出一種更壯麗的馴順。已經咆哮到讓人心魄俱奪，也沒有一滴水濺錯了方位。陰氣森森間，延續著一場千年的收伏戰。水在這裡，吃夠了苦頭也出足了風頭，就像一大群翻越各種障礙的馬拉松健兒，把最強悍的生命付之於規整，付之於企盼，付之於眾目睽睽。看雲看霧看日出各有勝地，要看水，萬不可忘了都江堰。

三

　　這一切，首先要歸功於遙遠得看不出面影的李冰。

　　四川有幸，中國有幸，西元前251年出現這一項毫不惹人注目的任命：李冰任蜀郡守。

　　此後中國千年官場的慣例，是把一批批有所執持的學者遴選為無所專攻的官僚⑥，而李冰，卻因官位而成了一名實踐科學家。這裡明顯地出現了兩種判然不同的政治走向，在李冰看來，政治的涵義是浚理，是消災，是滋潤，是濡養，他要實施的事兒，既具體又質樸。他領受了一個連孩童都能領悟的簡單道理：既然四川最大的困擾是旱澇，那麼四川的統治者必須成為水利學家。

　　前不久我曾接到一位極有作為的市長的名片，上面的頭銜只印了「土木工程師」，我立即想到了李冰。

　　沒有證據以說明李冰的政治才能，但因有過他，中國也就有過

了一種冰清玉潔的政治綱領。

　　他是郡守，手握一把長鍤⑦，站在滔滔的江邊，完成了一個「守」字的原始造型。那把長鍤，千年來始終與金杖玉璽、鐵戟鋼錘反覆辯論。他失敗了，終究又勝利了。

　　他開始叫人繪製水系圖譜。這圖譜，可與今天的裁軍數據、登月線路遙相呼應。

　　他當然沒有在哪裡學過水利。但是，以使命為學校，死鑽幾載，他總結出治水三字經（「深淘灘，低作堰」）、八字真言（「遇灣截角，逢正抽心」），直到二十世紀仍是水利工程的圭臬⑧。他的這點學問，永遠水氣淋漓，而後於他不知多少年的厚厚典籍，卻早已風乾，鬆脆得無法翻閱。

　　他沒有料到，他治水的韜略⑨很快被替代成治人的計謀；他沒有料到，他想灌溉的沃土將會時時成為戰場，沃土上的稻穀將有大半充作軍糧。他只知道，這個人種要想不滅絕，就必須要有清泉和米糧。

　　他大愚，又大智。他大拙，又大巧。他以田間老農的思維，進入了最澄澈的人類學的思考。

　　他未曾留下什麼生平資料，只留下硬扎扎的水壩一座，讓人們去猜詳。人們到這兒一次次納悶：這是誰呢？死於兩千年前，卻明明還在指揮水流。站在江心的崗亭前，「你走這邊，他走那邊」的吆喝聲、勸誡聲、慰撫聲，聲聲入耳。沒有一個人能活得這樣長壽。

　　秦始皇築長城的指令，雄壯、蠻嚇、殘忍；他築堰的指令，智慧、仁慈、透明。

　　有什麼樣的起點就會有什麼樣的延續。長城半是壯膽半是排場，世世代代，大體是這樣。直到今天，長城還常常成為排場。都江堰一開始就清朗可鑑，結果，它的歷史總顯出超乎尋常的格調。李冰在世時已考慮事業的承續，命令自己的兒子作三個石人，鎮於江間，測量水位。李冰逝世四百年後，也許三個石人已經損缺，漢

代水官重造高及三米的「三神石人」測量水位。這「三神石人」其中一尊即是李冰雕像。這位漢代水官一定是承接了李冰的偉大精魂，竟敢於把自己尊敬的祖師，放在江中鎮水測量。他懂得李冰的心意，唯有那裡才是他最合適的崗位。這個設計竟然沒有遭到反對而順利實施，只能說都江堰為自己流瀉出了一個獨特的精神世界。

石像終於被歲月的淤泥掩埋，本世紀 70 年代出土時，有一尊石像頭都已經殘缺，手上還緊握著長鍤。有人說，這是李冰的兒子。即使不是，我仍然把他看成是李冰的兒子。一位現代作家見到這尊塑像怦然心動，「沒淤泥而藹然含笑，斷頸項而長鍤在握」，作家由此而向現代官場袞袞諸公詰問⑩：活著或死了應該站在哪裡？

出土的石像現正在伏龍館裡展覽。人們在轟鳴如雷的水聲中向他們默默祭奠。在這裡，我突然產生了對中國歷史的某種樂觀。只要都江堰不坍，李冰的精魂就不會消散，李冰的兒子會代代繁衍。轟鳴的江水便是至聖至善的遺言。

四

繼續往前走，看到了一條橫江索橋。橋很高，橋索由麻繩、竹篾編成。跨上去，橋身就猛烈擺動，越猶豫進退，擺動就越大。在這樣高的地方偷看橋下會神志慌亂，但這是索橋，到處漏空，由不得你不看。一看之下，先是驚嚇，後是驚嘆。腳下的江流，從那麼遙遠的地方奔來，一派義無反顧的決絕勢頭，挾著寒風，吐著白沫，凌厲銳進。我站得這麼高還感覺到了它的砭膚冷氣⑪，估計它是從雪山趕來的罷。但是，再看橋的另一邊，它硬是化作許多亮閃閃的河渠，改惡從善。人對自然力的馴服，幹得這麼爽利。如果人類做什麼事都這麼爽利，地球早已是另一副模樣。

便是，人類總是缺乏自信，進進退退，走走停停，不斷地自我耗損，又不斷地為耗損而再耗損。結果，僅僅多了一點自信的李冰，倒成了人們心中的神。離索橋東端不遠的玉壘山麓，建有一座

二王廟，祭祀李冰父子。人們在虔誠膜拜，膜拜自己同類中更像一
點人的人。鐘鼓鈸磬⑫，朝朝暮暮，重一聲，輕一聲，伴和著江濤
轟鳴。

　　李冰這樣的人，是應該找個安靜的地方好好紀念一下的，造個
二王廟，也合民眾心意。

　　實實在在為民造福的人升格為神，神的世界也就會變得通情達
理、平適可親。中國宗教頗多世俗氣息，因此，世俗人情也會染上
宗教式的光斑。一來二去，都江堰倒成了連接兩界的橋墩。

　　我到邊遠地區看儺戲⑬，對許多內容不感興趣，特別使我愉快
的是，儺戲中的水神河伯，換成了灌縣李冰。儺戲中的水神李冰比
二王廟中的李冰活躍得多，民眾圍著他狂舞吶喊，祈求有無數個都
江堰帶來全國的風調雨順，水土滋潤。儺戲本來都以神話開頭的，
有了一個李冰，神話走向實際，幽深的精神天國一下子貼近了大
地，貼近了蒼生。

注釋

①本文選自散文集《文化苦旅》。

②頹壁殘垣：倒坍的、不完整的牆壁。垣：牆。

③邈遠：遙遠。

④汩汩：水流聲。

⑤濡養：滋潤哺育。

⑥遴選：選拔。

⑦鍤：即「鍤」，挖土的工具。

⑧圭臬：原指圭錶（臬就是測日影的錶），這裡比喻準則或法度。

⑨韜略：計謀。

⑩袞袞諸公：指居高位而無所作為的官僚。

⑪砭膚冷氣：刺痛皮膚的冷氣。砭：用石針扎皮肉治病。

⑫鐘鼓鈸磬：四種樂器。鈸：打擊樂器，用兩個圓銅片相互拍打

發聲。

⑬儺戲：驅鬼逐疫、表現鬼神生活的戲劇。

　　新千年之初，余秋雨的為文與為人一度成為中國文壇的熱門話題。文如其人。或文是文，人是人。總之，〈都江堰〉思辯歷史、追憶先賢、敘議評說、縱橫捭闔，的確能給讀者一些啟迪。

　　作者開篇霹靂而來──將都江堰與長城作比較，一舉將都江堰水利工程的壯觀盡現於讀者之前。接著對李冰父子興修水利、造福於民的光輝壯舉作了高度的頌揚。文中無論是景物的描繪還是歷史的評說，都流露出作者的審美傾向和價值觀念。

第四章

小説欣賞

一、小說概述

小說是透過人物、情節和環境的具體描寫來反映現實生活的敘事作品，由人物、情節、環境這三大要素構成一個完整的藝術世界。就小說的文體特點來分，有日記體小說、書信體小說、詩體小說、章回體小說等。但最常見的分法，則是根據小說篇幅的長短、容量的大小、人物的多少、情節的繁簡，把它分為長篇、中篇、短篇、小小說四類。小說最基本的特點是：

❀ 鮮明生動的人物形象

人物是小說的靈魂，一篇小說能否具有永久的藝術魅力，就看它是否能夠塑造出鮮明生動的人物形象。由於小說不受時間、空間的限制，又能兼用人物的語言和敘事人的語言，所以作者可以自由地運用各種表現手法來塑造人物形象。既可以透過人物對話、行動、外貌和心理活動來細緻入微地刻畫人物性格，也可以透過環境氣氛的渲染烘托來顯示人物的個性特徵。同時，由於小說不受真人真事的限制，作者還能夠發揮自己的想像，運用虛構的手法，多方面地揭示人物性格的發展，表現人物之間錯綜複雜的關係。因此，優秀小說中的人物形象多是血肉豐滿的，這是賈寶玉、林黛玉、諸葛亮、關羽、孫悟空、武松、阿Q、于連、高老頭、浮士德等人物形象能吸引一代又一代讀者的原因。

❀ 生動複雜的故事情節

小說的情節是人物活動的軌跡，是一系列有利於展示人物性格的大小事件連貫有序的組合。一般來說，完整而生動的故事情節能夠使人物的性格得到充分的展示。小說的這個特點和其他體裁的文學相比，就更為突出。抒情詩沒有情節，敘事詩因為要求語言凝鍊，因此

情節單純且跳躍性較大；敘事散文往往攝取生活片斷，一般沒有完整的情節；戲劇因為要求矛盾集中並受時間限制，也容納不了大量的詳細情節。只有小說不受時間、空間、篇幅、手法的限制，能夠把情節安排得曲折有致、跌宕起伏。如《水滸傳》、《西遊記》、《唐·吉訶德》、《戰爭與和平》等長篇小說都有著錯綜複雜而曲折生動的情節。即使是短篇小說作家，也能匠心獨運，寫出生動完整、搖曳多姿的故事情節，如歐·亨利的《麥琪的禮物》、《最後一葉》、《警察與讚美詩》等作品，都是這方面的典範。

❀ 具體、獨特的環境描繪

小說要刻畫人物，敘述事件，就必須有具體的環境描寫。人物總是生活在一定的自然環境和社會環境中，並受到環境的影響；事件也總是起因於一定的環境，在一定的環境裡發生、發展。所以，在小說裡只有具體而鮮明地展示環境，才能真實而深刻地表現出人物和事件的特徵，才能揭示出人物行為以及矛盾衝突發生、發展的原因和背景。如《水滸傳》裡武松過景陽岡打虎一節的文字，就把武松上景陽岡時的環境具體細緻地描繪出來了。在這種環境描寫中刻畫武松剛愎自用、膽大心細、愛面子等性格特徵，強化了打虎行動的懸念，為以後刻畫打虎英雄的性格作了很好的鋪墊。

我國當代一些小說創作在藝術手法上出現了許多新的特點，它們無論就反映現實的角度還是發掘人物心理的程度，都迥異於傳統的小說之作。當代一些小說淡化了傳統小說對人物、情節、環境的描寫，轉而專注於情緒的描繪，用大篇幅流動化的情緒去反映人的思想、性格和生存狀態。在心理描寫、象徵、變形，以及語言運用等方面都有一些新的特點。

1. 心理描寫的突破　心理描寫在小說中古已有之，但當代小說採用了「意識流」等手法之後，使小說在對人物內心世界的揭示上產生了突破性的變化。傳統小說在心理描寫中採取的是一種「全知全能」

的第三人稱敘述手法，讀者很容易區分作者與主角的界限。可是在採用「意識流」手法的小說中，幾乎所有的敘述與描寫都帶有主角的主觀感受，這種主觀意識已與作家的客觀描繪融為一體。傳統小說總是先把人的思想條理化，去掉非理性與下意識活動後再寫入小說；而運用意識流手法以後，讀者不但能看到人物在清醒狀態下的意識活動流程，而且還能夠看到人物在某些不清醒狀態下帶有很大隨意性與跳躍性的無意識活動流程。

2.「象徵」與「變形」的運用　在我國古典小說中，也有《西遊記》、《聊齋》一類的作品採用了象徵、變形處理，但當代小說由於借助了西方現代派小說中某些超現實、超邏輯的「變形」手法，因而無論就總體構思還是具體運用上，比之傳統小說都有所變化，有所發展。最典型的是以「寓言」或「童話」的形式塑造形象，寄託情思，以體現某種象徵的哲理。例如在諶容的〈大公雞悲喜劇〉、宗璞的〈泥沼中的頭顱〉中，大公雞、泥漿中的頭顱都像「人」一樣「活」起來了，既能說話，又能思想，還具有喜、怒、哀、樂的情感變化。這樣的作品帶給讀者的是超出日常經驗的東西，使人產生陌生、新奇與怪異的審美體念。

3.語言的創新　我國近年來一些小說在語言與敘述技巧的運用方面，與傳統小說具有明顯的不同。這類作品的語句往往不像傳統小說的語言那樣嚴密、細緻、注重邏輯性，而是充滿著跳躍與流動的色彩，強調語言的符號性與敘述的流動性。如莫言在〈透明的紅蘿蔔〉、《紅高粱》中的語言對色彩感受的敏銳，余華的語言中透出的睿智和流動感，都引人入勝。

總之，小說的特點是不斷變化、發展的，這需要我們在閱讀中去體會、把握、欣賞，跟上其跳躍的腳步。

二、中國小說的發展線索

中國古代小說晚熟於詩歌、散文，略早於戲曲，從萌芽到發生、發展、成熟，經過了一個漫長的過程。

先秦、兩漢是小說萌芽期，在這一時期產生的神話、寓言、史傳、「野史」傳說、宗教故事中都孕育著小說的藝術因素，為小說文體的形成準備了條件，同時也露出小說的童年時期形成志人、志怪兩大類別的端倪。

從漢末至唐代以前，是中國小說的初步形成時期。志怪和志人小說是這時興起的兩類小說。就文學淵源而論，志怪小說沿著神話傳說和史傳中志怪部分的軌跡發展而來；志人小說則是借鑑寓言和史傳中記載人物言行片斷的手法，可以視為史傳文學的支流。干寶的《搜神記》和劉義慶的《世說新語》，分別是志怪和志人小說的代表作。

從中國小說發展史的角度來看，唐人小說是一次質的飛躍。其「敘述宛轉，文辭華艷，與六朝之粗陳梗概者較，演進之跡甚明，而尤顯者乃在是時始有意為小說」（魯迅《中國小說史略》第八章）。唐人小說最有代表性的有《霍小玉傳》、《李娃傳》、《鶯鶯傳》、《柳毅傳》、《任氏傳》等，因此有時也以唐傳奇來概括唐人小說。《李娃傳》是唐人小說中故事情節最富於變幻、曲折的一篇。故事圍繞李娃與鄭生的境遇展開，李娃由娼女轉變為高貴的夫人，鄭生則由世家公子淪為輓歌郎、乞丐，最後又應試得了高官。主角的心態和際遇變化莫測，構成了出人意料之外，而又在情理之中的複雜情節。

宋代話本的產生，使小說起了根本性的變化。從宋代開始，以文言短篇小說為主流的小說史，逐漸轉為以白話小說為主流的小說史，同時短篇小說仍占有一席之地。此後，中國小說按文言、白話兩條線索發展，各有特點而又相互滲透，在文學史上所占的分量越來越重，地位也日益提高。

　　宋人話本小說的出現，是中國小說史上的大事，它具有多方面的積極意義。主要是：由文言到小說，既增強了小說的表現力，又擴大了讀者面，提高了小說的社會功能和社會影響；作品描寫的對象由表現封建士子為主而轉向平民，尤其是市井小民，因而作品的思想觀點、美學情趣隨之發生了變化，奠定了短篇白話小說和長篇章回小說的基礎。

　　「話本」原是「說話人」的底本。「說話」，就是講故事。「說話人」非常講究藝術效果，很注重情節的生動性，語言的通俗性，說話時帶有鮮明的愛憎情感，往往以感情來感染聽眾，其藝術力量已達到動人心魄、移人性情的地步，這些特點直接對話本小說產生了影響。

　　到了明代，話本引起了更多文人的關注，除了整理、潤色、加工宋元遺留下來的話本外，有些人仿照話本進行創作。文學史上把這種仿話本的創作稱之為「擬話本」。最有代表性的擬話本是馮夢龍的「三言」（《喻世明言》、《警世通言》和《醒世恆言》）和凌濛初的「二拍」（《一刻拍案驚奇》和《二刻拍案驚奇》）。馮夢龍在藝術上多有創造，他把藝術真實性的內涵總結為人真、事真、情真、理真四個方面，「三言」中作品故事曲折動人，人物形象生動豐滿，對世態人情的描摹細緻入微。

　　明初，《三國演義》和《水滸傳》相繼問世，從此，中國小說史從以短篇小說為主轉入以長篇小說為主的新時期。雖然短篇文言小說、白話小說一直按照自身的規律發展前進，並時有佳作，時有高潮，但總體來說，其成就與規模都無法與長篇小說相比擬。「四大奇書」在所屬的各類題材的小說中獨占鰲頭：《三國演義》既是小說史上第一部長篇小說，也是一部歷史小說的典範；《水滸傳》既是第一部全面描寫農民起義的大著，也是一部英雄傳奇的典範；《西遊記》既是第一部長篇神魔小說，也是一部幻想小說的典範；《金瓶梅》既是第一部寫世情的長篇小說，又是第一部由文人獨立創作且成功的長

篇小說。它們各自開創了一個長篇小說的創作領域。

從宋初到明末的六百多年間，文言短篇小說的大多數作品都是追蹤晉唐，然而又沒有能夠逾越唐人小說。到了清代，這種情況發生了變化，文言短篇小說高度繁榮，產生了具有世界影響的《聊齋誌異》，把文言短篇小說的發展推向了最高峰。魯迅將《聊齋誌異》的寫作特點概括為「用傳奇法，而以志怪」。《聊齋》的「志怪」與六朝志怪的根本區別在於：蒲松齡「志怪」而不信「怪」，六朝人「志怪」而信「怪」。六朝人「志怪」，是有意無意地宣揚「怪」，而蒲松齡的「志怪」則是有意寓託，正如蒲松齡在《聊齋自志》中所說：「集腋成裘，續幽冥三錄；浮白載筆，僅成孤憤之書：寄託如此，亦足悲矣！」

清代乾隆年間，《儒林外史》和《紅樓夢》兩部長篇巨著問世，把長篇小說的創作再一次推向高潮。

《儒林外史》是中國古小說史上成就最高的長篇諷刺小說。魯迅曾給予了它最高的評價：「迨吳敬梓《儒林外史》乃秉持公心，指摘時弊，機鋒所向，尤在士林；其文又戚而能諧，婉而多諷；於是說部中乃始有足稱諷刺之書。」在「四大奇書」之外，《儒林外史》另闢蹊徑，它直接影響了晚清譴責小說的創作。

《紅樓夢》是一部內容豐富、人物眾多、卷帙浩繁的偉大著作。無論從思想上或藝術上來說，它都是中國小說史和文學史上的巔峰，也是世界文學中的名著。《紅樓夢》以寶、黛、釵的愛情婚姻悲劇為中心線索，交織著三組矛盾：一是以賈政為代表的封建正統思想和以賈寶玉為代表的叛逆思想的矛盾；二是賈府內部的重重矛盾；三是主子與奴僕之間的矛盾。這三組矛盾交織起來，成為寶、黛、釵愛情婚姻悲劇的背景，而寶玉處於矛盾的中心。各種矛盾交互發展，一步一步地導致了以賈府為代表的四大家族的日益沒落和衰亡。《紅樓夢》具有高度的描寫人物技巧，它透過日常生活細節的描寫，由人物自己的言語來表現性格，揭示人物的思想和心靈，以工筆細寫見長，人物

形象逼真。《紅樓夢》的語言平淡而又含蓄，簡潔而又深刻，通俗而又典雅，具有濃厚的生活氣息和極強的表現力，達到了爐火純青的程度。

《紅樓夢》以後，小說創作呈低谷狀態。到了晚清，由於中西文化交流，西方小說作品和理論大量傳入，林紓翻譯的《茶花女》、《湯姆叔叔的小屋》等作品名重一時，小說創作呈現繁榮局面，出現了李伯元、吳趼人、劉鶚、曾樸「四大譴責小說家」。晚清小說不論內容還是技法上，都有許多新的因素，體現了變革時期的特點。

綜上所述，宋代以前，是文言短篇小說單線發展；宋元時代，文言、白話兩種短篇小說雙線發展；明代開始，文言、白話、長篇、短篇多線發展，出現了中國古代小說異彩紛呈的局面。

我國的近代小說數量不少，但大多較為粗糙，成就不高。如《三俠五義》、《龍圖公案》等武俠、公案小說，雖盛行一時，但價值不大。譴責小說《官場現形記》、《二十年目睹之怪現狀》、《老殘遊記》、《孽海花》等則富有較強的批判現實主義精神，是我國近代小說的代表作品。

我國的現代小說吸收了古、近代小說的長處，又廣泛借鑑了外國小說的創作經驗，使小說藝術發展到一個新的階段。「五四」運動前，《新青年》上發表了魯迅的《狂人日記》，這是一篇里程碑式的現代意義上的白話小說。此後，魯迅陸續出版了《吶喊》、《彷徨》兩部小說集，奠定了我國現代小說發展的基礎。茅盾的《子夜》是中國第一部寫實主義的成功長篇小說，其他如柔石的《二月》、蕭軍的《八月的鄉村》、蕭紅的《生死場》等都有不小影響。這一時期，巴金、老舍、沈從文、冰心、丁玲等一批作家開始登上文壇，並以各自獨特的藝術風格著稱。《家》、《春》、《秋》、《駱駝祥子》、《邊城》等是其中的優秀代表。另外，張恨水的言情小說也曾暢銷一時，至今仍擁有廣大讀者。

抗日戰爭和解放戰爭時期，解放區作家深入群眾鬥爭生活，創作

了一批優秀作品。如趙樹理的《小二黑結婚》、《李有才板話》、孫
犁的《荷花澱》、丁玲的《太陽照在桑乾河上》、周立波的《暴風驟
雨》，都以新的主題、新的人物、新的語言體現了小說創作發展的新
面貌。這一時期，國民黨統治區作家也從各個方面反映了國統區人民
群眾的鬥爭生活，其中如《華威先生》（張天翼）、《腐蝕》（茅
盾）、《寒夜》（巴金）、《淘金記》（沙汀）、《山野》（艾
蕪）、《蝦球傳》（黃谷柳）、《圍城》（錢鍾書）、《四世同堂》
（老舍）以及《財主的兒女們》（路翎）等都很有代表性。

　　中國的當代小說經歷了曲折的發展過程。二十世紀五〇、六〇年
代，以表現革命歷史為題材的作品和以反映社會主義革命和建設為題
材的作品也取得了顯著成就。長篇如《保衛延安》（杜鵬程）、《紅
旗譜》（梁斌）、《紅日》（吳強）、《青春之歌》（楊沫）、《林
海雪原》（曲波）、《紅岩》（羅廣斌、楊益言）等，短篇如《黎明
的河邊》（孫峻青）、《黨費》（王愿堅）、《百合花》（茹志鵑）
等都從不同角度反映了民主革命鬥爭的歷史風雲，波瀾壯闊，絢麗多
姿。中、長篇小說《三里灣》（趙樹理）、《創業史》（柳青）、
《山鄉巨變》（周立波）、《百煉成鋼》（艾蕪）、《上海的早晨》
（周而復）、《鐵木前傳》（孫犁），以及李準、王汶石、馬峰、西
戎、劉紹棠等作家的短篇小說，都從各個方面展現了廣闊的現實生
活，藝術上各有千秋。

　　「文化大革命」的十年浩劫，文壇首當其衝，小說創作一片荒
蕪。這是我們民族的悲劇。文革結束以後，文學創作也進入了一個新
的歷史時期。大批被迫擱筆已久的作家重返文壇，大顯身手，新作家
如雨後春筍，成批湧現。首先是短篇小說打破文壇的禁錮，脫穎而
出，接著是中、長篇小說的空前繁榮：反映文革對青少年心靈傷害的
「傷痕文學」、對文革進行審視的「反思文學」、反映改革歷史進程
的艱難和沈重，呼喚改革意識和魄力的「改革文學」盛行一時。從
七〇年代末到八〇年代初，小說觀念也發生了很大的變化，王蒙、劉

心武、張賢亮、高曉聲等在小說藝術上作了多方面的探索和創新，在主題、題材、人物、形式、手法、風格等方面，呈現出百花齊放的局面。如王蒙的《蝴蝶》、《春之聲》、《夜之眼》等作品，採用了西方「意識流」小說的方法，以主要人物的意識流動來組織情節，結構作品。在《名醫梁有志傳》、《堅硬的稀粥》等作品中，運用了戲謔、誇張的寓言風格。他有意放棄了專注於典型情節構思和人物性格的刻畫，而更關心對心理、情緒、意識、印象的分析和聯想式的敘述。此外，宗璞、諶容等的超現實主義荒誕小說也令人耳目一新。與此同時，路遙《平凡的世界》、霍達《穆斯林的葬禮》等現實主義風格的長篇創作也取得了突出成就。

　　八〇年代中、後期，「尋根小說」、「先鋒小說」、「新寫實小說」奇峰突起，在藝術上進行大膽的探索和創新。「尋根小說」把對個體命運、社會和民族命運的深刻思考融會在風俗、地域文化之中，以現代意識來審查中國傳統小說的藝術手法，注重小說整體情調、氣氛的營造，語言講究平淡、節制、簡潔。汪曾祺筆下的《大淖紀事》、賈平凹的商州系列、阿城的《遍地風流》等，都是這方面的代表作。重視「敘述」，應該說是「先鋒小說」開始時最引人注目之處。他們關心的是故事的「形式」，即如何處理這一故事。他們把敘事本身看作審美對象，運用虛構、想像等手段，進行敘事方法的實驗，拓展了小說的表現力，強化了作家對於個性化的感覺和體驗的發掘。劉索拉的《你別無選擇》，馬原的《岡底斯的誘惑》、《西海無帆船》、《虛構》，余華的《十八歲出門遠行》、《西北風呼嘯的中午》以及洪峰、殘雪、蘇童、格非等人的作品，形成了一個旗幟鮮明的小說群體。「新寫實小說」採取客觀現代的審美態度和敘述態度，追求生活的原生魅力。池莉的《煩惱人生》，劉震雲的《一地雞毛》、《單位》等作品，透過冷靜的觀察和細緻的體驗，客觀地、不動聲色地呈現人的生存狀態和生理的自然流程，展現生活的原生魅力。在具體真實的細節中融合奇特鮮活的感覺，甚至融入內心獨白或

「意識流」，是「新寫實小說」與傳統現實主義小說的根本區別。

臺灣小說和香港小說是我國小說的重要組成部分，在反映臺、港社會現實和海外華僑生活方面獨具價值。賴和被稱為「臺灣文學之父」，《一桿稱仔》和《善訟人的故事》是他的代表作。楊逵是臺灣文學的硬骨頭，他曾十多次被日本人逮捕入獄而英勇不屈，其重要作品有《送報夫》和《鵝媽媽出嫁》等。老作家吳濁流的《亞細亞的孤兒》是一部史詩式的作品，是臺灣長篇小說創作的里程碑。此外，鍾理和、陳映真、黃春明、林海音等的「鄉土小說」和瓊瑤的系列言情小說也廣為人知，在海內外享有聲譽。六○年代以來，臺灣還湧現了一批現代派小說。於梨華的《焰》是一曲大學生的青春之歌，表現了臺灣青年對人生的探索和追求。聶華苓的《桑青與桃紅》視野廣闊，手法別致，獲得讀者好評。白先勇擅長短篇，他的短篇小說選已在大陸出版，深受讀者歡迎。

香港小說，比較著名的有唐人的《金陵春夢》、舒巷城的《太陽下山了》、夏易的《變》、白洛的《暝色入高樓》和劉以鬯的《酒徒》等。《酒徒》通篇運用意識流表現手法，因而有「中國的第一部意識流」小說的美稱。此外，金庸、梁羽生、古龍的武俠小說也為廣大讀者所熟悉，藝術成就較高。

三、小說欣賞的方法

❀ 分析形象

分析小說中的人物形象要把握個性和共性兩個方面。個性是人物所獨有的音容笑貌、舉止動作、所思所想，它能使人物「活」起來，達到逼真的藝術效果。共性，也就是人物的典型性，它是指人物形象所具有的豐富思想性和社會性，能夠反映出生活的某種本質特徵。

成功的小說人物形象總是能把這兩者融為一體，使人物形象既有

鮮活獨特的一面，又有深刻、具有代表性的一面。《紅樓夢》中的林黛玉具有多愁善感、體弱多病、聰慧靈秀、伶牙俐齒的獨特個性；同時，在林黛玉的身上又寄託著無數少女對生命的感悟、對人生的慨嘆、對愛情的渴望和追求，因而感人至深。

分析人物形象時，可以從肖像描寫、行動描寫、語言描寫、心理描寫這幾種塑造人物的藝術表現手法入手。肖像描寫是指對人物外形的描寫，具體包括容貌、姿態、神情和衣著等。好的肖像描寫可以把人物的生活經歷、性格特徵、內心活動由表及裡地透露出來。行動描寫是透過具體行動來展示人物思想性格的描寫方法，它能充分有力地展示人物的思想性格，是塑造人物的主要手段。《三國演義》描寫曹操行刺董卓未遂，裝作獻刀，又巧藉試馬，乘機逃脫，藉由這一系列的描寫刻畫了曹操機警過人、善於隨機應變的性格特點。「言為心聲」，小說的人物語言是揭示人物性格、表現人物情感的主要手段，這在後面還要說到。心理描寫，就是透過人物內心狀態的描寫來揭示人物精神世界，表現人物性格特徵的描寫方法。心理描寫可以細緻入微地披露人物複雜的心理活動，是常用的一種人物描寫方法。這種方法在「意識流」小說中大量運用，成為塑造人物最主要的方法。如在王蒙的《春之聲》中，岳之峰春節探親回家擠在悶罐子火車裡，一路上他展開了對故鄉、童年、政治運動、出國考察、學生運動的廣泛聯想，在豐富多變的心理活動描寫中再現了一個歷經滄桑仍然滿懷希望的知識分子的心靈面貌。

最後，要把人物形象放在典型環境中加以分析。典型環境為人物提供了生活的具體場所，形成了人物性格生成和發展的客觀原因，因而把兩者聯繫起來分析能更加清楚地看到人物形象的社會深刻性。在《阿Q正傳》中，聯繫閉塞、落後、愚昧的未莊來看阿Q，我們就能體會到他對革命的理解、他的精神勝利法的國民代表性。

❀ 把握情節和結構

小說是一種敘述性文學作品，情節是其基本要素之一。就廣義而言，小說中一系列能顯示人物與人物、人物與環境之間關係的大小事件都在情節範疇之內。情節一般要避免平鋪直敘，力求有起伏、有變化、有高潮、有餘味，更重要的是，情節要為塑造人物性格服務，讓人物性格在情節變化中得以表現和發展。《李娃傳》是唐傳奇中故事情節最富於變幻、曲折的一篇。故事圍繞李娃和鄭生的境遇展開，在院遇、計逐、鞭棄、護讀這四個主要情節發展中，李娃對鄭生由圖謀他的錢財到真心相愛，真實地展現了一個不失美好人性的娼女轉變為高貴夫人的性格發展變化過程。

一部小說，特別是長篇小說，寫了紛紜複雜的人和事，如何組織安排這許多的人和事，使之成為一個有機的整體，這就是結構的問題。小說的結構要把握整個形象體系，保證作品的完整、統一、和諧。《三國演義》把七、八十年間紛繁複雜的事件組織得有條不紊、詳略得當、疏密有間，是一個結構的典範。同時，小說的結構要根據人物性格發展的邏輯，從塑造人物形象的需要出發來進行構思、安排，使人物具有充分顯示性格特點的條件、情節和環境。《水滸傳》中「魯提轄拳打鎮關西」的情節結構就是根據魯達豪爽、仗義、藝高膽大和粗中有細的性格特徵設計的，這種安排充分刻畫了魯達的性格。

❀ 細心品味語言

文學是語言的藝術，作家透過語言來描摹人情世態，塑造人物形象，不同的作家具有不同的語言風格，有的嚴密細緻，有的冷峻辛辣，有的充滿跳躍和流動的色彩，透過小說，我們可以感受到不同的語言風格。儘管語言風格可以多種多樣，但對於優秀的小說來說，它們的語言又具有一些共同的特色。

　　首先，小說的語言要求準確而具有韻味。準確是語言的第一要求。優秀的作家總是力求用最貼切的詞去表現所要描寫的對象。具有韻味是對語言的更高要求，當代著名小說家汪曾祺曾說到：「語言的美不在一句一句的話，而在話與話之間的關係。語言是處處相通，有內在聯繫的。語言像樹、樹幹樹葉、汁液流轉，一枝搖了百枝搖，它是活的。」語言的韻味就是在語言的組織、搭配之間體現出來，令人讀後唇齒留香。

　　其次，小說的語言要求個性化。人物語言的個性化是小說語言描寫最基本也是最高的要求。人物的語言反映了他們特定的身分、地位、年齡、經歷、教養、氣質和心理狀態，個性化的人物語言能夠把人物的性格特徵恰到好處地表現出來。好的小說人物，語言總是個性鮮明，令讀者聞其聲而識其人。林黛玉的語言伶俐、尖刻；薛寶釵的語言圓轉、平和；王熙鳳的語言潑辣、風趣，神采各異。如在「寶玉挨打」中薛寶釵探望寶玉時說的一段話，半是堂皇正大，半是體貼寶玉，更為主要的是，用含蓄婉轉的話為哥哥薛蟠輕巧推卸了責任，深刻地表現了寶釵為人的性格特點。

《世說新語》①二則
劉義慶

㈠新亭對泣

過江諸人②，每至美日，輒相邀新亭③，藉卉飲宴④。周侯中坐而嘆曰⑤：「風景不殊，正自有山河之異！」皆相視流淚。唯王丞相愀然變色曰⑥：「當共戮力王室⑦，克復神州，何至作楚囚相對⑧！」

㈡王藍田性急

王藍田性急⑨。嘗食雞子，以箸刺之⑩，不得，便大怒，舉以擲地。雞子於地圓轉不止，仍下地以屐齒碾之，又不得，瞋甚⑪，復於地取內口中⑫，嚙破即吐之。王右軍聞而大笑曰：「使安期有此性，猶當無一豪可論⑬，況藍田邪？」

①分別選自《世說新語》的〈言語〉篇和〈忿狷〉篇。《世說新語》是一部描寫自東漢末年至西晉時期士族名士遺聞軼事、風流清淡的筆記小說，某些內容可追溯到西漢中期。作者是南朝宋臨川王劉義慶，他雖出身貴族，歷任藩鎮，但歷稱他「為性簡素，寡嗜欲，愛好文義，才詞雖不多，然足為宗室之表」（《宋書・宗室傳》）。門下招聚了不少文學名士。
②過江諸人：指東晉初年南渡的士族大夫。
③新亭：亦名勞勞亭，三國吳筑，故址在南京西南十餘里的臨江

處，宋更名中興亭。

④藉：襯，墊，是說坐臥其上。卉：草的總稱。這句話是說坐在草地上飲酒會宴。

⑤周侯：周顗（269～322），官至尚書僕射，襲父爵封武城侯。

⑥王丞相：王導，元帝即位後官至丞相。愀然：形容臉色變得嚴肅或不愉快。

⑦戮力：盡力。王室：指晉王朝。

⑧楚囚：《左傳》成公九年載，晉與楚戰，楚鐘儀被俘，囚於軍府。晉侯觀於軍府，見鐘儀，問之曰：「南冠而縶者，誰也？」有曰：「鄭人所獻楚囚也。」後用以泛指俘虜、囚犯。這句是說，何至像囚犯那樣彼此相對著流淚啊！

⑨王藍田：王述，字懷祖，官至散騎常侍，尚書令，襲爵藍田縣侯，故稱王藍田。

⑩箸：筷子。

⑪嗔：發怒時睜大眼睛。

⑫內：通「納」。

⑬安期：王承，字安期，王述的父親。西晉時賜爵藍田縣侯，官到東海太守。後南渡，作元帝從事中郎。豪，同毫。無一豪可論：不值一談。

提示

　　「過江諸人」故事雖短，卻構思巧妙。開頭提出背景，從容過渡到對一次具體宴飲的描寫，一個「每」字、一個「輒」字，就表現出這批南渡士大夫是經常相邀在新亭聚飲的。周侯的感嘆應景而生，與開頭的「美日」、「藉卉」相照應。「相視流淚」泛寫眾人的反應，更加映襯、突出了王導的神情意態，「愀然變色」四字使其激憤，昂揚之氣立現。

　　言為心聲，這篇文章的語言在揭示人物精神風貌方面是頗見力度

的。在周侯「風景不殊，正自有山河之異」的感嘆中，有著南渡士大夫在國破家亡的情景下發出的亡國之痛和無可奈何的消極頹唐。「當共戮力王室，克復神州，何至作楚囚相對！」這番激憤的話語擲地有聲，顯現其效力朝廷，恢復中原的雄心，具有一種奮發圖強的精神。

「王藍田性急」這篇不足百字的短文，拈出「性急」二字，採用白描手法，通過生動逼真的細節描寫，以極精簡的筆墨刻畫出人物的這一典型性格，讀來情態逼真，如在眼前。

作者抓住王述吃雞這樣一件生活小事，很有層次地展開對人物的性格刻畫。吃雞而「以箸刺之」，已初步表現出他缺乏耐心。刺之「不得，便大怒，舉以擲地」，便寫他的急躁已超出一般人的常態。接下去寫「雞子於地團轉不止」，他又「下地以屐齒碾之，又不得，瞋甚」。「瞋」指發怒時睜大眼睛，與前面的「大怒」相呼應，顯示出人物急躁心態變化發展的層次。到此，王述已經由一般的性急、生氣發展到狂怒的程度了。但描寫並未到此為止，又再加上一層：「復於地取內口中，嚙破即吐之」，這裡極簡練地寫出人物的三個動作：從地上拾起來放入口中，咬破，又吐了出來。這時的藍田並無意吃下已弄髒的雞，而只覺得雞故意戲弄了他，故而以此來報復，洩恨。此時的藍田，就不僅性情急躁，簡直是氣量狹小了。

名作賞讀

霍小玉傳①

蔣防

大歷中，隴西李生名益，年二十，以進士擢第。其明年，拔萃；俟試於天官。夏六月，至長安，舍於新昌里。生門族清華，少有才思，麗詞嘉句，時謂無雙；先達丈人，翕然推伏。每自矜風調，思得佳偶，博求名妓，久而未諧。長安有媒鮑十一娘者，故薛

駙馬家青衣也；折券從良，十餘年矣。性便辟，巧言語，豪家戚里，無不經過，追風挾策，推為渠帥。當受生誠託厚賂，意頗德之。經數月，李方閒居舍之南亭。申未間，忽聞扣門甚急，云是鮑十一娘至。攝衣從之，迎問曰：「鮑卿今日何故忽然而來？」鮑笑曰：「蘇姑子作好夢也未？有一仙人，謫在下界，不邀財貨，但慕風流。如此色目，共十郎相當矣。」生聞之驚躍，神飛體輕，引鮑手且拜且謝曰：「一生作奴，死亦不憚。」因問其名居。鮑具說曰：「故霍王小女，字小玉，王甚愛之。母曰淨持。──淨持，即王之寵婢也。王之初薨，諸弟兄以其出自賤庶，不甚收錄。因分與資財，遣居於外，易姓為鄭氏，人亦不知其王女。資質穠艷，一生未見；高情逸態，事事過人；音樂詩書，無不通解。昨遣某求一好兒郎格調相稱者。某具說十郎。他亦知有李十郎名字，非常歡愜。住在勝業坊古寺曲，甫上車門宅是也。已與他作期約。明日午時，但至曲頭覓桂子，即得矣。」鮑既去，生便備行計。遂令家僮秋鴻，於從兄京兆參軍尚公處假青驪駒，黃金勒。其夕，生浣衣沐浴，修飾容儀，喜躍交並，通夕不寐。遲明，巾幘，引鏡自照，惟懼不諧也。徘徊之間，至於亭午。遂命駕疾驅，直抵勝業。至約之所，果見青衣立候，迎問曰：「莫是李十郎否？」即下馬，令牽入屋底，急急鎖門。見鮑果從內出來，遙笑曰：「何等兒郎，造次入此？」生調誚未畢，引入中門。庭間有四櫻桃樹；西北懸一鸚鵡籠，見生入來，即語曰：「有人入來，急下簾者！」生本性雅淡，心猶疑懼，忽見鳥語，愕然不敢進。逡巡，鮑引淨持下階相迎，延入對坐。年可四十餘，綽約多姿，談笑甚媚。因謂生曰：「素聞十郎才調風流，今又見儀容雅秀，名下固無虛士。某有一女子，雖拙教訓，顏色不至醜陋，得配君子，頗為相宜。頻見鮑十一娘說意旨，今亦便令永奉箕箒。」生謝曰：「鄙拙庸愚，不意顧盼，倘垂采錄，生死為榮。」遂命酒饌，即令小玉自堂東閣子中而出。生即拜迎。但覺一室之中，若瓊林玉樹，互相照耀，轉盼精采射人。既

而遂坐母側。母謂曰：「汝嘗愛念『開簾風動竹，疑是故人來』即此十郎詩也。爾終日吟想，何如一見。」玉乃低鬟微笑，細語曰：「見面不如聞名。才子豈能無貌？」生遂連起拜曰：「小娘子愛才，鄙夫重色。兩好相映，才貌相兼。」母女相顧而笑，遂舉酒數巡。生起，請玉唱歌。初不肯，母回強之。發聲清亮，曲度精奇。酒闌，及暝，鮑引生就西院憩息。閒庭邃宇，簾幕甚華。鮑令侍兒桂子、浣沙與生脫靴解帶。須臾，玉至，言敘溫和，辭氣宛媚。解羅衣之際，態有餘妍，低幃昵枕，極其歡愛。生自以為巫山、洛浦不過也。中宵之夜，玉忽流涕觀生曰：「妾本倡家，自知非匹。今以色愛，託其仁賢。但慮一旦色衰，恩移情替，使女蘿無託，秋扇見捐。極歡之際，不覺悲至。」生聞之，不勝感嘆。乃引臂替枕，徐謂玉曰：「平生志願，今日獲從，粉骨碎身，誓不相捨，夫人何發此言！請以素縑，著之盟約。」玉因收淚，命侍兒櫻桃褰幄執燭，授生筆研。玉管弦之暇，雅好詩書，筐箱筆研，皆王家之舊物。遂取繡囊，出越姬烏絲欄素縑三尺以授生。生素多才思，援筆成章，引諭山河，指誠日月，句句懇切，聞之動人。染畢，命藏於寶篋之內，自爾婉孌相得，若翡翠之在雲路也。如此二歲，日夜相從。其後年春，生以書判拔萃登科，授鄭縣主簿。至四月，將之官，便拜慶於東洛。長安親戚，多就筵餞。時春物尚餘，夏景初麗，酒闌賓散，離思縈懷。玉謂生曰：「以君才地名聲，人多景慕，願結婚媾，固亦眾矣。況堂有嚴親，室無冢婦②，君之此去，必就佳姻。盟約之言，徒虛之耳。然妾有短願，欲輒指陳。永委君心，復能聽否？」生驚怪曰：「有何罪過，忽發此辭？試說所言，必當敬奉。」玉曰：「妾年始十八，君才二十有二，迨君壯室之秋③，猶有八歲。一生歡愛，願畢此期。然後妙選高門，以諧秦晉④，亦未為晚。妾便舍棄人事，剪髮披緇。夙昔之願，於此足矣。」生且愧且感，不覺涕流。因謂玉曰：「皎日之誓，死生以之。與卿偕老，猶恐未愜素志，豈敢輒有二三。固請不疑，但端居相待。至八月，必當卻

到華州，尋使奉迎，相見非遠。」更數日，生遂訣別東去。到任旬日，求假往東都覲親。未至家日，太夫人已與商量表妹盧氏，言約已定。太夫人素嚴毅，生逡巡不敢辭讓，遂就禮謝，便有近期。盧亦甲族⑤也，嫁女於他門，聘財必以百萬為約，不滿此數，義在不行。生家素貧，事須求貸，便託假故，遠投親知，涉歷江、淮，自秋及夏。生自以孤負盟約，大愆回期⑥，寂不知聞，欲斷其望，遙託親故，不遺漏言。玉自生逾期，數訪音信。虛詞詭說，日日不同。博求師筮，遍詢卜筮，懷憂抱恨，周歲有餘。羸臥空閨，遂成沈疾。雖生之書題竟絕，而玉之想望不移，賂遺親知，便通消息。尋求既切，資用屢空，往往私令侍婢潛賣篋中服玩之物，多託於西市寄附鋪侯景先家貨賣。曾令侍婢浣沙將紫玉釵一只，詣景先家貨之。路逢內作老玉工，見浣沙所執，前來認之曰：「此釵，吾所作也。昔歲霍王小女，將欲上鬟⑦，令我作此，酬我萬錢。我嘗不忘。汝是何人，從何而得？」浣沙曰：「我小娘子，即霍王女也。家事破散，失身於人。未婿昨向東都，更無消息。悒怏成疾，今欲二年。令我賣此，賂遺於人，使求音信。」玉工淒然下泣曰：「貴人男女，失機落節⑧，一至於此！我殘年向盡，見此盛衰，不勝傷感。」遂引至延光公主宅，具言前事。公主亦為之悲嘆良久，給錢十二萬焉。時生所定盧氏女在長安，生既畢於聘財，還歸鄭縣。其年臘月，又請假入城就親。潛卜靜居，不令人知。有明經崔允明者，生之中表弟也。性甚長厚，昔歲常與生同歡於鄭氏之室，杯盤笑語，曾不相同。每得生信，必誠告於玉。玉常以薪芻衣服，資給於崔。崔頗感之。生既至。崔具以誠告玉。玉恨嘆曰：「天下豈有是事乎！」遍請親朋，多方召致。生自以愆期負約，又知玉疾候沈綿，慚恥忍割，終不肯往。晨出暮歸，欲以迴避。玉日夜涕泣，都忘寢食，期一相見，竟無因由。冤憤益深，委頓⑨床枕。自是長安中稍有知者。風流之士，共感玉之多情；豪俠之倫，皆怒生之薄行。時已三月，人多春遊。生與同輩五六人詣崇敬寺玩牡丹花，步

於西廊，遞吟詩句。有京兆韋夏卿者⑩，生之密友，時亦同行。謂
生曰：「風光甚麗，草木榮華。傷哉鄭卿，銜冤空室！足下終能棄
置，實是忍人。丈夫之心，不宜如此。足下宜為思之！」嘆讓之
際，忽有一豪士，衣輕黃綻衫，挾弓彈，風神儁美，衣服輕華，唯
有剪頭胡雛從後，潛行而聽之。俄而前揖生曰：「公非李十郎者
乎？某族本山東，姻連外戚。雖乏文藻，心嘗樂賢。仰公聲華，常
思觀止。今日幸會，得睹清揚⑪。某之敝居，去此不遠，亦有聲樂，
足以娛情。妖姬八九人，駿馬十數匹，唯公所欲。但願一過。」生
之儕輩，共聆斯語，更相嘆美，因與豪士策馬同行，疾轉數坊，遂
至勝業。生以近鄭之所止，意不欲過，便託事故，欲回馬首。豪士
曰：「敝居咫尺，忍相棄乎？」乃挽挾其馬，牽引而行。遷延之
間，已及鄭曲。生神情恍惚，鞭馬欲回。豪士遽命奴僕數人，抱持
而進。疾走推入車門，便令鎖卻，報云：「李十郎至也！」一家驚
喜，聲聞於外。先此一夕，玉夢黃衫丈夫抱生來，至席，使玉脫
鞋。驚寤而告母。因自解曰：「『鞋』者，『諧』也。夫婦再合。
『脫』者，『解』也。既合而解，亦當永訣。由此徵之，必遂相
見，相見之後，當死矣。」凌晨，請母妝梳。母以其久病，心意惑
亂，不甚信之。僶勉之間，強為妝梳。妝梳才畢，而生果至。玉沈
綿日久，轉側須人；忽聞生來，欻然自起，更衣而出，恍若有神。
遂與生相見，含怒凝視，不復有言。羸質嬌姿，如不勝致⑫，時復
掩袂，返顧李生。感物傷人，坐皆欷歔。頃之，有酒餚數十盤，自
外而來。一坐驚視，遽問其故，悉是豪士之所致也。因遂陳設，相
就而坐。玉乃側身轉面，斜視生良久，遂舉杯酒酬地曰：「我為女
子，薄命如斯！君是丈夫，負心若此！韶顏稚齒⑬，飲恨而終。慈
母在堂，不能供養。綺羅弦管，從此永休。徵痛黃泉⑭，皆君所致。
李君李君，今當永訣！我死之後，必為厲鬼，使君妻妾，終日不
安！」乃引左手握生臂，擲杯於地，長慟號哭數聲而絕。母乃舉
屍，置於生懷，令喚之，遂不復蘇矣。生為之縞素，旦夕哭泣甚

哀。將葬之夕，生忽見玉總帷之中，容貌妍麗，宛若平生。著石榴
裙，紫襠襠，紅綠帔子⑮。斜身倚帷，手引繡帶，顧謂生曰：「愧
君相送，尚有餘情。幽冥之中，能不感嘆。」言畢，遂不復見。明
日，葬於長安御宿原。生至墓所，盡哀而返。後月餘，就禮於盧
氏。傷情感物，鬱鬱不樂。夏五月，與盧氏偕行，歸於鄭縣。至縣
旬日，生方與盧氏寢，忽帳外叱叱作聲。生驚視之，則見一男子，
年可二十餘，姿狀溫美，藏身映幔，連招盧氏。生惶遽走起，繞幔
數匝，倏然不見。生自此心懷疑惡，猜忌萬端，夫妻之間，無聊生
矣。或有親情，曲相勸喻。生意稍解。後旬日，生復自外歸，盧氏
方鼓琴於床，忽見自門拋一斑犀細花盒子，方圓一寸餘，中有輕
絹，作同心結，墜於盧氏懷中。生開而視之，見相思子二、叩頭蟲
一、髮殺觜一、驢駒媚少許。生當時憤怒叫呪，聲如豺虎，引琴撞
擊其妻，詰令實告。盧氏亦終不自明。爾後往往暴加捶楚，備諸毒
虐，竟訟於庭而遣之。盧氏既出，生或侍婢媵妾之屬，暫同枕席，
便加妒忌。或有因而殺之者。生嘗遊廣陵，得名姬曰營十一娘者，
容態潤媚，生甚悅之。每相對坐，嘗謂營曰：「我嘗於某處得某
姬，犯某事，我以某法殺之。」日日陳說，欲令懼已，以肅清閨
門。出則以浴斛覆營於床，周回封署，歸必詳視，然後乃開。又畜
一短劍，甚利，顧謂侍婢曰：「此信州葛溪鐵，唯斷作罪過頭！」
大凡生所見婦人，輒加猜忌，至於三娶，率皆如初焉。

注釋

①本篇選自《太平廣記》卷四八七，蔣防撰，是唐傳奇中的名篇，
　　反映了中國古典小說在形成體制、思想藝術上都走向了成熟。
　　蔣防亦以此篇名。

②冢婦：正妻。

③壯室之秋：娶妻的適當年齡，指三十歲時，古有「三十而娶」
　　的說法。

④諧秦晉：春秋時，秦晉兩國和好，世代約為婚姻，故兩姓聯姻為諧秦晉。

⑤甲族：世家大族。

⑥孤負：背棄。愆期：過期而失信。

⑦上鬟：即上頭，古代女子年滿十五歲，便用簪子夾髮表示成年的一種儀式。

⑧失機落節：指從重要地位跌落下來。

⑨委頓：極度困苦疲倦的樣子。

⑩韋夏卿：字雲客，京兆萬年人，官至檢校工部尚書，太子少保。

⑪清揚：《詩經・鄭風・野有蔓草》：「有美一人，清揚婉兮。」《毛詩傳》：「清物：眉目之間婉然美也。」

⑫如不勝致：形容意態動人。不勝：不盡。致：情致。

⑬韶顏稚齒：年紀輕輕的。

⑭征痛黃泉：造成死亡的痛苦。征：取。

⑮石榴裙：紅裙子。襦襠：婦女穿的一種長袍。帔子：婦女披在肩臂上的短紗巾。

小說寫的是隴西書生李益與歌妓霍小玉之間淒美動人的愛情悲劇。小說處處點明造成這一悲劇的原因在於彼此門第的懸殊。唐代士族非常重視婚媾的門第，太原王氏、范陽盧氏、滎陽鄭氏、清河和博陵崔氏、隴西和趙郡李氏是當時最有勢力的士族，七姓「持其族望，恥與他姓為婚」，甚至以娶武人女為恥辱。至於士庶之間，則更不能通婚。李益出自隴西李姓，是七大士族之一，而霍小玉則是地位低下的歌妓。這就是造成霍小玉悲劇的社會原因。

小說對李益這個人物的藝術處理很真實。他是世家子弟，雖然愛霍小玉的美麗和聰敏，但他把婚姻作為博取功名富貴和維護自己世家利益的門徑，他最後拋棄霍小玉是必然的。作品透過對他「慚恥忍

割」的心理狀態的描寫，突出地刻畫了他負義薄行的性格，對封建門閥制度作了有力的暴露和抨擊。霍小玉是小說著力描寫的一個封建社會飽受迫害而又具有反抗性的下層婦女形象。作者懷著深厚的同情，把霍小玉多情而義烈的性格刻畫得鮮明生動、感人泣下。

　　這篇小說，寫愛情曲折委婉，情致綽約；寫遺棄，淒楚酸辛，感人肺腑。用化鬼報復的浪漫主義情節結尾，尤其別致。明代戲劇家湯顯祖據此篇改寫為傳奇劇本《紫簫記》和《紫釵記》，後者為著名的「臨川四夢」之一。

小翠

蒲松齡①

　　王太常，越人。總角②時，晝臥榻上。忽陰晦，巨霆暴作，一物大於貓，來伏身下，展轉不離。移時晴霽，物即徑出。視之，非貓；始怖，隔房呼兄。兄聞，喜曰：「弟必大貴。此狐來避雷霆劫也。」後果少年登進士，以縣令入為侍御。

　　生一子名元豐，絕癡，十六歲不能知牝牡③，因而鄉黨無與為婚。王憂之。適有婦人率少女登門，自請為婦。視其女，嫣然展笑，真仙品也。喜問姓名。自言：「虞氏。女小翠，年二八矣。」與議聘金。曰：「是從我糠核不得飽，一旦置身廣廈，役婢僕，厭膏粱④，彼意適，我願慰矣，豈賣菜也而索直乎！」夫人大悅，優厚之。婦即命女拜王及夫人，囑曰：「此爾翁姑，奉侍宜謹。我大忙，且去，三數日當復來。」王命僕馬送之。婦言：「里巷不遠，無煩多事。」遂出門去。

　　小翠殊不悲戀，便即奩中翻取花樣。夫人亦愛樂之。數日，婦不至。以居里問女，女亦憨然不能言其道路。遂治別院，使夫婦成

禮。諸戚聞拾得貧家兒作新婦，共笑姍之；見女皆驚，群議始息。女又甚慧，能窺翁姑喜怒。王公夫婦，寵惜過於常情，然惕惕焉惟恐其憎子癡，而女殊歡笑不為嫌。第善謔，剌布作圓，蹴蹋為笑。著小皮靴，蹴去數十步，紿公子奔拾之。公子及婢，恒流汗相屬。一日，王偶過，圓碎然來，直中面目。女與婢俱斂跡去，公子猶踴躍奔逐之。王怒，投之以石，始伏而啼。王以告夫人；夫人往責女，女俯首微笑，以手刲⑤床。既退，憨跳如故。以脂粉塗公子作花面如鬼。夫人見之，怒甚，呼女詬罵。女倚几弄帶，不懼，亦不言。夫人無奈之，因杖其子。元豐太號。女始色變，屈膝乞宥。夫人怒頓解，釋杖去。女笑拉公子入室，代撲衣上塵，拭眼淚，摩挲杖痕，餌以棗栗，公子乃收涕以忻。女闔庭戶，復裝公子作霸王，作沙漠人。已乃艷服束細腰，婆娑作帳下舞；或髻插雉尾，撥琵琶，丁丁縷縷然。喧笑一室，日以為常。王公以子癡，不忍過責婦；即微聞焉，亦若置之。

　　同巷有王給諫者，相隔十餘戶，然素不相能；時值三年大計吏，忌公握河南道篆，思中傷之。公知其謀，憂慮無所為計。一夕；早寢，女冠帶飾冢宰狀，剪素絲作濃髭，又以青衣飾兩婢為虞候，竊跨廄馬而出，戲云：「將謁王先生。」馳至給諫之門，即又鞭撾從人，大言曰：「我謁待御王，寧謁給諫王耶！」回轡而歸。比至家門，門者誤以為真，奔白王公。公急起承迎，方知為子婦之戲。怒甚，謂夫人曰：「人方蹈我之瑕，後以閨閣之醜登門而告之，餘禍不遠矣！」夫人怒，奔女室，詬讓之。女惟憨笑，並不一置詞。撻之，不忍；出之，則無家：夫妻懊怨，終夜不寢。時冢宰某公赫甚，其儀采服從，與女偽裝無少殊別，王給諫亦誤為真。屢偵公門，中夜而客未出，疑冢宰與公有陰謀。次日早朝，見而問曰：「夜相公至君家耶？」公疑其相譏，慚顏唯唯，不甚響答。給諫愈疑，謀遂寢⑥，由此益交歡公。公探知其情，竊喜，而陰囑夫人勸女改行；女笑應之。

　　逾歲，首相免。適有私函致公者，誤投給諫。給諫大喜，先托善公者往假萬金。公拒之。給諫自詣公所。公覓巾袍，並不可得；給諫伺候久，怒公慢⑦，憤將行。忽見公子滾衣旒冕，有女子自門內推之以出。大駭；已而笑撫之，脫其服冕而去，公急出，則客去遠。聞其故，驚顏如土，大哭曰：「此禍水也！指日赤⑧吾族矣！」與夫人操杖往。女已知之，闔扉任其詬厲。公怒，斧其門。女在內，含笑而告之曰：「翁無煩怒！有新婦在，刀鋸斧鉞，婦自受之，必不令貽害雙親。翁若此，是欲殺婦以滅口耶？」公乃止。給諫歸，果抗疏⑨揭王不軌，滾冕作據。上驚驗之，其旒冕及梁秸心所製，袍則敗布黃袱也。上怒其誣。又召元豐至，見其憨狀可掬，笑曰：「此可以作天子耶？」乃下之法司。給諫又訟公家有妖人。法司嚴詰臧獲，並言無他，惟顛婦癡兒，日事戲笑；鄰里亦無異詞。案乃定，以給諫充雲南軍。

　　王由是奇女。又以母久不至，意其非人。使夫人探詰之，女但笑不言。再復窮問，則掩口曰：「兒玉皇女，母不知耶？」無何，公擢京卿。五十餘，每患無孫。女居三年，夜夜與公子異寢，似未嘗有所私。夫人舁⑩榻去，囑公子與婦同寢。過數日，公子告母曰：「借榻去，悍不還！小翠夜夜以足股加腹上，喘氣不得；又慣掐人股裡。」婢嫗無不粲然。夫人呵拍令去。一日，女浴於室，公子見之，欲與偕；笑止之，諭使姑待。既出，乃更瀉熱湯於甕，解其袍褲，與婢扶入之。公子覺蒸悶。大呼欲出；女不聽，以衾蒙之。少時，無聲；啟視，已絕。女坦笑不驚，曳置床上，拭體乾潔，加復被焉。夫人聞之，哭而入，罵曰：「狂婢何殺吾兒！」女鞿然曰：「如此癡兒，不如勿有。」夫人益恚，以首觸女；婢輩爭曳勸之。方紛噪間，一婢告曰：「公子呻矣！」夫人輟涕撫之，則氣息休休，而大汗浸淫，沾浹裀褥。食頃，汗已，忽開目四顧，遍視家人，似不相識，曰：「我今回憶往昔，都如夢寐，何也？」夫人以其言語不癡，大異之。攜參其父，屢試之，果不癡。大喜，如獲異

寶。至晚，還榻故處，更設衾枕以覘之。公子入室、盡遣婢去。早
窺之，則榻虛設。自此癡顛皆不復作，而琴瑟靜好，如形影焉。

　　年餘，公為給諫之黨奏劾免官，小有星誤。舊有廣西中丞所贈
玉瓶，價累千金，將出以賄當路。女愛而把玩之，失手墮碎，慚而
自投。公夫婦方以免官不快，聞之，怒，交口呵罵。女奮而出，謂
公子曰：「我在汝家，所保全者不止一瓶，何遂不少存面目？實與
君言：我非人也。以母遭雷霆之劫，深受而翁庇翼；又以我兩人有
五年夙分，故以我來報曩恩、了夙願耳。身受唾罵，擢髮不足以
數，所以不即行者，五年之愛未盈，——今何可以暫止乎！」盛氣
而出，追之已杳，公爽然自失，而悔無及矣。公子入室，睹其剩粉
遺鉤，慟哭欲死；寢食不甘，日就羸瘵。公大憂，急為膠續以解
之，而公子不樂。惟求良工畫小翠像，日夜澆禱其下。幾二年。

　　偶以故自他里歸，明月已皎，村外有公家亭園，騎馬牆外過，
聞笑語聲，停轡，使廄卒促鞍，登鞍一望，則二女郎遊戲其中。雲
月昏蒙，不甚可辨。但聞一翠衣者曰：「婢子當逐出門！」一紅衣
者曰：「汝在吾家園亭，反逐阿誰？」翠衣人曰：「婢子不羞！不
能作婦，被人驅遣，猶冒認物產也！」紅衣者曰：「索勝老大婢無
主顧者！」聽其音，酷類小翠，疾呼之。翠衣人去曰：「姑不與若
爭，汝漢子來矣。」既而，紅衣人來，果小翠。喜極。女令登垣，
承接而下之，曰：「二年不見，骨瘦一把矣！」公子握手泣下，具
道相思。女言：「妾亦知之，但無顏復見家人。今與大姊遊戲，又
相邂逅，足知前因不可逃也。」請與同歸，不可；請止園中，許
之。公子遣僕奔白夫人。夫人驚起，駕肩輿而往啟鑰入亭。女即趨
下迎拜。夫人促臂流涕，力白前過，幾不自容，曰：「若不少記榛
梗⑪，請偕歸，慰我遲暮。」女峻辭不可。夫人慮野亭荒寂，謀以
多人服役。女曰：「我諸人悉不願見；惟前兩婢朝夕相從，不能無
眷注耳。外惟一老僕應門，餘都無所復須。」夫人悉如其言。託公
子養疴園中，日供食用而已。

　　女每勸公子別婚，公子不從。後年餘，女眉目音聲，漸與曩異，出像質之，迥若兩人。大怪之。女曰：「視妾今日何如疇昔矣？」公子曰：「今日美則美，然較昔則似不如。」女曰：「意妾老矣！」公子曰：「二十餘歲人，何得速老。」女笑而焚圖，救之已燼。一日，謂公子曰：「昔在家時，阿翁謂妾抵死不作繭⑫。今親老君孤，妾實不能產，恐誤君宗嗣。請娶婦於家，旦晚侍奉翁姑，君往來於兩間，亦無所不便。」公了然之，納幣⑬於鍾太史之家。吉期將近，女為新人制衣履，賫送母所。及新人入門，則言貌舉止，與小翠無毫髮之異，大奇之。往至園亭，則女已不知所在。問婢，婢出紅巾曰：「娘子暫歸寧，留此貽公子。」展巾，則結玉塊一枚，心知其不返，遂攜婢俱歸。雖頃刻不忘小翠，幸而對新人如覿舊好焉。始悟鍾氏之姻，女預知之，故先化其貌，以慰他日之思云。

　　異史氏曰：「一狐也，以無心之德，而猶思所報；而身受再造之福者，顧失聲於破甑⑭，何其鄙哉！月缺重圓，從容而去，始知仙人之情亦更深於流俗也！」

注釋

①蒲松齡（1640～1715），字留仙，號劍臣，別號柳泉居士，山東淄川縣（今淄博）人。出身於半農半商的家庭，後來逐漸貧困，本人又失意於科場，只能作幕賓、塾師為生。他生活在明清易代的亂世，貧困和黑暗的社會現實造就了他「孤憤」、「狂癡」的人生態度。《聊齋誌異》近 500 篇，綜合六朝志怪與唐傳奇之長，借談鬼說狐來曲折地批判社會，表達理想，是中國古代短篇文言小說的頂峰之作。

②總角：古代男女未成年時，束起頭髮，紮成兩角，叫「總角」。

③牝牡：牝：雌性；牡，雄性。這裡借指男女性別。

④厭：飽足。膏：肥肉。粱：細糧。

⑤刓：刻、劃。

⑥寢：中止、打消。

⑦慢：怠慢，沒有禮貌。

⑧赤：這裡作動詞用，流血、屠殺之意。

⑨抗疏：直言向皇帝上奏。

⑩舁：抬。

⑪榛梗：原指荊辣梗塞道路，這裡比喻心中的怨恨。

⑫作繭：比喻懷孕育兒。

⑬納幣：送聘禮。

⑭失聲於破甑：據《後漢書‧郭泰傳》記載，孟敏挑甑而行，甑墮地破裂，他頭也不回地走了。郭泰很欣賞他的器量與決斷。甑，一種盛飯用的陶器。此處是借用這個故事，來譏諷王太常夫婦的心地狹窄、小器。

蒲松齡講的是一個狐女報恩的故事，塑造了聰明慧黠而又憨直善謔的狐女小翠的形象，但其中官場的勾心鬥角、傾軋紛爭，家庭的貧富殊異、兇辱詬罵，小兒女的憨態癡情、善良美好，這一切都寫得情態逼真，聲貌俱現，充滿了濃鬱的生活氣息。

在作家筆下，慧黠的狐仙小翠，首先以不同凡俗的「善謔」行為，出現在一個個出人意外的場合中：她剌布做圓球，「蹴蹴為笑，著小皮靴，蹴去數十步」，讓丈夫「奔拾之」，甚至把圓球踢到了公公的臉上。她可以把脂粉塗在丈夫臉上，「作花面如鬼」；又把丈夫裝扮成「霸王」、「沙漠人」，而自己「乃艷服束細腰扮虞美人」，扮王昭君，或婆娑起舞，或琵琶聲聲，「喧笑一室，日以為常」。在這些憨女癡兒的無心嬉戲中刻畫小翠率性而為的喜人性格。

「笑」，是作者賦予小翠性格的另一個重要特徵。她第一次出現在讀者眼前時，就以「嫣然展笑」顯示出她是一個引人喜愛的少女。

這一特徵在以後曲折的故事情節中不時有明顯的表現：「女應笑之」、「女坦笑不驚」、「女惟憨笑，並不置詞」……。小翠的「笑」是她對待嚴酷而複雜的現實的一種方式和態度，將這些「笑」同小翠聰慧多謀、容忍恬淡的個性特徵結合起來，就更深刻地顯示了這一性格的真實性和生動性。

作者從多方面刻畫了小翠的性格。既寫了她的憨直和善謔，也寫了她的善良和智慧；她既有知恩必報和對王公子的一片深情，又有在不堪侮辱時憤然出走的果斷剛毅。在其中寄託了作者對美好人生的嚮往和追求。

名作賞讀

青梅煮酒論英雄①

羅貫中②

卻說董承等問馬騰曰：「公欲用何人？」馬騰曰：「見有豫州牧劉玄德在此，何不求之？」承曰：「此人雖係皇叔，今正依附曹操，安肯行此事耶？」騰曰：「吾觀前日圍場之中，曹操迎受眾賀之時，雲長在玄德背後，挺刀砍殺操，玄德以目視之而止。——玄德非不欲圖操，恨操牙爪多，恐力不及耳。公試求之，當必應允。」吳碩曰：「此事不宜太速，當從容商議。」眾皆散去。次日黑夜裡，董承懷詔，徑往玄德公館中來。門吏入報，玄德迎出，請入小閣坐定。關、張侍立於側。玄德曰：「國舅夤夜至此，必有事故。」承曰：「白日乘馬相訪，恐操見疑，故黑夜相見。」玄德命取酒相待。承曰：「前日圍場之中，雲長欲殺曹操，將軍動目搖頭而退之，何也？」玄德失驚曰：「公何以知之？」承曰：「人皆不見，某獨見之。」玄德不能隱諱，遂曰：「舍弟見操僭越，故不覺發怒耳。」承掩面而哭曰：「朝廷臣子，若盡如雲長，何憂不太平哉！」

玄德恐是曹操使他來試探，乃佯言曰：「曹丞相治國，為何憂不太平？」承變色而起曰：「公乃漢朝皇叔，故剖肝瀝膽以相告，公何詐也？」玄德曰：「恐國舅有詐，故相試耳。」於是董承取衣帶詔令觀之，玄德不勝悲憤。又將義狀出示，上止有六位：一，車騎將軍董承；二，工部侍郎王子服；三，長水校尉種輯；四，議郎吳碩；五，昭信將軍吳子蘭；六，西涼太守馬騰。玄德曰：「公既奉詔討賊，備敢不效犬馬之勞。」承拜謝，便請書名。玄德亦書「左將軍劉備」，押了字，付承收訖。承曰：「尚容再請三人，共聚十義，以圖國賊。」玄德曰：「切宜緩緩施行，不可輕泄。」共議到五更，相別去了。

玄德也防曹操謀害，就下處後園種菜，親自澆灌，以為韜晦之計。關、張二人曰：「兄不留心天下大事，而學小人之事，何也？」玄德曰：「此非二弟所知也。」二人乃不復言。

一日，關、張不在，玄德正在後園澆菜，許褚、張遼引數十人入園中曰：「丞相有命，請使君便行。」玄德驚問曰：「有甚緊事？」許褚曰：「不知。只教我來相請。」玄德只得隨二人入府見操。操笑曰：「在家做得好大事！」諕得玄德面如土色。操執玄德手，直至後園，曰：「玄德學圃不易！」玄德方才放心，答曰：「無事消遣耳。」操曰：「適見枝頭梅子青青，忽感去年征張繡時，道上缺水，將士皆渴；吾心生一計，以鞭虛指曰：『前面有梅林。』軍士聞之，口皆生唾，由是不渴。今見此梅，不可不賞。又值煮酒正熟，故邀使君小亭一會。」玄德心神方定。隨至小亭，已設樽俎：盤置青梅，一樽煮酒。二人對坐，開懷暢飲。

酒至半酣，忽陰雲漠漠，驟雨將至。從人遙指天外龍挂，操與玄德憑欄觀之。操曰：「使君知龍之變化否？」玄德曰：「未知其詳。」操曰：「龍能大能小，能升能隱：大則興雲吐霧，小則隱介藏形；升則飛騰於宇宙之間，隱則潛伏於波濤之內。方今春深，龍乘時變化，猶人得志而縱橫四海。龍之為物，可比世之英雄。玄德

久歷四方，必知當世英雄。請試指言之。」玄德曰：「備肉眼安識英雄？」操曰：「休得過謙。」玄德曰：「備叨恩庇，得仕於朝。天下英雄，實有未知。」操曰：「既不識其面，亦聞其名。」玄德曰：「淮南袁術，兵糧足備，可為英雄？」操笑曰：「冢中枯骨，吾早晚必擒之！」玄德曰：「河北袁紹，四世三公，門多故吏；今虎踞冀州之地，部下能事者極多，可為英雄？」操笑曰：「袁紹色厲膽薄，好謀無斷；幹大事而惜身，見小利而忘命：非英雄也。」玄德曰：「有一人名稱八俊，威鎮九州——劉景升可為英雄？」操曰：「劉表虛名無實，非英雄也。」玄德曰：「有一人血氣方剛，江東領袖——孫伯符乃英雄也？」操曰：「孫策藉父之名，非英雄也。」玄德曰：「益州劉季玉，可為英雄乎？」操曰：「劉璋雖係宗室，乃守戶之犬耳，何足為英雄！」玄德曰：「如張繡、張魯、韓遂等輩皆如何？」操鼓掌大笑曰：「此等碌碌小人，何足掛齒！」玄德曰：「舍此之外，備實不知。」操曰：「夫英雄者，胸懷大志，腹有良謀，有包藏宇宙之機，吞吐天地之志者也。」玄德曰：「誰能當之？」操以手指玄德，後自指，曰：「今天下英雄，惟使君與操耳！」玄德聞言，吃了一驚，手中所執匙箸，不覺落於地下。時正值大雨將至，雷聲大作。玄德乃從容俯道拾箸曰：「一震之威，乃至於此。」操笑曰：「丈夫亦畏雷乎？」玄德曰：「聖人迅雷風烈必變，安得不畏？」將聞言失箸緣故，輕輕掩飾過了。操遂不疑玄德。後人有詩讚曰：

> 勉從虎穴暫趨身，說破英雄驚殺人。
> 巧借聞雷來掩飾，隨機應變信如神。

天雨方住，見兩個人撞入後園，手提寶劍，突至亭前，左右攔擋不住。操視之，乃關、張二人也。原來二人從城外射箭方回，聽得玄德被許褚、張遼請將去了，慌忙來相府打聽；聞說在後園，只

恐有失，故衝突而入。卻見玄德與操對坐飲酒。二人按劍而立。操問二人何來。雲長曰：「聽知丞相和兄飲酒，特來舞劍，以助一笑。」操笑曰：「此非『鴻門會』，安用項莊、項伯乎？」玄德亦笑。操命：「取酒與二『樊噲』壓驚。」關、張拜謝。須臾席散，玄德辭操而歸。雲長曰：「險些驚殺我兩個！」玄德以落筯事說與關、張。關、張問是何意。玄德曰：「吾之學圃，正欲使操知我無大志；不意操竟指我為英雄，我故失驚落筯。又恐操生疑，故借懼雷以掩飾之耳。」關、張曰：「兄真高見！」

注釋

①本文節選自《三國演義》第二十一回，原題為〈曹操煮酒論英雄〉。

②作者羅貫中（約 1330～1400），名本，字貫中，號湖海散人。山西太原人，元末明初著名的通俗小說家。《三國演義》是他的代表作，它是我國長篇通俗歷史小說的開山之作，對章回小說的形成、發展和繁榮起了積極的作用，歷來深受廣大讀者喜愛。

提示

這是《三國演義》第二十一回的前半部分。作者在特定的背景之中來描寫劉備與曹操的勾心鬥角，不僅展現了人物的鮮明個性，還反映了統治階級內部複雜的矛盾鬥爭。曹操挾天子以令諸侯，想借劉備的歸附來擴大自己的政治影響，但同時對劉備又很不放心。劉備接詔誅曹，有殺曹復漢的大志，但寄人籬下，只好採用韜晦之計，這就使他們之間的矛盾顯得十分尖銳複雜，富於戲劇性。

在這段精采的文字中，揭露矛盾尖銳複雜；渲染氣氛濃烈緊張；安排情節波瀾起伏，動人心魄；描寫人物栩栩如生，呼之欲出；特別是對話的運用和動作的描寫，更把人物鮮明個性和微妙的內心活動準

確地揭示出來。曹操的對話，不僅表現了他狡點精明、善於識人的個性特點，還反映了他對劉備既想利用又不放心的複雜心態。劉備的對話，特別是對劉備失驚落箸，旋即假託聞雷，從容拾箸的細節描寫，既突出了他善於隨機應變的個性，又反映了他為實現「大志良謀」而採用「韜晦之計」的複雜內心活動。

寶玉挨打①

曹雪芹

卻說王夫人喚上金釧兒的母親來，拿了幾件簪環，當面賞了；又吩咐：「請幾位僧人念經超度他。」金釧兒的母親磕了頭，謝了出去。

原來寶玉會過雨村回來，聽見金釧兒含羞自盡，心中早已五內摧傷，進來又被王夫人數說教訓了一番，也無可回說。看見寶釵進來，方得便走出，茫然不知何往，背著手，低著頭，一面感嘆，一面慢慢的信步走至廳上。剛轉過屏門，不想對面來了一人，正往裡走，可巧撞了個滿懷。只聽那人喝一聲：「站住！」寶玉唬了一跳，抬頭看時，不是別人，卻是他父親。早不覺倒抽了一口涼氣，只得垂手一旁站著。

賈政道：「好端端的，你垂頭喪氣的嗐什麼？方才雨村來了，要見你，那半天才出來！既出來了，全無一點慷慨揮灑的談吐，仍是委委瑣瑣的。我看你臉上一團私欲愁悶氣色！這會子又嗳聲嘆氣，你那些還不足、還不自在？無故這樣，是什麼原故？」寶玉素日雖然口角伶俐，此時一心卻為金釧兒感傷，恨不得也身亡命殞，如今見他父親說這些話，究竟不曾聽明白了，只是怔怔的站著。

賈政見他惶悚，應對不似往日，原本無氣的，這一來，倒生了

三分氣。方欲說話,忽有門上人來回:「忠順親王府裡有人來,要見老爺。」賈政聽了,心下疑惑,暗暗思忖道:「素日並不與忠順府來往,為什麼今日打發人來?……」一面想,一面命:「快請廳上坐。」急忙進內更衣。出來接見時,卻是忠順府長府官,一面彼此見了禮,歸坐獻茶。未及敘談,那長府官先就說道:「下官此來,並非擅造潭府;皆因奉命而來,有一件事相求。看王爺面上,敢煩老先生做主。不但王爺知情,且連下官輩亦感謝不盡。」

賈政聽了這話,摸不著頭腦,忙陪笑起身問道:「大人既奉王命而來,不知有何見諭?望大人宣明,學生好遵諭承辦。」那長府官冷笑道:「也不必承辦,只用老先生一句話就完了。我們府裡有一個做小旦的琪官,一向好好在府,如今竟三五日不見回去,各處去找,又摸不著他的道路,因此各處察訪;這一城內,十停人倒有八停人都說:他近日和銜玉的那位令郎相與甚厚。下官輩聽了,尊府不比別家,可以擅來索取,因此啟明王爺。王爺亦說:『若是別的戲子呢,一百個也罷了;只是這琪官,隨機應答,謹慎老成,甚合我老人家的心境,斷斷少不得此人。』故此求老先生轉致令郎,請將琪官放回:一則可慰王爺諄諄奉懇之意,二則下官輩也可免操勞求覓之苦。」說畢,忙打一躬。

賈政聽了這話,又驚又氣,即命喚寶玉出來。寶玉也不知是何原故,忙忙趕來,賈政便問:「該死的奴才!你在家不讀書也罷了,怎麼又做出這些無法無天的事來!那琪官現是忠順王爺駕前承奉的人,你是何等草莽,無故引逗他出來,如今禍及於我!」寶玉聽了,唬了一跳,忙回道:「實在不知此事。究竟『琪官』兩個字,不知為何物,況更加以『引逗』二字!」說著便哭。

賈政未及開口,只見那長府官冷笑道:「公子也不必隱飾:或藏在家,或知其下落,早說出來,我們也少受些辛苦。豈不念公子之德呢?」寶玉連說:「實在不知。恐是訛傳,也未見得。」那長府官冷笑兩聲道:「現有證據,必定當著老大人說出來,公子豈不

吃虧？──既說不知，此人那紅汗巾子怎得到了公子腰裡？」

　　寶玉聽了這話，不覺轟了魂魄，目瞪口呆，心下自思：「這話他如何知道？他既連這樣機密事都知道了，大約別的瞞不過他，不如打發他去了，免得再說出別的事來。」因說道：「大人既知他的底細，如何連他置買房舍這樣大事倒不曉得了？聽得說：他如今在東郊離城二十里有個什麼紫檀堡，他在那裡置了幾畝田地，幾間房舍。想是在那裡，也未可知。」那長府官聽了，笑道：「這樣說，一定是在那裡了！我且去找一回，若有了便罷；若沒有，還要來請教。」說著，便忙忙的告辭走了。

　　賈政此時氣得目瞪口歪，一面送那官員，一面回頭命寶玉：「不許動！回來有話問你！」一直送那官去了。才回身時，忽見賈環帶著幾個小廝一陣亂跑，賈政喝命小廝：「給我快打！」賈環見了他父親，嚇得骨軟筋酥，趕忙低頭站住。賈政便問：「你跑什麼！帶著你的那些人都不管你，不知往哪裡去，由你野馬一般！」喝叫：「跟上學的人呢？」

　　賈環見他父親甚怒，便乘機說道：「方才原不曾跑，只因從那井邊一過，那井裡淹死了一個丫頭，我看腦袋這麼大，身子這麼粗，泡的實在可怕，所以才趕著跑過來了。」賈政聽了，驚疑問道：「好端端，誰去跳井？我家從無這樣事情，自祖宗以來，皆是寬柔待下。──大約我近年於家務疏懶，自然執事人操克奪之權，致使弄出這暴殄輕生的禍來！若外人知道，祖宗的顏面何在！」喝命：「叫賈璉、賴大來！」

　　小廝們答應了一聲，方欲去叫，賈環忙上前，拉住賈政袍襟，貼膝跪下，道：「老爺不用生氣。此事除太太屋裡的人，別人一點也不知道，我聽見我母親說──」說到這句，便回頭四顧一看；賈政知其意，將眼色一丟，小廝們明白，都往兩邊後面退去。賈環便悄悄說道：「我母親告訴我說：『寶玉哥哥，前日在太太屋裡，拉著太太的丫頭金釧兒，強姦不遂，打了一頓，金釧兒便賭氣投井死

了——』」

　　話未說完，把個賈政氣得面如金紙，大叫：「拿寶玉來！」一面說，一面便往書房去，喝命：「今日再有人來勸我，我把這冠帶家私一應就交與他和寶玉過去，我免不得做個罪人，把這幾根煩惱鬢毛剃去，尋個乾淨去處自了，也免得上辱先人、下生逆子之罪！」

　　眾門客僕從見賈政這個形景，便知又是為寶玉了，一個個咬指吐舌，連忙退出。賈政喘吁吁直挺挺的坐在椅子上，滿面淚痕，一疊連聲：「拿寶玉來！拿大棍拿繩來！把門都關上！有人傳信到裡頭去，立刻打死！」眾小廝們只得齊齊答應著，有幾個來找寶玉。

　　那寶玉聽見賈政吩咐他「不許動」，早知凶多吉少；哪裡知道賈環又添了許多的話？正在廳上旋轉，怎得個人往裡頭捎信，偏偏的沒個人來，連焙茗也不知在哪裡。正盼望時，只見一個老媽媽出來，寶玉如得了珍寶，便趕上來拉他，說道：「快進去告訴：老爺要打我呢！快去，快去！要緊，要緊！」寶玉一則急了，說話不明白；二則老婆子偏偏又耳聾，不曾聽見是什麼話，把「要緊」二字，只聽做「跳井」二字，便笑道：「跳井讓他跳去，二爺怕什麼？」寶玉見是個聾子，便著急道：「你出去叫我的小廝來罷！」那婆子道：「有什麼不了的事？老早的完了，太太又賞了銀子，怎麼不了事呢？」

　　寶玉急的手腳正沒抓尋處，只見賈政的小廝走來，逼著他出去了。賈政一見，眼就紅了，也不暇問他在外流蕩優伶，表贈私物，在家荒疏學業，逼淫母婢；只喝命：「堵起嘴來，著實打死！」小廝們不敢違，只得將寶玉按在凳上，舉起大板，打了十來下。寶玉自知不能討饒，只是嗚嗚的哭。賈政還嫌打的輕，一腳踢開掌板的，自己奪過板子來，狠命的又打了十幾下。

　　寶玉生來未經過這樣苦楚，起先覺得打的疼不過，還亂嚷亂哭，後來漸漸氣弱聲嘶，哽咽不出。眾門客見打的不祥了，趕著上來，懇求奪勸。賈政哪裡肯聽？說道：「你們問問他幹的勾當，可

饒不可饒！素日皆是你們這些人把他釀壞了，到這步田地，還來勸解！明日釀到他弒父弒君，你們才不勸不成？」

　　眾人聽這話不好，知道氣急了，忙亂著覓人進去給信。王夫人聽了，不及去回賈母，便忙穿衣出來，也不顧有人沒人，忙忙扶了一丫頭，趕往書房中來。慌得眾門客小廝等避之不及。賈政正要再打，一見王夫人進來，更加火上澆油，那板子越下去的又狠又快。按寶玉的兩個小廝，忙鬆手走開，寶玉早已動彈不得了。

　　賈政還欲打時，早被王夫人抱住板子。賈政道：「罷了，罷了！今日必定要氣死我才罷！」王夫人哭道：「寶玉雖然該打，老爺也要保重。且炎暑天氣，老太太身上又不大好，打死寶玉事小，倘或老太太一時不自在了，豈不事大？」賈政冷笑道：「倒休提這話！我養了這不肖的孽障，我已不孝；平昔教訓他一番，又有眾人護持；不如趁今日結果了他的狗命，以絕將來之患！」說著，便要繩來勒死。王夫人連忙抱住哭道：「老爺雖然應當管教兒子，也要看夫妻分上。我如今已五十歲的人，只有這個孽障，必定苦苦的以他為法，我也不敢深勸。今日越發要弄死他，豈不是有意絕我呢？既要勒死他，索性先勒死我，再勒死他！我們娘兒們不如一同死了，在陰司裡也得個倚靠。」說畢，抱住寶玉，放聲大哭起來。

　　賈政聽了此話，不覺長嘆一聲，向椅上坐了，淚如雨下。王夫人抱著寶玉，只見他面白氣弱，底下穿著一條綠紗小衣，一片皆是血漬。禁不住解下汗巾去，由腿看至臀脛，或青或紫，或整或破，竟無一點好處，不覺失聲大哭起「苦命的兒」來。因哭出「苦命兒」來，又想起賈珠來，便叫著賈珠，哭道：「若有你活著，便死一百個，我也不管了。」

　　此時裡面的人聞得王夫人出來，李紈、鳳姐及迎、探姊妹兩個，也都出來了。王夫人哭著賈珠的名字，別人還可，惟有李紈禁不住也抽抽搭搭的哭起來了。賈政聽了，那淚更似走珠一般滾了下來。正沒開交處，忽聽丫環來說：「老太太來了──」一言未了，

只聽窗外顫巍巍的聲氣說道：「先打死我，再打死他，就乾淨了！」

賈政見母親來了，又急又痛，連忙迎出來。只見賈母扶著丫頭，搖頭喘氣的走來。賈政上前躬身陪笑說道：「大暑熱的天，老太太有什麼吩咐，何必自己走來，只叫兒子進去吩咐便了。」賈母聽了便止步喘息，一面屬聲道：「你原來和我說話！我倒有話吩咐，只是我一生沒養個好兒子，卻叫我和誰說去！」

賈政聽這話不像，忙跪下含淚說道：「兒子管他，也為的是光宗耀祖。老太太這話，兒子如何當的起？」賈母聽說，便啐了一口，說道：「我說了一句話，你就禁不起！你那樣下死手的板子，難道寶玉兒就禁的起了？你說教訓兒子是光宗耀祖，當日你父親怎麼教訓你來著！」說著，也不覺淚往下流。賈政又陪笑道：「老太太也不必傷感，都是兒子一時性急，從此以後，再不打他了。」賈母便冷笑兩聲道：「你也不必和我賭氣，你的兒子，自然你要打就打。想來你也厭煩我們娘兒們，不如我們早離開了你，大家乾淨！」說著，便命人：「去看轎！——我和你太太、寶玉兒立刻回南京去！」家下人只得答應著。

賈母又叫王夫人道：「你也不必哭了，如今寶玉兒年紀小，你疼他；他將來長大，為官作宦的，也未必想著你是他母親了。你如今倒是不疼他，只怕將來還少生一口氣呢！」賈政聽說，忙叩頭說道：「母親如此說，兒子無立足之地了！」賈母冷笑道：「你分明使我無立足之地，你反說起你來！只是我們回去了，你心裡乾淨，看有誰來不許你打！」一面說，一面只命：「快打點行李車輛轎馬回去！」賈政直挺挺跪著，叩頭謝罪。

賈母一面說，一面來看寶玉，只見今日這頓打，不比往日，又是心疼，又是生氣，也抱著哭個不了。王夫人與鳳姐等解勸了一會，方漸漸的止住。

早有丫環媳婦等，上來要攙寶玉，鳳姐便罵：「糊塗東西！也不睜開眼瞧瞧，這個樣兒，怎麼攙著走的？還不快進去把那藤屜子

春凳抬出來呢！」眾人聽了，連忙飛跑進去，果然抬出春凳來，將寶玉放上，隨著賈母王夫人等進去，送至賈母屋裡。

　　彼時賈政見賈母怒氣未消，不敢自便，也跟著進來。看看寶玉果然打重了，再看看王夫人一聲「肉」一聲「兒」的哭道：「你替珠兒早死了，留著珠兒，也免你父親生氣，我也不白操這半世的心了！這會子你倘或有個好歹，撂下我，叫我靠哪一個？」數落一場，又哭「不爭氣的兒」。賈政聽了，也就灰心自己不該下毒手打到如此地步。先勸賈母，賈母含淚說道：「兒子不好，原是要管的，不該打到這個分兒！你不出去，還在這裡做什麼！難道於心不足，還要眼看著他死了才算嗎？」賈政聽說，方諾諾的退出去了。

　　此時薛姨媽、寶釵、香菱、襲人、湘雲等也都在這裡。襲人滿心委屈，只不好十分使出來。見眾人圍著，灌水的灌水，打扇的打扇，自己插不下手去，便索性走出門，到二門前，命小廝們找了焙茗來細問：「方才好端端的，為什麼打起來？你也不早來透個信兒！」焙茗急的說：「偏我沒在跟前，打到半中間，我才聽見了，忙打聽原故，卻是為琪官兒和金釧兒姐姐的事。」襲人道：「老爺怎麼知道了？」焙茗道：「那琪官兒的事，多半是薛大爺素昔吃醋，沒法兒出氣，不知在外頭挑唆了誰來，在老爺跟前下的蛆。那金釧兒姐姐的事，大約是三爺說的。——我也是聽見跟老爺的人說。」

　　襲人聽了這兩件事都對景，心中也就信了八九分，然後回來，聽見眾人都替寶玉療治調停完備。賈母命：「好生抬到他屋裡去。」眾人一聲答應，七手八腳，忙把寶玉送入怡紅院內自己床上臥好，又亂了半日，眾人漸漸的散去了，襲人方才進前來，經心服侍細問。

　　話說襲人見賈母王夫人等去後，便走來寶玉身邊坐下，含淚問他：「怎麼就打到這步田地？」寶玉嘆氣說道：「不過為那些事，問他做什麼！只是下半截疼的很，你瞧瞧，打壞了哪裡？」襲人聽說，便輕輕的伸手進去，將中衣脫下，略動一動，寶玉便咬著牙叫

「噯喲」，襲人連忙停住手：如此三四次，才褪下來了。襲人看時，只見腿上半段青紫，都有四指闊的僵痕高起來。襲人咬著牙說道：「我的娘！怎麼下這般的狠手！——你但凡聽我一句話，也不到這個分兒。幸而沒動筋骨；倘或打出個殘疾來，可叫人怎麼樣呢？」

正說著，只聽丫環們說：「寶姑娘來了。」襲人聽見，知道穿不及中衣，便拿了一床夾紗被，替寶玉蓋了。只見寶釵手裡托著一丸藥走進來，向襲人說道：「晚上把這藥用酒研開，替他敷上，把那淤血的熱毒散開，就好了。」說畢，遞與襲人。又問：「這會子可好些？」寶玉一面道謝，說：「好些了。」又讓坐。

寶釵見他睜開眼說話，不像先時，心中也寬慰了些，便點頭嘆道：「早聽人一句話，也不至有今日！別說老太太、太太心疼，就是我們看著，心裡也——」剛說了半句，又忙咽住，不覺眼圈微紅，雙腮帶赤，低頭不語了。寶玉聽得這話如此親切，大有深意；忽見她又咽住，不往下說，紅了臉，低下頭，含著淚，只管弄衣帶，那一種軟怯嬌羞、輕憐痛惜之情，竟難以言語形容，越覺心中感動，將疼痛早已丟在九霄雲外去了。想道：「我不過捱了幾下打，他們一個個就有這些憐惜之態，令人可親可敬。假若我一時竟別有大故，他們還不知何等悲感呢！既是他們這樣，我便一時死了，得他們如此，一生事業，縱然盡付東流，也無足嘆惜了。」正想著，只聽寶釵問襲人道：「怎麼好好的動了氣，就打起來了？」襲人便把焙茗的話悄悄說了。寶玉原來還不知賈環的話，見襲人說出，方才知道；因又拉上薛蟠，惟恐寶釵沈心，忙又止住襲人道：「薛大哥從來不是這樣，你們別混猜度。」

寶釵聽說，便知寶玉是怕她多心，用話攔襲人。因心中暗暗想道：「打得這個形象，疼還顧不過來，還這樣細心，怕得罪了人。你既這樣用心，何不在外頭大事上做工夫，老爺也歡喜了，也不能吃這樣虧。你雖然怕我沈心，所以攔襲人的話，難道我就不知我哥

哥素日恣心縱慾、毫無防範的那種心性嗎？當日為個秦鐘，還鬧的天翻地覆，自然如今比先又加利害了。」想畢，因笑道：「你們也不必怨這個，怨那個，據我想，到底寶兄弟素日肯和那些人來往，老爺才生氣。就是我哥哥說話不防頭，一時說出寶兄弟來，也不是有心挑唆：一則也是本來的實話；二則他原不理論這些防嫌小事。襲姑娘從小兒只見過寶兄弟這樣細心的人，何曾見過我哥哥那天不怕、地不怕、心裡有什麼、口裡說什麼的人呢？」

襲人因說出薛蟠來，見寶玉攔他的話，早已明白自己說造次了，恐寶釵沒意思；聽寶釵如此說，更覺羞愧無言。寶玉又聽寶釵這一番話，半是堂皇正大，半是體貼自己的私心，更覺比先心動神移。方欲說話時，只見寶釵起身道：「明日再來看你，好生養著罷。方才我拿了藥來，交給襲人，晚上敷上，管就好了。」說著，便走出門去。襲人趕著送出院外，說：「姑娘倒費心了。改日寶二爺好了，親自來謝。」寶釵回頭笑道：「這有什麼的？只勸他好生養著，別胡思亂想，就好了。要想什麼吃的玩的，悄悄的往我那裡只管取去，不必驚動老太太、太太、眾人。倘或吹到老爺耳朵裡，雖然彼時不怎麼樣，將來對景，終是要吃虧的。」說著去了。

襲人抽身回來，心內著實感激寶釵。進來見寶玉沈思默默，似睡非睡的模樣，因而退出房外，自去櫛沐。寶玉默默的躺在床上，無奈臀上作痛，如針挑刀挖一般，更熱如火炙，略輾轉時，禁不住「噯喲」之聲，那時天色將晚，因見襲人去了，卻有兩三個丫環伺候，此時並無呼喚之事，因說道：「你們且去梳洗，等我叫時再來。」眾人聽了。也都退出。

這裡寶玉昏昏沈沈，只見蔣玉函走進來了，訴說忠順府拿他之事；一時又見金釧兒進來，哭說為他投井之情。寶玉半夢半醒，剛要訴說前情，忽又覺有人推他，恍恍惚惚，聽得悲切之聲。寶玉從夢中驚醒，睜眼一看，不是別人，卻是黛玉。——猶恐是夢，忙又將身子欠起來，向臉上細細一認，只見她兩個眼睛腫得桃兒一般，

滿面淚光，不是黛玉，卻是那個？寶玉還欲看時，怎奈下半截疼痛難禁，支持不住，便「噯喲」一聲，仍舊倒下；嘆了口氣，說道：「你又做什麼來了？太陽才落，那地上還是怪熱的，倘或又受了暑，怎麼好呢？我雖然挨了打，卻也不很覺疼痛。這個樣兒是裝出來哄他們，好在外頭布散給老爺聽。其實是假的。你別信真了。」

此時黛玉雖不是嚎啕大哭，然越是這等無聲之泣，氣噎喉堵，更覺利害。聽了寶玉這些話，心中提起萬句言詞，要說時卻不能說得半句。半天，方抽抽噎噎的道：「你可都改了罷！」寶玉聽說，便長嘆一聲道：「你放心。別說這樣話。我便為這些人死了，也是情願的。」

一句話未了，只見院外人說：「二奶奶來了。」黛玉便知是鳳姐來了，連忙立起身，說道：「我從後院子裡去罷，回來再來。」寶玉一把拉住，道：「這又奇了。好好的，怎麼怕起她來了？」黛玉急得跺腳，悄悄的說道：「你瞧瞧我的眼睛！又該他們拿咱們取笑兒了。」寶玉聽說，趕忙的放了手。黛玉三步兩步轉過床後，剛出了後院，鳳姐從前頭已進來了。問寶玉：「可好些了？想什麼吃？叫人往我那裡取去。」接著薛姨媽又來了。一時賈母又打發了人來。

至掌燈時分，寶玉只喝了兩口湯，便昏昏沈沈睡去。接著周瑞媳婦、吳新登媳婦、鄭好時媳婦，這幾個有年紀長來往的，聽見寶玉挨了打，也都進來。襲人忙迎出來，悄悄的笑道：「嬤娘們略來遲了一步，二爺睡著了。」說著，一面陪他們到那邊屋裡坐著，倒茶給他們吃。那幾個媳婦子都悄悄的坐了一回，向襲人說：「等二爺醒了，你替我們說罷。」

襲人答應了，送他們出去。

 注 釋

①本文選自《紅樓夢》第三十三回「手足眈眈小動唇舌，不肖種

種大承笞撻」和第三十四回「情中情因情感妹妹，錯裡錯以錯勸哥哥」。標題是編者加的。曹雪芹（約 1715～1763），名霑，字夢阮，雪芹是他的號，又號芹溪、芹圃。清代偉大小說家。自曾祖起，三代承襲江寧織造。後因父事株連，家道敗落，隨父遷居北京西郊。晚年窮困潦倒。工詩善畫，具有多方面的藝術才能。曾以十餘年時間創作《紅樓夢》，增刪多次，終因貧病而卒，未能完成。今見一百二十回流行本，後四十回由高鶚所續。

提示

「寶玉挨打」是全書中重要的生活場景之一，也是情節發展的高潮之一。本文大致可以分為三個部分：一是寫寶玉挨打的起因，二是寫挨打的經過，三是寫挨打後眾人探望寶玉的情景。

寶玉挨打是封建正統派的賈政和貴族階級的叛逆者賈寶玉之間矛盾衝突激發的表現，同時在這對主要矛盾之下又交織著賈府內外多方面錯綜複雜的矛盾衝突。賈政要寶玉讀書應舉、交結官宦，做一個光宗耀祖、復興家道的忠臣孝子，而賈寶玉不肯就範，竟變成一個使賈政感到絕望的貴族家庭的不肖逆子。金釧兒含冤屈而死，寶玉為她感到深切同情，可這卻是有悖於封建等級觀念，不合貴族公子身分的帶有明顯叛逆色彩的思想表現；賈寶玉結交琪官，表贈私物，卻觸犯了賈府和忠順王府的矛盾；賈環的進讒表現了賈府內部嫡庶之間的矛盾，它是寶玉挨打的導火線。至此，寶玉挨打已成定勢，無可迴避。曹雪芹是將寶玉挨打這一日常生活事件，作為賈府這個貴族之家盛衰興亡命運的一個有機組成部分來描寫的，這就使矛盾衝突顯得極為尖銳激烈，讀來令人有驚心動魄之感。

細節描寫對刻畫人物性格起了奇妙的作用。在賈政整個毒打寶玉的過程中，小說曾三次寫到賈政流淚。三次流淚，一次比一次多，一次比一次哭得傷心，這是賈政在寶玉這個不肖逆子面前感到後繼無人

的一種絕望和悲哀的表現。既憤怒，又悲哀，既威嚴，又脆弱，深刻地揭示了一個處於封建末世卻又竭力維護封建制度，貴族家庭日益衰敗卻又千方百計企圖使它中興的頑固派人物特有的思想和性格。此外，王夫人、薛寶釵、林黛玉等人的性格也在這一事件中得到了很好的表現。在曹雪芹的筆下，王夫人哭兒，又哭賈珠，歸根到底是哭自己。她哭出了封建社會一個貴族之家正統夫人的理想和希望，也哭出了她那既可憐又可悲的地位和命運。寶釵看望寶玉時，托藥進來，吩咐襲人，問病，心疼愛憐的話欲言又止，一言一行顯得那麼矜持、端莊。而對黛玉，不正面地寫她為寶玉挨打如何心疼悲痛，只寫她那兩隻眼睛腫得如桃兒一般，萬般情景，諸種情緒便盡在讀者心中。

受戒①

汪曾祺

明海出家已經四年了。

他是十三歲來的。

這個地方的地名有點怪，叫庵趙莊。趙，是因為莊上大都姓趙。叫作莊，可是人家住得很分散，這裡兩三家，那裡兩三家。一出門，遠遠可以看到，走起來得走一會，因為沒有大路，都是彎彎曲曲的田埂。庵，是因為有一個庵。庵叫菩提庵，可是大家叫訛了，叫成荸薺庵。連庵裡的和尚也這樣叫。「寶剎何處？」——「荸薺庵」。庵本來是住尼姑的。「和尚廟」，「尼姑庵」嘛。可是荸薺庵住的是和尚。也許因為荸薺庵不大，大者為廟，小者為庵。

明海在家叫小明子。他是從小就確定要出家的。他的家鄉不叫「出家」，叫「當和尚」。他的家鄉出和尚。就像有的地方出劁豬的，有的地方出織蓆子的，有的地方出箍桶的，有的地方出彈棉花

的，有的地方出畫匠，有的地方出婊子，他的家鄉出和尚。人家弟兄多，就派一個出去當和尚。當和尚也要通過關係，也有幫。這地方的和尚有的走得很遠。有到杭州靈隱寺的、上海靜安寺的、鎮江金山寺的、揚州天寧寺的。一般的就在本縣的寺廟。明海家田少，老大、老二、老三，就足夠種的了。他是老四。他七歲那年，他當和尚的舅舅回家，他爹、他娘就和舅舅商議，決定叫他當和尚。他當時在旁邊，覺得這實在是在情在理，沒有理由反對。當和尚有很多好處。一是可以吃現成飯，哪個廟裡都是管飯的。二是可以攢錢。只要學會了放瑜伽焰口，拜梁皇懺，可以按例分到辛苦錢。積攢起來，將來還俗娶親也可以；不想還俗，買幾畝田也可以。當和尚也不容易，一要面如朗月，二要聲如鐘磬，三要聰明記性好。他舅舅給他相了相面，叫他前走幾步，後走幾步，又叫他喊了一聲趕牛打場的號子：「格當嘚——」，說是：「明子準能當個好和尚，我包了！」要當和尚，得下點本——念幾年書。哪有不認字的和尚呢！於是明子就開蒙入學，讀了《三字經》、《百家姓》、《四言雜字》、《幼學瓊林》、《上論、下論》、《上孟、下孟》，每天還寫一張仿。村裡都誇他字寫得好，很黑。

舅舅按照約定的日期又回了家，帶了一件他自己穿的和尚領的短衫，叫明子娘改小一點，給明子穿上。明子穿了這件和尚短衫，下身還是在家穿的紫花褲子，赤腳穿了一雙新布鞋，給他爹、他娘磕了一個頭，就隨舅舅走了。

他上學時起了個學名，叫明海。舅舅說，不用改了。於是「明海」就從學名變成了法名。

過了一個湖。好大一個湖！穿過一個縣城。縣城真熱鬧：官鹽店，稅務局，肉舖裡掛著成邊的豬，一個驢子在磨芝麻，滿街都是小磨香油的香味，布店，賣茉莉粉、梳頭油的什麼齋，賣絨花的，賣絲線的，打把式賣膏藥的，吹糖人的，耍蛇的，……他什麼都想看看。舅舅一勁地推他：「快走！快走！」

　　到了一個河邊，有一隻船在等著他們。船上有一個五十來歲的
瘦長瘦長的大伯，船頭蹲著一個跟明子差不多大的女孩子，在剝一
個蓮蓬吃。明子和舅舅坐到艙裡，船就開了。

　　明子聽見有人跟他說話，是那個女孩子。

　　「是你要到荸薺庵當和尚嗎？」

　　明子點點頭。

　　「當和尚要燒戒疤嘔！你不怕？」

　　明子不知道怎麼回答，就含含糊糊地搖了搖頭。

　　「你叫什麼？」

　　「明海。」

　　「在家的時候？」

　　「叫明子。」

　　「明子！我叫小英子！我們是鄰居。我家挨著荸薺庵──給
你！」

　　小英子把吃剩的半個蓮蓬扔給明海，小明子就剝開蓮蓬殼，一
顆一顆吃起來。

　　大伯一槳一槳地划著，只聽見船槳潑水的聲音：

　　「嘩──許！嘩──許！」

　　……

　　荸薺庵的地勢很好，在一片高地上。這一帶就數這片地高，當
初建庵的人很會選地方。門前是一條河。門外是一片很大的打穀
場。三面都是高大的柳樹。山門裡是一個穿堂。迎門供著彌勒佛。
不知是哪一位名士撰寫了一副對聯：

　　　　　　　　大肚能容容天下難容之事
　　　　　　　　開顏一笑笑世間可笑之人

彌勒佛背後，是韋馱。過穿堂，是一個不小的天井，種著兩棵白果樹。天井兩邊各有三間廂房。走過天井，便是大殿，供著三世佛。佛像連龕才四尺來高。大殿東邊是方丈，西邊是庫房。大殿東側，有一個小小的六角門，白門綠字，刻著一副對聯：

> 一花一世界
> 三藐三菩提

進門有一個狹長的天井，幾塊假山石，幾盆花，有三間小房。

　　小和尚的日子清閒得很。一早起來，開山門，掃地。庵裡的地鋪的都是籮底方磚，好掃得很。給彌勒佛、韋馱燒一炷香，正殿的三世佛面前也燒一炷香，磕三個頭，念三聲「南無阿彌陀佛」，敲三聲磬。這庵裡的和尚不興做什麼早課、晚課，明子這三聲磬就全都代替了。然後，挑水，餵豬。然後，等當家和尚，即明子的舅舅起來，教他念經。

　　教念經也跟教書一樣，師父面前一本經，徒弟面前一本經，師父唱一句，徒弟跟著唱一句。是唱哎。舅舅一邊唱，一邊還用手在桌上拍板。一板一眼，拍得很響，就跟教唱戲一樣。是跟教唱戲一樣，完全一樣哎。連用的名詞都一樣。舅舅說，念經：一要板眼準，二要合工尺。說：當一個好和尚，得有條好嗓子。說：民國二十年鬧大水，運河倒了堤，最後在清水潭合龍，因為大水淹死的人很多，放了一臺大焰口，十三大師——十三個正座和尚，各大廟的方丈都來了，下面的和尚上百。誰當這個首座？推來推去，還是石橋——善因寺的方丈！他往上一坐，就跟地藏王菩薩一樣，這就不用說了；那一聲「開香讚」，圍看的上千人立時鴉雀無聲。說：嗓子要練，夏練三伏，冬練三九，要練丹田氣！說：要吃得苦中苦，方為人上人！說：和尚裡也有狀元、榜眼、探花！要用心，不要貪玩！舅舅這一番大法要說得明海和尚實在是五體投地，於是就一板

一眼地跟著舅舅唱起來：

「爐香乍爇——」

「爐香乍爇——」

「法界蒙薰——」

「法界蒙薰——」

「諸佛現金身……」

「諸佛現金身……」

……

　　等明海學完了早經，——他晚上臨睡前還要學一段，叫做晚經——荸薺庵的師父們就都陸續起床了。

　　這庵裡人口簡單，一共六個人。連明海在內，五個和尚。

　　有一個老和尚，六十幾了，是舅舅的師叔，法名普照，但是知道的人很少，因為很少人叫他法名，都稱之為老和尚或老師父，明海叫他師爺爺。這是個很枯寂的人，一天關在房裡，就是那「一花一世界」裡。也看不見他念佛，只是那麼一聲不響地坐著。他是吃齋的，過年時除外。

　　下面就是師兄弟三個，仁字排行：仁山、仁海、仁渡。庵裡庵外，有的稱他們為大師父、二師父；有的稱之為山師父、海師父。只有仁渡，沒有叫他「渡師父」的，因為聽起來不像話，大都直呼之為仁渡。他也只配如此，因為他還年輕，才二十多歲。

　　仁山，即明子的舅舅，是當家的。不叫「方丈」，也不叫「住持」，卻叫「當家的」，是很有道理的，因為他確確實實做的是當家的職務。他屋裡擺的是一張帳桌，桌子上放的是帳簿和算盤。帳簿共有三本，一本是經帳，一本是租帳，一本是債帳。和尚要做法事，做法事要收錢，——要不，當和尚做什麼？常做的法事是放焰口。正規的焰口是十個人。一個正座，一個敲鼓的，兩邊一邊四個。人少了，八個，一邊三個，也湊合了。荸薺庵只有四個和尚，要放整焰口就得和別的廟裡合夥。這樣的時候也有過。通常只是放

半臺焰口。一個正座，一個敲鼓，另外一邊一個。一來找別的廟裡
合夥費事；二來這一帶放得起整焰口的人家也不多。有的時候，誰
家死了人，就只請兩個，甚至一個和尚咕嚕咕嚕念一通經，敲打幾
聲法器就算完事。很多人家的經錢不是當時就給，往往要等秋後才
還。這就得記帳。另外，和尚放焰口的辛苦錢不是一樣的。就像唱
戲一樣，有份子。正座第一份。因為他要領唱，而且還獨唱。當中
有一段「嘆骷髏」，別的和尚都放下法器休息，只有首座一個人有
板有眼地慢聲吟唱。第二份是敲鼓的。你以為這容易呀？哼，單是
一開頭的「發擂」，手上沒功夫就敲不出遲疾頓挫！其餘的，就一
樣了。這也得記上：某月某日、誰家焰口半臺，誰正座，誰敲鼓
……省得到年底結帳時賭咒罵娘。……這庵裡有幾十畝廟產，租給
人種，到時候要收租。庵裡還放債。租、債一向倒很少虧欠，因為
租佃借錢的人怕菩薩不高興。這三本帳就夠仁山忙的了。另外香燭
燈火、油鹽「福食」，這也得隨時記記帳呀。除了帳簿之外，仁山
師父的方丈的牆上還掛著一塊水牌，上漆四個紅字：「勤筆免思。」

　　仁山所說當一個好和尚的三個條件，他自己其實一條也不具
備。他的相貌只要用兩個字就說清楚了：黃，胖。聲音也不像鐘
磬，倒像母豬。聰明麼？難說，打牌老輸。他在庵裡從不穿袈裟，
連海青直裰也免了。經常是披著件短僧衣，袒露著一個黃色的肚
子。下面是光腳趿拉著一雙僧鞋，──新鞋他也是趿拉著。他一天
就是這樣不衫不履地這裡走走，那裡走走，發出母豬一樣的聲音：
「哼──哼──」。

　　二師父仁海。他是有老婆的。他老婆每年夏秋之間來住幾個
月，因為庵裡涼快。庵裡有六個人，其中之一，就是這位和尚的家
眷。仁山、仁渡叫她嫂子，明海叫她師娘。這兩口子都很愛乾淨，
整天的洗涮。傍晚的時候，坐在天井裡乘涼。白天，悶在屋裡不出
來。

　　三師父是個很聰明精幹的人。有時一筆帳大師兄扒了半天算盤

也算不清，他眼珠子轉兩轉，早算得一清二楚。他打牌贏的時候
多，二三十張牌落地，上下家手裡有些什麼牌，他就差不多都知道
了。他打牌時，總有人愛在他後面看歪頭胡。誰家約他打牌，就說
「想送兩個錢給你」。他不但經懺俱通（小廟的和尚能夠拜懺的不
多），而且身懷絕技，會「飛鐃」。七月間有些地方做盂蘭會，在
曠地上放大焰口，幾十個和尚，穿繡花袈裟，飛鐃。飛鐃就是把十
多斤重的大鐃鈸飛起來。到了一定的時候，全部法器皆停，只幾十
副大鐃緊張急促地敲起來。忽然起手，大鐃向半空中飛去，一面
飛，一面旋轉。然後，又落下來，接住。接住不是平平常常地接
住，有各種架勢，「犀牛望月」、「蘇秦背劍」……這哪是念經，
這是耍雜技。也許是地藏王菩薩愛看這個，但真正因此快樂起來的
是人，尤其是婦女和孩子。這是年輕漂亮的和尚出風頭的機會。一
場大焰口過後，也像一個好戲班子過後一樣，會有一個兩個大姑
娘、小媳婦失蹤，——跟和尚跑了。他還會放「花焰口」。有的人
家，親戚中多風流子弟，在不是很哀傷的佛事——如做冥壽時，就
會提出放花焰口。所謂「花焰口」就是在正焰口之後，叫和尚唱小
調，拉絲弦，吹管笛，敲敲板，而且可以點唱。仁渡一個人可以唱
一夜不重頭。仁渡前幾年一直在外面，近二年才常住在庵裡。據說
他有相好的，而且不止一個。他平常可是很規矩，看到姑娘婦媳總
是老老實實的，連一句玩笑話都不說，一句小調山歌都不唱。有一
回，在打穀場上乘涼的時候，一伙人把他圍起來，非叫他唱兩個不
可。他卻情不過，說：「好，唱一個。不唱家鄉的。家鄉的你們都
熟，唱個安徽的。」

姐和小郎打大麥，
一轉子講得聽不得。
聽不得就聽不得，
打完了大麥打小麥。

唱完了，大家還嫌不夠，他就又唱了一個：

姐兒生得漂漂的，
兩個奶子翹翹的。
有心上去摸一把，
心裡有點跳跳的。

……

這個庵裡無所謂清規，連這兩個字也沒人提起。

仁山吃水煙，連出門做法事也帶著他的水煙袋。

他們經常打牌。這是個打牌的好地方。把大殿上吃飯的方桌往門口一搭，斜放著，就是牌桌。桌子一放好，仁山就從他的方丈裡把籌碼拿出來，「嘩啦」一聲倒在桌上。鬥紙牌的時候多，搓麻將的時候少。牌客除了師兄弟三人，常來的是一個收鴨毛的，一個打兔子兼偷雞的，都是正經人。收鴨毛的擔一副竹筐，串鄉串鎮，拉長了沙啞的聲音喊叫：

「鴨毛賣錢！——」

偷雞的有一件家什——銅蜻蜓。看準了一只老母雞，把銅蜻蜓一丟，雞婆子上去就是一口。這一啄，銅蜻蜓的硬簧繃開，雞嘴撐住了，叫不出來了。正在這雞十分納悶的時候，上去一把薅住。

明子曾經跟這位正經人要過銅蜻蜓看看。他拿到小英子家門前試了一試，果然！小英的娘知道了，罵明子：

「要死了！兒子！你怎麼到我家來玩銅蜻蜓了！」

小英子跑過來：

「給我！給我！」

她也試了試，真靈，一個黑母雞一下子就把嘴撐住，傻了眼了！

下雨陰天，這二位就光臨荸薺庵，消磨一天。

有時沒有外客，就把老師叔也拉出來，打牌的結局，大都是當

家和尚氣得鼓鼓的：「×媽媽的！又輸了！下回不來了！」

　　他們吃肉不瞞人。年下也殺豬。殺豬就在大殿上。一切都和在家人一樣，開水、木桶、尖刀。捆豬的時候，豬也是沒命地叫。跟在家人不同的，是多一道儀式，要給即將升天的豬念一道「往生咒」，並且總是老師叔念，神情很莊重：

　　「……一切胎生、卵生、息生，來從虛空來，還歸虛空去。往生再世，皆當歡喜。南無阿彌陀佛！」

　　三師父仁渡一刀子下去，鮮紅的豬血就帶著很多沫子噴出來。……

　　明子老往小英子家裡跑。

　　小英子的家像一個小島，三面都是河，西面有一條小路通到荸薺庵。獨門獨戶，島上只有這一家。島上有六棵大桑樹，夏天都結大桑椹，三棵結白的，三棵結紫的；一個菜園子，瓜豆蔬菜，四時不缺。院牆下半截是磚砌的，上半截是泥夯的。大門是桐油油過的，貼著一副萬年紅的春聯：

　　　　向陽門第春常在
　　　　積善人家慶有餘

　　門裡是一個很寬的院子。院子裡一邊是牛屋、碓棚；一邊是豬圈、雞窠，還有個關鴨子的柵欄。露天地放著一具石磨。正北面是住房，也是磚基土築，上面蓋的一半是瓦，一半是草。房子翻修了才三年，木料還露著白茬。正中是堂屋，家神菩薩的畫像上貼的金還沒有發黑。兩邊是臥房。隔扇窗上各嵌了一塊一尺見方的玻璃，明亮亮的，——這在鄉下是不多見的。房簷下一邊種著一棵石榴樹，一邊種著一棵梔子花，都齊房簷高了。夏天開了花，一紅一白，好看得很。梔子花香得衝鼻子。順風的時候，在荸薺庵都聞得

見。

　　這家人口不多。他家當然是姓趙。一共四口人：趙大伯、趙大媽，兩個女兒，大英子、小英子。老兩口沒有兒子。因為這些年人不得病，牛不生災，也沒有大旱大水鬧蝗蟲，日子過得很興旺。他們家自己有田，本來夠吃的了。又租種了庵上的十畝田。

　　自己的田裡，一畝種了荸薺，——這一半是小英子的主意，她愛吃荸薺，一畝種了茨菇。家裡餵了一大群雞鴨，單是雞蛋鴨毛就夠一年的油鹽了。趙大伯是個能幹人。他是一個「全把式」，不但田裡場上樣樣精通，還會罩魚、洗磨、鑿礱、修水車、修船、砌牆、燒磚、箍桶、劈篾、絞麻繩。也不咳嗽，不腰痛，結結實實，像一棵榆樹。人很和氣，一天不聲不響。趙大伯是一棵搖錢樹，趙大娘就是個聚寶盆。大娘精神得出奇。五十歲了，兩個眼睛還是清亮亮的。不論什麼時候，頭都是梳得滑滴滴的，身上衣服都是格掙掙的。像老頭子一樣，她一天不閒著。煮豬食，餵豬，醃鹹菜，——她醃的醃蘿蔔乾非常好吃，舂粉子，磨小豆腐，編蓑衣，織蘆筐。她還會剪花樣子。這裡嫁閨女，陪嫁妝，磁罈子、錫罐子，都要用梅紅紙剪出吉祥花樣，貼在上面，討個吉利，也才好看：「丹鳳朝陽」呀、「白頭到老」呀、「子孫萬代」呀、「福壽綿長」呀。二三十里的人家都來請她：「大娘，好日子是十六，你哪天去呀？」——「十五，我一大清早就來！」

　　「一定呀！」——「一定！一定！」

　　兩個女兒，長得跟她娘像一個模子裡印出來的。眼睛長得尤其像，白眼珠鴨蛋青，黑眼珠棋子黑，定神時如清水，閃動時像星星。渾身上下，頭是頭‧腳是腳。頭髮滑滴滴的，衣服格掙掙的。——這裡的風俗，十五六歲的姑娘就都梳上頭了。這兩個丫頭，這一頭的好頭髮！通紅的髮根，雪白的簪子！娘女三個去趕集，一集的人都朝她們望。

　　姐妹倆長得很像，性格不同。大姑娘很文靜，話很少，像父

親。小英子比她娘還會說，一天咭咭呱呱地不停。大姐說：

「你一天到晚咭咭呱呱——」

「像個喜鵲！」

「你自己說的！——吵得人心亂！」

「心亂？」

「心亂！」

「你心亂怪我呀！」

二姑娘話裡有話。大英子已經有了人家。小人她偷偷地看過，人很敦厚，也不難看，家道也殷實，她滿意。已經下過小定，日子還沒有定下來。她這二年，很少出房門，整天趕她的嫁妝。大裁大剪，她都會。挑花繡花，不如娘。她可又嫌娘出的樣子太老了。她到城裡看過新娘子，說人家現在繡的都是活花活草。這可把娘難住了。最後是喜鵲忽然一拍屁股：「我給你保舉一個人！」

這人是誰？是明子。明子念「上孟下孟」的時候，不知怎麼得了半套《芥子園》，他喜歡得很。到了荸薺庵，他還常翻出來看，有時還把舊帳簿子翻過來，照著描。小英子說：「他會畫！畫得跟活的一樣！」

小英子把明海請到家裡來，給他磨黑鋪紙，小和尚畫了幾張，大英喜歡得了不得：

「就是這樣！就是這樣！這就可以亂屁！」——所謂「亂屁」？是繡花的一種針法：繡了第一層，第二層的針腳插進第一層的針縫，這樣顏色就可由深到淡，不露痕跡，不像娘那一代繡的花是平針，深淺之間，界限分明，一道一道的。小英子就像個書僮，又像個參謀：

「畫一朵石榴花！」

「畫一朵梔子花！」

她把花掐來，明海就照著畫。

到後來，鳳仙花、石竹子、水蓼、淡竹葉、天竺果子、臘梅

花，他都能畫。

大娘看著也喜歡，摟住明海的和尚頭：

「你真聰明！你給我當一個乾兒子吧！」

小英子捺住他的肩膀，說：

「快叫！快叫！」

小明子跪在地下磕了一個頭，從此就叫小英子的娘做乾娘。

大英子繡的三雙鞋，三十里圓都傳遍了。很多姑娘都走路坐船來看。看完了，就說：「嘖嘖嘖，真好看！這哪是繡的，這是一朵鮮花！」她們就拿了紙來央大娘求了小和尚來畫。有求畫帳簷的，有求畫門簾飄帶的，有求畫鞋頭花的。每回明子來畫花，小英子就給他做點好吃的，煮兩個雞蛋，蒸一碗芋頭，煎幾個藕團子。

因為照顧姐姐趕嫁妝，田裡的零碎生活小英子就全包了。她的幫手，是明子。

這地方的忙活是栽秧、車高田水、薅頭遍草，再就是割稻子、打場了。這幾茬重活，自己一家是忙不過來的。這地方興換工。排好了日期，幾家顧一家，輪流轉。不收工錢，但是吃好的。一天吃六頓，兩頭見肉，頓頓有酒。幹活時，敲著鑼鼓，唱著歌，熱鬧得很。其餘的時候，各顧各，不顯得緊張。

薅三遍草的時候，秧已經很高了，低下頭看不見人。一聽見非常脆亮的嗓子在一片濃綠裡唱：

　　　　梔子哎花哎六瓣頭哎……
　　　　姐家哎門前哎一道橋哎……

明海就知道小英子在哪裡，三步兩步就趕到，趕到就低頭薅起草來。傍晚牽牛「打汪」，是明子的事。——水牛怕蚊子。這裡的習慣，牛卸了軛，飲了水，就牽到一口和好泥水的「汪」裡，由牠自己打滾撲騰，弄得全身都是泥漿，這樣蚊子就咬不透了。高田上

水，只要一掛十四軋的水車。兩個人車半天就夠了。明子和小英子就伏在車杠上，不緊不慢地踩著車軸上的拐子，輕輕地唱著明海向三師父學來的各處山歌。打場的時候，明子能替趙大伯一會，讓他回家吃飯。——趙家自己沒有場，每年都在荸薺庵外面的場上打穀子。他一揚鞭子，喊起了打場號子：

「格當嘚——」

這打場號子有音無字，可是九轉十三彎，比什麼山歌號子都好聽。趙大娘在家，聽見明子的號子，就側起耳朵：

「這孩子這條嗓子！」

連大英子也停下針線：

「真好聽！」

小英子非常驕傲地說：

「一十三省數第一！」

晚上，他們一起看場。——荸薺庵收來的租稻也曬在場上。他們並肩坐在一個石碾子上，聽青蛙打鼓，聽寒蛇唱歌，——這個地方以為螻蛄叫是蚯蚓叫，而且叫蚯蚓叫「寒蛇」，聽紡紗婆子不停地紡紗，「唦——」，看螢火蟲飛來飛去，看天上的流星。

「呀！我忘了在褲帶上打一個結！」小英子說。

這裡的人相信，在流星掉下來的時候在褲帶上打一個結，心裡想什麼好事，就能如願。

……

「捵」荸薺，這是小英最愛做的活。秋天過去了，她淨場光，荸薺的葉子枯了，——荸薺的筆直的小蔥一樣的圓葉子裡是一格一格的，用手一捵，嘩嘩地響，小英子最愛捵著玩——荸薺藏在爛泥裡。赤了腳，在涼浸浸滑溜溜的泥裡踩著，——哎，一個硬疙瘩！伸手下去，一個紅紫紅紫的荸薺。她自己愛做這活，還拉了明子一起去。她老是故意用自己的光腳去踩明子的腳。

　　她挎著一籃子荸薺回去了，在柔軟的田埂上留了一串腳印。明海看著她的腳印，傻了。五個小小的趾頭，腳掌平平的，腳跟細細的，腳弓部分缺了一塊。明海身上有一種從來沒有過的感覺，他覺得心裡癢癢的。這一串美麗的腳印把小和尚的心搞亂了。

　　……

　　明子常搭趙家的船進城，給庵裡買香燭，買油鹽。閒時是趙大伯划船；忙時是小英子去，划船的是明子。

　　從庵趙莊到縣城，當中要經過一片很大的蘆花蕩子。蘆葦長得密密的，當中一條水路，四邊不見人。划到這裡，明子總是無端端地覺得心裡很緊張，他就使勁地划槳。

　　小英子喊起來：

　　「明子！明子！你怎麼啦？你發瘋啦？為什麼划得這麼快？」

　　……

　　明海到善因寺去受戒。

　　「你真的要去燒戒疤呀？」

　　「真的。」

　　「好好的頭皮上燒十二個洞，那不疼死啦？」

　　「咬咬牙。舅舅說這是當和尚的一大關，總要過的。」

　　「不受戒不行嗎？」

　　「不受戒的是野和尚。」

　　「受了戒有啥好處？」

　　「受了戒就可以到處雲遊，逢寺掛褡。」

　　「什麼叫『掛褡』？」

　　「就是在廟裡住，有齋就吃。」

　　「不把錢？」

　　「不把錢。有法事，還得先盡外來的師父。」

「怪不得都說，『遠來的和尚會念經』。就憑頭上這幾個戒疤？」

「還要有一份戒牒。」

「鬧半天，受戒就是領一張和尚的合格文憑呀！」

「就是！」

「我划船送你去。」

「好。」

小英子早早就把船划到荸薺庵門前。不知是什麼道理，她興奮得很。她充滿了好奇心，想去看看善因寺這座大廟，看看受戒是個啥樣子。

善因寺是全縣第一大廟，在東門外，面臨一條水很深的護城河，三面都是大樹，寺在樹林子裡，遠處只能隱隱約約看到一點金碧輝煌的屋頂，不知道有多大。樹上到處掛著「謹防惡犬」的牌子。這寺裡的狗出名的厲害。平常不大有人進去。放戒期間，任人遊看，惡狗都鎖起來了。

好大一座廟！廟門的門坎比小英子的胳膝都高。迎門矗著兩塊大牌，一邊一塊，一塊寫斗大兩個大字：「放戒」，一塊是：「禁止喧嘩」。這廟裡果然是氣象莊嚴，到了這裡誰也不敢大聲咳嗽。明海自去報名辦事，小英子就到處看看。好傢伙，這哼哈二將、四大天王，有三丈多高，都是簇新的，才裝修不久。天井有二畝地大，鋪著青石，種著蒼松翠柏。「大雄寶殿」，這才真是個「大殿」！一進去，涼颼颼的。到處都是金光耀眼。釋迦牟尼佛坐在一個蓮花座上。單是蓮座，就比小英子還高。抬起頭來也看不全他的臉，只看到一個微微閉著的嘴唇和胖敦敦的下巴。兩邊的兩根大紅蠟燭，一摟多粗。佛像前的大供桌上供著鮮花、絨花、絹花，還有珊瑚樹、玉如意、整棵的大象牙。香爐裡燒著檀香。小英子出了廟，聞著自己的衣服都是香的，掛了好些幡。這些幡不知是什麼緞子的，那麼厚重，繡的花真細。這麼大一口磬，裡頭能裝五擔水！

這麼大一個木魚，有一頭牛大，漆得通紅的。她又去轉了轉羅漢堂，爬到千佛樓上看了看。真有一千個小佛！她還跟著一些人去看了看藏經樓。藏經樓沒有什麼看頭，都是經書！媽吔！逛了這麼一圈，腿都酸了。小英子想起還要給家裡打油，替姐姐配絲線，給娘買鞋面布，給自己買兩個墜圍裙飄帶的銀蝴蝶，給爹買旱煙，就出廟了。

等把事情辦齊，晌午了。她又到廟裡看了看，和尚正在吃粥。好大一個「膳堂」，坐得下八百個和尚。吃粥也有這樣多講究：正面法座上擺著兩個錫膽瓶，裡面插著紅絨花，後面盤膝坐著一個穿了大紅滿金繡袈裟的和尚，手裡拿了戒尺。這戒尺是要打人的。哪個和尚吃粥吃出了聲音，他下來就是一戒尺。不過他並不真的打人，只是做個樣子。真稀奇，那麼多的和尚吃粥，竟然不出一點聲音！她看見明子也坐在裡面，想跟他打個招呼又不好打。想了想，管他禁止不禁止喧嘩，就大聲喊了一句：「我走啦！」她看見明子目不斜視地微微點了點頭，就不管很多人都朝自己看，大搖大擺地走了。

第四天一大清早小英子就去看明子。她知道明子受戒是第三天半夜，──燒戒疤是不許人看的。她知道要請老剃頭師傅剃頭，要剃得橫摸順摸都摸不出頭茬子，要不然一燒，就會「走」了戒，燒成了一片。她知道是用棗泥子先點在頭皮上，然後用香頭子點著。她知道燒了戒疤就喝一碗蘑菇湯，讓它「發」，還不能躺下，要不停地走動，叫做「散戒」。這些都是明子告訴她的。明子是聽舅舅說的。

她一看，和尚真在那裡「散戒」，在城牆根底下的荒地裡。一個一個，穿了新海青，光光的頭皮上都有十二個黑點子。──這黑疤掉了，才會露出白白的、圓圓的「戒疤」。和尚都笑嘻嘻的，好像很高興。她一眼就看見了明子。隔著一條護城河，就喊他：

「明子！」

「小英子！」

「你受了戒啦？」

「受了。」

「疼嗎？」

「疼。」

「現在還疼嗎？」

「現在疼過去了」

「你哪天回去？」

「後天。」

「上午？下午？」

「下午。」

「我來接你！」

「好」

……

小英子把明海接上船。

小英子這天穿了一件細白夏布上衣，下邊黑洋紗的褲子，赤腳穿了一雙龍鬚草的細草鞋，頭上一邊插著一朵梔子花，一邊插著一朵石榴花。她看見明子穿了新海青，裡面露出短褂子的白領子，就說：「把你那外面的一件脫了，你不熱呀？」

他們一人一槳把。小英子在中艙，明子扳艄，在船尾。

她一路問了明子很多話，好像一年沒有看見了。

她問，燒戒疤的時候，有人哭嗎？喊嗎？

明子說，沒有人哭，只是不住地念佛。有個山東和尚罵人：

「俺日你奶奶！俺不燒了！」

她問善因寺的方丈石橋是相貌和聲音都很出眾嗎？

「是的。」

「說他的方丈比小姐的繡房還講究？」

「講究。什麼東西都是繡花的。」

「他屋裡很香？」

「很香。他燒的是伽楠香，貴得很。」

「聽說他會詩，會畫畫，會寫字？」

「會。廟裡走廊兩頭的磚額上，都刻著他寫的大字。」

「他是有個小老婆嗎？」

「有一個。」

「才十九歲。」

「聽說。」

「好看嗎？」

「都說好看。」

「你沒看見？」

「我怎麼看見？我關在廟裡。」

明子告訴她，善因寺一個老和尚告訴他，寺裡有意選他當沙彌尾，不過還沒有定，要等主事的和尚商議。

「什麼叫『沙彌尾？』」

「放一堂戒，要選出一個沙彌頭，一個沙彌尾。沙彌頭要老成，要會念很多經。沙彌尾要年輕，聰明，相貌好。」

「當了沙彌尾跟別的和尚有什麼不同？」

「沙彌頭，沙彌尾，將來都能當方丈。現在的方丈退居了，就當。石橋原來就是沙彌尾。」

「你當沙彌尾嗎？」

「還不一定哪。」

「你當方丈，管善因寺？管這麼大一個廟？」

「還早吶！」

划了一氣，小英子說：「你不要當方丈！」

「好，不當。」

「你也不要當沙彌尾！」

「好，不當。」

又划了一氣，看見那一片蘆花子了。

小英子忽然把槳放下，走到船尾，趴在明子的耳朵旁邊，小聲地說：

「我給你當老婆，你要不要？」

明子眼睛鼓得大大的。

「你說話呀！」

明子說：「嗯。」

「什麼叫『嗯』呀！要不要，要不要？」

明子大聲地說：「要！」

「你喊什麼！」

明子小小聲說：「要——」

「快點划！」

英子跳到中艙，兩支槳飛快地划起來，划進了蘆花蕩。

蘆花才吐新穗。紫灰色的蘆穗，發著銀光，軟軟的，滑溜溜的，像一串絲線。有的地方結了蒲棒，通紅的，像一枝枝小蠟燭。青浮萍，紫浮萍。長腳蚊子，水蜘蛛。野菱角開著四瓣的小白花。驚起一隻青椿（一種水鳥），擦著蘆穗，撲魯魯魯飛遠了。

1980 年 8 月 12 日，寫四十三年前的一個夢

①汪曾祺（1920～1999），中國現當代著名文學家，有《邂逅集》、《羊舍小文》、《晚飯花集》、《蒲橋集》等短篇小說和散文小品，尤以短篇小說享譽文壇。其小說在現代人文精神和藝術品格上對當代文學都具有典範意義。〈受戒〉、〈大淖記事〉為其代表作。

提示

　　小說敘述的是小和尚明海與天真的農家少女小英子之間純樸直率的愛情故事。在荸薺庵裡既沒有神秘幽玄的氣氛，也無矯揉虛偽的清規戒律，在這特定的文化氛圍中，作者捕捉了少男少女之間隱密、微妙的感情，向讀者展示了一片自由靈性的天地。小英子和明海的情感純淨如水，在磨墨繪畫、栽秧薅草、割稻打場，「看螢火蟲飛來飛去，看天上的流星」中彼此產生了純真的依戀。特定的氛圍和人物形象生生相息，和諧統一，這是小說的第一大特點。小說的第二個特點是具有生動傳神的細節描寫。小英子如水一般清麗明淨，當她媽要明海當乾兒子時，她禁不住捉住他的肩膀說：「快叫！快叫！」當明海喊起打場號子時，她非常驕傲地說：「一十三省數第一！」寥寥數筆把少女的天真純情描繪得栩栩如生。尤其是小英子挖荸薺和明海看小英子腳印的細節描繪堪稱絕唱。小英子「老是故意用自己的光腳去踩明子的腳」何等的率直與大膽。明海傻乎乎地看著小英子留在田埂上的腳印，頓時，「身上有一種從來沒有過的感覺，他覺得心裡癢癢的。這一串美麗的腳印把小和尚的心搞亂了。」這又何嘗不是鍾情少年的心靈之語。其三是濃淡相宜而富於生活本色的風俗畫。小說中荸薺庵的佛門生活、田園風情、湖光水波無不切合主角自然率直的生命情態，使風俗畫不再僅僅是人物生存的一種背景，更重要的是人物情感、性格的詩意呈現。其四是富於暗示力的空白藝術。作家從中國傳統詩畫中汲取了營養，既體現出小說禪宗的文化氛圍，也給予讀者巨大的再創造空間。小說結尾處恰如撞鐘，「清音有餘。」當小英子向明海表明心跡後，兩人飛快地把船划進蘆葦蕩，作者這樣描繪：「紫灰色的蘆穗，發著銀光，軟軟的，滑溜溜的，像一串紅線……」這是靈肉相融無間的絕妙圖景，作家表現得簡潔而富於暗示力，讓讀者在想像中體會到人生的美麗與純樸。

名作賞讀

透明的紅蘿蔔（節選）①
莫言

　　夜裡，莫名其妙地下了一場雷陣雨。清晨上工時，人們看到工地上的石頭子兒被洗得乾乾淨淨，沙地被拍打得平平整整。閘下水槽裡的水增了兩拃，水面藍汪汪地映出天上殘餘的烏雲。天氣彷彿一下子冷了，秋風從橋洞裡穿過來，和著海洋一樣的黃麻地裡的綷縩之聲，使人感到從心裡往外冷。老鐵匠穿上了他那件亮甲似的棉襖，棉襖的扣子全掉光了，只好把兩扇襟兒交錯著掩起來，攔腰捆上一根紅色膠皮電線。黑孩還是只穿一條大褲頭子，光背赤足，但也看不出他有半點瑟縮。他原來扎腰的那根布條兒不知是扔了還是藏了，他腰裡現在也扎著一節紅膠皮電線。他的頭髮這幾天像發瘋一樣地長，已經有二寸長，頭髮根根豎起，像刺蝟的硬毛。民工們看著他赤腳踩著石頭上積存的雨水走過工地，臉上都表現出憐憫加敬佩的表情來。

　　「冷不冷？」老鐵匠低聲問。

　　黑孩惶惑地望著老鐵匠，好像根本不理解他問話的意思。「問你哩！冷嗎？」老鐵匠提高了聲音。惶惑的神色從他眼裡消失了，他垂下頭，開始生火。他左手輕拉風箱，右手持煤鏟，眼睛望著燃燒的麥秸草。老鐵匠從草鋪上拿起一件油膩膩的褂子給黑孩披上。黑孩扭動著身體，顯出非常難受的樣子。老鐵匠一離開，他就把褂子脫下來，放回到鋪上去。老鐵匠搖搖頭，蹲下去抽煙。

　　「黑孩，怪不得你死活不離開鐵匠爐，原來是圖著烤火暖和哩，媽的，人小心眼兒不少。」小鐵匠打了一個百無聊賴的呵欠，說。

　　工地上響起哨子聲，劉副主任說，全體集合。民工們集合到閘前向陽的地方，男人抱著膀子，女人納著鞋底子。黑孩偷覷著第七個橋墩上的石縫，心裡忐忑不安。劉副主任說，天就要冷，因此必須加班趕，爭取結冰前澆完混凝土底槽。從今天起每晚七點到十點為加班時間，每人發給半斤糧，兩毛錢。誰也沒提什麼意見。二百多張臉上各有表情。黑孩看到小石匠的白臉發紅發紫，姑娘的紅臉發灰發白。

　　當天晚上，滯洪閘工地上點亮了三盞氣燈。氣燈發著白熾刺眼的光，一盞照耀石匠們的工場，一盞照著婦女們砸石子兒的地方。婦女們多數有孩子和家務，半斤糧食兩毛錢只好不掙。燈下只圍著十幾個姑娘。她們都離村較遠，大著膽子擠在一個橋洞裡睡覺，橋洞兩頭都堵上了閘板，只在正面留了個洞，鑽進鑽出。菊兒姑娘有時鑽橋洞，有時去村裡睡（村裡有她一個姨表姐，丈夫在縣城當臨時工，有時晚上不回家睡，表姐就約她去作伴）。第三盞氣燈放在鐵匠爐的橋洞裡，照著老年青年和少年。石匠工場上錘聲叮噹，鋼鑽子啃著石頭，不時迸出紅色的火星。石匠們幹得還算賣勁，小石匠脫掉夾克衫，大紅運動衣像火炬一樣燃燒著。姑娘們圍燈坐著，產生許多美妙聯想。有時嘎嘎大笑，有時竊竊私語，砸石子的聲音零零落落。在她們發出的各種聲音的間隙裡，充填著河上的流水聲。菊兒放下錘子，悄悄站起來，向河邊走去。燈光把她的影子長長地投在沙地上。「當心被光棍子把你捉去。」一個姑娘在菊兒身後說。菊兒很快走出燈光的圈子。這時她看到的燈光像幾個白亮亮的小刺球，球刺兒伸到她面前停住了，刺尖兒是紅的、軟的。後來她又迎著燈光走上去。她忽然想去看看黑孩在做什麼，便躲避著燈光，閃到第一個橋墩的暗影裡。

　　她看到黑孩兒像個小精靈一樣活動著，雪亮的燈光照著他赤裸的身體，像塗了一層釉彩。彷彿這皮膚是刷著銅色的陶瓷橡皮，既有彈性又有韌性，撕不爛也扎不透。黑孩似乎胖了一點點，肋條和

皮膚之間疏遠了一些。也難怪麼，每天中午她都從伙房裡給他捎來好吃的。黑孩很少回家吃飯，只是晚上回家睡覺，有時候可能連家也不回——姑娘有天早晨發現他從橋洞裡鑽出來，頭髮上頂著麥秸草。黑孩雙手拉著風箱，動作輕柔舒展，好像不是他拉著風箱而是風箱拉著他。他的身體前傾後仰，腦袋像在舒緩的河水中漂動著的西瓜，兩隻黑眼睛裡有兩個亮點上下起伏著，如螢火蟲優雅地飛動。

　　小鐵匠在鐵鑽子旁邊以他一貫的姿勢立著，雙手拄著錘柄，頭歪著，眼睛瞪著，像一隻深思熟慮的小公雞。

　　老鐵匠從爐子裡把一支燒熟的大鋼鑽夾了出來，黑孩把另一支壞鑽子捅到大鋼鑽騰出的位置上。燒透的鋼鑽白裡透著綠。老鐵匠把大鋼鑽放到鐵砧上，用小叫錘敲鑽子邊，小鐵匠懶洋洋地抄起大錘，像掄麻稈一樣掄起來，大錘輕飄飄地落在鋼鑽子上，鋼花立刻光彩奪目地向四面八方飛濺。鋼花碰到石壁上，破碎成更多的小鋼花落地，鋼花碰到黑孩微微凸起的肚皮，軟綿綿的彈回去，在空中畫出一個個漂亮的半圓弧，墜落下去。鋼花與黑孩肚皮相撞以及反彈後在空中飛行時，空氣摩擦發熱發聲。打過第一錘，小鐵匠如同夢中猛醒一般繃緊骨肉，他的動作越來越快，姑娘看到石壁上一個怪影在跳躍，耳邊響徹「咣、咣、咣、咣」的鋼鐵聲。小鐵匠塑鐵成形的技巧已經十分高超，老鐵匠右手的小叫錘只剩下乾敲砧子邊的份兒。至於該打鋼鑽的什麼地方，小鐵匠是一目了然。老鐵匠翻動鋼鑽，眼睛和意念剛剛到了鋼鑽的某個需要鍛打的部位，小鐵匠的重錘就敲上去了，甚至比他想的還要快。

　　姑娘目瞪口呆地欣賞著小鐵匠的好手段，同時也忘不了看著黑孩和老鐵匠。打得最精采的時候，是黑孩最麻木的時候（他連眼睛都閉上了，呼吸和風箱同步），也是老鐵匠最悲哀的時候，彷彿小鐵匠不是打鋼鑽而是打他的尊嚴。

　　鋼鑽鍛打成形，老鐵匠背過身去淬火，他意味深長地看了小鐵匠一眼，兩個嘴角輕蔑地往下撇了撇。小鐵匠直勾勾地看著師傅的

動作。姑娘看到老鐵匠伸出手試試桶裡的水，把鑽子舉起來看了看，然後身體彎著像對蝦，眼瞅著桶裡的水，把鑽子尖兒輕輕地、試試探探地觸及水面，桶裡水「嗞嗞」地響著，一股很細的蒸氣竄上來，籠罩住老鐵匠的紅鼻子。一會兒，老鐵匠把鋼鑽提起來舉到眼前，像穿針引線一樣瞄著鑽子尖，好像那上邊有美妙的畫圖，老頭臉上神采飛揚，每條皺紋裡都溢出欣悅。他好像得出一個滿意答案似地點點頭，把鑽子全淹到水裡，蒸氣轟然上升，橋洞裡形成一個小小的蘑菇煙雲。氣燈光變得紅殷殷的，一切全都朦朧晃動。霧氣散盡，橋洞裡恢復平靜，依然是黑孩夢幻般拉風箱，依然是小鐵匠公雞般冥思苦想，依然是老鐵匠如棗者臉如漆者眼如屎克螂者臂上疤痕。

老鐵匠又提出一支燒熟的鋼鑽，下面是重複剛才的一切，一直到老鐵匠要淬火時，情況才發生了一些變化。老鐵匠伸手試水溫。加涼水。滿意神色。正當老鐵匠要為手中的鑽子淬火時，小鐵匠聳身一跳到了桶邊，非常迅速地把右手伸進了水桶。老鐵匠連想都沒想，就把鋼鑽戳到小伙子的右小臂上。一股燒焦皮肉的腥臭味兒從橋洞裡飛出來，鑽進姑娘的鼻孔。

小鐵匠「嗷」地號叫一聲，他直起腰，對著老鐵匠惡狠狠地笑著，大聲喊：「師傅，三年啦！」

老鐵匠把鋼鑽扔在桶裡，桶裡翻滾著熱浪頭，蒸氣又一次彌漫橋洞。姑娘看不清他們的臉子，只聽到老鐵匠在霧中說：「記住吧！」

沒等煙霧散盡她就跑了，她使勁捂住嘴，有一股苦澀的味兒在她胃裡翻騰著。坐在石堆前，旁邊一個姑娘調皮地問她：「菊兒，這一大會兒才回去，是跟著大青年鑽黃麻地了吧？」她沒有回答，聽憑著那個姑娘奚落。她用兩個手指捏著喉嚨，極力不讓自己發出聲音。

收工的哨聲響了。三個鐘頭裡姑娘恍惚在夢幻中。「想漢子了

嗎？菊兒？」「走吧，菊兒。」她們招呼著她。她坐著不動，看著燈光下幢幢的人影。

「菊子，」小石匠板板整整地站在她身後說：「你表姐讓我捎信給你，讓你今夜去作伴，咱們一道走嗎？」

「走嗎？你問誰呢？」

「你怎麼啦？是不是凍病啦？」

「你說誰凍病啦？」

「說你哩！」

「別說我。」

「走嗎？」

「走。」

石橋下水聲響亮‧她站住了。小石匠離她只有一步遠。她回過頭去，看到滯洪閘西邊第一個橋洞還是燈火通明，其他兩盞氣燈已經熄滅。她朝滯洪閘工地走去。

「找黑孩嗎？」

「看看他。」

「我們一塊去吧，這小混蛋，別迷迷糊糊掉下橋。」

菊子感覺到小石匠離自己很近了，似乎能聽到他「砰砰」的心跳聲。走著，走著。她的頭一傾斜，立刻就碰到小石匠結實的肩膀，她又把身子往後一仰，一隻粗壯的胳膊便把她攬住了。小石匠把自己一隻大手捂在姑娘窩窩頭一樣的乳房上，輕輕地按摩著，她的心在乳房下像鴿子一樣亂撲棱。腳不停地朝著閘下走，走進亮圈前，她把他的手從自己胸前移開。他通情達理地鬆開了她。

「黑孩！」她叫。

「黑孩！」他也叫。

小鐵匠用隻眼看著她和他，腮幫子抽動一下。老鐵匠坐在自己的草舖上，雙手端著煙袋，像端著一杆盒子炮。他打量了一下深紅色的菊子和淡黃色的小石匠，疲憊而寬厚地說：「坐下等吧，他一

會兒就來。」

……黑孩提著一只空水桶，沿著河堤往上爬。收工後，小鐵匠伸著懶腰說：「餓死啦。黑孩，提上桶，去北邊扒點地瓜，拔幾個蘿蔔來，我們開夜餐。」

黑孩睡眼迷濛地看看老鐵匠。老鐵匠坐在草舖上，像隻羽毛凌亂的敗陣公雞。

「瞅什麼？狗小子，老子讓你去儘管去。」小鐵匠腰挺得筆直，脖子一伸一伸地說。他用眼掃了一下癱坐在舖上的師傅。胳膊上的燙傷很痛，但手上愉快的感覺完全壓倒了臂上的傷痛，那個溫度可是絕對的舒適絕對的妙。

黑孩拎起一只空水桶，踢踢踏踏往外走。走出橋洞，彷彿「忽通」一聲掉下了井，四周黑得使他的眼睛裡不時迸出閃電一樣的虛光，他膽怯地蹲下去，閉了一會眼睛。當他睜開眼睛時，天色變淡了，天空中的星光暖暖地照著他，也照著瓦灰色的大地……

河堤上的紫穗槐枝條交叉伸展著，他用一隻手分撥著枝條，仄著肩膀往上走。他的手挦著溼漉漉的枝條和枝條頂端一串串結實飽滿的樹籽，微帶苦澀的槐枝味兒直往他面上撲。他的腳忽然碰到一個軟綿綿熱呼呼的東西，腳下響起一聲「唧喳」，沒及他想起這是隻花臉鵪，這隻花臉鵪就懵頭轉向地飛起來，像一塊黑石頭一樣落到堤外的黃麻地裡。他惋惜地用腳去摸花臉鵪適才趴窩的地方，那兒很乾燥，有一簇乾草，草上還留著鳥兒的體溫。站在河堤上，他聽到姑娘和小石匠喊他。他拍了一下鐵桶，姑娘和小石匠不叫了。這時他聽到了前邊的河水明亮地向前流動著，村子裡不知哪棵樹上有隻貓頭鷹淒厲地叫了一聲。後娘一怕天打雷，二怕貓頭鷹叫。他希望天天打雷，夜夜有貓頭鷹在後娘窗前啼叫。槐枝上的露水把他的胳膊濡溼了，他在褲頭上擦擦胳膊。穿過河堤上的路走下堤去。這時他的眼睛適應了黑暗，看東西非常清楚，連咖啡色的泥土和紫色的地瓜葉兒的細微色調差異也能分辨。他在地裡蹲下，用手扒開

瓜壟兒，把地瓜撕下來，「叮叮噹噹」地扔到桶裡。扒了一會兒，他的手指上有什麼東西掉下，打得地瓜葉兒哆嗦著響了一聲。他用右手摸摸左手，才知道那個被打碎的指甲蓋兒整個兒脫落了。水桶已經很重，他拐著水桶往北走。在蘿蔔地裡，他一個挨一個地拔了六個蘿蔔，把纓兒擰掉扔在地上，蘿蔔裝進水桶⋯⋯

「你把黑孩弄到哪兒去了？」小石匠焦急地問小鐵匠。

「你急什麼？又不是你兒子！」小鐵匠說。

「黑孩呢？」姑娘兩隻眼盯著小鐵匠一隻眼問。

「等等，他扒地瓜去了。你別走，等著吃烤地瓜。」小鐵匠溫和地說。

「你讓他去偷？」

「什麼叫偷？只要不拿回家去就不算偷！」小鐵匠理直氣壯地說。

「你怎麼不去扒？」

「我是他師傅。」

「狗屁！」

「狗屁就狗屁吧！」小鐵匠眼睛一亮，對著橋洞外罵道：「黑孩，你他媽的去哪裡扒地瓜？是不是到了阿爾巴尼亞？」

黑孩歪著肩膀，雙手提著桶鼻子，趔趔趄趄地走進橋洞。他渾身黏滿了泥土，像在地裡打過滾一樣。

「喲，我的兒！真夠下狠的了，讓你去扒幾個，你扒來一桶！」小鐵匠高聲地埋怨著黑孩，說：「去，把蘿蔔拿到池子裡洗洗泥。」

「算了，你別指使他了。」姑娘說，「你拉火烤地瓜，我去洗蘿蔔。」

小鐵匠把地瓜轉著圈子疊在爐火旁，輕鬆地拉著火。菊子把蘿蔔提回來，放在一塊乾淨石頭上。一個小蘿蔔滾下來，沾了一身鐵屑停在小石匠腳前，他彎腰把它撿起來。

「拿來，我再去洗洗。」

「算了，光那五個蘿蔔就盡夠吃了。」小石匠說著，順手把那個小蘿蔔放在鐵砧子上。

黑孩走到風箱前，從小鐵匠手裡把風箱拉杆接過來。小鐵匠看了姑娘一眼，對黑孩說：「讓你歇歇哩，狗日的。閒著手癢癢？好吧，給你，這可不怨我，慢著點拉，越慢越好，要不就烤糊了。」

小石匠和菊子並肩坐在橋洞的西邊石壁前。小鐵匠坐在黑孩後邊。老鐵匠面南坐在北邊舖上，煙鍋裡的煙早燒透了，但他還是雙手捧煙袋，雙肘支在膝蓋上。

夜已經很深了，黑孩溫柔地拉著風箱，風箱吹出的風猶如嬰孩的鼾聲。河上傳來的水聲越加明亮起來，似乎它既有形狀又有顏色，不但可聞，而且可見。河灘上影影綽綽，如有小獸在追逐，尖細的趾爪踩在細沙上，聲音細微如同毳毛纖毫畢現，有一根根又細又長的銀絲兒，刺透河的明亮音樂穿過來。閘北邊的黃麻地裡，「潑剌剌」一聲響，麻稭兒碰撞著，搖晃著，好久才平靜。全工地上只剩下這盞氣燈了，開初在那兩盞氣燈周圍尋找過光明的飛蟲們，經過短暫的迷惘之後，一齊麇集到鐵匠爐邊來，為了追求光明，把氣燈的玻璃罩子撞得「嘩嘩啪啪」響。小石匠走到氣燈前，捏著氣杆，「噗唧噗唧」打氣。氣燈玻璃罩破了一個洞，一只螻蛄猛地撞進去，熾亮的石棉紗罩撞掉了，橋洞裡一團黑暗。待了一會兒，才能彼此看清嘴臉。黑孩的風箱把爐火吹得如幾片柔軟的紅綢布在抖動，橋洞裡充溢著地瓜熟了的香味。小鐵匠用鐵鉗把地瓜挨個翻動一遍。香味越來越濃，終於，他們手持地瓜紅蘿蔔吃起來。扒掉皮的地瓜白氣裊裊，他們一口涼，一口熱，急一口，慢一口，咯咯吱吱，唏唏溜溜，鼻尖上吃出汗珠。小鐵匠比別人多吃了一個蘿蔔兩個地瓜。老鐵匠一點也沒吃，坐在那兒如同石雕。

「黑孩，回家嗎？」姑娘問。

黑孩伸出舌頭，舔掉唇上殘留的地瓜渣兒，他的小肚子鼓鼓的。

「你後娘能給你留門嗎？」小石匠說：「鑽麥秸窩兒嗎？」

　　黑孩咳嗽了一聲。把一塊地瓜皮扔到爐火裡,拉了幾下風箱,地瓜皮捲曲,燃燒,橋洞裡一股焦糊味。

　　「燒什麼你?小雜種,」小鐵匠說:「別回家,我收你當個乾兒吧,又是乾兒又是徒弟,跟著我闖蕩江湖,保你吃香的喝辣的。」

　　小鐵匠一語未了,橋洞裡響起淒涼亢奮的歌唱聲。小石匠渾身立時爆起一層幸福的雞皮疙瘩,這歌詞或是戲文他那天聽過一個開頭:

　　「戀著你刀馬嫻熟,通曉詩書,少年英武,跟著你闖蕩江湖,風餐露宿,受盡了世上千般苦——」

　　老頭子把脊梁靠在閘板上,從板縫裡吹進來的黃麻地裡的風掠過的頭頂,他頭頂上幾根花白的毛髮隨著爐裡跳動不止的煤火輕輕顫動。他的臉無限感慨,腮上很細的兩根咬肌像兩條蚯蚓一樣蠕動著,雙眼恰似兩粒燃燒的炭火。

　　「……你全不念三載共枕,如雲如雨,一片恩情,當作糞土。奴為你夏夜打扇,冬夜暖足,懷中的香瓜,腹中的火爐……你駿馬高官,良田千畝,丟棄奴家招贅相府,我我我我是苦命的奴呀……」

　　姑娘的心高高懸著,嘴巴半張開,睫毛也不眨動一下地瞅著老鐵匠微微仰起的表情無限豐富的臉,和他細長的脖頸上那個像水銀珠一樣靈活上下移動著的喉結。淒婉哀怨的旋律如同秋雨抽打著她心中的田地,她正要哭出來時,那旋律又變得昂揚壯麗浩渺無邊,她的心像風中的柳條一樣飄蕩著,同時,有一種麻酥酥的感覺從脊椎裡直衝到頭頂,於是她的身體非常自然地歪在小石匠肩上,雙手把玩著小石匠那隻厚蘭重重的大手,眼裡淚光點點,身心沈浸在老鐵匠的歌裡,意裡。老鐵匠的瘦臉上煥發出奪目的光彩,她彷彿從那兒發現了自己像歌聲一樣的未來……。

　　小石匠憐愛地用胳膊攬住姑娘,那隻大手又輕輕地按在姑娘硬邦邦的乳房上,小鐵匠坐在黑孩背後,但很快他就坐不住了,他聽到老鐵匠像頭老驢一樣叫著,聲音刺耳,難聽。一會兒,他連驢叫

聲也聽不到了。他半蹲起來，歪著頭，左眼兒幾乎豎了起來，目光像一隻爪子，在姑娘的臉上撕著，抓著。小石匠溫存地把手按到姑娘胸脯上時，小鐵匠的肚子裡燃起了火，火苗子直衝到喉嚨，又從鼻孔裡、嘴巴裡噴出來。他感到自己蹲在一根壓縮的彈簧上，稍一鬆神就會被彈射到空中，與滯洪閘半米厚的鋼筋混凝土橋面相撞，他忍著，咬著牙。

　　黑孩雙手扶著風箱杆兒，爐中的火已經很弱了，一絡藍色火苗和一絡黃色火苗在煤結上跳躍著，有時，火苗兒被氣流托起來，離開爐面很高，在空中浮動著，人影一晃動，兩個火苗又落下去。孩子目中無人，他試圖用一隻眼睛盯住一個火苗，讓一隻眼黃一隻眼藍，可總也辦不到，他沒法把雙眼視線分開。於是他懊喪地從火上把目光移開，左右巡睃著，忽然定在了爐前的鐵砧上。鐵砧踞伏著，像隻巨獸。他的嘴第一次大張著，發出一聲感嘆（感嘆聲淹沒在老鐵匠高亢的歌聲裡）。黑孩的眼睛原本大而亮，這時更變得如同電光源。他看到了一幅奇特美麗的圖畫：光滑的鐵砧子，泛著青幽幽藍幽幽的光。泛著青藍幽幽光的鐵砧子上，有一個金色的紅蘿蔔。紅蘿蔔的形狀和大小都像一個大個陽梨，還拖著一條長尾巴，尾巴上的根根鬚鬚像金色的羊毛。紅蘿蔔晶瑩透明，玲瓏剔透。透明的、金色的外殼裡苞孕著活潑的銀色液體。紅蘿蔔的線條流暢優美，從美麗的弧線上泛出一圈金色的光芒。光芒有長有短，長的如麥芒，短的如睫毛，全是金色，……老鐵匠的歌唱被推出去很遠很遠，像一個小蠅子的嗡嗡聲。他像個影子一樣飄過風箱，站在鐵砧前，伸出了黏滿泥土煤屑、挨過砸傷燙傷的小手，小手抖抖索索……當黑孩的手就要捉住小蘿蔔時，小鐵匠猛地竄起來，他踢翻了一個水桶，水汨汨地流著，漬溼了老鐵匠的草舖。他一把將那個蘿蔔搶過來，那隻獨眼充著血：「狗日的！公狗！母狗！你也配吃蘿蔔？老子肚裡著火，嗓裡冒煙，正要它解渴！」小鐵匠張開牙齒焦黑的大嘴就要啃那個蘿蔔。黑孩以少有的敏捷跳起來，兩隻細胳膊

插進小鐵匠的臂彎裡，身體懸空一掛，又嘟嚕滑下，蘿蔔落到了地上。小鐵匠對準黑孩的屁股踢了一腳，黑孩一頭扎到姑娘懷裡，小石匠大手一翻，穩穩地托住了他。

老鐵匠停下了嘶啞的歌喉，慢慢地站起來。姑娘和小石匠也站起來。六隻眼睛一起瞪著小鐵匠。黑孩頭很暈，眼前的一切都在轉動。使勁晃晃頭，他看到小鐵匠又拿著蘿蔔往嘴裡塞。他抓起一塊煤渣投過去，煤渣擦著小鐵匠腮邊飛過，碰到閘板上，落在老鐵匠鋪上。

「日你娘，看我打死你！」小鐵匠咆哮著。

小石匠跨前一步，說：「你要欺負孩子？」

「把蘿蔔還給他！」姑娘說。

「還給他？老子偏不。」小鐵匠衝出橋洞，揚起胳膊猛力一甩，蘿蔔帶著颼颼的風聲向前飛去，很久，河裡傳來了水面的破裂聲。

黑孩的眼前出現了一道金色的長虹，他的身體軟軟地倒在小石匠和姑娘中間。

① 節選自小說的第三部分。《透明的紅蘿蔔》共六個部分，約六萬字。莫言：軍人作家。1956年出生於山東省高密縣。1981年開始文學創作。成名於中篇小說《透明的紅蘿蔔》（1985年），其後發表的《紅高粱》進一步確立了他的文學地位。有《豐乳肥臀》、《十三步》、《金髮嬰兒》等長篇小說出版。

提示

《透明的紅蘿蔔》展示了一個鄉村少年扭曲的心靈和痛苦中的追求。黑孩少小喪母，父親出走，備受繼母的虐待，小小年紀沈默寡言，猶如一個古怪的精靈。他能夠承受常人難以忍受的種種苦痛，深

秋時節還是穿著褲頭，光著脊梁，甚至攥著燒紅的鋼鑽眼看著手裡冒出黃煙。他以一種冷漠的接受態度來對待外界的殘酷並將之推向極端，以進行扭曲的反抗。當他握著灼熱的鋼鑽蹲到欺凌他的小鐵匠面前，使小鐵匠目瞪口呆，不敢正視這種冰冷的殘酷時，他得到了一種心理的滿足和勝利。他深深地感到自卑，但這種自卑轉化為一種強烈褊狹的自尊，這使他既冷漠地對待嘲弄和侮辱，也拒絕接受同情和愛撫。菊子姑娘是他心目中美好希冀和神聖的象徵，可他只願在內心深處獨享這份愉悅，當菊子在眾人面前公開地表示對他的憐憫和同情時，他竟在菊子的手腕上咬了一口。當小鐵匠和小石匠打架時，他出人意料地助了小鐵匠一臂之力，扳倒了一直愛護他的小石匠。由於冷酷生活的扭曲，他的愛和恨都以一種極端和反常的方式表現出來。

莫言的小說帶有感覺化、情緒化、意象化的特點。在這部作品中，他幾乎調動了現代小說的全部視、聽、知覺形式，使作品的容量迅速膨脹，大量主體心理體驗的內容帶來多層次的隱喻象徵效果。莫言小說中的感覺是朦朧的情緒性產物，小說中的感覺異常豐富而且具有多覺性，感覺之間互相轉化。如寫黑孩手攥發紅的鋼鑽：「他聽到手裡嘛嘛啦啦地像握著一隻知了，鼻子裡也嗅到了炒豬肉的味道。」大量類似的描寫使他所表現的對象獲得了很大的藝術張力。

永遠的尹雪豔（節選）①

白先勇

一

尹雪豔總也不老。十幾年前那一班在上海百樂門舞廳替她捧場的五陵年少，有些天平開了頂，有些兩鬢添了霜；有些來臺灣降成

了鐵廠、水泥廠、人造纖維廠的閒顧問，但也有少數卻升成了銀行的董事長、機關裡的大主管。不管人事怎麼變遷，尹雪豔永遠是尹雪豔，在臺北仍舊穿著她那一身蟬翼紗的素白旗袍，一逕那麼淺淺地笑著，連眼角兒也不肯皺一下。

　　尹雪豔著實迷人。但誰也沒能道出她真正迷人的地方。尹雪豔從來不愛擦胭抹粉，有時最多在嘴唇上點著些似有似無的蜜絲佛陀；尹雪豔也不愛穿紅戴綠，天時炎熱，一個夏天，她都混身銀白，淨扮的了不得。不錯，尹雪豔是有一身雪白的肌膚，細挑的身材，容長的臉蛋兒配著一副俏麗甜淨的眉眼子，但是這些都不是尹雪豔出奇的地方。見過尹雪豔的人都這麼說，也不知是何道理，無論尹雪豔一舉手、一投足，總有一份世人不及的風情。別人伸個腰、蹙一下眉，難看，但是尹雪豔做起來，卻又別有一番嫵媚了。尹雪豔也不多言、不多語，緊要的場合插上幾句蘇州腔的上海話，又中聽、又熨貼。有些荷包不足的舞客，攀不上叫尹雪豔的臺子，但是他們卻去百樂門坐坐，觀觀尹雪豔的風采，聽她講幾句吳儂軟話，心裡也是舒服的。尹雪豔在舞池子裡，微仰著頭，輕擺著腰，一逕是那麼不慌不忙地起舞著；即使跳著快狐步，尹雪豔從來也沒有失過分寸，仍舊顯得那麼從容，那麼輕盈，像一球隨風飄蕩的柳絮，腳下沒有扎根似的。尹雪豔有她自己的旋律。尹雪豔有她自己的拍子，絕不因外界的遷異，影響到她的均衡。

　　尹雪豔迷人的地方實在講不清，數不盡。但是有一點卻大大增加了她的神秘。尹雪豔名氣大了，難免招忌，她同行的姊妹淘醋心重的就到處吵起說：尹雪豔的八字帶著重煞，犯了白虎，沾上的人，輕者家敗，重者人亡。誰知道就是為著尹雪豔享了重煞的令譽，上海洋場的男士們都對她增加了十分的興味。生活優閒了，家當豐沃了，就不免想冒險，去闖闖這顆紅遍了黃浦灘的煞星兒。上海棉紗財閥王家的少老闆王貴生就是其中探險者之一。天天開著嶄新的凱迪拉克，在百樂門門口候著尹雪豔轉完臺子，兩人一同上國

際飯店二十四樓的屋頂花園去共進華美的消夜。望著天上的月亮及燦爛的星斗，王貴生說，如果用他家的金條兒能夠搭成一道天梯，他願意爬上天空去把那彎月兒捎下來，插在尹雪艷的雲鬢上。尹雪艷吟吟地笑著，總也不出聲，伸出她那蘭花般細巧的手，慢條斯理的將一枚枚塗著俄國烏魚子的小月牙兒餅拈到嘴裡去。

王貴生拚命地投資，不擇手段地賺錢，想把原來的財富堆成三倍四倍，將尹雪艷身邊那批富有的逐鹿者一一擊倒，然後用鑽石瑪瑙串成一根鏈子，套在尹雪艷的脖子上，把她牽回家去。當王貴生犯上官商勾結的重罪，下獄槍斃的那一天，尹雪艷在百樂門停了一宵，算是對王貴生致了哀。

最後贏得尹雪艷的卻是上海金融界一位熱可炙手的洪處長。洪處長休掉了前妻，拋棄了三個兒女，答應了尹雪艷十條條件。於是尹雪艷變成了洪夫人，住在上海法租界一幢從日本人接收過來華貴的花園洋房裡。兩三個月的工夫，尹雪艷便像一株晚開的玉梨花，在上海上流社會的場合中以壓倒群芳的姿態綻發起來。

尹雪艷著實有壓場的本領。每當盛宴華筵，無論在場的貴人名媛，穿著紫貂，圍著火狸，當尹雪艷披著她那件翻領束腰的銀狐大氅，像一陣三月的微風，輕盈盈的閃進來時，全場的人都好像給這陣風薰中了一般，總是情不自禁的向她迎過來。尹雪艷在人堆子裡，像個冰雪化成的精靈，冷艷逼人，踏著風一般的步子，看得那些紳士以及仕女們的眼睛都一齊冒出火來。這就是尹雪艷：在兆豐夜總會的舞廳裡、在蘭心劇院的過道上，以及在霞飛路上幢幢侯門宮府的客堂中，一身銀白，歪靠在沙發椅上，嘴角一逕掛著那流吟吟淺笑，把場合中許多銀行界的經理、協理、紗廠的老闆及小開，以及一些新貴和他們的夫人們都拘到跟前來。

可是洪處長的八字到底軟了些，沒能抵得住尹雪艷的重煞。一年丟官，兩年破產，到了臺北來連個閑職也沒撈上。尹雪艷離開洪處長時還算有良心，除了自己的家當外，只帶走一個從上海跟來的

名廚師及兩個蘇州娘姨。

二

　　尹雪豔的新公館落在仁愛路四段的高級住宅區裡，是一幢嶄新的西式洋房，有個十分寬敞的客廳，容得下兩三桌酒席。尹雪豔對她的新公館倒是刻意經營過一番。客廳的家具是一色桃花心紅木桌椅。幾張老式大靠背的沙發，塞滿了黑絲面子鴛鴦戲水的湘繡靠枕，人一坐下去就陷進了一半，倚在柔軟的絲枕上，十分舒適。到過尹公館的人，都稱讚尹雪豔的客廳布置妥貼，叫人坐著不肯動身。打麻將有特別設備的麻將間，麻將桌、麻將燈都設計得十分精巧。有些客人喜歡挖花，尹雪豔還特別騰出一間有隔音設備的房間，挖花的客人可以關在裡面恣意唱和。冬天有暖爐，夏天有冷氣，坐在尹公館裡，很容易忘記外面臺北市的陰寒及溽暑。客廳案頭的古玩花瓶，四時都供著鮮花。尹雪豔對於花道十分講究，中山北路的玫瑰花店常年都送來上選的鮮貨，整個夏天，尹雪豔的客廳中都細細的透著一股又甜又膩的晚香玉。

　　尹雪豔的新公館很快的便成為她舊雨新知的聚會所。老朋友來到時，談談老話，大家都有一腔懷古的幽情，想一會兒當年，在尹雪豔面前發發牢騷，好像尹雪豔便是上海百樂門時代永恆的象徵，京滬繁華的佐證一般。

　　「阿媛，看看乾爹的頭髮都白光嘍！儂還像枝萬年青一式，愈來愈年輕！」

　　吳經理在上海當過銀行的總經理，是百樂門的座上常客，來到臺北賦閒，在一家鐵工廠掛個顧問的名義。見到尹雪豔，他總愛拉著她半開玩笑而又不免帶點自憐的口吻這樣說。吳經理的頭髮確實全白了，而且患著嚴重的風溼，走起路來，十分蹣跚，眼睛又害沙眼，眼毛倒插，常年淌著眼淚，眼圈已經開始潰爛，露出粉紅的肉來。冬天時候，尹雪豔總把客廳裡那架電暖爐移到吳經理的腳跟

前，親自奉上一盅鐵觀音，笑吟吟的說道：「哪裡的話，乾爹才是老當益壯呢！」

吳經理心中熨貼了，恢復了不少自信，眨著他那爛掉了睫毛的老花眼，在尹公館裡，當眾票了一齣「坐宮」，以蒼涼沙啞的嗓子唱出：

「我好比淺水龍，

被困在沙灘。」

尹雪豔有迷男人的功夫，也有迷女人的功夫。跟尹雪豔結交的那班太太們，打從上海起，就背地數落她。當尹雪豔平步青雲時，這起太太們氣不忿，說道：憑你怎麼爬，左不過是個貨腰娘。當尹雪豔的靠山相好遭到厄運的時候，她們就嘆氣道：命是逃不過的，煞氣重的娘兒們到底沾惹不得。可是十幾年來這起太太們一個也捨不得離開尹雪豔，到了臺北都一窩蜂似的聚到尹雪豔的公館裡，她們不得不承認尹雪豔實在有她驚動人的地方。尹雪豔在臺北的鴻祥綢緞莊打得出七五折，在小花園裡挑得出最登樣的繡花鞋兒，紅樓的紹興戲碼，尹雪豔最在行，吳燕麗唱「孟麗君」的時候，尹雪豔可以拿得到免費的前座戲票，論起西門町的京滬小吃，尹雪豔又是無一不精了。於是這些太太們，由尹雪豔領隊，逛西門町、看紹興戲、坐在三六九裡吃桂花湯圓，往往把十幾年來不如意的事兒一古腦兒拋掉，好像尹雪豔周身都透著上海大千世界榮華的麝香一般，薰得這起往事滄桑的中年婦人都進入半醉的狀態，而不由自主都津津樂道起上海五香齋的蟹黃麵來。這些太太們常常容易鬧情緒。尹雪豔對於她們都一一施以廣泛的同情，她總耐心的聆聽她們的怨艾及委曲，必要時說幾句安撫的話，把她們焦躁的脾氣一一熨平。

「輸呀，輸得精光才好呢！反正家裡有老牛馬墊背，我不輸，也有旁人替輸！」

每逢宋太太搓麻將輸了錢時就向尹雪豔帶著酸意的抱怨道。宋太太在臺灣得了婦女更年期的癡肥症；體重暴增到一百八十多磅，

形態十分臃腫，走多了路，會犯氣喘。宋太太的心酸話較多，因為她先生宋協理有了外遇，對她頗為冷落，而且對方又是一個身段苗條的小酒女。十幾年前宋太太在上海的社交場合出過一陣風頭，因此她對以往的日子特別嚮往。尹雪豔自然是宋太太傾訴衷腸的適當人選，因為只有她才能體會宋太太那種今昔之感。有時講到傷心處，宋太太會禁不住掩面而泣。

「宋家阿姐，『人無千日好，花無百日紅』。誰又能保得住一輩子享榮華，受富貴呢？」

於是尹雪豔便遞過熱毛巾給宋太太揩面，憐憫的勸說道。宋太太不肯認命，總要抽抽搭搭的怨懟一番：

「我就不信我的命又要比別人差些！像儂吧，尹家妹妹，儂一輩子是不必發愁的，自然有人會來幫襯儂。」

三

尹雪豔確實不必發愁，尹公館門前車馬從來也未曾斷過。老朋友固然把尹公館當做世外桃源，一般新知也在尹公館找到別處稀有的吸引力。尹雪豔公館一向維持它的氣派。尹雪豔從來不肯把它降低於上海霞飛路的排場。出入的人士，縱然有些是過了時的，但是他們有他們的身分，有他們的派頭，因此一進到尹公館，大家都覺得自己重要，即使是十幾年前作廢了的頭銜，經過尹雪豔嬌聲親切的稱呼起來，也如同受過誥封一般，心理上恢復了不少的優越感。至於一般新知，尹公館更是建立社交的好所在了。

當然，最吸引人的，還是尹雪豔本身。尹雪豔是一個最稱職的主人。每一位客人，不分尊卑老幼，她都招呼得妥妥貼貼。一進到尹公館，坐在客廳中那些鋪滿黑絲面椅墊的沙發上，大家都有一種賓至如歸，樂不思蜀的親切之感，因此，做會總在尹公館開標，請生日酒總在尹公館開席，即使沒有名堂的日子，大家也立一個名目，湊到尹公館成一個牌局。一年裡，倒有大半的日子，尹公館裡

總是高朋滿座。

　　尹雪豔本人極少下場，逢到這些日期，她總預先替客人們安排好牌局，有時兩桌，有時三桌。她對每位客人的牌品及癖性都摸得清清楚楚，因此牌搭子總配得十分理想，從來沒有傷過和氣。尹雪豔本人督導著兩個頭乾臉淨的蘇州娘姨在旁邊招呼著。午點是寧波年糕或者湖州粽子。晚飯是尹公館上海名廚的京滬小菜：金銀腿、貴妃雞、搶蝦、醉蟹——尹雪豔親自設計了一個轉動的菜牌，天天轉出一桌桌精緻的筵席來。到了下半夜，兩個娘姨便捧上雪白噴了明星花露水的冰面巾，讓大戰方酣的客人們揩面醒腦，然後便是一碗雞湯銀絲麵作了消夜。客人們擲下的桌面十分慷慨，每次總上兩三千。贏了錢的客人固然值得興奮，即使輸了錢的客人也是心甘情願。在尹公館裡吃了玩了，末了還由尹雪豔差人叫好計程車，一一送回家去。

　　當牌局進展激烈的當兒，尹雪豔便換上輕裝，周旋在幾個牌桌之間，踏著她那風一般的步子，輕盈盈的來回巡視著，像個通身銀白的女祭司，替那些作戰的人們祈禱和祭祀。

　　「阿媛，乾爹又快輸脫底嘍！」

　　每到敗北階段，吳經理就眨著他那爛掉了睫毛的眼睛，向尹雪豔發出討救的哀號。

　　「還早呢，乾爹，下四圈就該你摸清一色了。」

　　尹雪豔把個黑絲椅墊枕到吳經理害了風溼症的背脊上，憐恤的安慰著這個命運乖謬的老人。

　　「尹小姐，你是看到的，今晚我可沒打錯一張牌，手氣就那麼背！」

　　女客人那邊也經常向尹雪豔發出乞憐的呼籲，有時宋太太輸急了，也顧不得身分，就抓起兩顆骰子啐道：

　　「呸！呸！呸！勿要面孔的東西，看你霉到什麼辰光！」

　　尹雪豔也照例過去，用著充滿同情的語調，安撫她們一番。這

個時候，尹雪艷的話就如同神諭一般令人敬畏。在麻將桌上，一個人的命運往往不受控制，客人們都討尹雪艷的口采來恢復信心及加強鬥志。尹雪艷站在一旁，叼著金嘴子的三個九，徐徐的噴著煙圈，以悲天憫人的眼光看著她這一群得意的、失意的、老年的、壯年的、曾經叱咤風雲的、曾經風華絕代的客人們，狂熱的互相廝殺，互相宰割。

四

新來的客人中，有一位叫徐壯圖的中年男士，是上海交通大學的畢業生，生得品貌堂堂，高高的個兒，結實的身體，穿著剪裁合度的西裝，顯得分外英挺。徐壯圖是個臺北市新興的實業鉅子，隨著臺北市的工業化，許多大企業應運而生，才是四十出頭，便出任一家大水泥公司的經理。徐壯圖有位賢慧的太太及兩個可愛的孩子，家庭美滿，事業充滿前途，徐壯圖成為一個雄心勃勃的企業家。

徐壯圖第一次進入尹公館是在一個慶生酒會上。尹雪艷替吳經理做六十大壽，徐壯圖是吳經理的外甥，也就隨著吳經理來到尹雪艷的公館。

那天尹雪艷著實裝飾了一番，穿著一襲月白短袖的織錦旗袍，襟上一排香妃色的大盤扣；腳上也是月白緞子的軟底繡花鞋，鞋尖卻點著兩瓣肉色的海棠葉兒。為了討喜氣，尹雪艷破例的在右鬢簪上一朵酒杯大血紅的鬱金香，而耳朵上卻吊著一對寸把長的銀墜子。客廳裡的壽堂也布置得喜氣洋洋。案上全換上才鉸下的晚香玉，徐壯圖一踏進去，就嗅中一陣沁人腦肺的甜香。

「阿媛，乾爹替儂帶來頂頂體面的一位人客。」吳經理穿著一身嶄新的紡綢長衫，佝著背，笑呵呵的把徐壯圖介紹給尹雪艷道，然後指著尹雪艷說：

「我這位乾小姐呀，實在孝順不過。我這個老朽三災五難的還要趕著替我做生。我忖忖：我現在又不在職，又不問世，這把老骨

頭天天還要給觸霉頭的風溼症來折磨。管他折福也罷，今朝我且大模大樣的生受了乾小姐這場壽酒再講。我這位外甥，年輕有為，難得放縱一回，今朝也來跟我們這群老朽一道開心開心。阿媛是個最妥當的主人家，我把壯圖交把儂，儂好好的招待招待他吧。」

「徐先生是稀客，又是乾爹的令戚，自然要跟別人不同一點。」尹雪豔笑吟吟的答道，髮上那朵血紅的鬱金香巍巍的抖動著。

徐壯圖果然受到尹雪豔特別的款待。在席上，尹雪豔坐在徐壯圖旁邊一逕殷勤的向他勸酒讓菜，然後歪向他低聲說道：

「徐先生，這道是我們大師傅的拿手，你嘗嘗，比外面館子做的如何？」

用完席後，尹雪豔親自盛上一碗冰凍杏仁豆腐捧給徐壯圖，上面卻放著兩顆鮮紅櫻桃。用完席成上牌局的時候，尹雪豔經常走到徐壯圖背後看他打牌。徐壯圖的牌張不熟，時常發錯張子。才是八圈，徐壯圖已經輸掉一半籌碼。有一輪，徐壯圖正當發出一張梅花五筒的時候，突然尹雪豔從後面欠身伸出她那細巧的手把徐壯圖的手背按住說道：

「徐先生，這張牌是打不得的。」

那一盤徐壯圖便和了一副「滿園花」，一下子就把輸出去的籌碼贏回了大半。客人中有一個開玩笑抗議道：

「尹小姐，你怎麼不來替我也點點張子，瞧瞧我也輸完啦。」

「人家徐先生頭一趟到我們家，當然不好意思讓他吃了虧回去的嘍。」徐壯圖回頭看到尹雪豔朝著他滿面堆著笑容，一對銀耳墜子吊在她烏黑的髮腳下來回的浪蕩著。

客廳中的晚香玉到半夜，吐出一蓬蓬的濃香來。席間徐壯圖喝了不少熱花雕，加上牌桌上和了那盤「滿園花」的亢奮，臨走時他已經有些微醺的感覺了。

「尹小姐，全得你的指教，要不然今晚的麻將一定全盤敗北了。」

　　尹雪豔送徐壯圖出大門時，徐壯圖感激的對尹雪豔說著。尹雪豔站在門框裡，一身白色的衣衫，雙手合抱在胸前，像一尊觀世音，朝著徐壯圖笑吟吟的答道：

　　「哪裡的話，隔日徐先生來白相，我們再一道研究研究麻將經。」

　　隔了兩日，果然徐壯圖又來到了尹公館，向尹雪豔討教麻將的訣竅。

①節選自小說的一、二、三、四小節。《永遠的尹雪豔》共六小節，約一萬五千字。白先勇（1937～），臺灣當代著名作家。出生於廣西桂林。曾在重慶、上海、南京居住過。有《金大班》、《玉卿嫂》、《寂寞的十七歲》、《紐約客》、《謫仙記》、《臺北人》等小說集和長篇小說《孽子》，其中《臺北人》為其代表作。作品主要描寫對象是解放戰爭後期由大陸遷往臺灣的各階層人物，反映臺北上層社會的現實生活，旅居美國後轉為以描寫旅美的中國知識份子的生活為主。白先勇的小說繼承了我國古典小說的優良傳統，既有鮮明的民族風格，同時又融化了西方現代小說的藝術技巧，為海內外所矚目。

　　尹雪豔是淪落臺北的大陸人，來自上海百樂門舞廳的高級舞女。小說追敘了這位舞女放蕩荒淫的生活史，並藉臺北的尹公館，展現出當時臺灣上流社會各種人物紙醉金迷的奢侈生活和精神上的崩潰。作家以冷峻、含蓄的筆調，對這些眷戀過去，重溫昔日黃金夢的貴人名媛，給予了無情的嘲笑和辛辣的諷刺。

　　尹雪豔是個極有個性特徵的舞女形象，她姿色迷人，外艷內冷，口蜜腹劍，圓滑世故，又巧於心計，善於籠絡人心。

　　這個短篇在選材上的鮮明特色是：善於以小見大，平中見奇，小說只是截取了主角幾個極普通的生活片段，卻將人物的精神世界刻畫得淋漓盡致，相當充分。小說描繪人物極見功力，對人物肖像、衣著、神態的描寫精細入微，可謂以形傳神，鬚眉畢現。小說中人物的對話恰到好處地表現了人物的身分、地位、處境和神態，十分個性化。

名作賞讀

巨翅老人

（哥倫比亞）加西亞·馬奎斯①

韓水軍　譯

趙紹天　校

　　大雨連續下了三天，貝拉約夫婦在房子裡打死了許許多多的螃蟹。剛出生的嬰兒整夜都在發燒，大家認為這是由於死蟹帶來的瘟疫，因此貝拉約不得不穿過水汪汪的庭院，把它們扔到海裡去。星期二以來，空氣變得格外淒涼，蒼天和大海連成一個灰茫茫的混合體，海灘的細沙在三月的夜晚曾像火星一樣閃閃發光，而今卻變成一片雜有臭貝殼的爛泥塘。連中午時的光線都顯得那麼暗淡，使得貝拉約扔完螃蟹回來時，費了很大力氣才看清有個東西在院子深處蠕動，並發出陣陣呻吟。貝拉約一直走到很近的地方，方才看清那是一位十分年邁的老人，他嘴巴朝下伏臥在爛泥裡，儘管死命地掙扎，依然不能站起，因為有張巨大的翅膀妨礙著他的活動。

　　貝拉約被這惡夢般的景象嚇壞了，急心跑去叫妻子埃麗森達。這時她正在給發燒的孩子頭上放置溼毛巾。他拉著妻子走到院落深處。他們望著那個倒臥在地上的人，驚愕得說不出話來。老人穿戴得像個乞丐，在剃光的腦袋上僅留有一束灰髮，嘴巴裡剩下稀稀落

落幾顆牙齒，這副老態龍鍾渾身溼透的模樣使他毫無氣派可言。那對兀鷹似的巨大翅膀，十分骯髒，已經脫掉一半羽毛，這時一動不動地攤淺在污水裡。夫妻二人看得那樣仔細，那樣專注，以致很快從驚愕中鎮定下來，甚至覺得那老人並不陌生。於是便與他說起話來，對方用一種難懂的方言但卻是一種航海人的好嗓音回答他們。這樣他們便不再注意他的翅膀如何的彎扭，而是得出十分精闢的結論：即認為他是一位遭到颱風襲擊的外輪上的孤獨遇難者。儘管如此，他們還是請來一位通曉人間生死大事的女鄰居看一看。她只消一眼，便糾正了他倆的錯誤結論。她說：「這是一位天使，肯定是為孩子來的，但是這個可憐的人實在太衰老了，雷雨把他打落在地上了。」

第二天，大家都知道了在貝拉約家抓住了一個活生生的天使。與那位聰明的女鄰居的看法相反，他們都認為當代的天使都是一些在一次天堂叛亂中逃亡出來的倖存者，不必用棒子去打殺他。貝拉約手持警棍整個下午從廚房裡監視著他。臨睡覺前他把老人從爛泥中拖出來，與母雞一起圈在鐵絲雞籠裡。午夜時分，雨停了。貝拉約與埃麗森達卻仍然在消滅螃蟹。過了一會兒，孩子燒退醒了過來，想吃東西了。夫婦倆慷慨起來，決定給這位關在籠子裡的天使放上三天用的淡水和食物，等漲潮的時候再把他趕走。天剛拂曉，夫妻二人來到院子裡，他們看見所有的鄰居都在雞籠子前面圍觀，毫無虔誠地戲耍著那位天使，從鐵絲網的小孔向他投些吃的東西，似乎那並不是什麼神的使者，而是一頭馬戲團的動物。貢薩加神父也被這奇異的消息驚動了，在七點鐘以前趕到現場。這時又來了一批好奇的人，但是他們沒有黎明時來的那些人那樣輕浮，他們對這個俘虜的前途作著各種各樣的推測。那些頭腦簡單的人認為他可能被任命為世界的首腦。另一些頭腦較為複雜的人，設想他可能被提升為五星上將，去贏得一切戰爭。還有一些富於幻想的人則建議把他留做種子，好在地球上培養一批長翅膀的人和管理世界的智者。

在當牧師前曾是一個堅強的樵夫的貢薩加神父來到鐵絲網前，首先重溫了一遍教義，然後讓人們為他打開門，他想湊近看一看那個可憐的漢子，後者在驚慌的雞群中倒很像一隻可憐的老母雞。他躺在一個角落裡，伸展著翅膀曬太陽，四圍滿是清晨來的那些人投進來的果皮和吃剩的早點。當貢薩加神父走近雞籠用拉丁語向他問候時，這位全然不懂人間無禮言行的老者幾乎連他那老態龍鍾的眼睛也不抬一下，嘴裡只是用他的方言咕噥了點什麼。神父見他不懂上帝的語言，又不會問候上帝的使者，便產生了第一個疑點。後來他發現從近處看他完全是個人：他身上有一種難聞的氣味，翅膀的背面滿是寄生在藻類和被颱風傷害的巨大羽毛，他那可悲的模樣與天使崇高的尊嚴毫無共同之處。於是他離開雞籠，藉由一次簡短的佈道，告誡那些好奇的人們過於天真是很危險的。他還提醒人們：魔鬼一向善用縱情歡樂的詭計迷惑不謹慎的人。他的理由是：既然翅膀並非區別鷂鷹和飛機的本質因素，就更不能成為識別天使的標準。儘管如此，他還是答應寫一封信給他的主教，讓主教再寫一封信給羅馬教皇陛下，這樣，最後的判決將來自最高法庭。

神父的謹慎在這些麻木的心靈裡毫無反響。俘獲天使的消息不脛而走，幾小時之後，貝拉約的院子簡直成了一個喧囂的市場，以至於不得不派來上了刺刀的軍隊驅散都快把房子擠倒的人群。埃麗森達彎著腰清掃這小市場的垃圾，突然她想出一個好主意，堵住院門，向每個觀看天使的人收取門票五分。

有些好奇的人來自很遠的地方。還來了一個流動雜耍班；一位雜技演員表演空中飛人，他在人群上空來回飛過，但是沒有人理會他，因為他的翅膀不是像天使的那樣，而是像星球蝙蝠的翅膀。地球上最不幸的病人來這裡求醫；一個從兒時開始累計自己心跳的婦女，其數目字已達到不夠使用的程度；一個終夜無法睡眠的葡萄牙人受到了星星噪音的折磨；一個夢遊病者總是夜裡起來毀掉他自己醒時做好的東西；此外還有其他一些病情較輕的人。在這場震撼地

球的動亂中，貝拉約和埃麗森達儘管疲倦，卻感到幸福，因為在不
到一個星期的時間裡，他們屋子裡裝滿了銀錢，而等著進門的遊客
長隊卻一直伸展到天際處。

　　這位天使是唯一沒有從這個事件中撈到好處的人，在這個臨時
棲身的巢穴裡，他把全部時間用來尋找可以安身的地方，因為放在
鐵絲網旁邊的油燈和蠟燭彷彿地獄裡的毒焰一樣折磨著他。開始時
他們想讓他吃樟腦球，根據那位聰明的女鄰居的說法，這是天使們
的特殊食品。但是他連看也不看一下，就像他根本不吃那些信徒們
給他帶來的食品一樣。不知道他是由於年老呢，還是別的什麼原
因，最後總算吃了一點茄子泥。他唯一超人的美德好像是耐心。特
別是在最初那段時間裡，當母雞在啄食繁殖在他翅膀上的小寄生蟲
時；當殘廢人拔下他的羽毛去觸摸他的殘廢處時；當缺乏同情心的
人向他投擲石頭想讓他站起來，以便看看他的全身的時候，他都顯
得很有耐心。唯一使他不安的一次是有人用在牛身上烙印記的鐵鏟
去燙他，他呆了那麼長的時間動也不動一下，人們都以為他死了，
可他卻突然醒過來，用一種費解的語言表示憤怒，他眼裡噙著淚
水，搧動了兩下翅膀，那翅膀帶起的一陣旋風把雞籠裡的糞便和塵
土捲了起來，這恐怖的大風簡直不像是這個世界上的。儘管如此，
很多人還是認為他的反抗不是由於憤怒，而是由於痛苦所致。從那
以後，人們不再去打擾他了，因為大部分人懂得他的耐性不像一位
塞拉芬派天使②在隱退時的耐性，而像是在大動亂即將來臨前的一
小段短暫的寧靜。

　　貢薩加神父向輕率的人們講明家畜的靈感方式，同時對這個俘
獲物的自然屬性提出斷然的見解。但是羅馬的信件早就失去緊急這
一概念。時間都浪費在證實罪犯是否有肚臍眼呀、他的方言是否與
阿拉米奧人的語言有點關係呀、他是不是能在一個別針尖上觸摸很
多次呀……等等上。如果不是上帝的意旨結束了這位神父的痛苦的
話，這些慎重的信件往返的時間可能會長達幾個世紀之久。

　　這幾天，在雜耍班許多引人入勝的節目中，最吸引人的是一個由於不聽父母親的話而變成蜘蛛的女孩的流動展覽。看這個女孩不僅門票錢比看天使的門票錢少，而且還允許向她提出各色各樣有關她的痛苦處境的問題，可以翻來覆去地查看她，這樣誰也不會懷疑這一可怕情景的真實性。女孩長著一個蜘蛛體形，身長有一頭羊那麼大，長著一顆悲哀的少女頭。但是最令人痛心的不是她的外貌，而是她所講述的不幸遭遇。她還幾乎未成年時，偷偷背著父母去跳舞，未經允許跳了整整一夜，回家路過森林時，一個悶雷把天空劃成兩半，從那裂縫裡出來的硫磺閃電，把她變成了蜘蛛。她唯一的食物是那些善良人向她嘴裡投的碎肉球。這樣的場面，是那麼富有人情味和可怕的懲戒意義，無意中使得那個對人類幾乎看都不願看一眼的受人歧視的天使相形見絀。此外，為數很少的與天使有關的奇蹟則反映出一種精神上的混亂，例如什麼不能恢復視力的盲人又長出三顆新的牙齒呀，不能走路的癱瘓病人幾乎中彩呀，還有什麼在麻瘋病人的傷口上長出向日葵來等等。

　　那些消遣娛樂勝於慰藉心靈的奇蹟，因此早已大大降低了天使的聲譽，而蜘蛛女孩的出現則使天使完全名聲掃地了。這樣一來，貢薩加神父也徹底治好了他的失眠症，貝拉約的院子又恢復了三天陰雨連綿、螃蟹滿地時的孤寂。

　　這家的主人毫無怨言，他們用這些收入蓋了一處有陽臺和花園的兩層樓住宅。為了防止螃蟹在冬季爬進屋子還修了高高的圍牆。窗子上也安上了鐵條免得再進來天使。貝拉約還另外在市鎮附近建了一個養兔場，他永遠地辭掉了他那倒霉的警官職務。埃麗森達買了光亮的高跟皮鞋和很多色澤鮮艷的絲綢衣服，這種衣服都是令人羨慕的貴婦們在星期天時才穿的。只有那個雞籠沒有引起注意。有時他們也用水沖刷一下，在裡面撒上些藥水，這倒並不是為了優待那位天使，而是為了防止那個像幽靈一樣在這個家裡到處遊盪的瘟疫。一開始，當孩子學會走路時，他們注意叫他不要太接近那個雞

籠。但是後來他們就忘記了害怕，逐漸也習慣了這種瘟疫。孩子還沒到換牙時就已鑽進雞籠去玩了，雞籠的鐵絲網一塊一塊爛掉了。天使對這個孩子也像對其他人一樣，有時也惱怒，但是他常常是像一隻普通馴順的狗一樣忍耐著孩子的惡作劇，這樣一來便使埃麗森達有更多的時間去幹家務活了。不久天使和孩子同時出了水痘。來給孩子看病的醫生順便也給這位天使看了一下，發現他的心臟有那麼多雜音，以至於使醫生不相信他還像是活著。更使這位醫生震驚的是他的翅膀，竟然在這完全是人的肌體上長得那麼自然。他不理解為什麼其他人不也長這麼一對。

當孩子開始上學時，這所房子早已變舊，那個雞籠也被風雨的侵蝕毀壞了。不再受約束的天使像一隻垂死的動物一樣到處爬動。他毀壞了已播了種的菜地。他們常常用掃把剛把他從一間屋子裡趕出來，可轉眼間，又在廚房裡遇到他。見他同時出現在那麼多的地方，他們竟以為他會分身法。埃麗森達經常生氣地大叫自己是這個充滿天使的地獄裡一個最倒霉的人。最後一年冬天，天使不知為什麼突然蒼老了，幾乎連動都不能動，他那混濁不清的老眼，竟然昏花到經常撞樹幹的地步。他的翅膀光禿禿的，幾乎連毛管都沒有剩下。貝拉約用一床被子把他裹起來，仁慈地把他帶到棚屋裡去睡。直到這時貝拉約夫婦才發現老人睡在暖屋裡過夜時整宿地發出呻吟聲，毫無挪威老人的天趣可言。

他們很少放心不下，可這次他們放心不下了，他們以為天使快死了，連聰明的女鄰居也不能告訴他們對死了的天使都該做些什麼。

儘管如此，這位天使不但活過了這可惡的冬天，而且隨著天氣變暖，身體又恢復了過來。他在院子裡最僻靜的角落裡一動不動地呆了一些天。到十二月時，他的眼睛重新又明亮起來，翅膀上也長出粗大豐滿的羽毛。這羽毛好像不是為了飛，倒像是臨死前的迴光返照。有時當沒有人理會他時，他在滿天繁星的夜晚還會唱起航海人的歌子。

　　一天上午，埃麗森達正在切洋蔥塊準備午飯，一陣風從陽臺窗子外刮進屋來，她以為是海風，若無其事的朝外邊探視一下，這時她驚奇地看到天使正在試著起飛。他的兩隻翅膀顯得不太靈活，他的指甲好像一把鐵犁，把地裡的蔬菜打壞不少。陽光下，他那對不停地搧動的大翅膀幾乎把棚屋撞翻。但是他終於飛起來了。埃麗森達眼看著他用他那兀鷹的翅膀搧動著，飛過最後一排房子的上空。她放心地舒了一口氣，為了她自己，也是為了他。洋蔥切完了，她還在望著他，直到消失不見為止，這時他已不再是她生活中的障礙物，而是水天相交處的虛點。

1986 年於西班牙巴塞隆納

①加西亞・馬奎斯（1928～　），拉丁美洲魔幻現實主義文學的重要作家，主要創作小說。長篇小說《百年孤寂》和《家長的沒落》成就最高。1982 年馬奎斯獲諾貝爾文學獎。他作品的主要特色是：透過幻想和現實的巧妙結合，反映哥倫比亞現實的社會生活。
②據天主教中的傳說，天使共分四等，塞拉芬派天使為第三等。

　　伴隨著巨翅老人的從天而降，這沈寂的濱海小鎮喧鬧了，驚恐、疑懼、好奇、困擾……，像一場多彩的夢，但這一切又隨著巨翅老人的飄然離去而消失了，短篇小說《巨翅老人》給我們展示了一幅幅怪誕而新奇的畫面。小說突破了一般傳統現實主義文學的舊窠，它透過虛擬的想像，怪誕的情節，借助於神話傳說中的人物再現現實的社會生活。作家將現實和幻想巧妙地結合在一起，開拓了一個全新的表現領域，擴大了作家再現生活的視野。《巨翅老人》表現的仍然是現實主義文學傳統的批判主題，但作家把對現實社會的生活體驗熔煉成神

異的奇思怪想，在荒誕虛妄的折光裡，反射出敏銳的洞察力和透徹的
批判力。作家把天使巨翅老人設置在小鎮居民的重重包圍中，在人與
神的交際中，隱喻著現實社會中人與人之間的關係。人們既不了解天
使的確切來歷，天使也無法了解人們的居心，在人和天使之間，有一
道永遠也無法溝通的語言障礙。這種情形，實際上是現實社會中人與
人思想的隔膜和感情不相通的情形的寫照。馬奎斯把自己深邃而沈重
的人生體驗，融化在幽默離奇的人神交往中，使人在忍俊不禁中，品
味到一種痛徹心肺的哀傷，產生強烈的藝術感染力。同時，人們對巨
翅老人的殘忍和不人道象徵著現實生活中人與人之間的冷酷無情，在
荒誕深處潛藏著現實性和真實性，隱隱透露著作家那深沈的、難於言
表的苦澀。另外，蜘蛛女孩的情節增加了小說的荒誕不經和神話般奇
異的色調，造成一種朦朧迷茫的藝術效果，使讀者在百思始得其解的
歡愉中，更深刻地體察到作者對宗教勢力的辛辣嘲諷和否定。

　　《巨翅老人》雖然在總體構思上是魔幻的，在情節安排上是荒誕
的，在形象塑造上是神異的，但在具體的細節描寫上，卻是真實、準
確的。作家通過細節的精心描摹，使作品在虛幻的想像和荒誕的事件
背景下，卻有一種強烈的真實感。透過這種巧妙的結合，將哥倫比亞
社會中已經見怪不怪的現象高倍放大，顯現在讀者面前，使人們在瞠
目、震驚之餘去反思，從而產生更加強烈的藝術效果。

第五章

戲劇文學欣賞

一、戲劇概述

❀ 戲劇的概念

戲劇是一種由演員扮演角色、在舞臺上當眾表演故事情節的綜合性表演藝術。

戲劇是人類最古老的藝術形式之一，它由原始的宗教禮儀和歌舞雜耍發展而來，逐漸成為一種固定的舞臺表演藝術。一齣成熟的戲劇，幾乎囊括了人類能利用的所有藝術手段和形式，如文學（劇本）、音樂（歌唱和配樂）、舞蹈（程式化的表演或舞蹈穿插）、美術（繪畫和雕塑）等等，由編劇和導演統籌，藉由演員的表演把這一切有機地結合起來，在舞臺上融為一體。同時，戲劇又是現代電影藝術和電視劇的基礎。

當今戲劇界公認的界定戲劇的標準和尺度為：戲劇最基本的成分是演員和觀眾，最核心的要素是表演。也就是說，只要有演員表演和觀眾觀看的藝術活動，就可以稱之為戲劇；相反，離開了表演和觀看，就不成其為戲劇。這樣的界定儘管有些寬泛，卻也抓到了戲劇的本質。

❀ 戲劇的特點

人類戲劇發展到今天，面對著多元文化和娛樂方式的衝擊，出現了全球性的式微。戲劇文化已經從一種大眾娛樂文化逐漸萎縮為一種高消費或高層次的小眾文化。戲劇觀也在不斷地發生變化，新的探索和理論層出不窮、光怪陸離，新的戲劇樣式也在不斷地產生，離我們熟悉的傳統戲劇觀相距甚遠。在這種情況下，要為戲劇下一個完美的定義是困難的，了解這一點非常重要。

戲劇的分類很多，不同的標準，有不同的類型。按戲劇的文學性

質來分，有悲劇、喜劇、正劇或悲喜劇、諧劇等；按戲劇的內容屬性來分，有神話劇、宗教劇、歷史劇、社會劇或問題劇、愛情劇、傳奇劇等；按戲劇的表演方式來分，有話劇、戲曲、歌劇、舞劇、歌舞劇或音樂劇、默劇等；按觀演方式分，有普通大戲，也有小劇場戲劇；按演劇意圖分，有大眾戲劇、娛樂戲劇和實驗戲劇、先鋒戲劇等等。每一種分類還可以繼續細分下去，比如中國戲曲就有崑曲、京劇、越劇、川劇、黃梅戲、粵劇、秦腔、評劇等三百多種類型，西方喜劇還有田園喜劇、浪漫喜劇、抒情喜劇、諷刺喜劇、問題喜劇、陰鬱喜劇、痛苦喜劇等等說法，不一而足。即使是同一齣戲，根據不同的標準，也可以有多種叫法。

絕大多數的戲劇都要經歷兩個創作過程：劇本創作和舞臺創作，也就是人們通常所說的「一度創作」和「二度創作」。一度創作可以只是編劇的事情，二度創作就涉及到導演、演員、舞美（舞臺美術）、音樂、燈光、音響等一系列事情，其中，導演、演員和舞美（常常也就包括了燈光設計）是最重要的，只有導演按照自己的導演構思協調演員在精心設計的舞臺上把劇本展現出來，一齣完整的戲劇才算完成。在此，劇本是基礎，所謂「劇本劇本，一劇之本」，沒有好的劇本，就不可能有好的戲劇。但劇本沒有演出，就是「死」的，只能算是文學，頂多叫「戲劇文學」，成不了「活」的戲劇。戲劇是活在舞臺上的，只有舞臺才是戲劇的生命力所在。

作為文學欣賞的一部分，今天我們在這裡談的，實際上也就是戲劇文學。不可以為戲劇文學是死的，就小視了它。一方面，正如劇本是一劇之本，要學習和了解戲劇，戲劇文學本身就是十分重要和首要的一環。不會欣賞戲劇文學，也就欣賞不了真正優秀的戲劇。另一方面，從文學的角度來說，戲劇作為人類最古老的藝術之一，其文學成就本身之輝煌燦爛，絕不下於詩歌、小說、散文等單純的文學樣式，在世界文學史上，戲劇文學本身就是功勳卓著的一員，許多戲劇大師，本身就是文學大師。任何一本文學史，如果少了戲劇文學部分，

就是少了索福克勒斯，少了莎士比亞，少了契訶夫、蕭伯納、易卜生，少了貝克特、沙特、奧尼爾……，勢必成為一部嚴重殘缺的文學史。因此，對戲劇文學的欣賞，本身就是文學欣賞必不可少的要項。

二、戲劇的沿革

我們在前面說過，戲劇是人類最古老的藝術形式之一，它由原始的宗教禮儀和歌舞雜耍發展而來，逐漸成為一種固定的舞臺表演藝術。不過，由於歷史文化的原因，世界戲劇的發展方向、水平和形態也不盡相同，總的說來存在著東西方戲劇的兩大分野。東方戲劇以中國戲曲、印度梵劇和日本能樂為代表，主要形式表現為虛擬表演和歌舞結合，時空轉換自由；西方戲劇以歐美戲劇為代表，主要是話劇，與歌劇、舞劇和音樂劇之間界限分明。正因為如此，中國戲曲翻譯到西方，就變成了 opera（歌劇），比如京劇譯成 Beijing opera，廣東的粵劇譯成 Cantonese opera，江浙一帶的越劇乾脆就譯成了 Shaoxing opera（紹興戲），因為它以歌唱為主，接近西方的歌劇；而西方的戲劇 drama 傳到中國，就變成了「話劇」，因為它是一種單純道白（說話）的戲劇，和我們載歌載舞的戲曲差別太大，中文只好創造了一個新詞給它。而我們自己之所以至今也不把我們的傳統戲曲叫作「歌劇」，是因為在我們自己看來，戲曲是一種集唱、念、做、打於一體的綜合藝術，用王國維的話來說，「戲曲者，謂以歌舞演故事也」，跟西方歌唱占絕對優勢的 opera 還不是一回事。現在我們也引進了西方的歌劇，發展了我們的民族歌劇，比如歌劇《江姐》。誰都看得出，它和戲曲完全是兩碼事。

西方戲劇的原始形態實際上是和東方戲劇一樣的歌舞結合，比如古希臘戲劇就有合唱隊，角色身分多變，只是到後來才逐漸與歌舞脫離，各自獨立成為話劇、歌劇和舞劇等等。到二十世紀，由於話劇的日漸僵化，西方戲劇開始重新回到傳統，並把眼光投向東方，尋找戲

劇多樣化的表現形式。到二十世紀末，東西方戲劇的兩大分野又出現了新的融合。新的載歌載舞的音樂劇的出現和熱門，似乎正是這一現象的回應。

這裡，我們只簡略地介紹一下中國戲劇和西方戲劇的發展歷史。

和前幾章的做法略有不同，本章在介紹戲劇的時候，需要中西並重，原因有三：其一，西方戲劇比中國戲劇成熟早，幾千年不間斷地傳下來，其成就，尤其是文學成就相當高；中國戲劇成熟晚，文學成就元代最高，明清次之，其後，建樹不大。中西並重，已經是對中國的偏重。其二，對異質文化的了解，是對本土文化的強有力的參照。在世界戲劇格局裡，中西戲劇存在著明顯的兩大分野，呈現出兩種迥然不同的面貌，了解西方戲劇，有助於我們更清楚地認識中國戲劇。其三，當今世界戲劇越來越趨向於東西方戲劇的融合，東西方戲劇之間的交流、借鑑日益頻繁，中國戲劇既在觀念上影響了西方戲劇，也在許多方面深受西方戲劇的影響，中國戲劇的重要品種之一——話劇，還純粹是舶來品。從這個角度上講，不了解西方戲劇，也難以全面了解中國戲劇。

儘管如此，我們在作品欣賞部分，仍以中國戲劇為主。

❀ 中國戲劇

中國戲劇主要指戲曲和話劇，戲曲是土生物，話劇是舶來品。

中國戲曲最早的源頭是原始歌舞和巫覡禮儀，如堯舜時代的「百獸率舞」和春秋時代的「蠟祭」、「儺祭」。屈原的〈九歌〉也記載了一場載歌載舞的祭祀禮儀，從詩歌的描寫來看，這場祭祀禮儀已經非常接近戲劇表演了。這些都帶有宗教色彩，是王國維所謂的「娛神」。戲曲的另一個源頭是先秦古優的「娛人表演」。古優是先秦王公貴族豢養在身邊說笑取樂的一種弄人，他們能言善辯，幽默詼諧，往往以歌舞表演直言納諫，為民請命。在《國語》和《史記》裡，有許多這類的故事，著名的「優孟衣冠」的表演是那樣的成功，已經使

優孟被奉為中國戲劇的鼻祖。後來，中國戲曲一直援用「優人」一詞來指代演員，直到新中國成立，才逐漸放棄。

先秦以後，從漢百戲、唐參軍到宋雜劇、金院本、諸宮調，中國戲曲從民間的「勾欄」「瓦舍」裡發育成熟，日漸出落起來，亭亭玉立於世。史家一般認為：中國戲曲形成於宋代，約十二世紀前後。

作為一種舞臺表演藝術，戲曲最基本的特徵大致有以下幾點：

(1)載歌載舞，唱、念、做、打樣樣有，所謂「以歌舞演故事也」。唱，即歌唱；念，即道白；做，即動作表演；所謂的「舞」，俗稱「做功」、「身段」；打，即武打，當然是武戲才有。

(2)表演程式化、虛擬化，自由靈活。程式化、虛擬化的表演，是中國戲曲的一大特色。「一桌二椅」的空曠舞臺，容納著五彩繽紛的大千世界，全靠了這種相對固定而又自由靈活的程式化虛擬化的表演。比如開門、推窗、騎馬、行舟的動作，都有一定的套路，既沒有門和窗，也沒有馬和舟，由於動作固定，觀眾看得明白；再比如演員在臺上走了幾個圓場，就意味著到了另一個地方，甚至走過了千山萬水等等。

(3)曲牌固定，按譜填詞。中國戲曲都是有曲牌的，每個曲牌都有相對固定的樂譜，作曲家按譜填詞，演員上場按譜演唱，樂隊現場伴奏，是一般的規律。不過，同一曲牌在不同的劇目裡也允許有細微的變化與發展。此外，各劇種也都普遍存在不斷吸納新的曲調創新曲牌的現象。戲曲劇種之間的差別也主要體現在聲腔演唱方面，不同的聲腔和演唱方法，形成了不同的聲腔劇種。

(4)角色類型化，「生、旦、淨、末、丑」，行當齊全。戲曲行當是戲曲角色類型化的突出表現，也是中國戲曲特有的一種表演體制。戲曲的角色分類相當細緻繁複，種類繁多，但歸納起來不外乎「生、旦、淨、末、丑」五大類。又因為許多劇種把「末」歸入「生」行，所以也常說「生、旦、淨、丑」四大類。生，劇中除「淨、丑」以外的男角的通稱，主要有老生、小生、武生幾種；旦，劇中女角的通

稱，主要有正旦、花旦、武旦、老旦等；淨，俗稱花臉，以各種色彩和圖案勾勒的臉譜為主要標誌，專門表現性格粗獷、豪邁的人物形象，如包公、曹操和張飛等人物形象；丑，俗稱小花臉，劇中喜劇角色的通稱，以鼻梁和眼窩間的白色臉譜為突出標誌，主要有文丑和武丑兩大類。

這幾個特點，也只是簡單勾勒而已，細究起來，每一項都非常複雜，此處從略。

我國現存最早的戲曲劇本是南宋時期的《張協狀元》，由溫州九山書會編撰，收於明代《永樂大典》第 13991 卷。在此之前，可能還有一些失傳的劇本。

元代，中國戲曲剛剛形成不久，就立即迎來了它的黃金時代。如果我們把清朝末年地方戲的勃興稱之為演員的時代，把二十世紀以來的戲劇稱之為導演的時代的話，元代無疑是一個戲曲文學的黃金時代──元雜劇，也就是我們常說的「元曲」，是迄今為止世界上少有的幾種戲劇珍品之一，和古希臘戲劇、文藝復興時期的英國戲劇一樣，以其為數眾多的藝術精品光照千秋。在中國文學史上，正如王國維先生所說：「凡一代有一代之文學，唐詩、宋詞、元曲、明清小說……」戲曲文學在元代的發達，前無古人，後無來者。

這是一個劇作家及其作品群星燦爛碩果纍纍的時代，關漢卿、白樸、王實甫、馬致遠、高文秀、鄭光祖、紀君祥……一大批卓有成就的劇作家，創作了一大批名垂青史的精品傑作，如：關漢卿的《竇娥冤》、《救風塵》、《望江亭》、《蝴蝶夢》，白樸的《牆頭馬上》，王實甫的《西廂記》，高文秀的《澠池會》，馬致遠的《漢宮秋》，鄭光祖的《倩女離魂》，紀君祥的《趙氏孤兒》，尚仲賢的《柳毅傳書》等等。

元代，蒙族統治中國，「儒人到底不如人」，文人地位低下，沈淪於社會的底層，這使他們因禍得福，得以與最下層的民間戲曲結合，成就了一世偉名。也正是由於這個原因，元代的劇作始終充滿了

悲憤、感慨，它們蒼涼、哀怨、惆悵，鬱悶、吶喊、抗爭，在風雨如晦的時代，抒發著聰明無益、生不得志的怨憤和濟世救民、避世超脫的企盼，充滿著無限的生機與活力。元雜劇文學已經達到了很高的藝術水平，它們結構嚴謹、情節豐富、語言樸實優美、感情充沛，塑造了許許多多個性鮮明美好動人的人物形象。

　　戲曲發展到明清，以傳奇作品居多，故稱「傳奇」。清代戲劇家李漁《閒情偶寄》言：「古人呼劇本為『傳奇』者，因其事甚奇特，未經人見而傳之，是以得名。」較之元雜劇，明清傳奇篇幅更長，生活容量更大。由於這時的文人地位較高，文化品味也較高，士大夫氣十足，故而追求典雅華麗的曲詞和劇本的文學性，卻大大地削弱了劇本的戲劇性和可看性。明清崑曲的蓬勃發展與後來的衰落，都與士大夫的這種欣賞趣味有關。此期的著名的傳奇作家，主要有湯顯祖、洪昇和孔尚任、李玉、李漁等。

　　清末，隨著崑曲的衰落，地方戲勃興，各種戲曲劇種、聲腔表演流派百花爭艷。這是一個演員的時代，劇作家的地位和名氣逐漸被演員取代，從文學的角度來看，戲曲文學的黃金時代已一去不返。

　　二十世紀初，西方話劇傳入中國，由於話劇相對於戲曲善於表現現實生活的特徵，它很快被新一代的中國人接受，成為現代戲的重要表現形式。到今天，戲曲基本上是老人市場，話劇則是愛好戲劇的年輕人的首選。中國話劇九十年，成敗得失各有其說，公認的經典是曹禺的《雷雨》和老舍的《茶館》。

　　另外，從西方傳入中國的歌劇、舞劇（包括芭蕾舞劇）近幾十年也有顯著的地位，其中比較出色的作品有歌劇《江姐》、《洪湖赤衛隊》和芭蕾舞劇《紅色娘子軍》、《白毛女》等。音樂劇近年來剛剛從國外傳入，開始有了一些原始的自編劇目，火爆、熱烈、華麗、高科技、快節奏，現代感十足，深受年輕人喜愛，市場前景看好。不過，就世界範圍來看，即使是最經典的美國百老匯音樂劇，也是以製作的精美和豪華著稱，總體而言，音樂劇是一種通俗化的娛樂品，文

學價值不大。

❀ 西方戲劇

　　歐洲是西方文明的發源地。歐洲戲劇的發源地在希臘，古希臘的戲劇，翻開了西方戲劇最炫目的一頁。

　　古希臘戲劇產生於西元前六世紀，起源於酒神祭祀和豐收歌舞。西元前六世紀到西元前四世紀，是古希臘戲劇的黃金時代，產生了著名的三大悲劇家埃斯庫羅斯、索福克勒斯、歐里庇德斯和喜劇家阿里斯多芬，其代表作分別是《被縛的普羅米修斯》、《伊底帕斯王》、《美狄亞》、《阿卡奈人》。

　　古希臘悲劇和喜劇界限分明。悲劇大多取材於神話傳說，以神和半神半人的英雄為主角，結構嚴謹，風格典雅，內容崇高莊嚴，主要歌頌英雄人物的英雄氣概，其中心焦點是描寫個人意志與命運的衝突。在古希臘戲劇裡，儘管命運是不可抗拒的，但人的意志和力量也是不可摧毀的，因此，雖然古希臘悲劇是人的命運的悲劇，但它們給人的感覺是悲壯，而不是悲哀。其最傑出的悲劇是索福克勒斯的《伊底帕斯王》，它被稱為古希臘悲劇的典範。

　　古希臘喜劇大多取材於現實生活，以普通人為主角，是對社會、政治、宗教、倫理和日常生活的諷刺，幽默滑稽，切中時弊。

　　古羅馬戲劇的主要成就是喜劇，約在西元前三世紀到西元前二世紀的時候，出現了兩個著名的喜劇家：普勞圖斯和泰倫斯。

　　中世紀一千年，由於連年的戰爭造成的文化斷層和基督教對文化的壟斷和壓制，歐洲文學進入了一段漫長的黑暗時期，基本上沒有產生什麼傑出的戲劇。

　　十四至十六世紀，文藝復興的浪潮席捲歐洲，歐洲文學迎來了新的曙光，戲劇進入了第二個高峰期。歐洲文藝復興戲劇的代表作家是英國的莎士比亞。莎士比亞的戲劇是當之無愧的世界第一流戲劇，莎士比亞已經去世將近四百年了，研究莎士比亞的學問——莎學，已發

展為一門世界性的學科。到今天，他的戲劇還是一種活的戲劇，在世界各地頻繁地上演。在中國，不僅有各種話劇的莎劇演出，各種戲曲形式的莎劇也日益成為新的戲劇景觀。在紅線女的主持下，廣東粵劇曾改編過莎劇的《威尼斯商人》（1983年，更名為《天之驕女》）和《第十二夜》（1995年，更名為《天作之合》）上演。

　　十七世紀，歐洲戲劇進入古典主義時期，其代表首推法國戲劇。法國古典主義戲劇的代表人物有悲劇家高乃依、拉辛和喜劇家莫里哀，其中，成就最高的是莫里哀。莫里哀的喜劇在內容上突破了古典主義要求描寫帝王將相的限制，在藝術上靈活運用了古典主義戲劇「三一律」，要求時間（不超過一天）、地點（自始至終同一場景）和情節（始終圍繞一個中心事件）的「三個單一」的法則，人物性格鮮明突出，戲劇情節活潑有趣。莫里哀的代表作是《偽君子》。

　　十八世紀的歐洲興起了啟蒙主義運動，在這場運動中，文學是一員大將，戲劇相對遜色。這一時期著名的戲劇作品有法國劇作家博馬舍的《費加洛的婚禮》、德國劇作家席勒的《陰謀與愛情》、義大利劇作家哥爾多尼的《一僕二主》等。十八世紀，悲、喜劇之間的嚴格界限逐漸被打破，興起了悲喜劇、正劇和市民戲劇。

　　十九世紀以後，歐洲文學先後進入浪漫主義和現實主義時期，戲劇也不例外。浪漫主義戲劇最著名的作品是法國作家雨果的《歐那尼》和小仲馬的《茶花女》。現實主義戲劇的成就更高，俄國的契訶夫寫下了《三姊妹》和《櫻桃園》、奧斯特羅夫斯基寫下了《大雷雨》、高爾基寫下了《在底層》、英國的蕭伯納寫下了《華倫夫人的職業》、挪威的易卜生寫下了《玩偶之家》等等優秀的戲劇作品，從各個不同的角度揭露了現實社會的黑暗、腐朽，描寫了底層人民的不幸遭遇，鞭撻了人性的虛偽和醜惡，抒發了劇作家對生活和未來的美好情愫，成為時代的一面鏡子。

　　二十世紀是一個紛紜複雜、瞬息多變的世紀，現實主義尚未退潮，在現代主義的旗幟下，各種思潮和流派紛至沓來，大江後浪推前

浪，你未唱罷我已登場。就戲劇而言，先後就有象徵主義、表現主義、存在主義、荒誕派等粉墨登場，出現了比利時的梅特林克（代表作象徵主義戲劇《青鳥》）、瑞典的斯特林堡（代表作表現主義戲劇《到大馬士革去》和《鬼魂奏鳴曲》）、美國的奧尼爾（代表作表現主義戲劇《毛猿》和《瓊斯皇》，現實主義戲劇《進入黑夜的漫長旅程》等）、法國的沙特（代表作存在主義戲劇《死無葬身之地》）、尤奈斯庫（代表作荒誕派戲劇《禿頭歌女》）、貝克特（代表作荒誕派戲劇《等待果陀》）等著名的戲劇家。現代主義戲劇標榜反傳統、反理性、反英雄、反典型化、反矛盾衝突甚至反情節，竭力描繪世界的荒誕與不可理喻，描寫人與世界、人與人之間的隔膜、冷漠，展示人物內心深處的夢幻、無意識以及對人自身處境和遭遇的絕望等等，為戲劇表現社會和人生開拓了新的領域。

三、戲劇文學的欣賞方法

戲劇是一種綜合性的藝術，欣賞一齣舞臺劇，自然要求全面體會一臺戲在一度創作和二度創作上的各種表現，尤其是其文學、導演、表演和舞美（舞臺美術）等方面的配合與默契。單就戲劇文學的欣賞而言，我們應該從以下三個方面入手：

❀ 具備文學欣賞的基本功

戲劇文學是文學的重要組成部分，儘管劇本創作首先是為了演出，但一臺戲是否成功，是否具有長久的藝術生命力，文學性的強弱，仍然是一塊重要的試金石。實際上，古往今來，絕大多數的戲劇劇本都是可以當作純文學作品來作案頭閱讀的，古典戲劇尤其如此。因此，文學欣賞是戲劇文學欣賞的前提和基礎，欣賞戲劇文學，必須具備起碼的文學欣賞的基本功，並且運用文學欣賞的基本功方法來欣賞戲劇文學的文學性，包括作品的思想性、藝術性，最主要的是戲劇

人物形象塑造的成功與否，以及作品反映生活的深度和廣度及其獨特的視角。這些，沿用文學欣賞的一般方法即可。

❀ 熟悉戲劇文學的獨特表現手法

戲劇文學畢竟不是純文學，它是舞臺演出的底本，因此必須符合舞臺演出的要求——能搬上舞臺和具有戲劇性。

首先，它必須能搬上舞臺。戲劇是靠演員的表演來反映社會生活的，絕大多數的劇本內容都要靠演員的語言和形體動作來表現，其他的部分則靠舞臺美術包括舞臺道具、燈光造型來體現。因此，一個完整的劇本必須由舞臺場景（分幕分場和場景提示）、人物語言（臺詞、唱詞）和人物動作提示三個部分組成，缺一不可。小說式的籠統的描述是禁止的。

其次，它必須具有很強的戲劇性。戲劇性體現在舞臺上是豐富多樣的，體現在劇本裡，主要表現在結構和語言兩個方面。戲劇演出是有時間和空間限制的，這就要求劇本的結構必須非常講究。一般說來，戲劇的結構方式有三重：(1)開放式，即順時性展開情節，起－承－轉－合，如《竇娥冤》、《哈姆雷特》；(2)鎖閉式，即逆時性展開情節，突發事件（懸念）－追溯－解決，如《伊底帕斯王》、《雷雨》；(3)串珠式，又稱板塊式或展覽式，即把一系列人物和事件不分主次平分秋色地串起來，展現廣博的社會生活內容，如《茶館》。不管是哪種結構方式，戲劇都非常講究矛盾衝突的設置和高潮的安排，而且往往在矛盾衝突最劇烈的時候安排高潮的出現，在高潮的到來之際結束全劇。在這方面，話劇往往比戲曲出色（傳統戲曲長於抒情，平鋪直敘的時候比較多），《伊底帕斯王》和《雷雨》可算是這方面的傑作。語言上，戲劇文學強調人物語言的動作性和潛臺詞。戲劇靠人物表演，人物語言自然成了戲劇的主體，是戲劇描述事件、推進情節、塑造人物、揭示主題的主要手段。人物的語言稱為臺詞，戲曲稱道白或說白、念白，分為對白、獨白和旁白幾種，戲曲外加唱詞。語

言的動作性包括外部動作和心理動作兩種，前者主要用於描述劇情，後者主要用於揭示心理。戲劇人物的語言還要求具有豐富的潛臺詞，不僅言簡意賅，而且涵義雋永，能讓人回味無窮。這一點，《雷雨》也做得很好。

🌸 了解戲劇和舞臺的基本常識

戲劇歷史悠久，種類繁多，不同類型、不同時代、不同國家和地區的戲劇，有大體相似或各自不同的基本特徵，而且戲劇始終是活在舞臺上的，舞臺上的戲劇和案頭劇本又有本質的區別，這一切和劇本有著千絲萬縷的聯繫。了解這些，對我們更深入地理解和欣賞戲劇文學有極大的幫助。這些知識，當然是了解得越多越好，上文簡介戲劇的基本概念和歷史沿革，可資參考。

竇娥冤①

關漢卿②

第三折

〔外③扮監斬官上，云〕下官監斬官是也。今日處決犯人，著做公的④把住巷口，休放往來人閒走。

〔淨扮公人，鼓三通，鑼三下科，劊子磨旗⑤、提刀、押正旦帶枷上，劊子云〕行動些，行動些，監斬官去法場上多時了。〔正旦唱〕

【正宮·端正好】沒來由⑥犯王法，不提防遭刑憲，叫聲屈動地驚天。頃刻間游魂先赴森羅殿⑦，怎不將天地也生埋怨。

【滾繡球】有日月朝暮懸，有鬼神掌著生死權。天地也，只合把清濁分辨，可怎生糊突了盜跖、顏淵⑧：為善的受貧窮更命短，造惡的享富貴又壽延。天地也，做得個怕硬欺軟，卻原來也這般順水推船⑨。地也，你不分好歹何為地。天也，你錯勘賢愚枉做天！哎，只落得兩淚漣漣。

〔劊子云〕快行動些，誤了時辰也。〔正旦唱〕

【倘秀才】則被這枷紐的我左側右偏，人擁的我前合後偃。我竇娥向哥哥行⑩有句言。

〔劊子云〕你有什麼話說？〔正旦唱〕

【倘秀才】前街裡去心懷恨，後街裡去死無冤，休推辭路遠。

〔劊子云〕你如今到法場上面，有什麼親眷要見的，可教他過來見你一面也好。〔正旦唱〕

【叨叨令】可憐我孤身隻影無親眷，則落的吞聲忍氣空嗟怨。

〔劊子云〕難道你爺娘家也沒的？〔正旦云〕只有個爹爹，十三年前上朝取應去了，至今杳無音信。〔正旦唱〕

【叨叨令】早已是十年多不睹爹爹面。

〔劊子云〕你適才要我往後街裡去，是什麼主意？〔正旦唱〕

【叨叨令】怕則怕前街裡被我婆婆見。

〔劊子云〕你的性命也顧不得，怕他見怎的？〔正旦云〕俺婆婆若見我披枷帶鎖赴法場餐刀去呵。〔正旦唱〕

【叨叨令】枉將他氣殺也麼哥⑪，枉將他氣殺也麼哥。告哥哥，臨危好與人行方便。

〔卜兒哭上科，云〕天哪，兀的不是我媳婦兒！〔劊子云〕婆子靠後。〔正旦云〕既是俺婆婆來了，叫他來，待我囑咐他幾句話咱。〔劊子云〕那婆子，近前來，你媳婦要囑咐你話哩。〔卜兒云〕孩兒，痛殺我也。〔正旦云〕婆婆，那張驢兒把毒藥放在羊肚兒湯裡，實指望藥死了你，要霸占我為妻。不想婆婆讓與他老子吃，倒把他老子藥死了。我怕連累婆婆，屈招了藥死公公，今日赴法場典刑。婆婆，此後遇著冬時年節，月一十五，有瀽⑫不了的漿水飯，瀽半碗兒與我吃；燒不了的紙錢，與竇娥燒一陌⑬兒。則是看你死的孩兒面上。〔正旦唱〕

【快活三】念竇娥葫蘆提⑭當罪愆，念竇娥身首不完全，念竇娥從前已往幹家緣⑮；婆婆也，你只看竇娥少爺無娘面。

【鮑老兒】念竇娥服侍婆婆這幾年，遇時節將碗涼漿奠；你去那受刑法屍骸上烈⑯些紙錢，只當把你亡化的孩兒薦。

〔卜兒哭科，云〕孩兒放心，這個老身都記得。天哪，兀的不痛殺我也！〔正旦唱〕

【鮑老兒】婆婆也，再也不要啼啼哭哭，煩煩惱惱，怨氣沖天。這都是我做竇娥的沒時沒運，不明不暗，負屈銜冤。

〔劊子做喝科，云〕兀那婆子靠後，時辰到了也。〔正旦跪科。劊子開枷科。正旦云〕竇娥告監斬大人，有一事肯依竇娥，便

死而無怨。〔監斬官云〕你有什麼事？你說。〔正旦云〕要一領⑰淨席，等我竇娥站立，又要丈二白練，掛在旗槍⑱上。若是我竇娥委實冤枉，刀過處頭落，一腔熱血休半點兒沾在地下，都飛在白練上者。〔監斬官云〕這個就依你，打什麼不緊⑲。〔劊子做取席、站科，又取白練掛旗上科。正旦唱〕

【耍孩兒】不是我竇娥罰下這等無頭願，委實的冤情不淺。若沒些兒靈聖與世人傳，也不見得湛湛青天。我不要半星熱血紅塵灑，都只在八尺旗槍素練懸。等他四下裡皆瞧見，這就是咱萇弘化碧，望帝啼鵑⑳。

〔劊子云〕你還有甚的說話，此時不對監斬大人說，幾時說那？〔正旦再跪科，云〕大人，如今是三伏天道，若竇娥委實冤枉，身死之後，天降三尺瑞雪，遮掩了竇娥屍首。〔監斬官云〕這等三伏天道，你便有沖天的怨氣，也召不得一片雪來，可不胡說！〔正旦唱〕

【二煞】你道是暑氣暄，不是那下雪天；豈不聞飛霜六月因鄒衍㉑？若果有一腔怨氣噴如火，定要感得六出冰花㉒滾似錦，免著我屍骸現；要什麼素車白馬㉓，斷送出古陌荒阡？

〔正旦再跪科，云〕大人，我竇娥死的委實冤枉，從今以後，著這楚州亢旱三年。〔監斬官云〕打嘴！那有這等說話！〔正旦唱〕

【一煞】你道是天公不可期，人心不可憐，不知皇天也肯從人願。做什麼三年不見甘霖降？也只為東海曾經孝婦冤㉔。如今輪到你山陽縣。這都是官吏每無心正法，使百姓有口難言。

〔劊子做磨旗科，云〕怎麼這一會兒天色陰了也？〔內做風科，劊子云〕好冷風也！〔正旦唱〕

【煞尾】浮雲為我陰，悲風為我旋，三樁兒誓願明題遍。

〔做哭科，云〕婆婆也，直等待雪飛六月，亢旱三年呵，〔正旦唱〕

【煞尾】那其間才把你個屈死的冤魂這竇娥顯。

〔劊子做開刀，正旦倒科〕〔監斬官驚云〕呀，真個下雪了，有這等異事！〔劊子云〕我也道平日殺人，滿地都是鮮血，這個竇娥的血，都飛在那丈二白練上，並無半點落地，委實奇怪。〔監斬官云〕這死罪必有冤枉，早兩樁兒應驗了，不知亢旱三年的說話，準也不準？且看後來如何。左右，也不必等待雪晴，便與我抬他屍首，還了那蔡婆婆去罷。

〔眾應科，抬屍下〕

① 《竇娥冤》是關漢卿的代表作，全名《感天動地竇娥冤》，是中國最著名的悲劇之一，王國維甚至認為把它列入世界十大悲劇之中，也當之無愧。該劇透過竇娥的悲慘遭遇和含冤而死，深刻地揭露了元代社會政治、經濟、法律和道德的黑暗腐朽與卑鄙齷齪；並藉由她的不屈反抗和血淚控訴，對是非顛倒、黑白不分的醜惡現實進行了猛烈的抨擊，表達了長期遭受壓迫的人民群眾無可訴告的強烈不滿。全劇的情節梗概為：竇娥三歲喪母，七歲時因家貧被父親竇天章送給放債人蔡婆婆做童養媳抵債，十七歲成婚，兩年後丈夫病亡，婆媳倆相依為命。一日，蔡婆婆出門向賽盧醫索債，被賽盧醫騙到城外企圖謀財害命，路過的惡棍張驢兒父子嚇跑了賽盧醫，藉機威逼蔡婆婆婆媳倆與他們父子成婚，並占住蔡家，竇娥堅決不從。張驢兒欲毒死蔡婆婆霸占竇娥，結果毒死了其父，再次威脅竇娥與之成親，否則誣告她藥死張父。竇娥問心無愧，寧願到官府論理。貪官聽信一面之詞，嚴刑逼訊，竇娥寧死不屈，但為免蔡婆婆被打，被迫委屈招認，被判處斬刑。赴刑途中，滿腔悲憤的竇娥控訴著世道的不公和心中的怨恨，刑前發下三樁誓願：一要在刀過頭落後一腔熱血飛灑在丈二白練之上；二要六月飛雪掩蓋她的屍體；三要當地大旱三年。後來誓願一一應驗，顯示出竇娥感

天動地的巨大冤屈。三年後，其父竇天章考中進士，被朝廷派任兩淮提刑肅政廉訪使到當地審查案卷。竇娥的鬼魂向父親訴說冤情，終於得到昭雪。

②關漢卿，我國元代最著名的戲劇家，元大都（今北京）人，漢卿乃字，號一齋（又作已齋），名不詳。約生於蒙古滅金（1234年）以前，卒於元成宗大德年間（1297～1307）。《永樂大典》載其「生而倜儻，博學能文，滑稽多智，蘊藉風流，為一時之冠」。所作雜劇六十多種，現存十八種，以《竇娥冤》、《救風塵》、《單刀會》最負盛名，《望江亭》、《魯齋郎》、《拜月亭》、《調風月》也十分有名，此外還作了大量散曲。關漢卿的雜劇深刻地反映了元代動盪不安的社會現實，充滿了濃鬱的時代氣息。他的雜劇多以底層人民的生活為內容，塑造了童養媳竇娥、妓女趙盼兒（《救風塵》）、寡婦譚記兒（《望江亭》）、少女王瑞蘭（《拜月亭》）等一系列栩栩如生的普通婦女形象，愛憎分明地表達了受壓迫人民的智慧和反抗。關漢卿熟悉舞臺和演員，他的雜劇大多結構緊湊、手法簡練，場次的設置和高潮的安排獨具匠心，語言自然樸實，生動活潑，明白如話而又詩意盎然，富有表現力，舞臺生命力很強。

③外：元雜劇角色名，多為「外末」的省稱，有時也作「外旦」、「外淨」的省稱。

④做公的：即下文的「公人」，衙門中的差役。

⑤磨旗：搖旗，揮旗。

⑥沒來由：無緣無故。

⑦閻王殿，陰間閻王的審判堂。

⑧糊突：糊塗。盜跖：跖是古代傳說中反抗貴族統治的人物，被統治者誣為「盜」，故稱「盜跖」。顏淵：孔子的學生，貧而好學，古代賢人的典型。

⑨元來：原來。順水推船：藉機行事，此處作趨炎附勢解。

⑩向：指示方位。「哥哥行」：哥哥那裡。

⑪也麼哥：語氣助詞，通常用於句尾加強語氣。

⑫瀽：倒，潑。

⑬陌：通「百」。

⑭葫蘆提：糊裡糊塗。

⑮幹家緣：做家務。

⑯烈：燒。

⑰領：張。

⑱旗槍：旗杆頂上的金屬飾物。

⑲打什麼不緊：沒什麼關係，不要緊。

⑳萇弘化碧：萇弘，周之忠臣，無辜被害，流血成石，或謂化為碧玉，不見其屍。

望帝啼鵑：古代傳說蜀王杜宇號望帝，為其相所逼，遜位後隱居山中，其魂化為杜鵑，啼聲淒厲，百姓哀之。

㉑鄒衍，戰國時燕之忠臣，傳說他被讒下獄，仰天大哭，時值夏天，上蒼感動，竟然下霜。後人遂以「六月飛霜」喻冤獄。

㉒六出冰花：指雪，因雪為六瓣形晶體。

㉓素車白馬：指弔喪送葬。東漢時，范式與張劭交好，劭死，式老遠地乘白車白馬往弔。

㉔東海曾經孝婦冤：傳說漢時東海有寡婦周青為侍奉婆婆矢志不嫁，婆婆遂自縊而死。小姑誣告其殺人之罪，被處死。臨刑之際，孝婦指身邊竹竿言：倘我無罪，血沿竿往上倒流，果然。東海大旱三年，後任官員查問就裡，有人代為申雪，乃雨。事本《漢書・于定國傳》和干寶《搜神記》，《竇娥冤》即取材於此。

　　該劇成功地塑造了年輕婦女竇娥有血有肉的藝術形象，一方面，

她心地善良，對婆婆極盡孝順，為了婆婆的生命安全，不惜犧牲自己；另一方面，她又秉性剛直，對惡勢力絕不屈服，奮起抗爭。她的頭腦裡本來充滿了孝順、貞節等等封建倫理觀念，對封建官府的清明也抱有幻想，但是，醜惡的社會現實把她一步一步地推向了劊子手的刀下。在生命的最後時刻，滿腔的冤屈、憤怒終於爆發出絢麗的火花，她指天罵地，控訴日月、鬼神和天地：「有日月朝暮懸，有鬼神掌著生死權。天地也，只合把清濁分辨，可怎生糊突了盜跖、顏淵：為善的受貧窮更命短，造惡的享富貴又壽延。天地也，做得個怕硬欺軟，卻元來也這般順水推船。地也，你不分好歹何為地？天也，你錯勘賢愚枉做天！」

這是一個渺小的弱者對無邊的黑暗發出的不屈抗議！竇娥大膽反抗的性格由此得到了驚心動魄的表現。這裡所選的第三折，是全劇的高潮，竇娥的形象在此得到了飛躍的發展：在天地面前，她怨氣沖天；在婆婆面前，她肝腸寸斷；在死亡面前，她不屈不撓，堅信真理在自己一邊，發下三樁誓願，高唱著「浮雲為我陰，悲風為我旋」，慷慨就義。關漢卿從多個角度，多側面地展示了竇娥鮮明的個性，並在一齣現實感極強的悲劇裡，使用了強烈的浪漫主義的筆法，讓竇娥的誓願當場應驗，以真理的力量，成就了一齣感天動地的竇娥冤。

西廂記①

王實甫②

第四本·第三折

〔夫人、長老上，云〕今日送張生赴京，十里長亭，安排下筵席。我和長老先行，不見張生小姐來到。

〔旦、末、紅同上。旦云〕今日送張生上朝取應去，早是離人傷感，況值那暮秋天氣，好煩惱人也呵！「悲歡聚散一杯酒，南北東西萬里程」。〔唱〕

【正宮·端正好】碧雲天，黃花地，西風緊，北雁南飛。曉來誰染霜林醉？總是離人淚。

【滾繡球】恨相見得遲，怨歸去得疾。柳絲長玉驄③難繫，恨不得倩疏林掛住斜暉。馬兒迍迍④行，車兒快快隨，卻⑤告了相思迴避，破題兒⑥又早別離。聽得道一聲「去也」，鬆了金釧；遙望見十里長亭，減了玉肌。此恨誰知？

〔紅云〕姐姐今日怎麼不打扮？〔旦云〕你哪裡知道我的心哩！〔唱〕

【叨叨令】見安排著車兒、馬兒，不由人熬熬煎煎的氣；有什麼心情花兒、靨兒⑦，打扮得嬌嬌滴滴的媚；準備著被兒、枕兒，則索昏昏沈沈的睡；從今後衫兒、袖兒，都搵做重重疊疊的淚。兀的不悶殺人也麼哥，兀的不悶殺人也麼哥。久已後書兒、信兒，索⑧與我栖栖惶惶的寄。

〔生到了，見夫人科。夫人云〕張生和長老坐，小姐這壁坐，紅娘將酒來。張生，你向前來，是自家親眷，不要迴避。俺今日將鶯鶯與你，到京師休辱沒了俺孩兒，掙揣一個狀元回來者。〔末云〕小生託夫人餘蔭，憑著胸中之才，覷官如拾芥⑨耳。〔潔云〕夫人主張不差，張生不是落後的人。〔把酒了，坐。旦長吁科，唱〕

【脫布衫】下西風黃葉紛飛，染寒煙衰草萋迷⑩。酒席上斜簽著坐地，蹙愁眉死臨侵地⑪。

【小梁州】我見他閣淚汪汪不敢垂，恐怕人知；猛然見了把頭低，長吁氣，推整素羅衣。

【么篇】雖然久後成佳配，奈⑫時間怎不悲啼。意似癡，心如醉，昨宵今日，清減了小腰圍。

〔夫人云〕小姐把盞者！〔紅遞酒，旦把盞長吁科，云〕請吃

酒！〔唱〕

【上小樓】合歡未已，離愁相繼。想著俺前暮私情，昨夜成親，今日別離。我諗知這幾日相思滋味，卻原來此別離情更增十倍。

【幺】年少呵輕遠別，情薄呵易棄擲。全不想腿兒相壓，臉兒相偎，手兒相攜。你與俺崔相國做女婿，妻榮夫貴，但得一個並頭蓮，強似狀元及第。

〔紅云〕姐姐不曾吃早飯，飲一口兒湯水。〔旦云〕紅娘，什麼湯水咽得下！〔唱〕

【滿庭芳】供食太急，須臾對面，頃刻別離。若不是酒席間子母每當迴避⑬，有心待與他舉案齊眉。

【幺】雖然是廝守得一時半刻，也合著俺夫妻共桌而食。眼底空留意，尋思起就裡，險化做望夫石。

〔夫人云〕紅娘把盞者！〔紅把酒科。旦唱〕

【快活三】將來的酒共食，嘗著似土和泥；假若是土和泥，也有些土氣息、泥滋味。

【朝天子】暖溶溶玉杯，白泠泠似水，多半是相思淚。眼面前茶飯怕不待要吃，恨塞滿愁腸胃。蝸角虛名，蠅頭微利，拆鴛鴦在兩下裡。一個這壁，一個那壁，一遞⑭一聲長吁氣。

〔夫人云〕輛起車兒⑮，俺先回去，小姐隨後和紅娘來。〔下〕〔末辭潔科，潔云〕此一行別無話兒，貧僧準備買登科錄看，做親的茶飯，少不得貧僧的。先生在意，鞍馬上保重者！「從今經懺無心禮，專聽春雷第一聲」。〔下〕〔旦唱〕

【四邊靜】霎時間杯盤狼藉，車兒投東，馬兒向西，兩意徘徊，落日山橫翠。知他今宵宿在哪裡？在夢也難尋覓。

〔旦云〕張生，此一行得官不得官，疾早便回來。〔末云〕小生這一去白奪一個狀元，正是「青霄有路終須到，金榜無名誓不歸」。〔旦云〕君行別無所贈，口占一絕，為君送行：「棄擲今何在，當時且自親。還將舊來意，憐取眼前人。」〔末云〕小姐之意

差矣，張珙更敢憐誰？謹賡一絕，以剖寸心：「人生長遠別，孰與最關親？不遇知音者，誰憐長嘆人？」〔旦唱〕

【耍孩兒】淋漓襟袖啼紅淚，比司馬青衫更溼⑯。伯勞⑰東去燕西飛，未登程先問歸期。雖然眼底人千里，且盡生前酒一杯。未飲心先醉，眼中流血，心內成灰。

【五煞】到京師服水土，趁程途節飲食，順時自保揣⑱身體。荒村雨露宜眠早，野店風霜要起遲！鞍馬秋風裡，最難調護，最要扶持。

【四煞】這憂愁訴與誰？相思只自知，老天不管人憔悴。淚添九曲黃河溢，恨壓三峰華嶽低。到晚來悶把西樓倚，見了些夕陽古道，衰柳長堤。

【三煞】笑吟吟一處來，哭啼啼獨自歸。歸家若到羅幃裡，昨宵個繡衾香暖留春住，今夜個翠被生寒有夢知。留戀你別無意，見據鞍上馬，閣不住淚眼愁眉。

〔末云〕有什言語囑咐小生咱？〔旦唱〕

【二煞】你休憂文齊福不齊，我則怕你停妻再娶妻。休要「一春魚雁無消息」！我這裡「青鸞有信頻須寄」，你卻休「金榜無名誓不歸」。此一節君須記，若見了那異鄉花草，再休似此處栖遲。

〔末云〕再誰似小姐？小生又生此念？僕童趕早行一程兒，早尋個宿處。（念）淚隨流水急，愁逐野雲飛。〔下〕〔旦唱〕

【一煞】青山隔送行，疏林不做美，淡煙暮靄相遮蔽。夕陽古道無人語，禾黍秋風聽馬嘶。我為什麼懶上車兒內，來時甚急，去後何遲！

〔紅云〕夫人去好一會，姐姐，咱家去！〔旦唱〕

【收尾】四圍山色中，一鞭殘照裡。遍人間煩惱填胸臆，量這些大小車兒如何載得起？〔旦、紅下。〕

① 《西廂記》的故事最初來自唐代文人元稹的《鶯鶯傳》，那是一個輕薄文人始亂終棄的故事。在金人董解元的《西廂記諸宮調》裡，張生已變成一個癡情熱戀的書生了。不過，只有到了王實甫的手裡，張生和崔鶯鶯的故事，才成為一個「願普天下有情人都成眷屬」的真摯、美好的愛情故事，千古流芳。相國千金崔鶯鶯才貌雙全，很早就許婚給了表兄鄭恆。父親亡故後，與母親、丫鬟紅娘等護靈回鄉，中途受阻於普救寺西廂房。青年書生張珙（字君瑞）本是禮部尚書之子，父亡後家道敗落，滿腹詩書，正欲進京應試，途中遊普救寺，巧遇鶯鶯，一見傾心，遂以溫習經史為名借住寺內。在一個焚香拜月之夜，張生與鶯鶯隔牆吟詩互通情愫。賊將孫彪（字飛虎）聽說鶯鶯美貌，率兵圍寺，欲索鶯鶯為壓寨夫人。崔老夫人情急之下當眾允諾將女兒嫁予退兵者，張生遣書請來大將軍杜確（字君實），驅散了孫飛虎。崔老夫人隨即悔約，讓張生、鶯鶯兄妹相稱。酒席之上，兩人黯然神傷。張生一病不起。老夫人的虛偽、勢利激起了紅娘的不滿，她在兩人之間奔走打氣，傳遞書信，促成二人私下結合。不久，被崔老夫人察覺，拷問紅娘，紅娘據理力爭，為張生鶯鶯辯護。出於對既成事實的無奈，崔老夫人被迫讓步，但責令張生進京應試中榜後再來迎娶，一對有情人灑淚而別。半年後，張生高中狀元。鄭恆聽聞此事，一怒之下造謠說張生已在京城另娶，後杜確與張生趕來，與之對質，鄭恆羞怒，觸樹而死。一對有情人終成眷屬。

② 王實甫，元雜劇作家，名德信，字實甫，大都（今北京）人，生平不詳，約與關漢卿同時。所著雜劇十三種，現存《西廂記》、《破窯記》、《麗春堂》三種。王實甫的作品辭采華麗、抒情，是元曲文采派的代表。

③ 玉驄：青白色的馬。此處泛指馬。

④迍：行動遲緩貌。

⑤卻：才。

⑥破題兒：開頭，頭一回。

⑦靨兒：原指酒窩，此處指貼在面部的裝飾。

⑧索：須。

⑨拾芥：撿小草，喻輕而易舉，唾手可得。

⑩蔓迷：草茂盛的樣子。衰草蔓迷：謂枯草遍地。

⑪此兩句形容張生。簽：插。死：極為。臨侵：憔悴無力。

⑫奈：無奈。

⑬言老夫人在場，不好與張生親近。

⑭遞：接連不斷。

⑮套上車子。

⑯典出白居易《琵琶行》：「江州司馬青衫溼」。

⑰伯勞：一種鳥。

⑱保揣：保重。揣：量度。

　　《西廂記》在多重戲劇矛盾中著力塑造了張生、鶯鶯、紅娘和老夫人的形象。在三個年輕人和老夫人的矛盾中，突出了老夫人虛偽勢利的貴族習氣和嚴酷的封建家長作風；在張生和鶯鶯的矛盾中，突出了張生的癡情、執著、憨厚與鶯鶯的聰慧、幽雅、穩重；在紅娘和鶯鶯的矛盾中，又突出了紅娘的大膽、熱情、爽快和鶯鶯的內心矛盾、猶疑和謹小慎微。故事情節一波三折，人物心理刻畫細緻入微，語言優美抒情，環境氛圍的烘托恰到好處。此處所選的第四本第三折「長亭送別」，不僅一唱三嘆地描述了張生鶯鶯依依惜別的情景，而且極盡環境氛圍的渲染、鋪墊之能事，用抒情詩一般的優美語言和大白話一般樸實和韻的詩句，把一對熱戀中的情人才相聚、又相離的百轉愁腸表現得淋漓盡致，堪稱中國古典文學的優秀詩篇。

牡丹亭①

湯顯祖②

第十齣　驚夢（節選）

【繞池遊】〔旦上〕夢回鶯囀，亂煞年光遍③。人立小庭深院。〔貼〕炷盡沈煙④，抛殘繡線，恁今春關情似去年⑤？

【烏夜啼】〔旦〕曉來望斷梅關⑥，宿妝殘。〔貼〕你側著宜春髻子⑦恰憑欄。〔旦〕剪不斷，理還亂⑧，悶無端。〔貼〕已吩咐催花鶯燕借春看。〔旦〕春香，可曾叫人掃除花徑？〔貼〕吩咐了。〔旦〕取鏡臺衣服來。〔貼取鏡臺衣服上〕「雲髻羅梳還對鏡，羅衣欲換更添香。」⑨鏡臺衣服在此。

【步步嬌】〔旦〕裊晴絲⑩，吹來閑庭院，搖漾春如線。停半晌，整花鈿⑪。沒揣菱花，偷人半面，迤逗的彩雲偏⑫。〔行介〕步香閨怎便把全身現！

〔貼〕今日穿插的好。

【醉扶歸】〔旦〕你道翠生生出落的裙衫兒茜⑬，艷晶晶花簪八寶填，可知我常一生兒愛好是天然。恰三春好處⑭無人見。不提防沈魚落雁鳥驚喧，則怕的羞花閉月花愁顫。

〔貼〕早茶時了，請行。〔行介〕你看：畫廊金粉半零星，池館蒼苔一片青。踏草怕泥新繡襪，惜花疼煞小金鈴⑮。〔旦〕不到園林，怎知春色如許！

【皂羅袍】原來姹紫嫣紅開遍，似這般都付與斷井頹垣。良辰美景奈何天，賞心樂事誰家院！恁般景致，我老爺和奶奶，再不提起。〔合〕朝飛暮卷，雲霞翠軒；雨絲風片，煙波畫船。錦屏人忒

看的這韶光賤⑯！〔貼〕是花都放了，那牡丹還早。

　　【好姐姐】〔旦〕遍青山啼紅了杜鵑，荼蘼⑰外煙絲醉輭。春香呵，牡丹雖好，他春歸怎占的先⑱！〔貼〕成對兒鶯燕呵。〔合〕閑凝眄，生生燕語明如翦，嚦嚦鶯歌溜的圓。

　　〔旦〕去罷。〔貼〕這園子委是觀之不足也。〔旦〕提他怎的！〔行介〕

　　【隔尾】觀之不足由他繾⑲，便賞遍了十二亭臺是枉然。倒不如興盡回家閑過遣。

①《牡丹亭》，中國古典戲劇中最具浪漫主義色彩的戲劇，是湯顯祖最出色的代表作。該劇一問世，就舉世矚目，「幾令《西廂》減價」。書生柳夢梅，父母早亡，與一個老僕人清貧度日。少女杜麗娘是南安太守杜寶的女兒，美麗、聰明，通曉詩書，自幼被正統的父親管束得特別嚴厲。一日與丫鬟春香偷偷跑到自家的後花園玩耍。一到後花園，便為大自然所呈現的美不勝收的景色所吸引，深深地迷戀於其中，並顧影自憐，為自己的青春美貌被無端擱置而傷感不已，鬱鬱成夢，在夢中與書生柳夢梅在牡丹亭畔歡會纏綿，被母親喚醒責難。杜麗娘滿懷春情不能化解，又再次到後花園尋夢，尋夢不得，柔腸寸斷！回家後一病不起，自知大限已到，自畫一肖像葬於老梅樹下，以死殉了夢中之情。杜家人把她的住所改為梅花觀，又遠仕他鄉了。杜麗娘死後，魂魄到了陰間，她因情而死的故事感動了地獄的判官，允許她三年後還魂陽世與柳夢梅團聚。三年過去了，柳夢梅為獲取功名而四方奔走，途中生病，暫住梅花觀。病癒後到後花園遊玩，發現了杜麗娘的畫像，一見傾心，常常思念這畫中的美麗少女。由此，杜麗娘的鬼魂多次在夜裡與他相會，並終以自己因情而死的實情相訴。柳夢梅為她的一片癡情所深

深感動，到梅樹下開啟了杜麗娘的棺木，杜麗娘從此還魂再生。婚後，柳夢梅赴京趕考，中了狀元。此時，金兵大舉入侵，朝中一片混亂。正在淮陽為官的杜寶夫婦在兵亂中離散。杜麗娘思念擔憂父母，讓丈夫出門去尋找。幾經周折，終於闔家團圓。

②湯顯祖（1550～1616），明代傑出的劇作家，字義仍，號若士、海若，江西臨川人。湯顯祖出身書香人家，中過舉，做過官，曾被貶廣東徐聞，到過澳門。政治上支持代表中小地主和工商業利益的東林黨人；思想上反對陳朱理學，傾向佛學；美學上主張抒寫性靈，不拘格套。著有詩文《玉茗堂集》，傳奇《紫簫記》、《紫釵記》、《牡丹亭》、《南柯記》、《邯鄲記》五種，後四種合稱「臨川四夢」。代表作《牡丹亭》。

③亂煞年光遍：繚亂的春光到處都是。

④炷：熱燒。沈煙：沈香燃燒的煙。沈香，一種名貴的香料。

⑤憑：為什麼。似：深似、濃於。此句意為：為什麼今年的春情濃於去年？

⑥梅關：即大庾嶺，宋置關口。本劇故事發生地點在江西省南安府（大庾）的南面。

⑦宜春髻子：相傳立春那天，婦女剪彩作燕子狀，戴在髻上，上貼「宜春」二字。

⑧剪不斷，理還亂：南唐後主李煜〈相見歡〉中的兩句。

⑨「羅衣欲換更添香」兩句：薛逢詩〈宮詞〉中的兩句，見《全唐詩》卷548。

⑩晴絲：游絲、飛絲，也即後文所說的煙絲，蟲類所吐的絲縷，常在春天的空中飄游。

⑪花鈿：泛指婦女戴的嵌有金花珠寶的首飾。

⑫沒揣：不意，驀然。菱花：鏡子。古時用銅鏡，背面所鑄花紋一般為菱花，因此稱菱花鏡，或用菱花作鏡子的代稱。迤逗的彩雲偏：迤逗：或作拖逗，引惹，挑逗。彩雲：美麗的髮鬢的

代稱。全句,想不到鏡子(擬人化)偷偷地照見了她,害得她羞答答地把髮鬢也弄歪了。這幾句寫出一個少女含情脈脈的微妙心理,她是連看見鏡子裡自己的影子也有些不好意思的。

⑬翠生生:極言彩色鮮艷。出落的:顯出,襯托出。茜,茜紅色,鮮明。或同倩。

⑭三春好處:比喻自己的青春美貌。

⑮惜花疼煞小金鈴:《開元天寶遺事》:「天寶初,寧王……於後園中紉紅絲為繩,密綴金鈴,掣於花梢之上。每有鳥鵲翔集,則令園吏置鈴索以驚之。蓋惜花之故也。」疼,為惜花常常掣鈴,連小金鈴都被拉得疼煞了。這是誇大的描寫。

⑯錦屏人:深閨中人。忒:太。

⑰荼蘼:一種花,薔薇科。

⑱牡丹雖美,但它花開太遲,怎能占春花第一呢?語含青春被誤的幽怨和傷感。

⑲纏:留戀、牽縭。

 提示

湯顯祖在作者題詞中曾這樣感嘆:「如麗娘者,乃可謂有情之人耳!情不知所起,一往而深。生者可以死,死可以生。」的確,貫穿《牡丹亭》全劇的,作者所熱烈稱讚的,正是杜麗娘那種作為一個至情人,發乎情、止乎情、於冷酷而窒息的封建樊籠中衝出一個自己的天地的大膽精神。在劇中,湯顯祖把自己的全部喜愛和讚賞都傾注在杜麗娘身上,使得杜麗娘這一形象格外鍾靈秀氣、超凡脫俗。欣賞《牡丹亭》,必須把它置於我國中晚期「存天理、滅人欲」的嚴酷環境中去,才能具體體會杜麗娘作為一個青春少女被過分壓抑後情感猛烈爆發的力度與美感。僅僅是在裙子上繡了成雙成對的花、鳥,抑或白天瞌睡一小會兒這類微不足道的事,就要受到父母的責怪;自家有一個美麗的後花園,自己竟然一無所知……,杜麗娘所受到的各方面

的壓制，可想而知！全劇藉由杜麗娘生生死死大膽執著地追求美好愛情的故事，熱情地歌頌了青年男女的自由愛情，猛烈抨擊了壓制人性的封建禮教。全劇構思奇特，情節豐富，人物性格鮮明突出，語言絢麗多彩。

　　這裡節選的第十齣「驚夢」是其中最為人稱道的優美詩篇，作者以情景交融的筆觸，透過杜麗娘的眼和口，無比真切地展現了杜麗娘久居樊籠一朝解放的巨大欣喜，以及由此而來的對自身命運際遇的無限傷感，使人身臨其境，意趣盎然。「原來姹紫嫣紅開遍，似這般都付與斷井頹垣。良辰美景奈何天，賞心樂事誰家院」等曲詞，與《西廂記》中的「碧雲天，黃花地，西風緊，北雁南飛。曉來誰染霜林醉？總是離人淚」交相輝映，成為中國人代代傳誦的名句。

　　《牡丹亭》全劇很長，總共有五十五齣，今天的演出大多只能是選段或縮編。90年代末上海崑劇團重新推出了全本的《牡丹亭》，分《驚夢》、《回生》、《圓駕》上中下三本，1999年12月底到廣州，在友誼劇院連演了三個晚上，每晚兩個多小時，使人們在舞臺上再次領略了全劇的風采。

雷雨①

曹禺②

第四幕（節選）

魯侍萍　（向四鳳哀婉地）過來，我的孩子，讓我好好地親一親。
　　　　（四鳳過來抱母；魯媽向周萍）你也來，讓我也看你一
　　　　下。（周萍至前，低頭，魯媽望他擦眼淚）好，你們走
　　　　吧——我要你們兩個在未走以前答應我一件事。

周　萍　您說吧。

魯侍萍　你們不答應，我還是不要四鳳走的。

魯四鳳　媽，您說吧，我答應。

魯侍萍　（看他們兩人）你們這次走，最好越走越遠，不要回頭。
　　　　今天離開，你們無論生死，永遠也不許見我。

魯四鳳　（難過）媽，那不——

周　萍　（眼色，低聲）她現在很難過，才說這樣的話，過後，她
　　　　就會好了的。

魯四鳳　嗯，也好，——媽，那我們走吧。

　　　　〔四鳳跪下，向魯媽叩頭，四鳳落淚，魯媽竭力忍著。〕

魯侍萍　（揮手）走吧！

周　萍　我們從飯廳裡出去吧，飯廳裡還放著我幾件東西。

　　　　〔三人——周萍，四鳳，魯媽——走到飯廳門口，飯廳門
　　　　開。蘩漪走出，三人俱驚視。〕

魯四鳳　（失聲）太太！

周蘩漪　（沈穩地）咦，你們到哪兒去？外面還打著雷呢！

周　萍　（向蘩漪）怎麼你一個人在外面偷聽！

周蘩漪　嗯，不只我，還有人呢。（向飯廳上）出來呀，你！

　　　　〔周冲由飯廳上，畏縮地。〕

魯四鳳　（驚愕）二少爺！

周　冲　（不安地）四鳳！

周　萍　（不高興，向弟）弟弟，你怎麼這樣不懂事？

周　冲　（莫名其妙地）媽叫我來的，我不知道你們這是幹什麼。

周蘩漪　（冷冷地）現在你就明白了。

周　萍　（焦躁，向蘩漪）你這是幹什麼？

周蘩漪　（嘲弄地）我叫你弟弟來給你們送行。

周　萍　（氣憤）你真卑——

周　冲　哥哥！

周　萍	弟弟，我對不起！——（突向蘩漪）不過世界上沒有像你這樣的母親！
周　沖	（迷惑地）媽，這是怎麼回事！
周蘩漪	你看哪！（向四鳳）四鳳，你預備上哪兒去？
魯四鳳	（囁嚅）我……我……
周　萍	不要說一句瞎話。告訴他們，挺起胸來告訴他們，說我們預備一塊兒走。
周　沖	（明白）什麼，四鳳，你預備跟他一塊兒走？
魯四鳳	嗯，二少爺，我，我是——
周　沖	（半質問地）你為什麼早不告訴我？
魯四鳳	我不是不告訴你；我跟你說過，叫你不要找我，因為我——我已經不是個好女人。
周　萍	（向四鳳）不，你為什麼說自己不好？你告訴他們！（指蘩漪）告訴他們，說你就要嫁我！
周　沖	（略驚）四鳳，你——
周蘩漪	（向周沖）現在你明白了。（周沖低頭）
周　萍	（突向蘩漪，刻毒地）你真沒有一點心肝！你以為你的兒子會替——會破壞麼？弟弟，你說，你現在有什麼意思，你說，你預備對我怎麼樣？說！哥哥都會原諒你。〔周沖望蘩漪，又望四鳳，自己低頭。〕
周蘩漪	沖兒，說呀！（半晌，急促）沖兒，你為什麼不說話呀？你為什麼不抓著四鳳問？你為什麼不抓著你哥哥說話呀？（又頓。眾人俱看周沖，周沖不語）沖兒你說呀，你怎麼，你難道是個死人？啞巴？是個糊塗孩子？你難道見著自己心上喜歡的人叫人搶去，一點兒都不動氣麼？
周　沖	（抬頭，羔羊似地）不，不，媽！（又望四鳳，低頭）只要四鳳願意，我沒有一句話可說。
周　萍	（走到周沖面前，拉著他的手）哦，我的好弟弟，我的明

　　　　　　白弟弟！

周　沖　（疑惑地，思考地）不，不，我忽然發現……我覺得……
　　　　我好像並不是真愛四鳳；（渺渺茫茫地）以前——我，
　　　　我，我——大概是胡鬧！

周　萍　（感激地）不過，弟弟——

周　沖　（望著周萍熱烈的神色，退縮地）不，你把她帶走吧，只
　　　　要你好好地待她！

周蘩漪　（整個幻滅，失望）哦，你呀！（忽然，氣憤）你不是我
　　　　的兒子；你不像我，你——你簡直是條死豬！

周　沖　（受侮地）媽！

周　萍　（驚）你是怎麼回事？

周蘩漪　（昏亂地）你真沒有點男子氣，我要是你，我就打了她，
　　　　燒了她，殺了她。你真是糊塗蟲，沒有一點生氣的。你還
　　　　是你父親養的，你父親的小綿羊。我看錯你了——你不是
　　　　我的，你不是我的兒子。

周　萍　（不平地）你是沖弟弟的母親麼？你這樣說話。

周蘩漪　（痛苦地）萍，你說，你說出來；我不怕，你告訴他，我
　　　　現在已經不是他的母親？

周　沖　（難過地）媽，您怎麼？

周蘩漪　（丟棄了拘束）我叫他來的時候，我早已忘了我自己，
　　　　（向周沖，半瘋狂地）你不要以為我是你的母親，（高
　　　　聲）你的母親早死了，早叫你父親壓死了，悶死了。現在
　　　　我不是你的母親。她是見著周萍又活了的女人，（不顧一
　　　　切地）她也是要一個男人真愛她，要真真活著的女人！

周　沖　（心痛地）哦，媽。

周　萍　（眼色向周沖）她病了。（向蘩漪）你跟我上樓去吧！你
　　　　大概是該歇一歇。

周蘩漪　胡說！我沒有病，我沒有病，我神經上沒有一點病。你們

　　　　不要以為我說胡話。（揩眼淚，哀痛地）我忍了多少年
　　　　了，我在這個死地方，監獄似的周公館，陪著一個閻王十
　　　　八年了，我的心並沒有死；你的父親只叫我生了冲兒，然
　　　　而我的心，我這個人還是我的。（指周萍）就只有他才要
　　　　了我整個的人，可是他現在不要我，又不要我了。

周　冲　（痛極）媽，我最愛的媽，您這是怎麼回事？

周　萍　你先不要管她，她在發瘋！

周蘩漪　（激烈地）不要學你的父親。沒有瘋——我這是沒有瘋！
　　　　我要你說，我要你告訴他們——這是我最後的一口氣！

周　萍　（狼狽地）你叫我說什麼？我看你上樓睡去吧。

周蘩漪　（冷笑）你不要裝！你告訴他們，我並不是你的後母。
　　　　〔大家俱驚，略頓。〕

周　冲　（無可奈何地）媽！

周蘩漪　（不顧地）告訴他們，告訴四鳳，告訴她！

魯四鳳　（忍不住）媽呀！（投入魯媽懷）

周　萍　（望著弟弟，轉向蘩漪）你這是何苦！過去的事你何必說
　　　　呢？叫弟弟一生不快活。

周蘩漪　（失了母性，喊著）我沒有孩子，我沒有丈夫，我沒有
　　　　家，我什麼都沒有，我只要你說：我——我是你的。

周　萍　（苦惱）哦，弟弟！你看弟弟可憐的樣子，你要是有一點
　　　　母親的心——

周蘩漪　（報復地）你現在也學會你的父親了，你這虛偽的東西，
　　　　你記著，是你才欺騙了你的弟弟，是你欺騙我，是你才欺
　　　　騙了你的父親！

周　萍　（憤怒）你胡說，我沒有，我沒有欺騙他！父親是個好
　　　　人，父親一生是有道德的，（蘩漪冷笑）——（向四鳳）
　　　　不要理她，她瘋了，我們走吧。

周蘩漪　不用走，大門鎖了。你父親就下來，我派人叫他來的。

魯侍萍　　哦，太太！

周　萍　　你這是幹什麼？

周蘩漪　　（冷冷地）我要你父親見見他將來的好媳婦你們再走。
　　　　　（喊）樸園，樸園！

周　沖　　媽，您不要！

周　萍　　（走到蘩漪面前）瘋子，你敢再喊！
　　　　　〔蘩漪跑到書房門口，喊。〕

魯侍萍　　（慌）四鳳，我們出去。

周蘩漪　　不，他來了！
　　　　　〔樸園由書房進，大家俱不動，靜寂若死。〕

周樸園　　（在門口）你叫什麼？你還不上樓去睡。

周蘩漪　　（倨傲地）我請你見見你的好親戚。

周樸園　　（見魯媽、四鳳在一起，驚）啊，你，你——你們這是在
　　　　　做什麼？

周蘩漪　　（拉四鳳向樸園）這是你的媳婦，你見見。（指著樸園向
　　　　　四鳳）叫他爸爸！（指著魯媽向樸園）你也認識認識這位
　　　　　老太太。

魯侍萍　　太太！

周蘩漪　　萍，過來！當著你的父親，過來，給這個媽叩頭。

周　萍　　（難堪）爸爸，我，我——

周樸園　　（明白地）怎麼——（向魯媽）侍萍，你到底還是回來了。

周蘩漪　　（驚）什麼？

魯侍萍　　（慌）不，不，您弄錯了。

周樸園　　（悔恨地）侍萍，我想你也會回來的。

魯侍萍　　不，不！（低頭）啊！天！

周蘩漪　　（驚愕地）侍萍？什麼，她是侍萍？

周樸園　　嗯。（煩厭地）蘩，你不必再故意地問我，她就是萍兒的
　　　　　母親，三十年前死了的。

周蘩漪　天哪！

 注釋

①中國現代話劇，曹禺的代表作。故事發生在周家大公館關係複雜的主僕之間。三十年前，周家少爺周樸園和女僕侍萍生了兩個孩子，為了和貴族小姐結婚，周家趕走了侍萍和她的小兒子。三十年過去了，周樸園已經成了煤礦公司的董事長，和侍萍留下的兒子周萍、後妻蘩漪、蘩漪生的兒子周沖生活在一起。陰差陽錯，侍萍現在的丈夫魯貴、女兒四鳳又成了周家的僕人，而侍萍當初和周樸園生的小兒子魯大海如今也在周樸園的礦場做工。不幸的是，四鳳又走上了母親當年的老路──愛上了大少爺周萍並和他有了身孕──兩人並不知道他們同母異父的兄妹關係；而周萍，和他年輕的後母蘩漪有過亂倫的關係，蘩漪至今還苦苦地癡纏著他；單純幼稚的周沖又一廂情願地單戀著四鳳……。這年夏天，一個悶熱難耐的日子，對這一切毫不知情的侍萍來到周家看望女兒，由此引發了一系列矛盾衝突，秘密一層層揭開，一個個不堪的故事展現在人們面前，直把有辜無辜的人們推向悲劇的深淵。全劇以四鳳和周沖慘死、周萍自殺、蘩漪瘋狂、侍萍癡傻結局。

②曹禺（1910～1996），中國著名戲劇家，原名萬家寶，祖籍湖北潛江，1910年生於天津一個沒落的封建官僚家庭，從小酷愛戲劇。1923年入南開中學，1928年升入南開大學政治系，次年轉清華大學西洋文學系，一直是學校戲劇活動的積極分子，常常登臺演出。1933年大學即將畢業時寫出《雷雨》，1934年發表於《文學季刊》上，一舉成名，時年24歲。大學畢業後以優異成績考入清華大學研究所，專門從事戲劇研究。不久又改為從事教育工作，先後在保定、天津、上海、南京等地中學、大學任教，同時從事劇本創作。1937年抗戰爆發後隨所在的南京

國立戲劇學校巡迴演出到長沙，後到重慶、江安，在艱苦環境下一面教書，一面寫作。1946 年與老舍一起應邀去美國講學，1947 年回國。解放後歷任中國戲劇家協會副主席、主席，中國作家協會書記處書記、北京市文聯副主席、北京人民藝術劇院院長等職。重要劇作除《雷雨》外，還有《日出》、《原野》、《北京人》等。

提示

　　《雷雨》是中國話劇九十年來最經典的作品之一，幾十年上演不衰，一方面得力於它思想內容的廣泛深刻，另一方面也得力於它藝術成就的精湛卓越。首先，它透過兩個家庭兩代人之間幾十年恩怨複雜的關係和撲朔迷離的命運，深刻地反映了舊中國家庭和社會的罪惡，及其給身處其中的人們所帶來的巨大災難。作者以一種極度悲憫的態度，描寫了他筆下每一個人的痛苦，即便是對周樸園、周萍、魯貴，也沒有惡意的譴責，在此基礎上，集中展示了女性的悲慘命運。在那個時代，蘩漪、侍萍、四鳳的不幸，每時每刻都在發生，非常典型。其次，作品塑造了幾個栩栩如生的人物形象，豐滿複雜，一言難盡。如周樸園、蘩漪、周萍，單純執著，個性鮮明如周冲、四鳳、大海，忍辱負重的侍萍，精明世故的魯貴，都給人留下了深刻的印象。其中，作者用情最深塑造得最為成功的形象是蘩漪。用曹禺自己的話來說，這是一個「受著人的嫉惡，社會的壓制」，「抑鬱終身，呼吸不著一口自由的空氣的女人」，「她有火熾的熱情，一顆強悍的心，她敢衝破一切的桎梏，做一次困獸之鬥」，「更值得人的憐憫與尊敬」（見 1936 年文化生活出版社出版的《雷雨》序）。最後，該劇的結構布局巧妙嚴謹、渾然天成。它成功地借鑑了古希臘悲劇、易卜生戲劇「鎖閉式」結構的經驗，利用倒敘、懸念、追述和巧合等戲劇手法，將長達三十年的歷史和錯綜複雜的矛盾糾葛集中在一天一夜不足24 小時的時間裡，滴水不漏，使劇情緊張扣人，震撼人心。這裡選

取的是第四幕臨近尾聲的部分，它既是全劇矛盾最尖銳集中的地方，又是縈淯內心激情和憤懣的總爆發（所謂的「做一次困獸的鬥」），還是導致年輕一代悲慘毀滅的悲劇大揭秘。透過這一場戲，我們可以大致領略全劇的風采，感受曹禺戲劇的藝術魅力。

伊底帕斯王①
索福克勒斯②

第二場（節選）

伊俄卡斯忒　主上啊，看在天神面上，告訴我，你為什麼這樣生氣？

伊底帕斯　我這就告訴你。因為我尊重你勝過尊重那些人；原因就是克瑞翁在謀害我。

伊俄卡斯忒　往下說吧，要是你能說明這場爭吵為什麼應當由他負責。

伊底帕斯　他說我是殺害拉伊俄斯的凶手。

伊俄卡斯忒　是他自己知道的，還是聽旁人說的？

伊底帕斯　都不是；是他收買了一個無賴的先知作喉舌；他自己的喉舌倒是清白的。

伊俄卡斯忒　你所說的這件事，你儘可放心；你聽我說下去，就會知道，並沒有一個凡人能精通預言術。關於這一點，我可以給你個簡單的證據。有一次，拉伊俄斯得了個神示——我不能說那是福玻斯親自說的，只能說那是他的祭司說出來的——它說厄運會向他突然襲來，叫他死在他和我所生的兒子手中。可是現在我們聽說，拉伊俄斯是在三岔路口被一夥外邦強盜殺死的；我們

的嬰兒，出生不到三天，就被拉伊俄斯釘住左右腳跟，叫人丟在沒有人跡的荒山裡了。既然如此，阿波羅就沒有叫那嬰兒成為殺父的凶手，也沒有叫拉伊俄斯死在兒子手中——這正是他害怕的事。先知的話結果不過如此，你用不著聽信。凡是天神必須做的事，他自會使它實現，那是全不費力的。

伊底帕斯　夫人，聽了你的話，我心神不安，魂飛魄散。

伊俄卡斯忒　什麼事使你這樣吃驚，說出這樣的話？

伊底帕斯　你好像是說，拉伊俄斯被殺是在一個三岔路口。

伊俄卡斯忒　故事是這樣；至今還在流傳。

伊底帕斯　那不幸的事發生在什麼地方？

伊俄卡斯忒　那地方叫福喀斯，通往得爾福和道利亞的兩條岔路在那裡會合。

伊底帕斯　事情發生了多久了？

伊俄卡斯忒　這消息是你快要做國王的時候向全城公布的。

伊底帕斯　宙斯啊，你打算把我怎麼樣呢？

伊俄卡斯忒　伊底帕斯，這件事怎麼使你這樣發愁？

伊底帕斯　你先別問我，倒是先告訴我，拉伊俄斯是什麼模樣，有多大年紀。

伊俄卡斯忒　他個子很高，頭上剛有白頭髮；模樣和你差不多。

伊底帕斯　哎呀，我剛才像是凶狠的詛咒了自己，可是自己還不知道。

伊俄卡斯忒　你說什麼？主上啊，我看著你就發抖啊。

伊底帕斯　我真怕那先知的眼睛並沒有瞎。你再告訴我一件事，事情就更清楚了。

伊俄卡斯忒　我雖然在發抖，你的話我一定會答覆的。

伊底帕斯　他只帶了少數侍從，還是像一位國王那樣帶了許多衛兵？

伊俄卡斯忒	一共五個人，其中一個是傳令官，還有一輛馬車，是給拉伊俄斯坐的。
伊底帕斯	哎呀，真相已經很清楚了！夫人啊，這消息是誰告訴你的？
伊俄卡斯忒	是一個僕人，只有他活著回來了。
伊底帕斯	那僕人現在還在家裡嗎？
伊俄卡斯忒	不在；他從那地方回來以後，看見你掌握了王權，拉伊俄斯完了，他就拉著我的手，求我把他送到鄉下，牧羊的草地上去，遠遠的離開城市。我把他送去了。他是個好僕人，應當得到更大的獎賞。
伊底帕斯	我希望他回來，越快越好！
伊俄卡斯忒	這倒容易；可是你為什麼希望他回來呢？
俄狄浦斯	夫人，我是怕我的話說得太多了，所以想把他召回來。
伊俄卡斯忒	他會回來的；可是，主上啊，你也該讓我知道，你心裡到底有什麼不安。
伊底帕斯	你應該知道我是多麼憂慮。碰上這樣的命運，我還能把話講給哪一個比你更應該知道的人聽？我父親是科任托斯人，名叫波呂玻斯，我母親是多里斯人，名叫墨洛珀。我在那裡一直被尊為公民中的第一個人物，直到後來發生了一件意外的事——那雖是奇怪，倒還值不得放在心上。那是在某一次宴會上，有個人喝醉了，說我是我父親的冒名兒子。當天我非常煩惱，好容易才忍耐住；第二天我去問我的父母，他們因為這辱罵對亂說話的人很生氣。我雖然滿意了，但是事情總是使我很煩惱，因為誹謗的話到處都在流傳。我就瞞著父母，去到皮托，福波斯沒有答覆我去求問的事，就把我打發走了；可是他卻說了另外一些預言，十分可怕，十分悲慘。他說我命中注定要玷污我母親

的床榻，生出一些使人不忍看的兒女，而且會成為殺
死我的生身父親的凶手。我聽了這些話，就逃到外地
去，免得看見那個會實現神示所說的恥辱的地方，從
此我就憑了天象測量科任托斯的土地。我在旅途中來
到你所說的、國王遇害的地方。夫人，我告訴你真實
情況吧。我走近三岔路口的時候，碰見一個傳令官和
一個坐馬車的人，正像你所說的。那領路的和那老年
人態度粗暴，要把我趕到路邊。我在氣憤中打了那個
推我的人——那個駕車的；那老年人看見了，等我經
過的時候，從車上用雙尖頭的刺棍朝我頭上打過來。
可是他付出了一個不相稱的代價，立刻挨了我手中的
棍子，從車上仰面滾下來了；我就把他們全殺死了。
如果我這客人和拉伊俄斯有了什麼親屬關係，誰還比
我更可憐？誰還比我更為天神所憎恨？沒有一個公民
或外邦人能夠在家裡接待我，沒有人能夠和我交談，
人人都把我趕出門外。這詛咒不是別人加在我身上
的，而是我自己。我用這雙手玷污了死者的床榻，也
就是用這雙手把他殺死的。我不是個壞人嗎？我不是
骯髒不潔嗎？我得出外流亡，在流亡中看不見親人，
也回不了祖國；要不然，就得娶我的母親，殺死那生
我養我的父親波呂玻斯。如果有人斷定這些事是天神
給我造成的，不也說得正對嗎？你們這些可敬的神聖
的神啊，別讓我，別讓我看見那一天！在我沒有看見
這罪惡的污點沾到我身上之前，請讓我離開塵世。

①古希臘著名悲劇，索福克勒斯的代表作。忒拜國王拉伊俄斯和
　　伊俄卡斯忒從阿波羅那裡得到一個預言，他們將生一個兒子，

這個兒子將殺死他的父親。後來，他們果然生了個兒子，便把他的左右腳穿起來，讓牧羊人把他扔掉。老牧羊人可憐孩子，偷偷把他交給鄰國科任托斯的牧羊人，這個牧羊人又把他交給了國王波呂玻斯和王后，作為太子在宮中養大，這就是伊底帕斯。長大的伊底帕斯偶爾聽說自己不是國王的親子，便去阿波羅神廟求神示，神示說他將殺父娶母。他為逃避可怕的命運而離家出走，在一個三岔路口為爭道問題殺死了一個老者及其侍從，來到忒拜。適逢忒拜遭難：獅身人面的妖怪斯芬克斯要人們解答一個謎語：什麼動物早晨用四隻腳、中午用兩隻腳、晚上用三隻腳走路？回答不出便被吃掉。沒有人回答得出，無數人被吃掉。伊底帕斯猜破了謎底（人），妖怪羞而自殺。忒拜人感激他，就立他為新的國王，按傳統習俗娶了王后伊俄卡斯忒，生了二男二女。多年以後，忒拜發生大瘟疫，阿波羅神示說，只有追查殺害前王的凶手並懲罰他，瘟疫才能消除。伊底帕斯開始追查兇手。追查的結果，兇手就是自己，他在三岔路口殺死的老者就是先王、他的父親拉伊俄斯，他現在的妻子就是他的母親，他已經犯下了殺父娶母的亂倫大罪。真相大白之後，王后懸樑自盡，伊底帕斯刺瞎了自己的雙眼，請求克瑞翁將他放逐。

②索福克勒斯（西元前 496～406？），古希臘著名悲劇家，與埃斯庫羅斯、歐里庇德斯並稱為古希臘三大悲劇家。出生於雅典一個富裕商人的家庭，生平做過幾次官吏，一生勤於寫作，寫了一百二十多個劇本，現存七部，代表作《伊底帕斯王》。

提示

《伊底帕斯王》是古希臘悲劇的典範，它的高度思想性首先在於它集中反映了索福克勒斯的命運觀——命運是不合理的，又是不可抗拒的。伊底帕斯是一位公正賢明的國王，他命定要犯殺父娶母的罪

過，為了避免這罪過，父子兩代做了許多努力，父親不惜扔掉兒子，兒子不惜離家出走。可他們愈是反抗，愈是落入命運的圈套，直到悲劇一件件發生，命運就是這樣作弄無知而又無辜的人們。其次，他通過「瞎眼先知」和伊底帕斯「睜眼瞎」的對比，以及最後伊底帕斯刺瞎雙眼的舉動，反映了古希臘人「明目盲智、盲目明智」的思想母題，人們往往睜著眼睛做瞎事。這一母題後來在莎士比亞的《李爾王》那裡得到了進一步展示。它和斯芬克斯之謎一樣，反映了人類認識自己的艱難。《伊底帕斯王》還對後世的哲學、心理學產生了巨大的影響，佛洛伊德據此提出了著名的「伊底帕斯情結」（即「戀母情結」）說，並用它來分析哈姆雷特的延宕復仇。在藝術上，《伊底帕斯王》最為人稱道的是它的結構藝術，該劇沒有從頭到尾平鋪直敘地講述故事，而是從忒拜發生瘟疫開始，緊緊圍繞「追查凶手」一個中心事件展開敘事，以五個人的出場，環環相扣，層層剝筍，把可怕的真相一點點暴露在主角和我們面前。從這裡節選的第二場我們可以大致看出作品的這種結構特色：先知說伊底帕斯是殺害先王的凶手，因為伊底帕斯自信從未做過這樣的事，便以為是克瑞翁的陷害，大為惱火。這時王后出來了，她為了安慰丈夫，講出了從前丟棄兒子和先王在三岔路口被殺的事實。這反而在人物、時間、地點等方面提供了伊底帕斯作為殺害先王的凶手的巨大嫌疑，使伊底帕斯魂飛魄散。等到當初兩個交換嬰兒的牧人出現，事情很快就大白於天下了。這種追敘手法和奇特的結構方式，既使衝突高度集中，又造成了一個個強烈的懸念，一個矛盾解決了，又出現另一個矛盾，結了又解，解了又結，跌宕起伏，扣人心弦，成為千百年人們不斷模仿、學習的經典手法。

哈姆雷特①

莎士比亞②

第三幕第一場（節選）

（哈姆雷特上）

哈姆雷特　生存還是毀滅，這是一個值得考慮的問題；雖然忍受命運的暴虐的毒箭，或是挺身反抗人世的無涯的苦難，透過鬥爭把它們掃清，這兩種行為，哪一種更高貴？死了；睡著了；什麼都完了；要是在這一種睡眠之中，我們心頭的創痛，以及其他無數血肉之軀所不能避免的打擊，都可以從此消失，那正是我們求之不得的結局。死了；睡著了；睡著了也許還會做夢；嗯，阻礙就在這兒：因為當我們擺脫了這一具朽腐的皮囊以後，在那死的睡眠裡，究竟將要做些什麼夢，那不能不使我們躊躇顧慮。人們甘心久困於患難之中，也就是為了這個緣故；誰願意忍受人世的鞭撻和譏嘲、壓迫者的凌辱、傲慢者的冷眼、被輕蔑的愛情的慘痛、法律的遷延、官吏的橫暴和費盡辛勤所換來的小人的鄙視，要是他只要用一柄小小的刀子，就可以清算他自己的一生？誰願意負著這樣的重擔，在煩勞的生命壓迫下呻吟流汗，倘不是因為懼怕不可知的死後，懼怕那從來不曾有一個旅人回來過的神秘之國，是它迷惑了我們的意志，使我們寧願忍受目前的磨折，不敢向我們所不知道的痛苦飛去？這樣，重重的顧慮使我們全變成了懦夫，決心的赤熱的光

彩，被審慎的思維蓋上了一層灰色，偉大的事業在這一種考慮之下，也會逆流而退，失去了行動的意義。且慢！美麗的奧菲利亞！——女神，在你的祈禱之中，不要忘記替我懺悔我的罪孽。

奧菲利亞　我的好殿下，您這許多天來貴體安好嗎？

哈姆雷特　謝謝你，很好，很好，很好。

奧菲利亞　殿下，我有幾件您送給我的紀念品，我早就想把它們還給您；請您現在收回去吧。

哈姆雷特　不，我不要；我從來沒有給你什麼東西。

奧菲利亞　殿下，我記得很清楚您把它們送給了我，那時候您還向我說了許多甜言蜜語，使這些東西格外顯得貴重；現在它們的芳香已經消散，請您拿回去吧，因為在有骨氣的人看來，送禮的人要是變了心，禮物雖貴，也會失去了價值。拿去吧，殿下。

哈姆雷特　哈哈！你貞潔嗎？

奧菲利亞　殿下！

哈姆雷特　你美麗嗎？

奧菲利亞　殿下是什麼意思？

哈姆雷特　要是你既貞潔又美麗，那麼你的貞潔應該斷絕跟你的美麗來往。

奧菲利亞　殿下，難道美麗除了貞潔以外，還有什麼更好的伴侶嗎？

哈姆雷特　嗯，真的；因為美麗可以使貞潔變成淫蕩，貞潔卻未必能使美麗受它自己的感化；這句話從前像是怪誕之談，可是現在時間已經把它證實了。我的確曾經愛過你。

奧菲利亞　真的，殿下，您曾經使我相信您愛我。

哈姆雷特　你當初就不應該相信我。因為美德不能薰陶我們罪惡的本性；我沒有愛過你。

奧菲利亞　那麼我真是受了騙了。

哈姆雷特　進尼姑庵去吧；為什麼你要生一群罪人出來呢？我自己還不算是一個頂壞的人；可是我可以指出我的許多過失，一個人有了那些過失，他的母親還是不要生下他來的好。我很驕傲，有仇必報，富於野心，我的罪惡是那麼多，連我的思想也容納不下，我的想像也不能給它們形象，甚至於我都沒有充分的時間可以把它們實行出來。像我這樣的傢伙，匍匐於天地之間，有什麼用處呢？我們都是些十足的壞人；一個也不要相信我們。進尼姑庵去吧。你的父親呢？

奧菲利亞　在家裡，殿下。

哈姆雷特　把他關起來，讓他只好在家裡發發傻勁。再會！

奧菲利亞　哎喲，天哪！救救他！

哈姆雷特　要是你一定要嫁人，我就把這一個詛咒送給你做嫁奩：儘管你像冰一樣堅貞，像雪一樣純潔，你還是逃不過讒人的誹謗。進尼姑庵去吧，去；再會！或者要是你必須嫁人的話，就嫁給一個傻瓜吧；因為聰明人都明白你們會叫他們變成怎樣的怪物。進尼姑庵去吧，去；越快越好。再會！

奧菲利亞　天上的神明啊，讓他清醒過來吧！

哈姆雷特　我也知道你們會怎樣塗脂抹粉；上帝給了你們一張臉，你們又替自己另外造了一張。你們煙視媚行，淫聲浪氣，替上帝造下的生物亂取名字，賣弄你們不懂事的風騷。算了吧，我再也不敢領教了；它已經使我發了狂。我說，我們以後再不要結什麼婚了；已經結過婚的，除了一個人以外，都可以讓他們活下去；沒有結婚的不准再結婚，進尼姑庵去吧，去。（下）

奧菲利亞　啊，一顆多麼高貴的心是這樣殞落了！朝臣的眼睛、學者的辯舌、軍人的利劍、國家所矚望的一朵嬌花；時流

的明鏡、人倫的雅範、舉世注目的中心,這樣無可挽回
地殞落了:我是一切婦女中間最傷心而不幸的,我曾經
從他音樂一般的盟誓中吮吸芬芳的甘蜜,現在卻眼看著
他的高貴無上的理智,像一串美妙的銀鈴失去了諧和的
音調,無比的青春美貌,在瘋狂中凋謝!啊!我好苦,
誰料過去的繁華,變作今朝的泥土!

①英國劇作家莎士比亞的著名悲劇。丹麥王子哈姆雷特正在德國
上大學,父王突然暴死,他回國奔喪,叔父已登基為王,母親
也改嫁了叔父,這使他沮喪不已。老王的鬼魂告訴他:父王是
被新王害死的,要他為父復仇。從此哈姆雷特開始裝瘋,以此
應付險惡的環境。奸王克勞狄斯懷疑哈姆雷特知道事情的真相,
派了很多人來探測他內心的秘密,都一無所獲。大臣波洛涅斯
認為哈姆雷特發瘋的原因是失戀,因為他不許女兒奧菲利亞與
他來往,讓女兒再去試探哈姆雷特。這次試探使克勞狄斯懷疑
哈姆雷特不是真瘋。為了證實父王的話,哈姆雷特讓戲班子演
了一齣謀害國王的戲,克勞狄斯看戲時的緊張不安和中途離席
證實了他就是凶手。在母后的寢宮,他誤殺了波洛涅斯。克勞
狄斯藉機把王子送到英國,密令英王殺害王子。哈姆雷特中途
發現奸計,跳船回國。此時,奧菲利亞禁不住命運的打擊,已
經發瘋並溺死,她的哥哥雷歐提斯正要為妹妹報仇。克勞狄斯
乘機嫁禍於人,挑動雷歐提斯與哈姆雷特比劍,欲借刀殺人。
比劍時,哈姆雷特兩次得勝,克勞狄斯假意贈酒慶賀,想要毒
死王子,不料王后代飲了毒酒,中毒而死。雷歐提斯和哈姆雷
特分別被毒劍刺中,雷歐提斯臨死前揭發了克勞狄斯的陰謀,
哈姆雷特舉起毒劍刺死了克勞狄斯,隨後,他匆匆與朋友告別,
倒地而死。

②莎士比亞（1564～1616），英國文藝復興時期最偉大的詩人和
戲劇家，我國戲劇家湯顯祖的同時代人。莎士比亞出生於埃文
河畔的斯特拉福鎮，父親曾是當地頗有名望的工商業主和政界
要人，莎士比亞曾就讀於當地的文法學校，後因家道中落而輟
學。18 歲結婚，20 歲以後到了倫敦，在劇院從雜役、演員、編
劇一直做到股東，事業蒸蒸日上，並在家鄉購買了田產，最後
回鄉安度晚年，去世時享年 52 歲。莎士比亞一生創作了二首長
詩、154 首十四行詩和 37 部戲劇，成就最大的是戲劇。莎士比
亞戲劇具有博大精深的內容，展示了包羅萬象的社會生活和豐
富複雜的人性，塑造了千姿百態的人物形象，情節生動多樣，
語言美妙絕倫，從最高雅浪漫的抒情詩到最粗鄙俚俗的市井語，
從哲理性的戲劇獨白到個性化的人物語言，應有盡有。莎亞比
亞的戲劇代表作除了《哈姆雷特》、《奧賽羅》、《李爾王》、
《馬克白》四大悲劇以外，還有歷史劇《理查三世》、《亨利
四世》，悲劇《羅密歐與茱麗葉》、《安東尼與克莉奧佩特
拉》、《雅典的泰門》，喜劇《威尼斯商人》、《仲夏夜之
夢》、《第十二夜》和傳奇劇《暴風雨》等優秀作品。

提示

　　幾百年來，《哈姆雷特》一直被認為是莎士比亞最重要的作品。
丹麥王子為父復仇的故事，本是一則中世紀的古老故事，莎士比亞點
石成金，使之流傳千古。該劇最成功之處是塑造了哈姆雷特這個內涵
豐富、意義複雜的人物形象，幾百年來，圍繞著這個人物的評論、爭
議，浩如煙海，哈姆雷特的延宕復仇一直是爭議的焦點。全劇緊緊圍
繞著哈姆雷特的心理、行動展開劇情。一開始，哈姆雷特一回到王
宮，作者就給我們展現了一副陰森可怖的圖畫：國家潛藏著罪惡、奸
王篡位、母后改嫁、陰謀層出不窮。哈姆雷特感到「時代整個脫節
了」，他憂鬱、憤懣，為了應付敵強我弱的險惡環境，不得不裝瘋賣

傻，藉機行事，這可以理解為哈姆雷特遲遲未能復仇的原因之一。此外，哈姆雷特性情憂鬱敏感、多思多慮，想得多，做得少，常常被認為是「思想的巨人，行動的侏儒」，也是阻礙他迅速行動的重要因素。這裡節選的他關於「生存還是毀滅」的反覆思考、猶疑，便是哈姆雷特性格最典型的代表。總的來說，哈姆雷特最吸引人的還是他的思想，而他的思想又是極為艱深、複雜的，難以一言蔽之。這裡有對人類的高度讚美（「人類是一件多麼了不起的傑作」），也有對生命最輕蔑的貶抑（「這一個泥土塑成的生命算得了什麼」）；有「重整乾坤」的雄心，也有一死了之的消極；有對社會黑暗、世道艱難的譴責，也有對人生虛無、命運無常的唏噓……，僅僅把他歸為「理想的人文主義者」的說法是不夠的。

　　一千個人的心目中，可以有一千個哈姆雷特。正是這種複雜性，構成了哈姆雷特的迷人魅力。哈姆雷特在劇中的不少獨白，已成為世界戲劇的經典臺詞，至今仍被廣泛吟誦。

第六章

影視文學欣賞

一、影視文學概述

❀ 影視文學的概念

「影視」，是一種廣泛的說法，通指電影和電視劇。

電影是一種綜合性的動態視覺藝術，先要由攝影機記錄演員的表演，再製作成底片拷貝然後經過幻燈機放映給觀眾欣賞，以此來達到反映社會生活的目的。

電視是利用電磁信號對活動的影像進行轉換和傳播的一種大眾媒體，是一種能傳送活動圖像的廣播通訊方式。電視劇則是電視節目的一種，它是由攝影機記錄演員的表演、再錄製成錄影帶通過電視傳輸系統傳播出來的一種反映社會生活的綜合性動態藝術。

電影和電視劇有許多製作、表演和觀賞的共同特徵。但是，二者在技術原理、觀賞方式、藝術特性上的差異仍然十分明顯，電影製作更精良、講究，更短小精緻，在藝術上值得細細品味的地方也更多；電視劇則更注重低成本高效率，更通俗、靈活、方便、快捷，更強調大眾口味和時尚性。

影視文學不是一種獨立的文體，它是為影視作品的拍攝所作的準備。影視文學有多種表現形式，包括劇本、影視故事、影視小說等。劇本又包括文學劇本、分鏡劇本、完成臺本等。

一部影片的劇本是未完成的作品，它不能完全作為紙上的文學而存在，歸根究柢，影視文學是為了影視作品的拍攝需要，而不是為了文學欣賞的需要而存在的。電影文學劇本印在紙上的時候也是文學作品，也可以當小說讀，然而它的根本目的是為了攝製電影。從劇本到影視作品，要經過劇作家、導演、剪輯師和攝影師等環節的多次再處理。好的劇本是好的影視作品的必要開端，一個優秀的劇本為產生一部優秀的影片提供了機會。然而所謂好的劇本，其標準與好的文學作

品的標準是不同的。

❀ 影視文學的特徵

1. **文學性和戲劇性** 文學性和戲劇性是影視的兩個最基本要素。文學是一切藝術之母，戲劇是影視劇情之本，影視從文學和戲劇藝術中吸取了充分的養料，戲劇化的電影曾經是電影發展初期作為一門藝術的重要組成部分。最優秀的影視劇，一般來說就是文學性、戲劇性和電影性（電影的特徵）結合得最完美的影視作品。

2. **活動性和逼真性** 電影被稱為「活動的畫面」，電視也一樣。這是它們和繪畫、攝影最大的不同。無論是攝影還是攝像，都是對真實人物和景物的直接記錄，逼真的活動影像是影視劇藉以傳情達意的重要載體，早期的無聲電影（默片）甚至只有影像沒有聲音，一樣創造了傑作。

3. **時空的自由轉換** 戲劇的場景變化要受到劇場、舞臺和真人表演的限制。而影視能夠從各個角度進行移動拍攝，可以將不同時間內攝錄的不同對象的各段影像連接在一起，並可以無限複製拷貝播放，這就決定了電影可以在很大程度上突破時間和空間的限制，古往今來，上天入地，無所不能。電腦技術的運用，更為影視劇的製作提供了無限廣闊的空間。

4. **綜合性和集體性** 影視劇是一種「大型」的綜合藝術，不僅需要編劇、導演、演員、音樂、美術、服裝、化裝、燈光的參與，還需要攝影、特技、剪輯、錄音的合作，任何一個環節都可能影響整部作品的效果。其中，導演對一部影片負總責，在一部影視片的攝製中，居於核心地位。他決定作品的內容、思想、風格，負責挑選演職員，具體組織攝製工作，在表演、攝製、剪輯等環節進行藝術把關等。

5. **產業性** 電影是一種非常「昂貴」的藝術。一部電影需要少則幾十萬、多則上億元的投資，而票房是電影回收成本並進一步營利的主要管道。在這種情況下，導演需要考慮的就不只是藝術因素，還有

市場因素。市場因素決定了電影必須擁有盡可能多的觀眾，因此，大量觀眾的欣賞趣味就必然成為電影製作的主要標準。離開了大眾的欣賞趣味，藝術水準再高，也難言電影的成功。

電視靠的不是觀眾買票進場，而是廣告收入，但廣告收入的來源，與其收視率直接掛鉤，這也同樣等於說：觀眾的好惡決定了電視的口味。

藝術與商業常常不能和諧共處，純粹的藝術電影往往曲高和寡，難以獲得理想的票房收入，電影市場由商業電影所統治。

6.**明星制**　這是一種利用明星效應吸引觀眾的製片制度。製片廠利用一切可能的手段將演員包裝成大眾偶像，並形成一種模式，來迎合和吸引觀眾，以在同一類型的影片中形成票房號召力。一些明星是傑出的藝術家，如查理‧卓別林、奧立佛‧史東、梅莉‧史翠普等，而大多數明星則是製片廠蓄意製造的偶像，這些明星不需要太高的表演藝術素養，只要具備某種在攝影機面前的魅力和作為某種類型角色所需要的氣質與外形，具備起碼的表演能力就可以了。

7.**類型化**　類型電影就是按照不同類型（或樣式）的規定要求創作出來的影片，類型電影大多是商業電影。有人曾經一共列出了七十五種劇情片和非劇情片的類型。在劇情片項目下，人們比較熟悉的有西部片、強盜片、歌舞片、喜劇片、恐怖片、科幻片、災難片、戰爭片、體育片等；屬於非劇情片的則有廣告片、新聞片、紀錄片、科學片、教學片、風景片等等。電視基本上是直接借用了電影的類型。

商業電影最成功的代表是美國的好萊塢。好萊塢在二十世紀初就產生了製片廠制度，在製片廠，形成內部精細的分工，強調分工合作以提高效率；形成了製片人制度，注重市場操作，迎合觀眾心理；形成明星制，既打老明星的王牌，又層出不窮地推出新的偶像；製作類型化的影片，不斷地花樣翻新；引進最先進的科技手段，製造視覺奇觀……等等。

8.**蒙太奇和鏡頭運動**　影視「活動」所依賴的基本技巧是蒙太奇

和鏡頭的運動。

　　蒙太奇是電影獨特的語言，也是電影區別於其他藝術形式的關鍵手段。可以說，電影藝術就是以蒙太奇為基礎而存在的，時至今日，不管電影怎麼發展變化，這個基礎是始終不變的。後來，電視繼承了電影的這種表現手段。

　　蒙太奇是法語montage的音譯，原意是「構成」、「裝配」的意思，借用到電影創作上來，就是按照一定目的對鏡頭進行分切與組合的手段。同樣的幾個鏡頭，經過不同的剪輯，就會產生不同的意義。例如：有一個鏡頭，是一個人面無表情的臉。假如在這個鏡頭之前出現的是朋友聚會的場面，人們會覺得這張臉上有喜悅之情；如果在鏡頭前出現熟睡中的嬰兒，人們會覺得這張臉上有甜蜜之情；假如之前出現的是一個死人，人們又會覺得臉上充滿了悲哀；假如之前出現的是直指著人的手槍，人們又會覺得臉上的表情是驚恐不安……，這就是蒙太奇最基本的作用。蒙太奇還可以實現比喻、聯想、暗示、象徵、渲染、借代等藝術效果，可以創造獨特的時空、節奏和思想。正是蒙太奇使固定不變的場景變成活動的鏡頭，若干鏡頭構成一個段落，若干段落又構成一部影片，這就使電影從戲劇的束縛中解放出來，開始成為一門獨立的藝術。

　　然而蒙太奇並非簡單地將鏡頭連接在一起，在電影鏡頭的組接過程中，有許多方式，如切、淡、化等。⑴切：上下鏡頭是直接連接起來的，影片在放映時，下一鏡頭將會立即代替上一鏡頭而出現在銀幕上，這是最常見的鏡頭變換的形成；⑵淡：**攝影師在拍攝一個鏡頭時逐漸地關閉上片門，使底片逐漸停止感光，其銀幕效果就是淡出；那就是說，畫面將會逐漸變淡，最後使銀幕完全變黑。相反的，如果在開始拍攝一個鏡頭時逐漸開啟攝影機的片門，其銀幕效果就是淡入。淡入或淡出能長能短，取決於片門的開閉速度；⑶化：如果把一個鏡頭結尾時的淡出和下一鏡頭開始時的淡入疊印在一起，其效果就是化：第一個鏡頭在慢慢地消失的同時，第二個鏡頭逐漸地顯現，

它們在銀幕上短時間是混合在一起的。

除此之外，鏡頭本身變化還有推、拉、跟、搖、俯、仰、全景、中景、近景、長鏡頭、特寫鏡頭、快鏡頭、慢鏡頭等方式。不管鏡頭怎麼變化，都是電影對蒙太奇這種語言的巧妙運用，技巧最終又為表現內容而服務。

二、影視的沿革

✿ 電　影

電影是最年輕的一種藝術形式，從大家公認的電影誕生年分1895年算起，也不過一個世紀多一點的時間。但是，電影卻綜合了幾乎所有藝術形式的全部優勢，加上現代技術手段強有力的支持，迅速成為最大眾化的藝術形式。「二次大戰」結束後，電視繼承和發揚了電影的優勢，並利用自己方便快捷的特點，逐漸取代電影，成為最受大眾歡迎的娛樂形式。

早期的電影只有黑白影像。1927年，第一部有聲電影問世，人們可以聽到電影裡的聲音、對話、歌唱。1936年左右，隨著彩色底片的發明，彩色電影得以問世，電影的表現力進一步得到加強。二次大戰後，逐漸發展出寬銀幕電影、立體電影、數碼錄音電影，目前正在發展數碼攝影和放映電影，可以獲得更好的影音效果，而且可以結束底片的使用歷史。

電影的歷史可以分為下列三個時期：⑴是形成期（1895～1927年）：即從電影發明之日起，經歷了從短片到長片、從單鏡頭到多鏡頭剪接，從而形成視覺語言的三十多年歷史；⑵是成熟期（1927～1945年）：在這不到二十年的時間裡，電影獲得了聲音和色彩，具備了電影藝術一切必要的表現元素；⑶是發展期（1945～）：電影在第二次世界大戰結束後已在技術上達到完善的境

地，此後的技術發展不再對藝術表現有重大的影響。電影從此進入了在藝術上精益求精的階段，並在與其他藝術的關係上，從過去單純的模仿吸收進入有取有與的階段。

❀ 電　視

1900 年，巴黎世界博覽會上首次使用了「電視」的英文名稱——television。被人們稱為「電視之父」的英國人貝爾德在 1925 年 4 月製造了一台機械電視機，1927 年，經由電話線成功實現電視畫面傳送。1928 年完成以短波傳送電視的實踐。1941 年使掃描的物體出現了彩色圖像。

世界電視業的真正發展，則是在 1945 年世界大戰結束之後。至二十世紀五○年代，世界電視業已得到很大的發展，1958 年已有六十七 個國家開播了電視。

電視劇的發展和電視的發展是基本同步的。1930 年英國 BBC 播出的聲像具備的多幕劇《花言巧語的人》被公認為電視劇的鼻祖。1958 年 6 月 15 日，北京電視臺播出了憶苦思甜內容的電視劇《一口菜餅子》，標誌著中國電視劇的誕生。

三、影視文學及欣賞

❀ 影視文學的特點

文學所使用的基本工具是文字，而影視的基本工具是畫面。儘管一部小說和一部電影可以表現相同的內容，但二者在編寫手法上存在明顯的差異。

小說在表現手法上有許多自由方便之處，作者可以想到什麼就寫什麼，尤其是人物的內心活動，可以直接進行深入全面和細緻入微的刻畫，這一切是運用文字來表達的，讀者也是透過文字的閱讀而後在

腦海中將形象再現出來的。但電影就不能這樣，它是一種視覺藝術，觀眾一方面可以方便地將形象和場面一覽無遺，一方面又無法直截了當地了解事情的淵源、洞察人物的內心。有人歸納為：在電影裡，人們從形象中獲得思想；在文學裡，人們從思想中獲得形象。

　　無論如何，影視文學與小說一樣，具有情節、人物、主題思想等幾方面要素。但是影視中的這幾方面要素卻有自身的特點。

　　1.影視文學有篇幅限制　由於人的注意力的集中有所限制，一部電影的放映時間一般控制在兩小時以內。電視劇雖然可以拍成若干集，但每集一般不超過 45 分鐘。這種篇幅上的限制，決定了影視的內容容量有限，藝術表現形式上也受到限制。

　　2.可視性、動作性　因為影視的特點就是將一切都讓人看到，影視要告訴人們的東西都是透過畫面來實現的。一百個讀者頭腦中有一百個林黛玉，但一百個觀眾眼中卻只有一個林黛玉。小說可以寫林黛玉如何想、如何感受，但影視劇本就只能寫林黛玉如何說、如何做。

　　小說可以停留在一個時間、一個場景上議論、抒情，也可以大幅度地插敘、倒敘，甚至可以略寫人物的行為，而專寫人物的感覺、意識、思想。但影視作品不能讓情節和畫面停滯下來，也不能將敘事的線索搞得太複雜。小說往往可以由抒情的描寫來表現人物的內心活動和精神世界，或者是細膩地刻畫人物心理過程。影視只能從視覺藝術的特點出發，把屬於人物精神領域裡抽象性的東西變成人物的具體動作、表情和言語，把它表現出來，使觀眾明確地看到。

　　因此在寫電影文學劇本時與寫小說不一樣，它有一種約束，即時時要注意到寫出來的東西能不能直接體現在銀幕上。所以我們看到的影視文學作品，往往大多是人物的動作和對話。

　　3.故事情節要完整，主題要統一、集中　如前所述，電影電視總體上是一種大眾藝術，需要照顧大多數人的欣賞品味和水準。所以影視的情節要有頭有尾、線索清楚、儘量平鋪直敘，頭緒不能太多。

　　電影一般很強調「故事性」，認為電影首先要吸引人，然後才能

打動人。而吸引人就要求開頭有氣勢、有懸念，中間有高潮、有間歇，結尾處所有情節都有一個結果，正義戰勝邪惡，善良得到好報等等。

大多數電視劇都是連續劇，有的長達成百上千集，播映時間也常常累月跨年，觀眾一般無法一集不漏地觀看，所以這種連續劇有一個大致的情節和主題貫穿全劇，而每一集的情節又獨立成相對完整的故事，便於觀眾欣賞。

與文學的欣賞方式不同，影視的觀賞方式是「一次性的」，不便於任意地反覆觀賞。所以影視的主題要明確、鮮明，讓人容易領會、理解，第一次觀看就能夠即時接受和理解。

4.要有性格鮮明的人物形象，人物的性格要鮮明一致　首先主要人物的數量不宜過多，除了少數涉及人物和事件很多的大型影片之外，一般的情況下都是十個左右。

其次要有正面人物和反面人物，主角的形象要有特色、性格要鮮明突出，要便於觀眾識別和理解。

名片賞讀

電影《藍色情挑》①

醫院，夜。

茉莉從床上爬起來，她的動作猶豫不決，拿出桌上花瓶裡的花束（很漂亮的藍色花束），掂一掂手中的花瓶，夠重的。走出病房。深夜，走廊裡空蕩蕩的。可以看得見護士值班室燈光以及隱在一道光線後面的走廊拐彎處。茉莉蹣跚地走過，看見一位護士正在打盹，她伏在一只裝著各種藥物的托盤上。茉莉拐到屋角，走過盥洗室，那是另一條走廊，盡頭是玻璃窗。她走近窗戶，很費勁地（因身上纏著石膏背心）搖晃著身子，把花瓶扔向窗外。打碎玻璃的響聲。茉莉躲在盥洗室裡，透過虛掩著的門縫看到跑向窗口的護士。她從盥洗室出來，走進護士值班室，四處打量，找到小藥櫃。藥櫃鎖著。茉莉左顧右盼，發現托盤旁邊的一把小鑰匙。當然啦，這肯定是小藥櫃的鑰匙。茉莉打開小藥櫃，拿出一小瓶安眠藥，倒出一大把藥片。現在她不著急了。鎖上小藥櫃，把鑰匙放回原處。她聽見了護士急匆匆的腳步聲。她後退到門邊。護士跑進屋裡，顯得焦急不安，但沒有發現茉莉。她拿起電話聽筒，撥號。談話聲比平時稍高一些。

護士：請打電話給警察局，找洛依先生。有人打碎了二樓走廊上的玻璃窗。請立即……。

茉莉趁護士焦急不安的忙亂時刻，悄悄地從半開著的門裡溜了出來，回到病房，躺在床上。不時能聽到從走廊傳來的腳步聲和喊叫聲。然後，茉莉攤開汗溼溼的手掌，慢慢地把手伸向嘴邊。我們似乎已經感覺到，茉莉馬上就會把所有的藥片吞下去，然而，她突然握緊了拳頭，按了按鈴。護士出現了。仍在激動不安當中的護士

站在門口。

　　茉莉：進來。

　　護士走進來。茉莉向她展示她手心裡的一把藥片。

　　茉莉：我拿的……然而我不能。我做不到。

　　護士小心翼翼地、一片一片地把藥收起來。茉莉沒有瞧她一眼。稍後她睜開了眼睛。

　　茉莉：我打碎了走廊上的玻璃窗。

　　護士：這不要緊。會換新的。

　　茉莉：對不起。

　　護士向門口走去，打開了門。轉身向著茉莉。

　　護士：我把門開著。

　　茉莉點點頭。但是當護士離開後，她就起來並輕輕地關上了門。茉莉回到床上，把臉埋在枕頭裡。她的肩膀顫動著：我們知道，她在哭泣。小桌上的電話鈴響了。茉莉沒有反應。電話鈴聲響過幾次就不響了。茉莉痛苦地哭泣著。

　　……

　　醫院，白天。

　　在陽臺上，茉莉躺在舒適的躺椅裡。通向她屋裡的門開著。陽臺夠寬敞的，被高高的藍色玻璃隔開。茉莉放下了正在看的書（《拉封丹》），瞧著前面的什麼地方。透過藍色玻璃射進來的陽光照在她臉上。茉莉閉上眼睛。就在這時樂聲響起，聲音很響。樂曲持續了幾秒鐘，當茉莉感覺到某人的目光在注視自己時，便立刻睜開了眼睛，音樂隨之消失。一位不太年輕的、穿著考究的婦女從玻璃隔柵後面探出頭，俯視著茉莉。她和茉莉友好地交談起來。她認識茉莉，是位新聞記者。

　　女記者：您好……

　　茉莉：您好。

女記者：我知道您不願意見我……

茉莉：是的。

女記者微微一笑。

女記者：我能進來嗎？

茉莉：不。

女記者顯然對於遇到這種接待方式已有思想準備。

女記者：這家出版社是……

茉莉看著自己剛看過的、記者現在正指著的那本書。

茉莉：《拉封丹》。

女記者：《拉封丹》。他們建議您寫《我和帕特里斯的生活》
　　　　一書。我知道您不會寫的，哪怕他們答應給您數以百
　　　　萬計的稿酬。

茉莉：我不會寫的。

女記者：有人委託我來勸說您。

茉莉：您已經勸說過了。

茉莉站起來，闔上書。女記者拉住她。

女記者：茉莉，我不是為採訪來的。

茉莉：那為什麼？

女記者：我為《音樂世界》雜誌寫有關您丈夫的文章。我不準
　　　　備提及我們的談話。但是，我很想知道一件事……

茉莉：哪件事？

女記者：那首樂曲是不是為了讚頌歐洲一體化？

茉莉：沒有什麼樂曲了。

女記者：您變了。變得尖刻，很不客氣……，以前您不是這樣
　　　　的。

茉莉：很可能……

女記者：發生什麼事了嗎？

茉莉：您不知道嗎？我們出了車禍。我的女兒和丈夫都慘遭不

幸。

茱莉轉過身去，把書和方格毛毯挾在腋下，向自己的病房門口走去。女記者把小照相機拿到眼睛跟前。喀嚓一聲。茱莉關上身後的門。

音樂學院，院長辦公室，白天。

奧利維耶正在騰空書桌的抽屜。所有的紙張、信件、文件都放在文件夾裡。他猶豫了一下，是否該把在抽屜深處找到的一些照片也放在一起？我們的目光從這些照片上匆匆掠過，停留在四十來歲的男人（帕特里斯）和一個年輕女孩的照片上。奧利維耶決定把這些照片也放進已經撐得鼓鼓囊囊的文件夾裡。

……

茱莉的家，傍晚。

在黃昏時分的藍色光線下，茱莉嘆著氣打開了提包。拿出折成四折的樂譜，打開它。注意地研究總譜：她的目光隨著音符上下移動著，然後重又回到第一行。聽得見清晰的鋼琴聲，每個音符和茱莉正在閱讀的樂譜相符。這是協奏曲的片斷。茱莉擡起眼睛，但是琴聲繼續響著。樂聲中加進了管弦樂，氣勢宏偉。茱莉看見自己的手放在撐起琴蓋的支棍旁邊。她的手慢慢移向支棍，慢慢地推動它，支棍被推倒了，琴蓋轟隆一聲蓋上了，音樂中斷。茱莉的呼吸急促。她折好琴譜藏在提包裡。她開亮燈，向窗戶走去。茱莉憑窗而立望著窗外。

窗外的花園，昏暗中的古老樹木，林蔭小徑及遙遠的某處——巴黎。近鏡頭。茱莉消失在畫面外，現在我們看見的只是窗外景色。花園中的一切逐漸變暗，夜色降臨。玻璃上出現燈光映照出來的茱莉的臉。同時，開始響起了幾分鐘之前聽到過的音樂。茱莉閉上眼睛。

注釋

①《藍色情挑》由 1993 年法國 MKZ、CED 等五家公司聯合出品，
是波蘭著名電影導演奇士勞斯基的傑作「顏色三部曲」的第一
部。導演取法國國旗的藍、白、紅三色（分別代表自由、平等、
博愛）作為自己三部影片的主題，抽去政治內涵，賦予強烈的
個人色彩和生活氣息，透過電影語言，闡釋自己對「三色」的
理解，表達導演內心的感受。

奇士勞斯基（1941～1996）是二十世紀八〇年代波蘭學派崛起
的又一代表人物。他和他的影片多次在國際電影節獲獎，被譽
為歐洲近十多年來「最有獨創性、最有才華而又最無顧忌的導
演」。其影片反映了當代波蘭和歐洲的現實生活，富有哲理性。
他經常從人們熟視無睹的社會共識或道德準則出發，選取獨特
的視角，講述一個幾近黑色幽默的故事，引發人們對現實的思
考，從而形成新的概念和意識。他把精湛的攝影技巧、紀實的
手法、思辯的哲理和冷峻的筆觸融入影片的敘事之中，使觀眾
既能感受到他充滿智慧的洞察力，又能體味到他那浪漫與神秘
的風格。在影片中，他不斷探索著當代人內心的孤獨和焦慮，
並希冀著人與人之間的溝通和聯繫。代表作有《十誡》
（1988），《維羅尼卡的雙重生活》（1991）和《三色》
（1993～1994）三部曲，均在評論界引起強烈的回響，使他躋
身於大師行列。

　提示

茱莉的丈夫帕特里斯是個著名的音樂家，他們有一個可愛的女
兒。一場突如其來的車禍帶走了丈夫和女兒，完全改變了她的生活。
在醫院裡，茱莉痛不欲生。回家後，她果斷地賣屋、毀譜、絕交，企
圖割斷與往昔生活的所有聯繫，然後到巴黎隱居起來，對外界漠不關
心。但是，總有事情來打擾她：因為她沒有簽名趕走妓女，妓女來感

謝她；當初目睹車禍的青年，來送還他拾到的項鍊；她丈夫的同事奧
里維耶一直愛著她，現在又找到了她，而且，還在繼續創作她丈夫未
完成的曲子，她表示反對。在一個有關帕特里斯的電視節目裡，她偶
然發現她丈夫身邊另有一個年輕女子。她找到了她，發現她已有幾個
月的身孕，那是她丈夫的孩子。這使她再次改變了自己的想法。她把
尚未賣掉的房子留給了丈夫的孩子，同奧里維耶共同完成了丈夫留下
的樂曲，再續現實人生。

　　《藍色情挑》是一部典型的法國式心理藝術片，是三部曲中最嚴
肅的一部。影片以藍色為基調，以音樂為靈魂，節奏徐緩地探討了女
主角茱莉的精神世界和心理狀態——透過車禍給茱莉造成心理創傷這
一特定情節展示她在獲得「自由」（內心的自由）後的複雜心理歷
程，極富哲理性。影片的敘事從茱莉悲痛欲絕開始，經離群索居再重
返社會，試圖表明：完全脫離社會的個人自由是不存在的，徹底擺脫
過去的個人自由也是不現實的。整部影片也充滿憂傷的氣氛，自稱是
悲觀主義者的導演奇士勞斯基這樣闡述影片的主題：「從某種意義上
說，愛與自由是相矛盾的，要愛就沒有自由，你變得依賴你所愛的
人，不管他是誰。你愛一個女人，你的價值觀就會不同。拿一條狗、
一輛車、一台電視為例，這些束縛了自由。你失去了自由，你不能想
做什麼就做什麼。……這就是我們想要講的故事。」他又說：「自由
是不可能的。你渴望得到自由，但卻得不到。這就是影片的主題。」
從藝術看，整部影片拍得簡潔而寫意，沒有任何多餘的東西，特寫鏡
頭的大量運用著力捕捉茱莉的靈魂，演員茱麗葉‧畢諾許那張體現
「存在主義哲學」的臉（幾乎占據了銀幕的大部分畫面，也許片中除
了茱麗葉‧畢諾許的臉之外什麼也沒有）本身就是影片的藝術造型和
思想內涵。畢諾許被譽為當今法國最有才華的女演員，片中她很少說
話，特寫鏡頭經常把她那張沒有表情、目光呆滯、冷若冰霜的臉呈現
在觀眾面前，畢諾許幾近沈默的表演加上大特寫鏡頭，使觀眾的注意
力完全集中到她的臉上。經過長時間的凝視和臉部表情極細微的變化

傳達出一種強大的內在感情力量：一個將極度悲痛強壓在心頭而不表露出來的堅強婦女形象。從藝術角度觀察：悲痛的外在表露往往沒有悲痛的內在壓抑更感人、更深刻、更具表現力。此外，音樂的大量參與又濃墨重彩地渲染了人物的心境，藍色的玻璃飾墜、藍色的游泳池和藍色的糖果紙等眾多細節的閃現，也讓我們看到了一個大師級導演的功力。從本書節選的這一段內容，我們大致可以窺見影片的這些特點。

電影《鐵達尼號》①

（電影腳本選段）

一

95.內景・駕駛臺／海圖室，白天

哈羅德・布萊德，21歲，年輕的無線電操作員硬擠進去，繞開安德魯斯的參觀團，把一份無線電報交給史密斯船長。

布萊德：又一個冰山警告，先生。這次是從波羅的海號發來的。

史密斯：謝謝你，斯帕克斯。

史密斯看一眼這份電報，無動於衷地把它放進口袋。他向羅斯及那夥人點點頭，表示可以放心。

史密斯：不用擔心，在這種季節裡是相當正常的。事實上，我們在加速前進，我剛下命令，把所有的鍋爐全都點上。

在示意這夥人向門口走去之前，安德魯斯略略皺眉頭。他們出門時，正好二副查爾斯・赫伯特・萊托拉從海圖室出來，在大副默多克身邊止步。

萊托拉：我們找過那些給監視哨用的雙筒望遠鏡了嗎？

大副默多克：從南安頓啟航之後，從來沒有見到過。（切）

96. 外景・船甲板／右舷邊，白天

安德魯斯和這夥人從駕駛臺沿著船甲板走回來。

蘿絲：安德魯斯先生，我心裡計算過，從救生艇的數目來測定你提到的性能⋯⋯請原諒，看上去不足以容下全體旅客。

安德魯斯：實際上，大約能容納一半。蘿絲，你全都注意到了，是嗎？其實，我放上的這些新型吊艇架，它們在這裡還能多容納一排救生艇。（他指向甲板）可是曾經被認為⋯⋯某些人認為⋯⋯這個甲板過於擁擠。所以我被駁回了。

卡爾（拍拍一條救生艇的邊緣）：竟在一艘不會沈的輪船上浪費那麼大的甲板空間！

安德魯斯：香香甜甜地睡吧，年輕的蘿絲。我給你建造了一艘優質船，結實而且可靠。

當他們走過七號救生艇時，一名男子從欄杆旁轉身，隨著這夥人走。他是傑克，他輕輕拍蘿絲的胳臂，她轉身，倒抽一口氣。他做了個手勢，她擺脫掉這夥人，走向一扇傑克為她扶住的門。他們溜進⋯⋯（切）

97. 內景・健身房・白天

傑克在她身後關上門，透過有花紋的玻璃窗看右舷欄杆，那個健身房教練正在那裡和一個踩自行車的婦女聊天。蘿絲與傑克單獨在房間裡。

蘿絲：傑克，這是不可能的。我不能見你。

他扶住她的肩。

傑克：蘿絲，這對你不是一件輕鬆的事⋯⋯你甚至是個被寵壞了的小傢伙，可是除此之外，你是個堅強的人，心地純潔，你是我從未見過最令人嘆絕、令人驚奇的姑娘，而且⋯⋯

蘿絲：傑克，我……

傑克：不，等會兒，讓我把話說出來。你是令人難以置信的……我知道我沒有什麼可以奉獻給你，蘿絲。我知道這點。可是現在我被捲進去了。你跳，我就跟著跳。記得嗎？我不能走開而不顧你是否平安無事。

蘿絲感到熱淚盈眶。傑克如此坦白、真誠……不像任何一個她交往過的人。

蘿絲：你把事情看得非常嚴重。我會沒事的。真的。

傑克：我不這樣認為。他們把你裝進一只玻璃瓶，像某些蝴蝶那樣，如果你不衝出來就會死去，也許不是馬上，因為你是堅強的。可是遲早你內心的火焰會熄滅的。

蘿絲：不能靠你來救我，傑克。

傑克：沒錯，只有你能救自己。

蘿絲：我必須回去了，他們會惦記的。求求你，傑克，為了我們倆，請不要找我麻煩。（切）

98.內景・頭等艙休息室，白天

這是船上最精美絕倫的房間，是按路易十五凡爾賽的風格建造的。蘿絲坐在一張長沙發上，周圍簇擁著一群婦女。魯芙・羅瑟斯女伯爵和達夫－戈登夫人正在喝茶。當鄰座的對話流淌而過時，蘿絲像座雕塑似的噤聲靜坐。

魯芙：當然，那些請柬不得不兩次退回給印刷商。還有伴娘的衣裙！讓我告訴你們吧，那曾經是個多麼漫長……

魯芙繼續說下去的時候，鏡頭徐徐跟拍蘿絲。

反打鏡頭，蘿絲的視點：一位母親和女兒在桌前喝茶。那四歲大的女兒戴著白手套，文雅地取了一片甜點。那位母親糾正她的姿態和她拿茶杯的樣子。那個小女孩非常努力地去取悅於人，她的表情嚴肅。那是蘿絲在那個年齡時的一瞥，我們看見那種冷酷無情的

調教……要成為愛德華七世時代藝妓的痛楚。

拍攝蘿絲。她平靜而深思熟慮地刻意把她的茶杯打翻，把茶潑到衣服上。

蘿絲：噢，瞧我做了些什麼呀。（切）

99.外景・鐵達尼號，白天

鐵達尼號在薄暮中向我們駛來，好像被一支巨大火炬的餘燼照亮。當這艘輪船隱隱呈現並占滿畫面時，鏡頭推向船頭。傑克在那兒，就在船頭欄杆的盡頭，他最喜歡的地方。他闔上雙眼，讓徐徐涼風清理他的思緒。

傑克聽到她的聲音，在他後面。

蘿絲：你好，傑克。

他轉過身去，她站在那裡。

蘿絲：我改變主意了。

他對她微笑，他的眼睛被她迷醉了。她的臉龐被涼風吹得通紅，她的眼睛炯炯有神。她的頭髮在風中翻飛，撲了滿臉。

蘿絲：法布里齊奧說你可能在……

傑克：噓……到這兒來。

他雙手摟住她的腰。好像他要吻她。

傑克：閉上眼睛。

她照辦，他把她轉到輪船航行的方向。他溫柔地把她靠在欄杆上，就站在他前面。然後他拉起她的雙手，把它們舉起來，直到她的雙臂向兩邊展開。蘿絲隨著他，當他放開她的手時，她的胳臂仍留在上面……像一對翅膀。

傑克：好了。睜開眼睛吧。

蘿絲喘不過氣。她眼前除了海水以外什麼都看不到。好像他們腳底也根本沒有船，只有他們兩個人的熾烈情懷。大西洋向鐵達尼號——這只在蒼茫天空下被澆鑄成的銅殼展開。那裡只有風，還有

五十英尺下，水的嘶嘶聲。

　　蘿絲：我飛起來了！

　　……

二

　　260. 外景·船尾

　　拍攝船尾樓甲板。傑克和蘿絲在船的傾斜度增大時努力到達船尾。數百名旅客貼在甲板上任何固定的東西上，跪在拜爾斯神父周圍，他提高聲音祈禱。他們在祈禱，哭泣，或者只不過是空瞪著茫然的眼睛。他們的腦子因害怕而麻木了。

　　掙脫開緊握的手，傑克使勁把蘿絲拖過甲板，到了船尾。

　　傑克：來吧，蘿絲。我們不能指望上帝替我們包辦一切。

　　他們推開祈禱的人擠向前面。一個在前頭的男人沒站住腳，向他們滑過去。傑克扶了他一把。

　　261. 螺旋槳伸出水面二十英尺，以更快的速度上升。

　　262. 傑克和蘿絲已擠到船尾欄杆，正好在旗杆座旁。他們抓住欄杆，擠進人群，這恰好是傑克把蘿絲拉回到船上的地方，只不過隔了兩晚……卻恍如隔世。

　　在嚎啕大哭和哀啼聲中，拜爾斯神父的聲音繼續，因激動而沙啞——

　　拜爾斯神父：……我見到新天堂和一片新的土地。以前的藍天和土地已經死去，大海也不復存在……

　　燈在閃，預示要熄滅。當船尾升上星光閃耀的夜空時，蘿絲緊抓住傑克。

　　拜爾斯神父：我也看見一個新的耶路撒冷，這個神聖的城市從上帝的天堂下來，漂亮得像是新娘準備迎接她的丈夫。我聽見從寶座上發出響亮的鈴聲，這是上帝在人間的住所。祂將與他們在一起，他們是祂的人民，祂是他們的上帝，永遠與他們同在……

　　蘿絲凝視劫數難逃的船。他們旁邊是代爾一家，他們平靜地緊挨在一起。赫爾蓋瞥了船一眼，她的眼睛蘊藏著無限悲傷。

　　蘿絲看到她身旁有一位年輕的母親，緊緊抱住五歲的兒子，他嚇哭了。

　　母親：噓，別哭。很快就會過去的，寶貝。很快會過去的。

　　拜爾斯神父：他將擦去他們眼中的淚水。那裡再也沒有死亡或傷痛，大聲呼叫或痛苦，因為先前的世界已經消逝……（切）

263. 內景・輪船，不同場景

　　船繼續傾斜，一切沒有拴緊的東西都在移動。

　　餐具室的碗碟櫃被衝開了，成噸成噸的瓷器散落在地上。一架鋼琴滑過地板，撞入一面牆。家具在吸煙室的地板上打滾。

264. 拍攝 A 層甲板散步場地

　　旅客們扶不住，滑到木頭甲板上，像乘著雪橇跑，碰到海水之前滑行數百英尺。蘿絲的女僕特魯迪・博爾特在欄杆上掙扎時滑倒，又尖叫著滑了出去。

265. 拍攝船尾

　　螺旋槳已冒出水面一百英尺並繼續上升。心慌意亂的人們從船尾甲板的欄杆往下跳，尖聲叫喊著，落入水中。一個男子從船尾甲板掉了下去，碰在右舷螺旋槳的銅衝頭上，發出令人膽寒的劈啪聲。

　　266. 在水裡游的人抬頭看見船尾像整塊石料那樣聳立在他們頭頂上，螺旋槳頂著星星升起來，一百英尺，……一百二十英尺。

267. 拍攝船尾欄杆

　　一個男子往下跳。從他的視點拍，我們似乎永遠往下掉，正好經過那枚大螺絲。海水往上翻騰。（切）

268. 外景‧鐵達尼號‧六號救生艇

鏡頭緩慢推，拍攝蘿絲，此時，輪船死亡的聲音和人們高聲尖叫聲飄過海面。

269. 反打鏡頭／她的視點

畫面擴大，我們看見鐵達尼號的景象，她的燈光閃爍，反照在平靜的水面上。它的船尾高高翹在空中，有 45 度以上。螺旋槳越出水面一百五十英尺，一千多名旅客緊緊抓住甲板，從遠處看像是一群蜜蜂。

這個景象令人怵目驚心，不敢置信，也是不可思議的。蘿絲定睛凝視，不能把它放進畫框，它也不成任何比例。

莫利‧布朗：上帝是全能的。

巨大輪船的燈光擺曳。（切）

270. 內景‧機器房

黑暗中，輪機長貝爾攀在主要制動控制板的一根管子上。他周圍有人利用電動手扶噴燈爬過傾斜了的大機器。管子破裂是一場惡夢，海水四處噴射，機器的「咔啦」聲威脅人們，它可能從底座崩裂。

四處潑濺的海水打在制動控制板上，可是貝爾不會離開他的管子。「咔啦！」制動器反衝。他再次把它敲回去……轟！一股強烈的光！有什麼東西熔化了。屋子裡充滿了弦光和夢魘似的光……

271. 外景‧鐵達尼號

廣角，全船的燈都熄滅了。鐵達尼號在星光背景中變成一個龐大的黑色剪影。

在 C 號折疊艇上，布魯斯‧伊斯梅背對著輪船，不能望著這艘巨輪死去。他因自責而緊張，他的腦子裡想的事太多太多。他可以不看，但是他擋不住人們和機器死亡的聲音。水面傳來一個響亮的

劈啪爆炸聲。（切）

272. 外景·輪船甲板

第三個煙囱附近，一個男人攫住輪船欄杆。當甲板就在他兩腿之間裂開時，他低頭看。隨著鋼板斷裂的霹靂聲，出現了一個咧著大嘴的斷層。

洛夫喬伊死死抓住官員餐廳頂上的欄杆。當船的結構就在他眼前散開時，他驚恐地瞪著。他目瞪口呆地向下直接看到船的內部，此時，一陣激烈的隆隆震盪，好像是炮聲。人們紛紛跌進更寬的裂口，像玩具娃娃似的。

固定在煙囱上的錨鍊散開並在甲板上劈啪響，像鞭子似的把吊杆和排氣風扇都掃光。一個男子被飛舞的錨鍊擊中，並被甩出畫面。另一根錨鍊打到靠近洛夫喬伊的欄杆上，欄杆斷了。他翻身掉進了一個凹凸不平的金屬坑裡。

火焰、爆炸和火花照亮了咧著大嘴的斷層，此時船殼往下裂，透過九層甲板直搗龍骨。海水傾進敞開的傷口。（切）

273. 內景·機房

這是個咆哮的黑色地獄。當大型機器紛紛在他們身邊斷裂時，男人們失聲呼叫，鋼架子像太妃糖似地撐起來。當海水和泡沫漩渦在機器中呼嘯著競相穿行時，他們的手電筒發出亮光。他們想爬出去，但都被嚇呆了。（切）

274. 外景·鐵達尼號，晚上

船尾和靠近船尾部分差不多有四百英尺長，往後跌進水裡。船尾樓甲板上的人都尖聲叫起來，因為他們感到是他們自己驟然跌落。這個聲音一浪高過一浪，就像在壘球比賽得分時看臺上球迷的歡叫聲。

正在船尾下面游的幾個不走運的人也急叫起來，因為他們看到龍骨像上帝的靴跟一樣向他們倒下去。碩大的船尾部分往後倒到接近

水平狀態，又雷鳴般沈入海裡，推出大量被擠出地盤的海水惡浪。

傑克和蘿絲拚命抓住船尾欄杆。他們感到輪船似乎平安無事了。有幾個祈禱的人以為是這是靈魂得到拯救。

幾個人：我們得救啦！

傑克望著蘿絲，沮喪地搖搖頭。

現在，可怕的機器已筋疲力竭。被淹沒的船頭的巨大重量墜下來，那個有浮力的船尾很快翹起來，當扇形的尾端再次拱起來時，他們感到突然升起。所有人抓住凳子、欄杆、通風設備……，一切可以避免滑倒的東西。

船尾上升，再上升，超過 45°，超過 60°。

人們開始掉下來，滑跤、跌倒。他們滑下甲板，尖聲叫嚷，又什麼都抓不到，他們隨手扭住別人，又把他們拖了下去。前面欄杆上堆起一些人，代爾全家一個個掉了下去。

傑克：我們必須走開！

他爬過船尾欄杆，又伸手回去幫蘿絲。她害怕挪動。他抓住她的手。

傑克：來吧！我抓住你了！

傑克把她提過欄杆。這就是兩天前他拉她越過欄杆的同一個地方，只是方向相反。她爬了過去，適逢欄杆處在水平狀態，同時甲板是垂直的。傑克使勁拉牢她。

眼下，船尾在空中直立著……像一尊隆隆響的黑色石塊，背靠星星站著。它掛在那兒像一個長長的裝飾音，它的浮力穩定。

蘿絲倚在欄杆上，瞧著船尾底部十五層樓以下的滔滔海浪。

他們附近的人沒有跨過欄杆，他們的腿在大距離落差裡懸盪。他們相繼走下去，驟然跌到船尾樓甲板的垂直面上。其中有幾個可怕地彈起來，離開了甲板和通風設備。

傑克和蘿絲並排躺在船殼的直立面上，抓住欄杆，現在它處於水平位置。他們腳下就是用來裝飾船尾的金色字母：「鐵達尼號」。

喬京（點頭打招呼）：晚上好。

當船尾灌滿水後,最後無情的衝擊開始了。低頭看,離水面一百英尺,我們和傑克及蘿絲像是在電梯上似的直線往下掉。

傑克(說得很快):在我們進水之前,吸一大口氣,好好憋住它,船會把我們吸下去,蹬水,不停地蹬,不要鬆開我的手。我們能成功,蘿絲,相信我。

她瞪眼望著朝他們迎過來的海水,更使勁地抓住他的手。

蘿絲:我相信你。

在他們下面,船尾樓甲板已無影無蹤。衝擊加快了速度⋯⋯翻滾的水面吞沒了駕駛臺,然後匆匆沈下最後三十英尺。

278. 俯拍

我們看見船尾沈入奔騰翻飛的海洋。「鐵達尼號」的名字失蹤了。傑克和蘿絲的渺小身影也在水中消失了。

曾經有船待過的地方現在空空蕩蕩,只有黑色的海洋。

注 釋

①美國影片《鐵達尼號》,編劇、導演:詹姆斯・柯麥隆。

一幅裸畫把故事帶回到 1912 年,豪華巨輪「鐵達尼」號在一片嘈雜混亂的歡呼聲中徐徐起航,從英國橫跨大西洋駛往美國。船上,年輕而快樂的窮畫家傑克對即將開始的新生活感到無比興奮。他發現了貴族少女蘿絲,被她的美麗、高貴和憂傷深深打動。深夜,蘿絲欲跳海自殺,被傑克所救,兩人由此相識,蘿絲對傑克的素描大為讚賞,並流露出內心的孤獨和苦悶。為了答謝他,蘿絲的未婚夫卡爾惡意邀請「下等人」傑克與他們共進晚餐。在頭等艙精緻豪華的餐廳裡,傑克感到驚訝和壓抑,他悄悄地把蘿絲帶到了自由自在的三等艙,在那兒,蘿絲感到了無拘無束的快樂。但是,橫在兩人之間的階級差異太大了,蘿絲與傑克的交往已經引起了母親和卡爾的強烈不滿,蘿絲只

能回到屬於她的世界。傑克千方百計找到她，向她表白了自己真誠的牽掛，蘿絲大為感動。貴族社會的虛偽做作最終使充滿青春夢想的蘿絲走向了傑克，在高速行駛的船舷上，兩人乘著風的翅膀作夢一般地飛翔。蘿絲讓傑克為她畫了一幅戴著鑽石項鍊「海洋之心」──卡爾送給她的無價之寶──的裸體畫，並把它鎖進了卡爾的保險櫃。然後兩人逃跑，共度春宵。卡爾見到裸畫，心生毒計，誣告傑克偷盜「海洋之心」，傑克被關了起來。是夜，鐵達尼號遭遇冰山，無可挽回地下沈，但是船上的救生艇只夠容納一半乘客，只能讓婦女和兒童上艇，三等艙的乘客被堵了起來，情勢大亂。蘿絲想辦法在深水裡解救了被鎖起來的傑克，兩人來到放救生艇的地方，見到了卡爾。為了和傑克在一起，已經上艇的蘿絲逃了出來，卡爾則謊稱自己是一個小女孩的唯一親人，上艇逃生。傑克、蘿絲和剩下的人群聚集到高高翹起的船尾，隨著巨輪沈進冰冷的海水。許多人被淹死、凍死，被損壞的機器打死，海面上漂浮著具具浮屍。傑克也凍死了，蘿絲因為躺在一塊木頭片上，最終被救起。她記住了傑克的遺言，快樂而堅強地活到了今天。八十四年過去了，老年的蘿絲結束了動人心弦的回憶，平靜地把「海洋之心」扔進了大海……。

《鐵達尼號》是一部極為成功的製作精良的商業電影，雖然貧賤才子和貴族少女堅貞不屈的愛情故事，是古今中外無數文學藝術的老套，毫無新意，但由於編導不遺餘力地採用了一切手段吸引觀眾，最終仍然十分成功。

首先，從內容上看，該片選取了一個舉世聞名的悲劇事件，並把愛與恨、善與惡這兩對永恆的主題結合在一起。鐵達尼號的沈沒本來就是人類文明發展史上一個具有諷刺意味的巨大悲劇，電影史上已有不少以此為題材的作品，選擇這個題材，具有「先聲奪人」的效果。

同時，愛與恨、善與惡的結合虛實相生、真假難辨，故事情節一波未平，一波又起，剛剛獲得了愛情，馬上又要永別，觀眾的情緒得到超極限的煽動，不假思索地跟著劇情跑。

其次，從製作上看，高投入，大製作，製造極具衝擊力的視覺奇觀。為了拍這部影片，導演用兩億美元投資建造了一個1：2的模型船和巨型蓄水池，所有的道具都要逼真，以再現巨輪和人沈沒的壯觀景象：逼真的佈景、快節奏的剪輯、大量的近景鏡頭和運動鏡頭，使觀眾產生身臨其境的幻覺，在欣賞離奇的故事情節的同時，得到極大的視聽滿足。這一點在上面選段裡看得很清楚。

第三，明星效應和商業宣傳，極具誘惑力。男女主角的愛情故事儘管「老掉了牙」，但李奧納多那張英俊迷人的臉蛋和凱特溫斯蕾豐滿妖嬈的身材，在全球性耗資巨大的廣告宣傳下，讓少男少女們神魂顛倒。

但是，不管電影在投入、製作、包裝宣傳方面做了多少工作，取得成功的首要因素卻是故事情節、人物形象、思想感情等「老」手段。雖然片名叫《鐵達尼號》，但鐵達尼號沈沒這一歷史性的事件卻只是作為影片的背景而存在。不管是對鐵達尼號的現代豪華的渲染，還是對沈沒過程的動感逼真的再現，都是為了使男女主角的愛情更浪漫、更曲折、更激動人心。這說明，影視無論如何是無法脫離文學內涵而存在的，「大片」再大，也不能違背影視文學的基礎。

電影《陽光燦爛的日子》①

（小說《動物凶猛》片段）

那個夏天我還能記住的一件事，就是在工人體育場游泳池跳水。

我從來沒從高臺往下跳過水。我上了十公尺跳臺，往下一看，立刻感到頭暈目眩。我順著梯子下到七公尺跳臺，仍感到下面泳池

的如淵深邃和狹小。

我站在五公尺跳臺上，看著一碧如洗的晴空，真想與它融為一體，在它的無垠中消逝，讓任何人都無處去覓我的行蹤，就像我從來沒來過這個世界。會有人為我傷心嗎？我傷心地想。

我閉著眼睛往前一躍，兩腳猛地懸空，身體無可挽回地墜向水面，「呼」的一聲便失聰了，在一片鴉雀無聲和萬念俱寂中我「砰」地濺落在水面。水浪以有力的衝擊撲打著我，在我全身一朵朵炸開，一股股刀子般鋒利的水柱刺入我的鼻腔、耳廓和柔軟的腹部，如遭凌遲，頃刻徹底吞沒了我，用刺骨的冰涼和無邊的柔情接納了我，擁抱了我。我在清澈透明的池底翻滾、爬行，驚恐地揮臂蹬腿，想摸著、踩著什麼堅硬結實的東西，可手足所到之處，皆是一片溫情脈脈的空虛。能感到它們沈甸甸、柔韌的存在，可聚散無形，一把抓去，又眼睜睜地看著它們從指縫中瀉出、溜走。

陽光投在水中的光環，明晃晃地耀人眼目。

我麻木遲鈍地游向岸邊。當我撐著池邊準備爬上岸時，我看到那個曾挨過我們痛毆的同學穿著游泳褲站在我面前。他抬起一個腳丫踩在我臉上，用力往下一踹，我便摔回池中。

他和幾個同伴在岸上來回逡巡，只要我在某處露頭，他們便把我踹下去。看得出來，這遊戲使他們很開心，很興奮。每當我狼狽地掉回水裡，他們便哈哈大笑，只有我那個同學始終咬牙切齒地盯著我，不斷地發出一連串凶狠的咒罵。

他們使的力量越來越猛，我的臉、肩頭都被踢紅了。我筋疲力盡地在池中游著，接二連三從跳臺上跳下來的人不斷在我身後左右濺起高高的水花，「撲通」、「撲通」的落水聲此伏彼起。

我開始不停地喝水，屢次沈到水下又掙扎著浮出。他們沒有一點罷手的樣子，看到我總不靠岸，便咋呼著要下水灌我，有幾個人已經把腿伸進了池中。

我抽抽搭搭地哭了，邊游邊絕望地無聲飲泣。

（電影完成臺本選段）七十七、游泳池　夏日

鏡號	攝法	長度（尺格）	內容
1109	近跟	11.8	（疊）一雙腳在蹬臺階。
1110	近跟	11	透過一層層臺階，可見馬小軍莊嚴的臉。
1111	近移	15.7	（主觀視線）透過一層層臺階可見遠處，米蘭、于北蓓、劉憶苦等哥兒幾個在興高采烈地玩兒著。
1112	全俯	8.3	馬小軍上臺階。
1113	近走全	4.1	馬小軍（背）上臺階。
1114	中近	9.5	跳臺頂馬小軍露頭。
1115	全	15.4	馬小軍上到盡頭消失。
1116	中	6.7	馬小軍走在跳臺上。（旁白）我真想和這一碧如洗的晴空融為一體，在無垠中消逝，讓任何人無處尋覓我的蹤影，就像我從沒來過這個世界。
1117	全	4.6	馬小軍慢慢移向跳臺前沿。
1118	全仰	9.1	馬小軍慢慢移向跳臺前沿。（水下）
1119	中	3.3	馬小軍站定。
1120	全俯	14	（主觀視線）劉憶苦等哥兒幾個在開心地玩兒。
1121	近	5	馬小軍看著。
1122	全俯搖	5.2	（主觀視線）哥兒幾個玩兒。（搖）馬小軍的雙腳站在跳臺邊緣。

1123	全	3	馬小軍起跳。（升格）
1124	全仰跟	5.4	馬小軍跳入水。
1125	中	2.3	馬小軍下沈。（水下）
1126	全	3.4	濺起的水花。（升格）
1127	近	1.6	馬小軍下沈。（水下）
1128	全	1.5	馬小軍下沈。（水下）
1129	中	2.2	馬小軍下沈。（水下）
1130	近	2.2	水花。（水下）
1131	近	2.3	身邊的水花。（水下）
1132	中	2.9	馬小軍向上浮。（水下）
1133	中	3	馬小軍向上浮。（水下）
1134	全	2.3	馬小軍向上浮。（水下）
1135	中	6.7	水面，馬小軍露頭，他奮力地游著。（升格）
1136	全仰	2.4	馬小軍游著。（水下）
1137	全仰	4.9	（主觀視線）岸上的哥兒幾個轉回身。（水下）
1138	全	4.5	馬小軍將一隻手伸向岸邊，另一隻手奮力地游著。
1139	中近	8.5	哥兒幾個蹲下，將手一齊伸向馬小軍。
1140	中	3.9	馬小軍的手向眾多的手靠近。（升格）
1141	中仰	1.8	（主觀視線）哥兒幾個站起來。（水下）
1142	中近	1.9	馬小軍冒出水面，被一隻腳踹下。
1143	中仰	2.1	（主觀視線）哥兒幾個站在岸邊。
1144	中	3.8	馬小軍下沈，他奮力地扒水。

1145	中	1.9	馬小軍浮出水面，被一腳踹下。
1146	中仰	1.6	（主觀視線）眾人站在岸邊。（水下）
1147	中仰	1.7	（主觀視線）眾人站在岸邊。（水下）
1148	中仰	3.8	馬小軍奮力地向岸上游。
1149	中仰	1.2	（主觀視線）眾人站在岸邊，一隻腳踹向鏡頭。
1150	中跟	1.5	馬小軍下沈。（水下）
1151	中跟搖	1.6	哥兒幾個站在岸邊（搖）池邊水花。（水下）
1152	中近跟	3.7	馬小軍向上游。（水下）
1153	中搖	2.2	哥兒幾個站在岸邊，一隻腳踹向鏡頭。（搖）水花。
1154	近搖	3	池邊水花。
1155	近搖	2.2	腳踹鏡頭。（水下）
1156	近	3.6	池邊水花。（水下）
1157	中近搖	5.7	（主觀視線）腳踹鏡頭。
1158	近	1.7	水花。
1159	中近搖	6.5	水花（搖）眾人在岸上。
1160	中	2.4	幾乎上了岸的馬小軍又被一腳踹到水裡。
1161	全	4.6	池邊水花。（水下）
1162	小全	7	馬小軍浮在水面上。（疊）
1163	全	16.9	（疊）馬小軍浮在水面上。（疊）
1164	大全	18.2	（疊）馬小軍浮在水面上。（旁白）兩個月後，米蘭和我們斷絕了來往，年底劉憶苦又當兵去了，

而且有了正式的女朋友，于北蓓
到香港當了電影明星，後來，我
們也分別去了部隊。聽說劉憶苦
在南邊打仗被震傻了，再後來彼
此全無消息。

 注釋

　　電影《陽光燦爛的日子》，原著《動物凶猛》，王朔。編劇、導
演：姜文；攝影：顧長衛；主演：夏雨（飾馬小軍），寧靜（飾米
蘭）；1995 年陽光燦爛製片公司出品。

　　這是一段青春的故事，故事發生在七〇年代的北京，透過年長馬
小軍的回憶講述出來。印象裡，那時候永遠是盛夏，陽光燦爛，光線
太強，照得人眼前一陣陣發黑。

　　一群部隊大院的孩子在上課、逃學、玩耍、鬥毆、拍女朋友以及
責難、打罵中一天天成長。馬小軍是其中的主角，父親長期不在家，
樂得他逍遙自在。現在，他已經 15 歲了，是個中學生。一日，他用
自製的鑰匙打開了一戶人家，看見了一個女孩兒笑容燦爛的照片，從
此，這張照片充滿了他的整個世界。一個偶然的機會，他在街上結識
了畫中人——米蘭，一個漂亮、成熟、性感的姑娘。他愛慕米蘭，不
斷吹噓自己的能耐，但米蘭始終把他當小弟弟。出於虛榮，他把米蘭
引薦給了自己的哥兒們劉憶苦等。很快，他發現米蘭和劉憶苦關係曖
昧，這使他醋勁大發。一日，在他和劉憶苦共同的生日宴會上，兩人
打了起來。不對，好像沒打。米蘭對他那種親熱卻十分客氣的態度使
他非常惱火，他決定讓她記住他——他差不多是強暴了她，想以此證
明自己是個男人。結果，他和米蘭徹底鬧翻，並被朋友們孤立起來，
在萬分痛苦中度過一天又一天……。

⟨提示⟩

電影《陽光燦爛的日子》是做演員的姜文導演的第一部影片，卻是一部極為出色的藝術影片。該片以流暢、鮮活、獨特的電影語言，講述了文革後期一群少年尤其是男主角馬小軍個人的成長故事及其青春躁動，抒情、細膩，飽含回憶的深情和憂傷。

《陽光燦爛的日子》可以看成是當代中國的一部作者電影，它最大的特點是個人化、情緒化。該片雖以文革為背景，卻有意超越了文革電影的政治、歷史指向和第四代、第五代導演習慣的「傷痕」、「反思」的敘述模式，以中國電影罕見的極為個人化情緒化的表述方式，詩意地展示了七十年代初幾個在部隊大院裡長大的青少年的生活歷程和青春夢幻，呈現出一種騷動的慾望在燦爛的陽光下的伸展程度和自由的模樣。

該片最突出的藝術成就在其電影語言的靈動、鮮活、激情與詩意。無處不在的燦爛的陽光，照耀著陽光下動盪不安的少年情懷；不斷穿插的「那時候」的革命歌曲和蘇聯歌曲，作為一種特定的文化印記，喚起一代人強烈的懷舊情感；舒展、動人、深情、傷感的《鄉村騎士》的旋律貫穿全片，使馬小軍說不清道不明的種種思緒瀑布般地傾洩出來，鋪天蓋地，了無遮攔……胡老師上課的情景、馬小軍的鏡中自語、玩耍望遠鏡、初見米蘭的照片、樓頂上的徜徉、林蔭大道的送行、青春浪漫的夢境、莫斯科餐廳的糾葛、游泳池的嬉鬧和幻覺……，無數優美、幽默、充滿詩意和激情的片段，充分展現了導演不羈的才華。這裡所選的是影片的結尾，馬小軍被朋友孤立，不僅在游泳池裡被人踹來踹去，內心深處也處於痛苦掙扎中。陽光燦爛的日子結束了，帶著成長的憂傷和絕望。

將小說與劇本對比，我們可以看出，小說中細膩的內心世界和自我感受，是如何透過電影的語言來展示的。首先電影運用了大量的主觀鏡頭，以及慢節奏和舒緩的音樂來烘托馬小軍的感受；其次，將踹人者改為馬的哥兒們，情節和人物關係都變得更簡單、緊湊。

正如姜文所說：「電影是夢。」《陽光燦爛的日子》本身，就是一個夢，一個青春少年成長的夢和一個失落成年人留戀往昔燦爛陽光的夢。

電視劇《水滸傳》①

（小說：《〈水滸傳〉第三十九回：
潯陽樓宋江吟反詩　梁山泊戴宗傳假信》片段）

宋江……獨自一個悶悶不已，信步出城外來，看見那一派江景非常，觀之不足。正行到一座酒樓前過，仰面看時，旁邊豎著一根望竿，懸掛著一個青布酒旆子，上寫道「潯陽江正庫」。雕簷外一面牌額，上有蘇東坡大書「潯陽樓」三字。宋江看了，便道：「我在鄆城縣時，只聽得說江州好座潯陽樓，原來卻在這裡。我雖獨自一個在此，不可錯過，何不且上樓去自己看玩一遭？」宋江來到樓前看時，只見門邊朱紅華表，柱上兩個白粉牌，各有五個大字，寫道：「世間無此酒，天下有名樓。」宋江便上樓來，去靠江占一座閣子裡坐了，憑欄舉目看時，端的好座酒樓。但見：

雕簷映日，畫棟飛雲，碧欄杆低接軒窗，翠簾幕高懸戶牖。消磨醉眼，倚青天萬疊雲山；勾惹吟魂，翻瑞雪一江煙水。白蘋渡口，時聞漁父鳴榔；紅蓼灘頭，每見釣翁擊楫。樓畔綠槐啼野鳥，門前翠柳繫花驄。

宋江看罷，喝采不已。酒保上樓來問道：「官人還是要待客，只是自消遣？」宋江道：「要待兩位客人，未見來。你且先取一樽

好酒，果品、肉食只顧賣來，魚便不要。」酒保聽了，便下樓去。
少時，一托盤把上樓來，一樽藍橋風月美酒，擺下菜蔬、時新果
品、按酒，列幾盤肥羊、嫩雞、釀鵝、精肉，盡使朱紅盤碟。宋江
看了，心中暗喜，自誇道：「這般整齊肴饌，濟楚器皿，端的是好
個江州。我雖是犯罪遠流到此，卻也看了些真山真水。我那裡雖有
幾座名山古蹟，卻無此等景致。」獨是一個，一杯兩盞，倚欄暢
飲，不覺沈醉，猛然驀上心來，思想道：「我生在山東，長在鄆
城，學吏出身，結識了多少江湖好漢，雖留得一個虛名，目今三旬
之上，名又不成，利又不就，倒被紋了雙頰，配來這裡；我家鄉中
老父和兄弟，如何得相見？」不覺酒湧上來，潸然淚下，臨風觸
目，感恨傷懷。忽然做了一首〈西江月〉詞，便喚酒保索借筆硯
來。起身觀玩，見白粉壁上多有先人題詠，宋江尋思道：「何不就
書於此？倘若他日身榮，再來經過，重睹一番，以記歲月，想今日
之苦。」乘著酒興，磨得墨濃，蘸得筆飽，去那白粉壁上揮毫便寫
道：

　　　　　自幼曾攻經史，
　　　　　長成亦有權謀。
　　　　　恰如猛虎臥荒丘，
　　　　　潛伏爪牙忍受。

　　　　　不幸刺文雙頰，
　　　　　哪堪配在江州！
　　　　　他年若得報冤仇，
　　　　　血染潯陽江口。

　　宋江寫罷，自看了，大喜大笑，一面又飲了數杯酒，不覺歡
喜，自狂蕩起來，手舞足蹈，又拿起筆來，去那〈西江月〉後再寫

四句詩，道是：

> 心在山東身在吳，
> 飄蓬江海漫嗟吁。
> 他時若遂凌雲志，
> 敢笑黃巢不丈夫。

宋江寫罷詩，又去後面大書五字道「鄆城宋江作」。寫罷，擲筆在桌上，又自歌了一回。再飲過數杯酒，不覺沈醉，力不勝酒，便喚酒保計算了，取些銀子，算還多的，都賞了酒保，拂袖下樓來。踉踉蹡蹡，取路回營裡來。開了房門，便倒在床上，一覺直睡到五更。酒醒時，全然不記得昨日在潯陽江樓上題詩一節。當時害酒，自在房裡睡臥，不在話下。

（電視劇《水滸傳》第二十四集：《潯陽樓題反詩》片段）

4.街上，黃昏

宋江走著，一陣風吹來，腳下打了一個趔趄，環顧左右，行人稀少，街上很冷清。

街頭有一個瞎眼老者孤零零地坐著，似乎不知天色已晚，口中喃喃道：「知生知死，知福知禍，知貴知賤，知前生之事，知未來之果……」

宋江俯身關切地說：「老人家，快回去歇息吧。天色已晚了，街上早沒了人。」

宋江掏出一錠銀子，塞到老者手裡，說：「風涼了，老人家還是回去吧。」

瞎眼老者接了宋江的銀子，卻一把抓住了宋江的手，摸索著。

宋江也不抽回來，只是笑笑。

瞎眼老者：「手上無繭，是個讀書人。」

宋江：「不錯。」

瞎眼老者：「手掌無肉，像是懷才不遇。」

宋江一愣：「不錯。」

瞎眼老者：「外柔內剛，能屈能伸，是個胸懷大志的人。」

宋江苦笑：「也不錯。」

瞎眼老者：「腕骨細巧，指節寬大，此人吃得大苦，受得大辱。將來終成大事，青史留名。」

宋江一驚，抽回手來：「老人家休取笑於我。」

瞎眼老者：「這樣的手老朽一生也沒遇到過，不會說錯，告辭了。」

宋江愣愣地站在原地，看老者佝僂的背影消失在清冷的街頭。

6.潯陽樓，黃昏

落日西斜，染紅潯陽江水。

潯陽樓立在江邊。被夕陽鍍了一層金黃。

小二在收拾，準備打烊。

樓上已空無一人。壁上有兩行大字：

「世間無此酒，天下有名樓。」

宋江獨步走上樓梯，逕直到窗前憑欄遠眺，看被夕陽染紅的滾滾江水。

小二在背後問：「客人要些什麼？」

宋江不回頭，說：「肥羊，嫩雞，鮮魚，一樣樣都擺上來。」

小二問：「幾個客人用？」

宋江：「要三份杯盤，一樽好酒。」

小二：「知道了。」

在被夕陽染紅的滾滾江水中有幾隻船帆在行走。

宋江出神地看著，似乎忘了自己身置何處。

小二在宋江身後說：「酒都備好了！不知客官等人呢，還是上菜？」

宋江說：「只管上來。」

酒菜擺了滿滿一桌子，十分豐盛。

宋江獨自在桌前坐下，看著，將三只酒杯一一斟滿。

小二立在一旁候著，面露詫異。

宋江獨斟自飲。自說自話：「戴院長，這杯酒我替你喝了。鐵牛兄弟，我們再同飲一杯。」

小二又將酒杯為他一一斟滿。

宋江又端起一杯，眼裡湧出淚來：「這一杯敬老父，孩兒年過三十，功不成，名不就，做下辱沒家風之事。不能盡孝，枉生為人。爹爹，孩兒替你飲了這杯。」

宋江又端起餘下的兩杯，說：「這杯敬趙王君，這杯給晁蓋哥哥，並非宋江不忠不義，是老天不讓宋江忠義雙全！」說罷將兩杯一起飲了下去。

宋江站起來，一個趔趄。

小二趕忙扶住他：「別再飲了。」

宋江拿起最後一杯酒，笑了：「這杯……這杯敬給潯陽江……只有你這滔滔東去的江水，……懂得宋江的心。」說畢將酒潑了出去，問：「店家，那粉壁上寫的什麼？」

小二：「都是過往的文人墨客留下的筆跡，小人不懂。」

宋江：「你去拿筆硯來！」

小二下去拿了筆硯。

宋江捧起酒樽又灌了幾口，哈哈笑道：「看我寫來！」

說著提筆挽袖，在粉壁上信手狂書，口中念念有詞：

「自幼曾攻經史，長成亦有權謀。

恰如猛虎臥荒丘，潛伏爪牙忍受。

不幸刺文雙頰，那堪配在江州。

他年若得報冤仇，血染潯陽江口。」

寫畢，宋江哈哈大笑：「店家你看如何？」

小二：「客人筆走龍蛇，小人眼都看花了。」

宋江打了個酒嗝兒：「不好，不好，再拿硯墨來！」

小二端上硯臺，宋江一把拿了去，蘸筆寫下「西江月」三字。

小二說：「好！」

宋江揮筆吟道：

「心在山東身在吳，飄蓬江海漫嗟吁，他時若遂凌雲志，敢笑黃巢不丈夫！——鄆城宋江作」

寫完信手摔了筆硯，大笑：「痛快！痛快！」

小二嚇了一跳：「客人……」

宋江：「欠你多少銀兩？」

小二：「一十二兩，不多不少。」

宋江掏出一錠銀子：「不用找了。」

小二受寵若驚：「多謝客人。」

宋江一把拽過小二的鬍子。

小二嚇了一跳。

宋江問：「你知道我是誰嗎？」

小二只是搖頭。

宋江：「終有一日，天下人人都知道我宋江的姓名！你……記住了？」

小二點點頭。

宋江說完，哈哈大笑，腳步蹣跚，拂袖而去。

黃文炳正迎面走來，與宋江打了個照面，擦肩而過。黃文炳詫異地回頭看了一眼。

宋江的背影搖搖晃晃地遠去了。

黃文炳走上樓來，看見一桌肥羊嫩雞未動。問小二：「剛才去的是何人？」

小二：「不知道。」

黃文炳抬頭，看見粉壁上墨跡未乾，看著看著，嘴角露出笑

來：「皇天不負我黃文炳，又有出頭之日了。」

小二不解：「客人要什麼？」

①《水滸傳》是一部家喻戶曉的古典文學名著，講述北宋徽宗時期以宋江為首的一百零八名好漢行俠仗義，嘯聚梁山水泊，對抗官府，最後接受招安，相繼戰死的傳奇故事。《水滸傳》受到人們的廣泛歡迎，不僅是因為它講述了一個個生動傳奇、引人入勝的故事，還因為它塑造了許多敢作敢為、性格鮮明的英雄形象，崇尚個性張揚、豪放不羈、懲惡揚善。書中既有痛快淋漓的情緒宣洩，又有細緻入微的性格刻畫，有很高的文學成就和藝術價值。電視劇《水滸傳》由中央電視臺影視劇製作中心製作，是投資大、周期長、製作精細、藝術性較強的電視劇。電視劇將原著一百二十回改編為四十三集，基本保留了原著的主要情節和精神，主要人物的形象也與原著基本符合，獲得了專家和觀眾的認可。

原著：施耐庵、羅貫中；編劇：楊爭光、冉平；總導演：張紹林；主演：李雪健、野芒、臧金生、丁海峰、趙小銳。

宋江是水滸故事的主要人物，他為掩飾與劫取生辰綱的晁蓋等人的關係，失手殺了閻婆惜，被刺配江州。雖有江湖弟兄的處處迴護，但想到功名前途已被徹底葬送，心中不免悲嘆莫名。一日偶爾來到江州名勝潯陽樓，酒後題詩抒懷，卻被奸佞之徒黃文炳藉機陷害，險送性命。最後虧得梁山好漢大鬧江州，勇劫法場，才死心塌地，逼上梁山。「潯陽樓題反詩」是水滸故事中有名的一段，對全書情節的發展，以及刻畫宋江形象和揭示其內心世界具有畫龍點睛的作用。

從上例對比中可以看出，電視劇基本上是按照小說的情節拍攝

的，只作了幾處小的改動。在開頭增加了算卦的老人，為宋江的思想感情發展作了鋪墊；宋江的言行也作了一些展開；最後還讓黃文炳與宋江擦肩而過，使衝突相互連接。總的看來，小說的文字較簡練，電視劇較詳盡。

　　由於中國傳統小說是從話本發展而來，主要採用「白描」的手法寫作，注重故事的完整和情節的連貫，寫人物主要寫人物的言行，很少直接描寫人物的心理活動。這與影視的要求恰好一致。在幾部古典名著的改編拍攝中，都較為成功，這絕非偶然。

附錄一

唐詩宋詞格律知識

一、唐詩格律知識

❀ 唐詩和詩體

唐朝是古典詩歌的黃金時代。收入《全唐詩》的作品有五萬多首，作者多達兩千三百多人，其中名家有五、六十位。

中國古典詩歌的詩體到了唐代發展成熟，開元、天寶以後形成了格律要求非常嚴格的近體詩（即一千多年來傳統意義上的「格律詩」）。

要了解唐詩宋詞的格律常識，必須從唐朝人對詩體的認識和分類談起。

唐朝人把詩歌分為「古詩」和「近體詩」兩大類。「古詩」是唐朝以前的人已經創造和使用的詩體。它包括漢魏六朝時代所有的樂府、民歌和文人詩。唐朝人襲用樂府舊題或仿擬前代文人詩體格式而寫成的作品，也叫「古詩」。

「古詩」通常又稱「古風詩」、「古體詩」，也可省稱為「古風」或「古體」。

古風詩並無嚴格的格律要求。一般來說，古風詩體有三個共性：①篇幅大小無定，不限句數；②句式無論整齊（通常四言、五言或七言）、參差（長短句），句中用字都不講究平仄；③押韻純任天然，以隔句用韻為常見，並且可以隨時換韻。

近體詩又叫「今體詩」，包括律詩和絕句兩類。律詩一般是指五言律詩（簡稱「五律」）和七言律詩（簡稱「七律」）。絕句是專指唐朝人所寫的、合乎他們制定的格律要求的作品，後人稱為「律絕」，以區別於六朝以來已有的「古絕」。

一千多年來，傳統所謂的「格律詩」指的就是唐朝人所創造的「近體詩」這種詩體，寫近體詩的人所講求的句數、字數、平仄、對

黏、對仗、押韻等等，必須遵守嚴格的規定，就是它的「格律」。

🌸 近體詩的格律

律詩格律要求共有四點，即：①篇有定句，句有定字；②字講平仄，句講對黏；③偶句用韻，韻依「平水」；④頷聯頸聯，分別對仗。律絕的格律要求，和律詩格律要求的前三點相同。

幾個簡略而必要的說明：

1.律詩每首八句，律絕每首四句　五律、五絕都是每句五言，七律、七絕都是每句七言。五律每首四十字，五絕每首二十字；七律每首五十六字，七絕每首二十八字。

凡章句數量不符合上述要求，或句式參差不齊的「雜言」體詩歌，顯然不是唐朝人眼裡的「格律詩」。

但是，我們可不能反過來說：凡一篇八句的五言詩或七言詩，便必定是五言律詩或七言律詩。

古絕和律絕都是四句一首，當然更不能單憑「篇有定句，句有定字」這一條來區分。

確定的字數、句數和整齊劃一的句式，固然是區分格律詩不同於古體詩的必要條件；卻並不是對格律詩必然判斷的充分根據。

2.平仄和對黏是近體詩格律的要素　李白的《靜夜思》（「床前明月光」）五言詩，只能認為是「古絕」，就因為它不符合律絕的平仄要求。了解平仄對黏需要頗大的力氣，只好留待下文多作一些說明。

3.律詩、律絕都是偶句用韻　律詩一首八句，其第二、第四、第六、第八句為偶數句；這四個句子的末字，應該用韻書裡同韻部的字，不得違反，這叫「押韻」。律詩按規定必須押韻的地方共有四個，所以律詩（五律、七律）也叫「四韻詩」。

絕句等於律詩的一半，也就是第二、第四句都要用韻。

實際上，律詩、律絕的第一句有時也可以用韻。這樣，一首律詩

就用了五個韻，一首絕句就有三個韻了。必須注意，近體詩都只能用平聲韻，並且是一韻到底。根據這一點，我們很容易判斷，凡是用仄聲韻的作品便不是格律詩。例如柳宗元的《江雪》（「千山鳥飛絕」）一首，用的是仄聲韻，只能認為是古體詩中的「古絕」。

❖　四聲與平仄

平仄是聲調的講求。要講平仄，先談四聲。四聲是漢語的四種聲調。唐朝人寫詩，依據的是當時的聲調：平聲、上聲、去聲、入聲。

所謂「平仄」，不過是把中古漢語的四種聲調歸納為兩類：平指平聲，仄指上、去、入三聲。平聲悠揚，沒有升降；仄聲短促，並有升降。平仄的交替運用在於造成起伏迴環的節奏。

華南遠江方言（廣州話、客家話、潮州話）仍然保持入聲系統，因此，廣東人要掌握平仄可說非常容易：廣東人心目中的陰平、陽平就是平聲；除此之外的音讀，都是仄聲。

中古的入聲（仄聲的一種）分散到現代北京語音的陰平、陽平（變為「平聲」）和上聲、去聲（仍是「仄聲」）中去了。據此，普通話的上聲、去聲雖然包含了中古的入聲，但可以肯定都是中古的仄聲；而普通話的陰平、陽平，就不全是中古的平聲了。

❖　近體詩的平仄類型

1.律句　為了簡便地進行說明，使用符號：○代表平聲；●表示平聲韻腳；✕代表仄聲；⊗表示平仄兩可。

試看明代于謙所作五言律絕〈除夜太原寒甚〉的平仄格式：

第一句　寄語天涯客　①仄仄平平仄

第二句　輕寒底用愁　②平平仄仄平　（用韻）

第三句　春風來不遠　③平平平仄仄

第四句　只在屋東頭　④仄仄仄平平　（用韻）

可改寫為：

①××○○×

②○○××●

③○○○××

④×××○●

　　以上所舉①②③④是五言近體詩的典型句式，稱為「律句」。掌握了這四種「律句」，五言律句、五言律詩的平仄句型就迎刃而解了。

　　2.拗句　既知「律句」，也就知道「拗句」了。凡不符合律句平仄標準的句式就叫「拗句」（簡稱：「拗」）。實際寫作中「拗」是常有的事。依唐朝人看來，「拗」有兩種性質，一種是無傷大雅的，也就是不影響節奏的地方，可平可仄。例如：王之渙的《登鸛雀樓》是一首五言律絕，其平仄句式為：

①白日依山盡

②黃河入海流

③欲窮千里目　　　⊗○○××（第一字拗）

④更上一層樓

　　第三句首字，「欲」是入聲字，即仄聲，按詩律本來應當用平聲，所以是「拗」，不過它不是出現在節奏點上，因而可以不論。

　　即使在關鍵處不容許「拗」的地方出現了違反平仄要求的「拗」字，唐朝人也探索出變通音節的辦法，這就叫作「救」。例如規定五言句式②○○××●可以調整為×○○×●，第一字當平而用仄，是拗；第三字當用仄而用平，是救。

　　3.五言絕句（律絕）四種類型　五言絕句（律絕）只有四句，由於第二、第四句必須押平聲韻，第三句只能仄收，這樣，律句②④可能互換，①③也可能互換，排列結果，可以有、也只能 a、b、c、d 四種形式，如下：

a式　　①綠螘新醅酒
　　　　②紅泥小火爐
　　　　③晚來天欲雪　　（「晚」字拗）
　　　　④能飲一杯無　　（「能」字拗）
　　　　　　　　　　　（唐　白居易詩）

b式　　④北斗七星高
　　　　②哥舒夜帶刀
　　　　③至今窺牧馬　　（「至」字拗）
　　　　④不敢過臨洮

　　　　　　　　　　　（唐　無名氏詩）

c式　　③鳴箏金粟柱
　　　　④素手玉房前
　　　　①欲得周郎顧
　　　　②時時誤拂弦

　　　　　　　　　　　（唐　李端詩）

d式　　②庭除一古桐
　　　　④聳幹入雲中
　　　　①枝迎南北鳥
　　　　②葉送往來風

　　　　　　　　　　　（唐　薛濤詩）

　　a式、b式相互比較，只是第一句不同；c式、d式相互比較，也只是第一句不同；a式、c式相互比較，只是第一聯和第二聯彼此置換。

　　4.五言律詩（五律）四種類型　　五言絕句（律絕）的排列組合，可以也只能構成五言律詩（五律）的四種類型：

　　　　五律＝五絕＋五絕
　　　　A型＝a式＋a式

a 式　　①好雨知時節

　　　　②當春乃發生

　　　　③隨風潛入夜

　　　　④潤物細無聲

a 式　　①野徑雲俱黑　　（「俱」，舊讀平聲）

　　　　②江船火獨明

　　　　③曉看紅溼處　　（「曉」字拗，「看」讀平聲）

　　　　④花重錦官城　　（「花」字拗）

　　　　　　　　　　　　（唐　杜甫詩）

B 型＝b 式＋a 式

b 式　　④城闕輔三秦　　（「城」字拗。押韻）

　　　　②風煙望五津

　　　　③與君離別意　　（「與」字拗）

　　　　④同是宦遊人　　（「同」字拗）

a 式　　①海內存知己

　　　　②天涯若比鄰

　　　　③無為在歧路　　（「在」字拗，「歧」字救）

　　　　④兒女共沾巾　　（「兒」字拗）

　　　　　　　　　　　　（唐　王勃詩）

注意，第五句不得入韻，故必須改④為①。

C 型＝c 式＋c 式

c 式　　③十年離亂後　　（「十」字拗）

　　　　④長大一相逢

　　　　①問姓驚初見

　　　　②稱名憶舊容

c 式　　③別來滄海事　　（「別」字拗）

　　　　④語罷暮天鐘

　　　　①明日巴陵道　　（「明」字拗）

　　　　②秋山又幾重

　　　　　　　　　（唐　李益詩）

D型＝d式＋c式

d式　　②淒涼寶劍篇　　（押韻）

　　　④羈泊欲窮年　　（「羈」字拗）

　　　①黃葉仍風雨　　（「黃」字拗）

　　　②青樓自管弦

c式　　③新知遭薄俗

　　　④舊好隔良緣

　　　①心斷新豐酒　　（「心」字拗）

　　　②銷愁斗幾千

　　　　　　　　　（唐　李商隱詩）

　　注意，第五句不得入韻，故必須改②為③。

　　5.七言絕句（七絕）的四種類型　詩句開頭的兩個字（實際上只要看第二個字），如果是平聲，習慣上稱為「平起」；如果是仄聲，就稱為「仄起」。平仄在近體詩的句子節奏上總是交替出現，先平則後仄，先仄則後平。七言絕句只不過是在五言律絕每句的開頭按平仄要求加上兩個字就成功了。七言的「律句」共有四種：ⓐ、ⓑ、ⓒ、ⓓ。

　　七絕律句＝某兩個字＋五絕律句

　　　　ⓐ＝○○＋①　　平起仄收

　　　　ⓑ＝××＋②　　仄起平收　　（用韻）

　　　　ⓒ＝××＋③　　仄起仄收

　　　　ⓓ＝○○＋④　　平起平收　　（用韻）

　　所謂「平收」，是指句末的一個字是平聲。近體詩中句末的平聲字只能是押韻字，逢偶句必須押平聲韻，因此偶句必然是「平收」，絕無例外。

　　五絕有a式、b式、c式、d式這四種平仄定式，五律則有A型、

B型、C型、D型這四種平仄定式。同理，七絕具有由七言的「律句」構成的四種平仄定式，而七律也可以有由七絕的平仄定式透過排列組合而構成的四種平仄定式。

七絕的四種平仄定式（甲式、乙式、丙式、丁式），如下：

甲式　ⓐ○○⊗×○○×　　玄宗回馬楊妃死

　　　ⓑ⊗×○○××●　　雲雨難忘日月新　　（「忘」平聲）

　　　ⓒ⊗×⊗○○××　　終是聖明天子事

　　　ⓓ⊗○⊗××○●　　景陽宮井又何人

　　　　　　　　　　　　　　　　　　（唐　韓愈詩）

乙式　ⓐ○○×××○●　　娉娉嫋嫋十三餘

　　　ⓑ××○○××●　　荳蔻梢頭二月初

　　　ⓒ××○○○××　　春風十里揚州路

　　　ⓓ○○×××○●　　捲上珠簾總不如

　　　　　　　　　　　　　　　　　　（唐　杜牧詩）

丙式　ⓒ××⊗○○××　　獨在異鄉為異客

　　　ⓓ⊗○⊗××○●　　每逢佳節倍思親

　　　ⓒ○○⊗×○○×　　遙知兄弟登高處

　　　ⓓ××○○××●　　遍插茱萸少一人

　　　　　　　　　　　　　　　　　　（唐　王維詩）

丁式　ⓑ⊗×○○××●　　寒雨連江夜入吳

　　　ⓓ○○×××○●　　平明送客楚山孤

　　　ⓐ⊗○××○○×　　洛陽親友如相問

　　　ⓑ××○○××●　　一片冰心在玉壺

　　　　　　　　　　　　　　　　　　（唐　王昌齡詩）

　　6.七言律詩（七律）的四種類型　七律一共有四種類型，分別都是由兩個七絕構成的。

第一型＝甲式＋甲式

ⓐ⊗○⊗×○○×　　　去年花裡逢君別

ⓑ⊗×○○××● 今日花開又一年

ⓒ××○○○×× 世事茫茫難自料

ⓓ○○×××○● 春愁黯黯獨成眠

ⓐ○○××○○× 身多疾病思田里

ⓑ××○○××● 邑有流亡愧俸錢

ⓒ⊗×⊗○○×× 聞道欲來相問訊

ⓓ○○×××○● 西樓望月幾回圓

（唐　韋應物詩）

第二型＝乙式＋甲式

ⓓ○○×××○● 孤山寺北賈亭西

ⓑ××○○⊗×● 水面初平雲腳低

ⓒ××⊗○○×× 幾處草鶯爭暖樹

ⓓ○○⊗××○● 誰家新燕啄春泥

ⓐ⊗○××○○× 亂花漸欲迷人眼

ⓑ××○○××● 淺草才能沒馬蹄

ⓒ××○○○×× 最愛湖東行不足

ⓓ⊗○⊗××○● 綠楊陰裡白沙堤

（唐　白居易詩）

第三型＝丙式＋丙式

ⓒ××⊗○○×× 劍外忽傳收薊北

ⓓ○○×××○● 初聞涕淚滿衣裳

ⓐ⊗○⊗×○○× 卻看妻子愁何在

ⓑ××○○××● 漫卷詩書喜欲狂

ⓒ××⊗○○×× 白日放歌須縱酒

ⓓ○○×××○● 青春作伴好還鄉

ⓐ⊗○⊗×○○× 即從巴峽穿巫峽

ⓑ××○○××● 便下襄陽向洛陽

（唐　杜甫詩）

第四型＝丁式＋丙式

ⓑ⊗×○○⊗×●　　丞相祠堂何處尋

ⓓ⊗×⊗××○●　　錦官城外柏森森

ⓐ⊗○××⊗○×　　映階碧草自春色

ⓑ××○○⊗×●　　隔葉黃鸝空好音

ⓒ⊗×○○○××　　三顧頻繁天下計

ⓓ⊗○⊗××○●　　兩朝開濟老臣心

ⓐ⊗○××○○×　　出師未捷身先死

ⓑ⊗×○○××●　　長使英雄淚滿襟

（唐　杜甫詩）

7.**近體詩共有 16 種類型**　五絕有四種類型：a 式、b 式、c 式、d 式；五律有四種類型：A 型、B 型、C 型、D 型；七絕有四種類型：甲式、乙式、丙式、丁式；七律有四種類型：第一型、第二型、第三型、第四型。

小計可知，論平仄定式近體詩總共有 16 種類型。它們在平仄上的要求確實非常嚴格，初學者往往感到困惑，不得其門而入。但只要掌握五絕 a 式和七絕甲式，即把四個五言的「律句」和四個七言的「律句」背熟，能夠脫口而出，自然成誦，就好辦了。

❀ 關於「句講對黏」

「句講對黏」，雖然說的是句子的排列次序，但仍和「字講平仄」息息相關。

近體詩每上下兩句稱為「一聯」。絕句只有兩聯，律詩則有四聯。每聯的上下句要做到平仄相對。如上句「平起」（句中第二字是平聲），下句就要「仄起」（句中第二字要仄聲）；反之，上句是仄起，下句就平起。可見上下句之間所謂平仄「相對」，指的是平仄「相反」。如「白日依山盡，黃河入海流」一聯中，上句的「日、山」和下句的「河、海」在平仄上即是「相對」（相反）而不是「相

同」。

　　一聯的上下句節奏點上平仄如果相同而不相反，就是「失對」。「失對」並不難於發現，唐人的律詩中「失對」的現象極少。唐宋以後，「失對」是詩家在寫作格律詩時的大忌之一。

　　「黏」，也叫「黏連」。近體詩要求上下聯句之間平仄「相黏」：上聯的下句如果平起，下聯的上句也要平起；上聯的下句如果仄起，下聯的上句也要仄起。試以王勃《送杜少府之任蜀川》為例：

首聯：第一句　城闕輔三秦
　　　第二句　風煙望五津
頷聯：第三句　與君離別意
　　　第四句　同是宦遊人
頸聯：第五句　海內存知己
　　　第六句　天涯若比鄰
尾聯：第七句　無為在歧路
　　　第八句　兒女共沾巾

　　第三句（與君離別意）上接第二句（風煙望五津），都是平起，相黏；第五句（海內存知己）上接第四句（同是宦遊人），都是仄起，相黏；第七句（無為在歧路）上接第六句（天涯若比鄰），都是平起，相黏。

　　「黏連」的目的，在於實現各個聯句之間井然有序的平仄交替，增添詩句章節參差錯落之美，避免單調重複之弊。因此，如果下聯的上句，不是和上聯的下句一樣的「平起」（或者不是一樣的「仄起」），那可就叫作「失黏」了。唐宋以來，上下千載，「失黏」也成了詩人寫近體詩時的大忌。

　　❀　律詩的對仗

　　對仗是律詩的構成要素。律詩的對仗固然是以修辭上的對偶為基礎，但同時還有兩個要求：

　　①上句和下句必須保證平仄的「相對」（相反），不能「失對」。（說明已見前文，此處不再贅述。）

　　②上句和下句，同一位置上不能出現相同的字眼。例如杜甫古風詩中有「射人先射馬，擒賊先擒王」的句子，使用對偶，平仄相對（出句平起，對句仄起），彼此都是「律句」，但上下句的第三字都是「先」，因而並不能認為已合乎近體詩的對仗標準。同理，「年年歲歲花相似，歲歲年年人不同」一聯，是合乎標準的對仗，而「年年有今日，歲歲有今朝」兩句，卻不符合要求，因為這兩個句子的第三、第四音節，都是「同位重複同字」。

　　五律、七律的中間兩聯（頷聯、頸聯），按定式要求，均必須對仗。首聯、尾聯，是否對仗，作者自行決定。

　　五絕、七絕，並無對仗的規定。但唐宋以後的文人，也常在自己的絕句作品裡使用對仗的句式。

　　順便談到對聯（對子）。對聯的產生和發展雖然跟格律詩有密切關係，也儘量要求對得工整優美，但畢竟有所不同。律詩對仗在平仄上的要求是非常嚴格的，遠非一般對聯可及。初學者不要把它們等同看待。

✿ 詩韻與韻書

　　古體詩或用平聲韻，或用仄聲韻。近體詩（律詩）只用平聲韻。隋唐以前，寫詩用韻，純係自然，言文一致。隋唐以後，有了韻書，押韻要用「官韻」，就是「欽定」韻書裡同韻部的字。隋唐韻書依四聲分類，有二百零六部。唐朝人經過歸併，實際用韻為一百一十七部（依戴震說）。語音沿革，代有變化。南宋以後，定為一百零六部。從此以後，寫近體詩都是用這「一百零六」部的「官韻」了。一直到西元1904年，科舉考試中的詩賦考試，都是以這種「詩韻」為標準，顯然是不夠合理的。

　　但唐朝時，口語與當時的韻書是基本一致的。而隋唐的《切

韻》，宋代的《廣韻》，一直到清朝的《佩文詩韻》、《詩韻合璧》
和《詩韻集成》等，是一脈相承的，當我們閱讀、欣賞唐詩（以及一
千多年來的韻語文學作品）而有疑義的時候，如能使用有關韻書或辭
典（如《辭源》），查考研究，將會加深對古典詩詞韻律的具體了
解。

❀　拗　救

　　1.什麼是「拗救」　近體詩中，凡平仄違反了正常定式要求的現
象，被稱為拗字拗句，簡稱為「拗」；古人研究制訂出一套調整平仄
的補救方法，簡稱為「救」。

　　「拗」的性質可以分為兩類。對詩句節奏並沒有造成不良影響的
拗字拗句，可以聽之任之。這是一類。例如五言仄起仄收式，其定式
為「仄仄平平仄」，可以有「平仄平平仄」、「平仄仄平仄」、「仄
仄仄平仄」三種形式的拗句，雖說都是「拗」可也是不必「救」的。
因為這些拗句的二、四兩個節奏點始終保持了「一仄一平」的基本狀
態。如果變成「仄仄平仄仄」，第四節奏點當平而用仄，那就非
「救」不可了。

　　「拗而必救」的情形和辦法共有四種。這四種「拗救」又可歸為
兩類：有兩種屬於「本句拗救」，有兩種屬於「本聯拗救」。

　　2.「拗而必救」的四種方法：

第一類：本句拗救，包括第一種、第二種。

⑴第一種，連字拗救：

A 五言：平起仄收式（即五言律句③式）

　　定式：平平平仄仄

　　變式：平平仄平仄（第三字拗，第四字救）

〔例〕　無為在歧路　　兒女共沾巾
　　　　　　　×○　　　（王勃詩）

「在」字當平而用仄，是「拗」；「歧」字當仄而用平，是

「救」。五言律句③式變成「平平仄平仄」（⊗○×○×）這種上拗下救的情形極多。

　　B 七言：仄起仄收式（即七言律句ⓒ式）

　　　定式：仄仄平平平仄仄

　　　變式：仄仄平平仄平仄（第五字拗，第六字救）

〔例〕任是深山更深處　　也應無計避征徭

　　　　　　　×○　　　（杜荀鶴詩）

　　「更」字當平而用仄，是「拗」；「深」字當仄而用平，是「救」。七言律句ⓒ式由「仄仄平平平仄仄」變成「仄仄平平仄平仄」這種上拗下救的情形極多，可說俯拾即是。

　　以上都屬於連字拗救。連字拗救發生在本句：上字拗，下字救，拗字、救字緊密相連在一起。

　　⑵第二種，隔字拗救：

　　雖和第一種的連字拗救同屬於本句拗救，但方式不同。隔字拗救是先「拗」一字，中隔一字，再「救」一字。

　　A 五言：平起平收式（即五言律句②式）

　　　定式：平平仄仄平

　　　變式：仄平平仄平（第一字拗，第三字救）

〔例〕早被嬋娟誤　　欲歸臨鏡慵

　　　　　　　×　○　　（杜荀鶴詩）

　　「欲」是入聲，即仄聲，當平而用仄，是「拗」；「臨」是平聲，當仄而用平，是「救」。此處如不「救」，則全句除韻腳外，從第一至第四個音節將只有一個平聲，「犯孤平」，為詩家之大忌。

　　B 七言：仄起平收式（即七言律句ⓑ式）

　　　定式：仄仄平平仄仄平

　　　變式：仄仄仄平平仄平（第三字拗，第五字救）

〔例〕才吹黃鶴樓中笛　又醉岳陽樓上來

　　　　　　　　　　　×　○　　（宋湘詩）

「岳」字拗，「樓」字救。此處如不「救」，則全句除韻腳外只有一個平聲「陽」字，犯了「孤平」了。

隔字拗救的方式通常出現在偶數句（第二、第四、第六、第八句）；如果首句入韻，就可能要用到五言平起平收式、七言仄起平收式，因而隔字拗救也可能偶然地在首句出現。

連字拗救只發生在出句，不可能發生在偶句。這也是這兩種拗救同屬於本句拗救而彼此不同的地方。

第二類：本聯拗救，包括第三種、第四種。

⑴第三種：隔句拗救（上句拗，下句救）

A 五言：

上句拗：仄仄平平仄→仄仄平仄仄（第四字拗）

下句救：平平仄仄平→平平平仄平（第三字救）

〔例〕上句拗：野火燒不盡（不字拗）

　　　下句救：春風吹又生（吹字救）

　　　　　　　　　　　　　　　（白居易詩）

B 七言：

上句拗：平平仄仄平平仄→平平仄仄平仄仄（第六字拗）

下句救：仄仄平平仄仄平→仄仄平平平仄平（第五字救）

〔例〕上句拗：　　　水真綠淨不可唾（可字拗）

　　　下句救：　　　魚若空行無所依（無字救）

　　　　　　　　　　　　　　　　（樓鑰詩）

七言 B 式的拗救位置不過是五言 A 式的「頭上戴帽」（前頭加兩個字）。和五言拗救比較起來，七言拗救的位置只是相應依次後移兩個音節位置。七言的平仄定式可以由五言平仄定式推定，七言的平仄變式（拗救）也可以由五言的平仄變式（拗救）推定。

⑵第四種，複合拗救：

第四種拗救是第二種拗救和第三種拗救的複合，是本句拗救（隔字拗救）和隔句拗救的複合。它的特點是上句、下句都拗，下句一字

雙救。

　　A五言：

　　　　上句：仄仄平平仄→仄仄平仄仄（第四字拗）

　　　　下句：平平仄仄平→仄平平仄平（第一字拗，第三字雙救）

〔例〕　　　流水如有意　　暮禽相與還
　　　　　　　　　　　×　　　×　○

　　　　　　　　　　　　　　　　　　（王維詩）

　　上句拗「有」字（應平而用仄），下句拗「暮」字（應平而用仄）。「相」字雙救：在本句是隔字拗救（第二種方式），對上句是隔句拗救（第三種方式）。

　　B七言：

　　　　上句：平平仄仄平平仄→平平仄仄平仄仄（第六字拗）

　　　　下句：仄仄平平仄仄平→仄仄仄平平仄平（第三字拗，第五字
　　　　　　　　　　　　　　　　　　　　　　　　　　雙救）

〔例〕　　　秦吳萬里車轍遍　　重到故鄉如隔生
　　　　　　　　　　　　　×　　　　×　○　　（黃庭堅詩）

　　上句「轍」字拗，下句「故」字拗，「如」字雙救。

二、宋詞格律知識

❀　詞的名稱和特點

　　詞是起源於中唐的新的韻語文學體裁，和民間文學息息相關。它有好些別名。從詞的名稱可以看出詞的若干特點。

　　詞又稱為「樂府」（如蘇軾的詞集叫《東坡樂府》）、「歌曲」（如姜夔詞集名《白石道人歌曲》）、「曲子詞」（《敦煌曲子詞》）等，可見它和音樂的深厚關係。直到今天音樂作品仍分曲調和歌詞兩部分。古代的「詞」原本就是古代音樂的歌詞，不過後來和音

樂逐漸分離，另謀發展，成為獨立的文學體裁了。根據對現代學者唐圭璋主編的《全宋詞》進行統計，存世的宋詞仍近兩萬首，詞作者有一千三百餘人。又據存世的孔凡禮所編《全宋詞補輯》，增收的詞作有四百三十多首，考查出詞作者一百餘人。宋詞的壯觀，由此可以想見。

詞又叫「長短句」。通觀宋詞作品，它們的句式絕大多數是長短不齊的。以近體詩為代表的唐詩句式整齊，宋詞則句式參差，這是詩詞在語言表達方式上的巨大差別。

詞又被稱為「詩餘」。關於「詩餘」曾經有過不少的爭論，其實，不過是「雅稱」和「謔稱」二說。讚許者認為晚唐五代兩宋的詞是唐詩的繼承和延續；鄙視者則把詞曲都譏為「小道」，批評詞曲言情不言志，專講飲食男女，是不登大雅之堂的遊戲筆墨。冷靜地看待前人的見解，可以知道詞（特別是文人詞）實在也是上承唐詩（包括近體詩和古已有之的樂府歌謠）而發展成熟的廣義的格律詩；它和唐詩比較起來，從題材內容到藝術表現，實在也是別開生面，富有特色的。

✿ 詞調和詞譜

傳統的詩詞寫作，叫「寫詩填詞」。

詩是「寫」出來的。因為詩體不多，容易了解。自由體（古風詩）固然可以自由抒寫，就是近體詩，五絕五律，七絕七律，格式固定，其定式也不多，只要花點時間鑽研就可以熟練掌握，運用自如。一旦熟諳詩律，「寫」出合乎格式的近體詩來，是並不困難的（並非一定是指「佳作」）。

詞卻是要「填」的。回為詞體太多，後代的作者們無法熟記於心，只好挑選前人的現成詞作來做樣品，照樣填寫，有如小孩的「描紅」。

以上說的是歷代文人詞寫作的絕大多數情況。

　　有些文人（如北宋的周邦彥，南宋的姜夔、張炎、史達祖等）擅長樂律，能夠倚聲製作，他們的「自度曲」，當然不是仿照別人的樣本填寫而成的。

　　詞的格式的名稱，一般叫作「詞調」或「詞牌」。詞調可以說就是古代人的樂譜。所謂詞的格律，簡稱詞律，指的就是詞調，追根溯源，詞律本之於歌曲的旋律。正如歌曲不同，旋律各異，詞調也彼此有別。詞調眾多，並且可能一體數式。大多數作者通常只能根據詞調的名稱來進行寫作，根據詞調來確定一篇詞作的片數、句數、句的字數、字的平仄和全篇用韻。

　　系統輯錄各種詞調，說明詞的格律形式及其演變源流的專書，叫作「詞譜」，那是清朝學者的研究成果。清代詞學大師萬樹編著《詞律》二十卷，共收詞體一千一百八十多個，另一學者徐本立拾遺補闕，續成《詞律拾遺》一書，又增收了四百九十五個詞體。清朝康熙皇帝主持編輯的《欽定詞譜》共收詞調八百二十六個，詞體竟達兩千三百零六個。

　　詞調有長短的不同，分出「令、引、近、慢」等名稱。「令」一般是小令，篇幅短小，如「十六字令」、「如夢令」（33 字）。「引」和「近」稍長，如「千秋歲引」（71 字）、「婆羅門引」（76 字）、「荔枝香近」（76 字）、「祝英台近」（77 字）。慢詞更長，如「上林春慢」（102 字）、「蘇武慢」（107 字）。詞調最短的是「十六字令」（16 字），最長的是「鶯啼序」（240 字）。

　　南宋時有人編《草堂詩餘》一書，將詞調分為小令、中調、長調三個類別。以 16 字至 58 字者為小令，59 字至 90 字者為中調，以 91 字以上者為長調。這是大致的分類。

　　詞依段落的數量又有「單調」、「雙調」、「三疊」、「四疊」的名目。「單調」就是「一段」（單個段落），「雙調」就是「兩段」，「三疊」就是「三段」，「四疊」就是「四段」。詞的一段叫「一片」，也叫「一闋」。雙調的詞分上下片，也叫「上半闋、下半

闋」。合上下片為完整的一片，合上半闋、下半闋為全闋，成為「完篇」，這樣「闋」又成了稱呼詞作的計算單位。

「單調」（不分片）的詞是「小令」；「雙調」（二片）的詞，包括「小令」、「中調」、「長調」；「三疊」（三片）、「四疊」（四片）的詞，肯定是長調（超過 90 字）。詞作以雙調（兩片）者居多，字數也只在百字之內為常見。

「西江月」、「採桑子」、「浪淘沙」、「卜算子」、「漁家傲」、「減字木蘭花」等，是詞家常用的雙調（上下闋）。它們的上半闋、下半闋，在字數、句式上完全相同。這是名副其實的「疊」（重疊），詞家稱為「重頭」（重複開頭之意）。

「浣溪沙」、「憶秦娥」、「菩薩蠻」、「念奴嬌」、「沁園春」、「滿江紅」、「水調歌頭」等，也是詞家常用的詞調。它們也是雙調（上下闋），但它們的下半闋和上半闋只能說基本相同，因為開頭部分有所不同。詞家稱這種情形為「換頭」，如：「浣溪沙」上半闋首句定式是仄起平收，下半闋「換頭」，首句要改為仄起仄收，其餘部分則完全相同。「菩薩蠻」後半闋「換頭」，要改開頭的兩句為五言（上半闋開頭兩句為七言），其餘部分則和上半闋相同。

有些詞調在一定的地方要使用重疊。如「如夢令」要疊兩字；「憶秦娥」有上下兩片，各自要疊第二句的末三字。

雙調的上下片，並不一定在平仄句式上有重複相同之處。如「清平樂」便是上下片句式不同的一例。

❖ 詞　韻

「詞韻」遠比「詩韻」寬。這是就總體情形來說的。

民間詞，純依口語用韻，一任自然。

詞韻，兩宋並無專書。文人填詞，大體上是將官府規定的「詩韻」加以合併。據現代學者的深入研究，清代戈載的《詞林正韻》，大體反映了宋代文人詞用韻的實際情況。戈氏把詞韻分為一十九部，

其中平上去三聲分為十四部，入聲分為五部。從《詞林正韻》的歸納，證之以兩宋的詞作，會強烈地感到：宋代詞人的用韻，頗像唐代詩人寫古體詩時所用的寬韻。

但詞人的用韻，可說似寬而實嚴。越到後來，越是這樣。

這裡只能極其粗略地說點填詞用韻的常識。

⑴所有詞調的用韻位置是明確的。韻腳位置的依據是詞譜（典範性詞作），而非韻書。

⑵所有詞調的用韻要求也是明確的，其根據也是詞譜，而非韻書。詞譜規定同一詞調只用同一部韻（即不需「換韻」），或一調不止一韻（即需「換韻」）。

⑶同一詞調中用同部韻（不需「換韻」），依詞譜又有三種規定：①用平韻。如第一部（東冬，董腫，送宋），只用平聲東冬。②用仄韻。如第十九部（合洽），全部入聲。③平仄互押。如第七部（平聲「寒、刪、先、元」，上聲「旱、潸、銑、阮」，去聲「翰、諫、霰、願」），辛棄疾「西江月」（明月別枝驚鵲）一調所押「蟬、年、前、邊」（四字平聲），「片、見」（二字仄聲）六字，便是該字的平仄互押。同一韻部的字平仄互押只是某些詞調（如「西江月」）的具體規定。

⑷同一韻部的上聲、去聲字毫無例外地歸入仄聲的範疇，可以任意選用，完全看作詞韻字，這叫「上去通押」。「上去通押」卻是填詞用韻的公認準則，請注意不要把它和個別詞調同韻部平仄互押的具體規定混同了。

辛棄疾「永遇樂」（千古江山）一詞，韻腳字共有八個，其中上聲字三個（「虎、鼓、否」），去聲字五個（「處、去、住，顧、路」），就是「上去通押」的例子。「通押」僅限於上聲和去聲，並不包括入聲。詞韻中入聲是「獨用」的，並且分立為五部。入聲字自身尚且分部用韻，彼此分押，原則上一般不能「通押」，那麼，入聲字又怎麼還會和上聲、去聲字「通押」呢？

(5)詞譜規定有些詞調必須「換韻」，是指該調不只一韻，用韻過程中要及時調整轉入另一部。「換韻」有兩種情形：或由平聲韻換用仄聲韻，或由仄聲韻換用平聲韻。這種「平仄換韻」通常發生在兩個韻部之間，前頭已述及的「平仄互押」卻必然地是發生在一個韻部之內，用韻要求是不一樣的。

辛棄疾〈清平樂〉（茅檐低小）一詞上片押仄聲韻（押「小、草、好、媼」，上聲，第八部）；下片押平聲韻（押「東、籠、蓬」，平聲，第一部）。上下闋之間換韻，先仄後平。

辛棄疾〈菩薩蠻〉（鬱孤臺下清江水）一詞，上片前兩句押仄韻（押「水、淚」，上去通押，第三部）；上片後兩句換平韻（押「安、山」，平聲，第七部）；下片前兩句押仄韻（押「住、去」，上聲，第四部）；下片後兩句換平韻（押「餘、鴣」，平聲，第四部）。上下闋各自換韻，都是先仄後平。（注意下闋由仄變平，都用第四部韻，只是偶合，並非定要同部平仄互押。）

(6)同調一韻，不換韻，一韻到底而較常用的詞牌，舉例如下：

只用平聲韻的——「十六字令」、「漁歌子」、「太常引」、「南鄉子」、「鷓鴣天」、「浪淘沙」、「採桑子」、「浣溪沙」、「江城子」、「臨江仙」、「訴衷情」、「沁園春」、「滿庭芳」、「望海潮」、「破陣子」、「揚州慢」、「水調歌頭」、「六州歌頭」、「聲聲慢」、「相見歡」等；

只用上去韻的——「如夢令」、「卜算子」、「踏莎行」、「水龍吟」、「蝶戀花」、「漁家傲」、「摸魚兒」、「永遇樂」、「青玉案」、「醉花陰」、「點絳唇」、「玉樓春」、「桃源憶故人」、「梅子黃時雨」等；

只用入聲韻的——「滿江紅」、「念奴嬌」、「雨霖鈴」、「憶秦娥」、「桂枝香」、「石州慢」、「賀新郎」、「玉漏遲」、「澡蘭香」、「暗香」等。

(7)同部用韻平仄互押的詞牌只有「西江月」（甲種，常見式）、

「換巢鸞鳳」和「漁家傲」（乙種，少見式）。

(8)換韻（平仄轉韻）的常見詞牌有：「菩薩蠻」、「南鄉子」、「昭君怨」、「更漏子」、「虞美人」、「清平樂」、「荷葉杯」、「酒泉子」、「定風波」、「訴衷情」、「子夜歌」、「減字木蘭花」等。

「釵頭鳳」，仄韻轉仄韻，是特殊而罕見的換韻形式。

✿ 詞的平仄和句式

詞的平仄要求與詩（近體詩）的平仄要求有同有異。

律詩用的是「律句」，違反格律要求的句子稱為「拗句」。律詩對拗句有嚴格的限制（即「拗救」）。

許多詞調的句式也是近體詩的「律句」，特別是早期（中晚唐、五代）的文人詞。如：「浣溪沙」，全調六句，都是七言的「律句」；「菩薩蠻」，全調八句，也都是「律句」。

但是，如以近體詩的格律進行衡量，詞的句式實在有很多的「拗句」。詞的平仄定式有好些是很嚴格的，實在「拗」得厲害。例如「菩薩蠻」一詞，其上片的第四句，詞譜規定以「仄平平仄平」為定式，以「平平仄仄平」為違反詞律。詞的句式平仄要求，只能靠查閱詞譜、研讀名作來確定。

詞的句式長短不齊。最短的是一字句，最長的是十一字句。

一字句（用韻）只出現在「十六字令」的開頭，「哨遍」的後段起句，以及「釵頭鳳」、「惜分釵」的疊句中。

「一字逗」。豆，借為句讀的「逗」。許多詞的句子要用一個領頭，這個字就是「一字豆」。作「一字豆」的有「正、漸、更、又、但、奈、縱、記、嘆」等，都是仄聲字（多數讀去聲）。如辛棄疾《沁園春》（疊嶂西馳）一調：

正驚湍直下，跳珠倒濺；

小橋橫截，缺月初弓。（中略）

看爽氣朝來三數峰。
　　×

似謝家子弟，衣冠磊落；
　　×

相如庭戶，車騎雍客。（下略）

「正」、「看」、「似」三字都是一字豆。一字豆用以領起而非煞句，同時並不用韻。詞的一字句罕見，而詞的一字豆卻常見，並成為詞有別於詩的句式特徵之一。

二字句常見於換頭首句，大都入韻。有「平仄」、「平平」兩式。如：

知否？知否？應是綠肥紅瘦！（李清照〈如夢令〉）
　　○×　　○×

年年，如社燕。（周邦彥〈滿庭芳〉）
　　××

「如夢令」、「調笑令」等調中有二字句，並且是疊句。

三字句常見的是近體詩律句的三個字尾，即「平平仄」、「仄仄平」、「平仄仄」等式。如：

江南好，風景舊曾諳。（白居易〈憶江南〉）
　　○○×

追往事，嘆今吾，春風不染白髭鬚。（辛棄疾〈鷓鴣天〉）
　　○××　　×○○

胡未滅，鬢先秋，淚空流。（陸游〈訴衷情〉）
　　○××　　×○○　　×○●

「剪不斷，理還亂」（李煜〈相見歡〉）這種連用仄聲的三字句是罕見的。

四字句一般相當於七言律句的上四字。即「平平仄仄」或「仄仄平平」兩式。如：

亂石穿空，驚濤拍岸，捲起千堆雪。（蘇軾〈念奴嬌〉）

××○○　　○○××

四字句的節奏，一般是上二下二。偶然也有例外，如「搵英雄淚」（辛棄疾〈水龍吟〉），是上一下三。

五字句有不少如同五言的律句。例如：

「仄仄平平仄」式——

寂寞開無主

更著風和雨

一任群芳妒

只有香如故

　　　　　（陸游〈卜算子〉）

「平平仄仄平」式——

山深聞鷓鴣（辛棄疾〈菩薩蠻〉）

可憐無數山（拗救式，較多）（辛詞，同上）

月明人倚樓（白居易〈長相思〉）

「平平平仄仄」式——

玉階空佇立（李白〈菩薩蠻〉）

平生花裡活（史達祖〈玉簟涼〉）

才高鸚鵡賦（毛滂〈八節長歡〉）

「仄仄仄平平」式——

把酒問青天

今夕是何年

高處不勝寒

何似在人間

　　　　　（蘇軾〈水調歌頭〉）

但是，詞的五字句在不少詞調裡另有特定的格式，同詩的「律句」平仄要求大相逕庭。初學者不必深究，只是要知道：在平仄方面，詞律的要求遠比詩律嚴格。

　　六字句是四字句的延長。其律句為「仄仄平平仄仄」（仄腳）和「平平仄仄平平」（平腳）。

　　以辛棄疾〈破陣子〉為例：

仄腳　　　　　　　平腳

醉裡挑燈看劍　　　夢迴吹角連營

馬作的盧飛快　　　弓如霹靂弦驚

布被秋宵夢覺　　　平生塞北江南

　　　　　　　　　歸來華髮蒼顏

　　　　　　　　　眼前萬里江山

　　但六字拗句也很多。如：

　　一時多少豪傑（蘇軾〈念奴嬌〉）

　　一樽還酹江月（同上）

　　今宵酒醒何處（柳永〈雨霖鈴〉）

　　都門悵飲無緒（同上）

　　淒淒慘慘戚戚（李清照〈聲聲慢〉）

　　三杯兩盞淡酒（同上）

　　七字句也像五字句一樣，有律句，有拗句。類似於近體詩律句的，略舉如下：

　　塞下秋來風景異（范仲淹〈漁家傲〉）

　　檻菊愁煙蘭泣露（晏殊〈蝶戀花〉）

　　凌波不過橫塘路（賀鑄〈橫塘路〉）

　　漠漠輕寒上小樓（秦觀〈浣溪沙〉）

　　人間離別易多時（姜夔〈江梅引〉）

　　七字句也有拗句。如：

　　楊柳岸曉風殘月（柳永〈雨霖鈴〉）

　　何事偏向別時圓（蘇軾〈水調歌頭〉）

　　怎敵他晚來風急（李清照〈聲聲慢〉）

　　到黃昏點點滴滴（同上）

怎一個愁字了得（同上）

詞的句式最長者多達十一字。八字以上的句式，一般可以分作兩部分去看。略舉如下：

上三下五：　莫等閒、白了少年頭（岳飛〈滿江紅〉）

　　　　　　待從頭、收拾舊山河（同上）

上一下七：　看、爽氣朝來三數峰（辛棄疾〈沁園春〉）

　　　　　　恨、古人不見吾狂耳（辛棄疾〈賀新郎〉）

上三下六：　浪淘盡、千古風流人物（蘇軾〈念奴嬌〉）

　　　　　　人道是、三國周郎赤壁（同上）

上二下七：　故國、不堪回首月明中（李煜〈虞美人〉）

　　　　　　恰似、一江春水向東流（同上）

上六下五：　不知天上宮闕、今夕是何年（蘇軾〈水調歌頭〉）

　　　　　　與君吟風弄月、端不負平生（朱熹〈水調歌頭〉）

十字句，據詞譜則極罕見，只見於「摸魚兒」一調，其節奏是上三下七。

其實詞的句式究竟是多少字，看作一句還是分為兩句，可以說無關宏旨。應該注重的，原來是「詞」句的平仄和節奏。

🌸 詞的對仗

詞的對仗與律詩的對仗有同有異。

先說相同的：在早期產生的詞調裡，在文人詞的作品中，都極易發現與律詩對仗及其用法完全相同的句式。如：

苕岸霜花盡　　（五言律句①、②）

江湖雪陣平　　（蘇軾〈南歌子〉）

落花人獨立　　（五言律句③、④）

微雨燕雙飛　　（晏幾道〈臨江仙〉）

細雨夢迴雞塞遠（七言律句ⓒ、ⓓ）
小樓吹徹玉笙寒（李煜〈攤破浣溪沙〉）

無可奈何花落去　　（律句ⓒ、ⓓ，同上）
似曾相識燕歸來　　（晏殊〈浣溪沙〉）

　　以上，晏幾道〈臨江仙〉詞的兩句是借用翁宏的〈春殘〉詩的兩句，晏殊〈浣溪沙〉的兩句還由作者自己寫進一首七律詩裡。這更證明，詩詞對仗的形式和用法在一些詞調裡是相同的。律詩的對仗除對偶之外，還要求上下句平仄相對，力避「重字」。文人用寫詩的辦法填詞，喜歡使用律句的對仗，看來便是使他們的作品裡較頻繁地出現詩詞對仗完全同式的原因。

　　但是，詞的對仗和律詩的對仗有極大的不同：

　　⑴詩的各聯均有對仗的可能性；詞則多半是長短句，故只有相連的詞語、句子在彼此的字數相同的條件下才有對仗的可能性。例如雙調的上下片，它們的開頭兩句往往字數相同，因而常有對仗的可能。由一字豆帶起的上五下四兩句，除去一字豆，實際上是上四下四，因而也常有對仗的可能。

　　⑵中間各聯對仗是五律、七律的格律要求，寫近體詩的詩人不能違反；詞的字數相同的相連兩句，對仗只是「慣例」而已，是否沿用，詞人自己有權取捨。

附錄二

外國文學知識

　　外國文學也稱世界文學，應包括東方（亞非）文學和西方（歐美）文學兩大部分。本附錄擬對西方歐美文學作一簡單介紹。

　　西方文學可大致分為古代文學、近代文學和現代文學三部分。其中，古代文學包括上古文學和中古文學；近代文學包括文藝復興時期人文主義文學、十七世紀古典主義文學、十八世紀啟蒙主義文學、十九世紀初期浪漫主義文學及十九世紀中期和後期批判現實主義文學幾大主流；現當代文學包括二十世紀傳統文學和現代主義、後現代主義文學。

一、古代文學

　　西方古代文明具有源頭性質。古希臘、古羅馬開闢了西方近代的人本、現世和理性精神，基督教的產生則開闢了西方近代的神本、來世和信仰文化。

❀ 古希臘羅馬文學

　　古希臘位於地中海文化圈的中心，早在西元前 3000 年以前，希臘人就創造了自己的文明。古希臘文學是古希臘文明的主要組成部分，它不僅在思想上具有本源作用，而且在藝術上具有首創性質，開創了神話、史詩、抒情詩、教諭詩、悲劇、喜劇、寓言等種類繁多的體裁；在創作方法上則開現實主義和浪漫主義之先河。

　　神話、史詩和戲劇是古希臘文學的三大成就。

　　古希臘神話包括神的故事與英雄傳說。神的故事涵蓋天地開闢、眾神產生和人類起源等。先是天地混沌之神哈俄斯誕生，他產生地母該亞，該亞生第一代天神烏拉諾斯。烏拉諾斯以母為妻生六男六女，即十二泰坦巨神。為維護統治，他把子女打入地下，小兒子克洛諾斯起來反抗，作了第二代天神。克洛諾斯為了不被子女推翻，吃掉子女。幼子宙斯免於一死，長大後推翻父親作了第三代天神。這是前期

神系。後期神系也叫俄林波斯神系，宙斯是主神，天后赫拉掌管婚姻，波塞冬是海神，哈得斯是冥神，阿波羅是太陽神，阿爾忒彌斯是月神，雅典娜是智慧女神，阿弗洛狄忒是愛神，等等。眾神居住在奧林波斯山上。英雄傳說主要有赫拉克勒斯建十二奇功，伊阿宋盜取金羊毛，珀爾修斯取人面蛇髮美杜莎的頭顱，忒修斯殺牛人彌諾陶洛斯等。這些英雄是部落集體智慧和力量的化身，因受崇拜而被神化。故事充滿了冒險精神和英雄氣概，體現了人類征服自然的願望。

　　無論是人文主義、古典主義，還是浪漫主義抑或是二十世紀現代派；也無論是藝術理論，還是哲學流派，甚至人們的日常生活和語彙，無一不打上希臘神話的烙印。日神、酒神之於尼采，伊底帕斯之於佛洛伊德，薛西弗斯之於卡繆，就是著名的例子。希臘神話已成為理解和欣賞歐美文學的必備常識。

.　　荷馬史詩包括《伊里亞德》和《奧德賽》，是流傳至今最早的歐洲文學作品，是古希臘文學的輝煌典範。兩部史詩都取材於特洛伊戰爭，前者寫特洛伊戰爭中最激烈最緊張的決戰部分，後者寫戰爭結束後奧德賽的海上漂泊。史詩再現了古希臘由原始部落向奴隸社會過渡時的社會型態、生活風貌和道德觀念，具有百科全書式的藝術價值。史詩塑造了阿喀琉斯、赫克托耳等個性鮮明的英雄群像，結構精巧，布局完整，運用了多線索、倒敘等手法，語言自然質樸、富有節奏和樂感，有許多新穎奇特的比喻。

　　古希臘戲劇起源於酒神祭祀，興起和繁榮於西元前四世紀至西元前六世紀。悲劇大多取材於神話和史詩，少數取材當代大事。其主題嚴肅，哲理性突出，富有人本色彩和命運觀念，亦被稱為「命運悲劇」。人物崇高堅強，氣魄宏偉，挑戰厄運，震懾人心。

　　埃斯庫羅斯的《被縛的普羅米修斯》寫普羅米修斯因盜取天火給人類，而被宙斯鎖在高加索山上，餓鷹每天啄爛他的心臟。普羅米修斯受盡折磨而不屈服，是一個反抗暴君、為了人類忍受一切苦難的英雄。在他身上，默然的忍受、輝煌的爆發、人類罕見的韌性和意志得

到了淋漓盡致的表現。

　　索福克勒斯生活在雅典全盛時期。他一方面承認人的力量，一方面又認為命運是不可抗拒的，人的悲劇無法避免。代表作《伊底帕斯王》講述伊底帕斯無法避免殺父娶母的命運而刺瞎雙眼、自我放逐的故事。作者從追查凶手入手，一環緊扣一環，把幾十年的事情交代清楚，揭開了伊底帕斯殺父娶母的謎底。劇中運用了動機與效果相反的手法，主角越是想執行正義、懲罰罪惡，就越加清楚地發現自己正是製造罪惡的元凶。亞里斯多德認為它是使用「發現」與「突轉」手法的最佳例證。

　　歐里庇得斯有「心理戲劇鼻祖」之稱，代表作《美狄亞》是歐洲最早提出婦女問題的悲劇作品。該劇取材於希臘神話，美狄亞幫助伊阿宋取得金羊毛，殺死阻攔她的哥哥與伊阿宋私奔。後來伊阿宋為娶某公主而拋棄她，美狄亞殺死了自己的兩個孩子報復伊阿宋的背叛。美狄亞的極端報復和悲劇命運具有社會意義。作品的成功體現在對美狄亞複雜矛盾心理的展示上。

　　希臘喜劇是奴隸主民主制危機時的產物，以揭露社會矛盾、諷刺現實為主題。一般取材於現實生活，情節荒誕，風格幽默，形式輕鬆，但主題嚴肅。阿里斯托芬被稱為「喜劇之父」，作品《阿卡奈人》譴責戰爭，《雲》嘲諷詭辯學派，《鳥》寄託了烏托邦幻想，是最早的神話幻想喜劇。

　　古羅馬文學興起於西元前三世紀，在古希臘文學影響下產生，作為古希臘文學與近代歐洲文學的橋梁具有重要作用。羅馬共和國末期及屋大維奧古斯都時期（西元前一世紀至西元前二世紀末）是羅馬文學黃金時代。維吉爾是古羅馬最偉大的詩人，代表作《埃涅阿斯紀》，前半部仿《奧德賽》寫流浪，後半部仿《伊里亞德》寫埃涅阿斯與圖爾努斯之戰。史詩講述希臘神話中特洛伊王子埃涅阿斯在特洛伊城陷落後，歷盡艱辛開創羅馬的經過。作者力圖證明現在的羅馬統治者是神的後裔，宣揚君權神授觀念。與荷馬史詩相比，《埃涅阿斯

紀》更像是一首民族史詩,有著成熟的思想和更沈重的歷史感。前者具有樂觀勇武的風格,後者充滿悲天憫人的情調。前者還保留著民間口頭文學的特徵,後者則是典型的文人創作,有明顯的個人風格。荷馬擅長寫戰爭與航海,維吉爾對愛情心理的描寫則具有撼人心魄的魅力。

❀ 中古文學與基督教

歐洲中古文學主要包括教會文學、騎士文學、英雄史詩和城市文學。

基督教產生於一世紀的羅馬,中世紀在歐洲廣泛傳播開來。日耳曼民族遷徙時,歐洲古代文化已遭破壞,而教會更把與基督教相左的思想視為異端加以排斥、毀滅,古希臘、羅馬文化進一步遭到破壞。另外,教會把一切世俗文化納入自己的範疇,為宗教服務,形成基督教唯我獨尊的局面。教會文學是中世紀盛行歐洲的正統文學,主要作者是教會僧侶,多取材於《聖經》,宣揚「原罪」、禁慾、天堂、地獄和來世觀念,歌頌聖徒言行,手法上以夢幻、寓意和象徵為主。

日耳曼人在侵入並征服羅馬各地之後,在羅馬廢墟上先後建立起法蘭克等王國。後來法蘭克王國分裂為東法蘭克、西法蘭克和義大利,形成了歐洲近代國家的雛形,這段歷史催生了中古騎士文學和英雄史詩。騎士文學是歐洲封建騎士制度的產物,屬世俗文學。在多次征戰中,封建主都配備了武裝侍從,形成騎士階層和騎士制度。「忠君、護教、行俠」和獻給貴婦人的愛是所謂的騎士精神。騎士文學以描寫騎士愛情、騎士冒險和宣揚騎士精神為基本內容,有騎士抒情詩和騎士敘事詩兩種,以法國騎士文學成就最高。英雄史詩是中世紀歐洲出現的一批歌頌封建時代理想英雄人物的長篇史詩,分前期英雄史詩和後期英雄史詩。前期英雄史詩以英國的《貝奧武甫》較有代表性,後期英雄史詩包括法國的《羅蘭之歌》、西班牙的《熙德之歌》、德國的《尼伯龍根之歌》和俄羅斯《伊戈爾遠征記》等,其中

以《羅蘭之歌》最為傑出。

中世紀最偉大的作家，義大利詩人但丁（1265～1321）的長詩《神曲》是義大利文學中最偉大的詩篇。它用中古夢幻文學形式，描寫了詩人夢遊地獄、煉獄、天堂三界的經歷。全詩分三部分，以《地獄》篇最為豐富多彩，在那裡，既有幽靈在黑暗與絕望中掙扎，又有充滿人情味的動人故事。《煉獄》表現愛、溫順和寬恕。《天堂》則充滿安寧、超脫，不再有人的感情波瀾和對塵世生活的眷戀。但丁認為任何作品都有四層含義：一字面義，二寓言義，三道德義，四神秘義。具體到本詩則應是：①亡靈遭遇；②善惡有報；③對人類警告、對迷途者指導；④對未來神聖事物的預言。所以長詩的主題是：人類怎樣擺脫迷惘和錯誤，經過苦難和考驗，達到真理和至善。

但丁生活於資本主義萌芽的義大利，經濟、政治、風俗、道德、哲學、宗教都在變化，所以其作品既維護中世紀舊的社會道德秩序，又流露出人文主義的新思想。因此有人評論但丁的《神曲》是「中世紀天鵝臨終前最後一聲長鳴」，又是文藝復興的第一道曙光。

二、近代文學

❀ 文藝復興與人文主義文學

文藝復興是歐洲由封建社會向資本主義社會過渡時的資產階級思想文化運動。它衝破了基督教文化樊籬，打擊了神權，為資產階級登上歷史舞臺，從觀念型態上鋪設了道路。這個時期，以人本精神和基督教精神為主體的西方精神和西方倫理開始定型，表現為始自古希臘的人本精神得到發揚，而基督教「禁慾主義」開始被限制在最小範圍。人文主義思想的主要內容是：用人權反對神權；用個性解放反對禁慾主義；用理性反對蒙昧主義；擁護中央集權，反對封建割據。值得注意的是它反封建思想但不反王權，反教會但不反宗教本身。

　　人文主義文學是文藝復興時期的文學主流，其主要特徵是在思想內容方面以人文主義為武器；在現實主義方法的運用上更加自覺；文學形式上豐富多彩，戲劇成為最完美的藝術形式，長短篇小說、抒情詩、十四行詩等，也有長足發展；民族語言和民族文學開始形成。

　　義大利是資本主義萌芽最早的地方，是人文主義文學的誕生地。人文主義文學先驅是詩人彼特拉克，最重要的人文主義作家是薄伽丘，其短篇小說集《十日談》揭露宗教虛偽，歌頌愛情自由，個性解放。小說使用框架結構，講述了一百個故事，生動真實、諷刺幽默。

　　法國作家拉伯雷博學多才，是法國的文化巨人和著名的人文主義學者。長篇小說《巨人傳》集中塑造了高康大及其子龐大固埃，兩個包含著豐富社會內容和具有傳奇色彩的巨人形象，藉以讚美從宗教束縛中走出來的頂天立地的巨人和人的力量，表達了對人類的信心和暢飲知識、真理、愛情的現世人生態度，寄託了作者的人文主義理想。

　　西班牙作家塞萬提斯的短篇小說集《懲惡揚善故事集》是西班牙文學中第一部完全擺脫義大利短篇小說影響的、富有獨創性的傑作。長篇小說《唐‧吉訶德》是西班牙小說的頂峰，講述鄉紳唐‧吉訶德因讀騎士小說入迷而想入非非，與侍從桑丘‧潘沙三次出遊，欲建騎士偉業，最後悔悟的故事。塞萬提斯創作這部小說的目的是諷刺騎士小說，掃蕩它在西班牙的惡劣影響。事實上它遠遠超過了這個意義。它對西班牙上層統治階級進行了無情的鞭撻和嘲罵，對人民的苦難給予深切同情，描繪了一幅西班牙社會生活的鮮明圖畫。在藝術上，它大大強化了長篇小說的表現功能，標誌著歐洲長篇小說進入了一個新階段。主角唐‧吉訶德被塑造為一個既有喜劇又有悲劇因素的形象，他是一個荒誕不經的幻想家，又是一個道德高尚的瘋子；他主持正義、忘我奮鬥、寧死不屈、追求真理，又被黑暗現實所擊敗。他是「為了崇高理想而獻身的偉大精神的化身」，閃耀著人文主義光輝。

　　英國人文主義文學是歐洲文藝復興時期文學的頂峰。喬叟是英國「詩歌之父」，代表作《坎特伯利故事集》有很高的藝術成就。斯賓

塞的長詩《仙后》，思想複雜，技巧成熟。

　　莎士比亞（1564～1616）是英國偉大的戲劇家和詩人，人文主義文學最傑出的代表，近代歐洲文學的奠基者之一。他的創作散發著智慧的魅力和語言的芬芳，充滿著道德力量和批判激情，淋漓盡致地展現了一個時代的人間冷暖和世態炎涼，響徹著一個人文主義者最嘹亮的聲音。

　　莎士比亞一生創作了三十七部劇本、二首長詩、一百五十四首十四行詩。其創作可分為三個時期。早期是歷史劇、喜劇時期，《亨利四世》、《威尼斯商人》、《羅密歐與茱麗葉》是早期重要作品。《亨利四世》中的福斯塔夫是莎士比亞創造的最成功的喜劇形象。中期悲劇時期創作了四大悲劇《哈姆雷特》、《李爾王》、《奧賽羅》和《馬克白》等，早期輕鬆愉快的色彩被中期悲憤憂鬱的情調代替，批判力度加強。晚期是傳奇劇時期，他逃避痛苦的社會現實，進入幻想世界，描寫超自然力量，宣揚和解、寬恕，代表作品是《暴風雨》。

　　在《亨利四世》中莎士比亞使用了平行結構和對照原則，以亨利四世為代表的莊重、緊張、嚴肅的宮廷生活，和以福斯塔夫為代表的平庸、輕鬆、嬉戲的市井生活，兩種性質和氣氛完全不同的場景，自然地融合為一體。《威尼斯商人》使用了兩條線索交錯進行，推動故事發展，在第四幕法庭審判一場，兩條線索匯合。《羅密歐與茱麗葉》是一部具有強烈反封建色彩的愛情悲劇，劇中悲喜混合，充滿浪漫的青春氣息。《奧賽羅》表現個人理想被醜惡現實所毀滅的悲劇。《李爾王》描寫了子女忘恩負義、封建關係崩潰時動盪不安的社會現實。《馬克白》致力於反映野心貪慾的惡果，是一部心理描寫的傑作。《雅典的泰門》是莎士比亞最後一部悲劇，痛斥了金錢槓桿下的世態炎涼。

　　《哈姆雷特》是莎士比亞的代表作。丹麥王子哈姆雷特突聞父親死訊回國奔喪，卻目睹了叔叔繼位並與母親結婚的情景，種種跡象表

明叔叔就是殺父篡位的兇手，但哈姆雷特沒有及時採取果斷措施為父
報仇，最後與母親、叔叔、劍手同歸於盡。這是一部從死亡到死亡的
悲劇。全劇充滿腐敗、墮落與死亡的氣息與意象，鬼魅、荒岬、瘴
氣、篡位、亂倫、瘋狂、墓地、枯骨、毒瘤、帶血的露、昏暗的太
陽、動亂的時代以及病入膏肓的國家等等，堂皇、喜慶的表象下面掩
蓋著荒淫與腐敗。

　　哈姆雷特作為一個人文主義者的形象早有定論，但對他的猶豫卻
眾說紛紜。有人強調他性格的脆弱，有人認為是敵對勢力過於強大，
有人說他是思想的巨人，行動的矮子，還有人說他的猶豫是源於古老
的神話原型「戀母情結」。於是哈姆雷特著名的延宕復仇成為一個言
說不盡的命題。

✿ 十七世紀文學和古典主義

　　十七世紀文學主要有世紀初的人文主義文學、巴洛克文學、英國
資產階級革命文學與法國的古典主義文學。巴洛克原是一種藝術風
格，在建築、音樂、文學領域風行一時。巴洛克文學是一種過分雕琢
的、華麗的、形式主義的文學流派。

　　十七世紀四○年代英國發生了資產階級革命，後來資產階級與封
建貴族雙向妥協的結果是建立了君主立憲政體。革命詩人彌爾頓在革
命陷入低潮時，雖雙目失明，但仍以頑強的毅力在嚴密的書報檢查制
度下堅持寫作，鼓舞人民的鬥志。他的長詩《力士參孫》和《失樂
園》是英國資產階級文學的代表。

　　十七世紀英國資產階級革命在轟轟烈烈進行之時，法國的專制王
權正如日中天。剛剛出現的唯物主義和唯理主義思潮與封建統治一拍
即合，成為古典主義文學的現實與哲學基礎。法國古典主義文學的特
徵是，政治上擁護中央王權，主張國家統一；思想上崇尚理性；藝術
上提倡模仿古典，重視規則。其嚴格的「三一律」規定：戲劇的情
節、時間、空間必須保持一致，即劇本情節只能有一條線索，故事發

生在同一地點，劇情在 24 小時之內完成。高乃依的《熙德之歌》是法國古典主義文學第一部典範之作，表現了理性戰勝感情、國家利益高於一切的思想。拉辛的悲劇《安德洛瑪克》譴責情慾氾濫、喪失理智的貴族人物，讚揚臨危不懼、富於理性、反抗強暴、忠於祖國的安德洛瑪克。布瓦洛詩體文論著作《詩的藝術》是法國古典主義美學法典。

　　莫里哀在艱辛、孤獨的人生中創作出一部部傑出的喜劇。《偽君子》是一部切中時弊的五幕詩體諷刺喜劇，代表了莫里哀喜劇的最高成就。巴黎富商奧爾貢把偽裝虔誠的教徒答爾丟夫請入家中，待若上賓。答爾丟夫不僅要娶奧爾貢的女兒，而且想占有奧爾貢的妻子。奧爾貢的兒子揭露真相不但得不到父親的信任，反而被父親剝奪繼承權，趕出家門。答爾丟夫欲霸占奧爾貢的家產，還向國王告發奧爾貢私藏政治犯文件，企圖將其投入監獄，但最終沒有得逞。作品一、二幕透過奧爾貢一家兩派的爭吵從側面烘托答爾丟夫的虛偽，他尚未出場已成議論中心，顯出先聲奪人之勢；三、四幕從貪吃、貪睡、貪財、貪色幾方面正面揭露他的偽善；五幕通過「惡人先告狀」進一步揭露他的陰險狠毒。《偽君子》通過對心如蛇蠍的答爾丟夫偽裝虔誠的揭露與鞭撻，矛頭直指教會，突出地批判了宗教偽善的欺騙性和危害性，引起了人民對宗教教義和宗教上層的普遍懷疑，具有強烈的反封建反教會的民主傾向。

❀ 十八世紀的啟蒙文學

　　十八世紀的啟蒙運動，是一場資產階級力求衝破阻礙其繼續發展的封建束縛，登上政治舞臺的資產階級思想文化運動。它是文藝復興運動的繼續和發展，在反封建、反教會上更徹底，有更自覺的政治性，並以建立資產階級「理性王國」為理想。它是法國資產階級革命的先聲。啟蒙文學是這個世紀的主流文學，具有鮮明的傾向性、教誨性和民主性。啟蒙文學創造了多種文學體裁，如哲理小說、正劇、書

信體小說、對話體小說、抒情小說等。

英國是啟蒙文學最早萌芽的地方。狄福的長篇小說《魯賓遜漂流記》標誌英國現實主義小說的誕生，是一曲原始積累時期資產階級的頌歌。小說採用第一人稱，重視細節描寫，使人感到真實可信。斯威夫特的《格列佛遊記》敘述格列佛航海漂流到小人國、大人國、飛島國、慧姻國的經歷，全書生動滑稽，既有童話色彩，又有社會批判力量，開創了英國文學的諷刺傳統。菲爾丁是十八世紀英國最傑出的小說家，代表作《湯姆‧瓊斯》用散文寫普通人的喜劇故事，情節曲折，人物的心理描寫深刻，反映面很廣，被譽為十八世紀英國社會的散文史詩，為批判現實主義文學的形成作了充分的準備。

法國孟德斯鳩以反對封建專制和教會統治、嚮往君主立憲、主張三權分立而聞名於世。《波斯人信札》是其書信體哲理小說，作品大膽否定上帝，諷刺教皇，並對法國絕對君權和上層社會進行辛辣的揭露和鞭撻。狄德羅小說《拉摩的侄兒》為對話體哲理小說，主角拉摩的侄兒代表了為達目的不擇手段的正在成長的中產階級。伏爾泰被公認為啟蒙運動的精神領袖，他的作品以宣傳啟蒙思想為目的，具有深刻的哲理意義。其小說不重性格和環境，以諷刺性人物、荒誕而有寓意的情節、俏皮的警句、機敏的辭令和深刻的諷喻為特色。《老實人》揭露並嘲笑盲目樂觀主義，是其哲理小說中最優秀的一部。盧梭是啟蒙運動激進民主派的代表。重要作品《新愛洛綺絲（La Nouvelle Héloise）》是書信體小說，寫家庭教師聖普樂與貴族女學生尤麗的愛情，盧梭肯定感情在文學中的地位，對浪漫主義有巨大影響。

德國啟蒙主義文學勒辛的論著《勞昆，論詩與畫的界限（Gotthold Ephraim Lessing）》、《漢堡戲劇評論（Hamburger Dramaturgie）》和劇本《愛米利亞‧加洛蒂（Emilia Galotti）》都很有名。狂飆突進運動強調個性，崇尚天才、讚美自然、推崇感情，是德國文學史上反封建的高潮，代表作品是青年歌德的書信體小說《少年維特的煩惱》、席勒的劇本《陰謀與愛情》，後者描寫了宰相兒子斐迪南和樂

師女兒露伊斯的愛情悲劇，封建貴族與市民階級之間的尖銳矛盾構成了戲劇的衝突。

　　歌德（1749～1832）是德國古典文學和民族文學最傑出的代表。詩劇《浮士德》與荷馬史詩、但丁《神曲》齊名，是史詩性巨著。全劇無首尾連貫的情節，以浮士德的思想發展為線索，寫他探索的一生，構思宏偉，內容複雜。序幕講上帝與魔鬼靡非斯特打賭，想證明人能否經受誘惑而不迷誤。靡非斯特來到人間和因痛苦而欲自殺的浮士德打賭，浮士德交出靈魂，換得實現願望的能力。只要浮士德感到滿足，他就會死去，靡非斯特將取得勝利。浮士德經過了探求知識、滿足感官享受、從政、追求古典美等階段，總是在沈淪中重新奮起而不覺得滿足。最後浮士德以百歲高齡，雙目失明，率領人們圍海造田。他被人們勞動熱情所感染，感到滿足而死去，但上帝派天使把他的靈魂接走了。主角浮士德是一種積極進取精神的代表，為了人生的真義，為了體察那至善至美的一瞬，他不怕以鮮血和生命作抵押；在探索人生意義和理想社會的過程中，他表現出超乎常人的毅力和品格。他又是普通人類的代表，具有鮮明的兩重個性：一方面他受本能和情慾的驅使，常常沈迷於名利、權勢和女人；另一方面他又一次次超越自我，走向新生。浮士德形象的意義在於向人們指出了一條精神淨化的道路，一條把人們引向為崇高理想而奮鬥的偉大道路。

❀ 十九世紀初期文學和浪漫主義

　　十八世紀末十九世紀初是歐洲社會人的精神和個性大釋放時期。轟轟烈烈的大革命、自由競爭的新局面、啟蒙理想的破滅，使這一時期的人處於憧憬與失望的波峰浪谷之中。釋放並表現自我成為一股潮流，浪漫主義即是這股潮流的折射。浪漫主義文學具有強烈的主觀色彩，喜歡描寫與歌頌大自然，重視中世紀民間文學題材、語言和表現手法，注重藝術效果，講究異國情調，擅長對比和誇張手法，人物形象超凡脫俗。

英國詩人雪萊被恩格斯稱為「天才的預言家」。他的自然山水詩有〈雲雀〉、〈西風頌〉等。政治抒情詩〈解放了的普羅米修斯〉是雪萊積極浪漫主義詩歌的典範，詩中預言人類再也沒有暴力、暴君，人們像精靈一樣自由。濟慈（Joho Keats）英年早逝，作品豐富。長詩〈恩狄米昂（Endymion）〉，頌詩〈夜鶯頌（To a Nightingale）〉、〈希臘古瓶頌（On a Grecian Urn）〉，形象動人、想像豐富、詩中有畫、感染力強。司各特（Walter Scott）主要寫歷史小說，擅長在藝術虛構的同時引入歷史真實的細節，代表作〈艾凡赫〉，情節曲折，富有傳奇色彩。

　　拜倫是十九世紀初英國最重要的浪漫主義詩人。濃鬱的抒情基調、強烈的主觀性、主角的非凡品質、感情的誇張、異國情調和馳騁的想像力等特徵，在拜倫這裡獲得了自己的形式。拜倫的浪漫主義是強力型的，它的特點在於震撼人心的力量和強度，具有十足的男子漢氣概。那令人叫絕的諷刺特色，以及把諷刺、敘事、抒情融為一體的獨特才能使人難忘。具有強烈自傳色彩的長篇敘事詩〈柴爾德·哈羅德遊記（Childe Harold）〉，為詩人贏得了全歐的聲譽。詩中主角憂鬱的厭世情緒和狂放不羈的生活態度，對人生和現實的敏銳洞察，對自由的熱烈追求和對被奴役人民的深深同情，都給當時的大眾留下了強烈的印象。〈唐璜（Don Juan）〉是未完成的長篇諷刺敘事詩，或稱詩體小說。它通過主角唐璜這位「古代朋友」幾乎遍及全歐洲的冒險經歷，展示出十八世紀末到十九世紀初歐洲廣闊的社會現實，並以一種嘲諷的批判姿態，對廣泛涉及的社會現狀、政治制度、正統教義、生活習慣、統治階級領導人物以及英國社會，施以最深刻的評論，既體現了作者對普遍人生的把握，又熱切地把自由精神傳達給了世界。

　　法國浪漫主義先驅夏多伯黎昂（Francois Rene de Châteaubrtand）的小說《勒內》寫一個貴族青年的懺悔。作者用濃濃的詩意去描繪主角那種憂鬱、孤獨的狀態，在浪漫主義文學中最先歌頌廢墟、荒涼和

蕭條之美。喬治‧桑（George Sand）有空想社會主義小說《康素愛蘿》、《安吉波的磨坊主人（*Le Meuriera*）》和田園小說《魔沼（*Le Mare a Diable*）》等，她主張藝術「是對理想真理的探索」及「表達情感和愛」，反對巴爾札克對冷酷現實進行客觀描繪。大仲馬的重要作品有《基度山恩仇記（*Le Comte de Monte Cristo*）》、《俠隱記（*Les Trois Mousqnetaires*）》等，多以歷史形式、浪漫主義手法進行創作，情節跌宕起伏，扣人心弦。

　　雨果（1802～1885）是法國浪漫主義主將和領袖，他是歐洲文學史上人道主義思想最突出的一位作家，人道主義是貫穿其全部創作的主線。他第一部有巨大思想成就、藝術成就的小說《巴黎聖母院》以緊張奇特的故事情節、鮮明誇張的人物形象、色彩濃烈的中世紀背景，成為浪漫主義傑作。《悲慘世界》是雨果的代表作，主角冉‧瓦爾章（Jean Valiean）坎坷的一生貫穿全書。作品歌頌共和黨人的英勇鬥爭，宣揚「仁愛」思想，是現實主義與浪漫主義的有機結合，具有鮮明的政治性。雨果在理論和創作上都有效運用了其「美醜對照原則」：①大自然中美醜並存，應同時表現；②肯定、強調、提高「醜」的審美意義；③藝術應採用強烈的美醜對照，同時採取藝術的誇張手法。「美醜對照」大大強化了其小說的表現力，成為雨果作品的風格性標誌。

　　對民主與自由的歌頌是俄國浪漫主義文學的主旋律。普希金（1799～1837）是俄國浪漫主義文學創始人、現實主義文學奠基人，被稱為「俄羅斯文學之父」和「俄國詩歌之太陽」。他原本是個詩人，其中最體現個性、影響最大的有政治抒情詩〈致西伯利亞〉、〈致恰達耶夫〉、〈致大海〉，愛情詩〈巴庫亞娜情詩〉組詩，敘事詩〈茨岡人〉等。〈茨岡人〉代表其敘事詩的最高成就，是普希金創作由浪漫主義轉向現實主義的標誌。《別爾金小說集》中《驛站長》開俄國抒寫「小人物」之先河。詩體小說《葉甫蓋尼‧奧涅金》是俄現代文學的奠基石。奧涅金是開始覺醒，又找不到出路的貴族知識分

子典型，俄國文學史上第一個「多餘人」。普希金結束了俄國對西歐文學模仿的歷史，表現俄國的思想感情、社會生活、自然風光，滲透了俄國人的氣質，樹立了俄國文學人道主義和文學與民族解放運動聯繫的傳統。

美國於 1783 年獨立戰爭勝利後才成為一個獨立的國家，美國浪漫主義一方面是民族文化獨立的結果，另一方面又深受歐洲浪漫主義的影響。惠特曼是美國浪漫主義最偉大的詩人，有詩集《草葉集》。作品用草葉象徵生機勃勃的年輕美國，富有民主自由思想。其中〈我聽到美洲在歌唱〉、〈我歌唱帶電的肉體〉等氣勢澎湃，感情激越奔放。《草葉集》是對樂觀、自信的年輕國家的一個總結，也是美國浪漫主義的頂峰。此外，霍桑的《紅字》，梅爾維爾的小說《白鯨》都卓有成就的作品，二者都採用了象徵手法。

❁ 十九世紀中期文學和批判現實主義

十九世紀中期文學指法國七月革命到「巴黎公社」（1830～1871）這一時期的文學，主要有浪漫主義文學、批判現實主義文學和早期無產階級文學（包括英國憲章派文學和德國工人詩歌）。批判現實主義文學是十九世紀中期文學的主流，成就輝煌。其基本特徵是：客觀真實地描繪現實生活；強烈的批判性、暴露性、改良性；塑造典型環境中的典型性格。

法國是批判現實主義的發源地。福樓拜代表作《包法利夫人》敘述愛瑪·包法利的悲劇命運。其「客觀而無動於衷」的美學原則和嚴謹精緻的藝術風格，為後來的自然主義和唯美主義奠定了基礎。斯丹達爾是法國批判現實主義奠基人，代表作《紅與黑》的主角于連是法國復辟時期個人奮鬥者典型。于連出身小資產家庭，因體弱不善勞作而受家人嫌惡，形成反抗心理。他深受啟蒙思想影響，培養了平民意識。于連狂熱崇拜拿破崙，因為拿破崙時代的資產階級法權給下層青年開闢了一條立功進身的道路。復辟時期，平民青年憑軍功或才幹晉

升的道路被封建等級制度堵死，為此，他仇恨貴族階級。他看到教會盛極一時便投靠之，以攫取地位和財富。他不信上帝卻假裝虔誠，憑超人的記憶力，把拉丁文《聖經》倒背如流。他以虛偽為武器開始了個人的奮鬥。于連在短暫的一生中，以非凡的熱情、驚人的聰慧去實現自己的抱負和野心，以反抗和妥協的方式與上流社會周旋，以少有的勇氣去克服心理上的障礙和現實中的凶險。然而，這一切並不能改變其命運。于連雖然有對統治階級的反抗意識和行動，但終究不是大革命時代的英雄，而只能成為與整個社會作戰的不幸的人。作者透過德‧瑞那市長家、貝尚松神學院和木爾侯爵府三個典型環境完成了對于連形象的塑造。作品具有鮮明的時代特徵和強烈的批判精神，善於從政治的角度觀察和分析社會現實，選擇典型材料，真實地反映社會的政治狀況和階級關係的變化。小說情節集中，結構嚴謹，尤擅長挖掘人物深邃的內心世界，透過人物在特定環境影響下的心理變化，寫出環境對人物性格的影響，展示人物豐富的精神面貌，使人物形象更加鮮明、飽滿。

巴爾札克（1799～1850）的《人間喜劇》包含九十六部小說，採用分類、整理、編目的方法把眾多人物和篇章連成一個整體。它分為風俗研究、哲學研究、分析研究三部分，其中風俗研究又包括私人生活場景、外省生活場景、巴黎生活場景、政治生活場景、軍事生活場景、鄉村生活場景。《人間喜劇》獲得了卓越的思想成就：

⑴資產階級取代貴族階級的發展史和貴族階級的衰亡史，構成了《人間喜劇》總集的「中心圖畫」。《蘇城舞會》透過貴族小姐愛米莉的父親如何在形勢逼迫下讓五個兒女與暴發的資產階級聯姻，維持門面，指出貴族只有屈從資產階級才能擺脫沒落的困境。名門貴婦鮑賽昂夫人的盛衰史，也與貴族階級盛衰史緊密相聯：《高老頭》中她被資產階級小姐擊敗離開巴黎；《棄婦》中她又被拋棄，再一次輸給了有財產的資產階級小姐。這樣，資產階級婦女靠金錢擊敗了貴族女性，並代替她們活躍在上流社會。同時，巴爾札克又透過一系列本質

相同而形象各異的資產階級人物，真實地再現出資本主義剝削方式的發展史。高布賽克只懂高利貸，葛朗臺透過商業投機、高利盤剝、證券交易等手段，在流通中求得資本增值。紐泌根靠資金周轉獲得高利，他製造假象、謠言，在股票漲落中投機取巧，牟取暴利。他身上已無早期資產階級守財奴的特性，生活窮奢極欲，荒淫無恥。

(2)與中心圖畫密切聯繫，《人間喜劇》十分注意揭露資本主義社會中人與人之間的金錢關係。在他筆下，「金錢控制法律，控制政治，控制風俗到了前所未有的程度」。《歐也妮‧葛朗臺》以外省暴發戶葛朗臺的家庭生活與剝削活動為骨骼，以其女歐也妮的婚事為中心，展開各種戲劇性場景。為了金錢，葛朗臺迫害歐也妮，銀行家的兒子追求歐也妮，查理拋棄歐也妮。小說風趣地藉一個吝嗇鬼的故事針砭金錢統治、腐蝕一切的惡果，這在當時的文學中還是一個創舉。

《高老頭》是巴爾札克的代表作。小說以偏僻的伏蓋公寓和鮑賽昂夫人的貴族沙龍為舞臺，以大學生拉斯蒂涅為貫穿線索，講述了麵粉商高老頭的悲慘命運。高老頭是一個具有濃厚封建宗法觀念的商業資產者典型，作品謳歌了他愛女兒的癡情和堅韌的自我犧牲精神，抨擊了冷酷的金錢法則。《高老頭》集中代表了巴爾札克的小說藝術：①通過紛繁的頭緒表現社會各階級如何重疊，結構精緻、情節富戲劇性。小說在眾多故事中找出了聯繫它們的線索，即拉斯蒂涅的故事。小說圍繞他向上爬的過程安排情節，有輕有重，有主有從，對他影響大的詳寫，其他略寫；②對藝術環境進行精確生動的描寫，再現生活，反映時代風貌，為人物性格發展提供依據，這是巴爾札克對現實主義小說的一大貢獻。伏蓋公寓的描寫即是典型；③《高老頭》廣泛運用了對比法則。伏蓋公寓與貴族沙龍對比；高老頭癡情與女兒絕情對比；貧困與奢侈對比。強烈的對比格外刺激拉斯蒂涅向上爬的決心；④語言多姿多彩。人物語言充分個性化，敘述語言貼切曉暢、生動深刻；⑤塑造典型環境中的典型人物，賦予人物以衝突的性格特點。

　　英國批判現實主義文學繼承了十八世紀現實主義小說優良傳統，但在揭露批判現實的廣度和深度上更進一步。重要作家作品有珍·奧斯汀的《理性與感性》、《傲慢與偏見》，薩克雷的《名利場》，夏綠蒂·勃朗特的《簡愛》，愛米莉·勃朗特的《咆哮山莊》等。其中愛米莉·勃朗特的《咆哮山莊》較之同時代的作品，卓爾不群。它打破了流行的「奮鬥──成功」的情節模式，對維多利亞時代價值觀給以否定；打破了流行的「紳士淑女」型人物模式，代之以狂野不羈的新人物，希斯克厲夫有「雷電和火」般的激情；打破了從容體面的風格，代之以狂熱恐怖的哥特式風格，荒原、黑暗、尖叫、屍體，加上瘋狂的感情、令人震驚的雷電和幽靈般的身影，使整部小說充滿陰森恐怖的氣氛。

　　狄更斯是此期英國最重要的批判現實主義作家。狄更斯一生著述甚豐，主要作品有《奧立弗·特維斯特》、《老古玩店》、《大衛·考伯菲爾》、《艱難時世》、《遠大前程》等。成名作《匹克威克外傳》，用流浪漢小說的結構形式幽默地批判了英國社會種種不合理現象。自傳體小說《大衛·考伯菲爾》透過大衛的經歷展現英國家庭、學校、農村、工廠、律師事務所等廣闊的社會場面，作者從人道主義出發把社會問題看成道德問題。代表作《雙城記》結構複雜嚴謹：梅特尼醫生十八年冤獄的前因後果、貴族子弟爾那的命運浮沈、得伐石夫婦的革命活動三條線索交織在一起。故事發生於巴黎和倫敦兩地，時間跨度為三十年，主角間關係錯綜複雜。作者把這一切有條不紊地安排在完整嚴謹的結構網中，體現了情節的豐富性和結構的完整性的統一。小說反映了法國大革命轟轟烈烈的鬥爭場面，形象準確地揭示了革命發生的原因和必然性，突出表現了作者人道主義思想。狄更斯同情小人物的生活和命運，譴責造成人民痛苦的統治者、官僚機構、政治制度和法律制度，但他在揭露資本主義黑暗的同時，主張透過「小人物」的溫情和道德感化來改造社會，改造資產者，卻是不切實際的幻想。幽默、溫情、諷刺是狄更斯小說的突出風格。

　　普希金之後，果戈理和屠格涅夫是俄國十九世紀中期批判現實主義重要作家。果戈理是俄國十九世紀最優秀的諷刺作家。成名作是烏克蘭民間故事集《狄康卡近鄉夜話》。短篇小說《狂人日記》、中篇小說《外套》非常有名，《欽差大臣》是一部聞名世界的諷刺喜劇，由對個別地主和官吏的嘲諷，發展到了對俄國整個農奴制度和官僚制度的嘲諷。劇中唯一「正直和高尚的人物」就是「笑」。《死魂靈》是果戈理代表作，小說透過五等文官乞乞科夫走訪地主莊園收買死魂靈的故事，刻畫了一連串具有鮮明個性的地主典型，其中潑留希金的吝嗇舉世聞名，諷刺滲透全篇，人物形象高度典型化和個性化。

　　屠格涅夫（1818～1883）生性敏銳，善於捕捉新現象、新問題和新人物，其創作關注貴族知識分子和平民知識分子的命運，並善於以詩意和哲理刻畫自然景物的瞬息萬變。給屠格涅夫帶來世界聲譽的是隨筆集《獵人筆記》，它為俄國短篇小說的發展貢獻突出。長篇小說《羅亭》深刻揭示了「多餘人」的性格特徵。羅亭是進步貴族知識分子的典型，是「多餘人」形象系列中最光輝的一個，他學識廣博，才華橫溢，能言善辯，嚮往進步自由，但缺乏鬥爭的勇氣和毅力，脫離人民，因此，他的改革嘗試都歸於失敗。《貴族之家》主角拉夫列茨基是另一種「多餘人」典型。作品描寫了貴族莊園的衰亡和貴族知識分子歷史作用的消失。從《前夜》開始作者注意力由貴族知識分子轉向了平民知識分子，塑造了符合時代精神的新人形象，葉林娜和英沙羅夫都是勇於行動、能做一番事業的新人。代表作《父與子》以俄國農奴制改革為背景，描寫了代表不同社會階級力量的「父與子」兩代人的相互關係和矛盾鬥爭，成功塑造了平民知識分子巴扎羅夫的典型形象，藝術地說明了只有平民知識分子才是新時代的勝利者，而貴族地主階級已經沒落，成為阻礙時代進步的絆腳石。

❀ 十九世紀後期文學與批判現實主義

　　十九世紀後期歐洲文學呈多元化格局，批判現實主義文學、自然

主義文學、巴黎公社文學、現代形式主義文學並存，但批判現實主義文學仍然是主流。這一時期資本主義的迅速發展與走向壟斷，加深了社會矛盾和人們對社會秩序及人類自身存在的失望情緒。形形色色的社會思潮影響了文學的多元性，文學觀念的革新促進了文學形式的變化。現實主義是對浪漫主義的否定，自然主義與形式主義也是對現實主義的反叛。自然主義否定典型化，象徵主義與唯美主義又反對自然主義實錄，主張隱喻和象徵，講究交感和對應，將生活虛擬化，甚至主張描寫直覺和下意識的活動。批判現實主義則注重心理分析與內心獨白。於是，文學開始退回內心，出現「向內轉」的趨勢，並越來越重視文學技巧。文學主題由清晰走向朦朧，由單義走向多義。

自然主義文學強調客觀寫實，非典型化地再現自然；反對作家介入，讓故事自己講述自己；強調科學性，突出自然法則、生物規律對人的決定作用。代表作家左拉重視細節描繪、環境和遺傳因素，在題材上有突破，性、殺人狂、妓女進入筆下。《盧貢—馬卡爾家族》是其大型系列小說，以盧貢和馬卡爾兩家血緣與環境關聯當作全書中心。重要作品有《小酒店》、《娜娜》、《萌芽》等。

巴黎公社文學以 1871 年 3 月巴黎公社成立為標誌，前後延續約二十年的時間。巴黎公社文學是無產階級武裝奪取政權的寫照，表現了被壓迫階級為爭取做人的權利而鬥爭的主題。歐仁・鮑狄埃的《國際歌》氣勢磅礡，慷慨激昂，充滿必勝信心。

唯美主義和早期象徵主義文學都是從浪漫主義文學中分離出來的藝術流派。十九世紀中，一些從浪漫主義營壘中分化出來的藝術家，因幻滅、苦悶和藝術自衛情緒，走向藝術的「象牙之塔」。唯美主義代表作家是王爾德，童話《快樂王子》、小說《道林・格雷的畫像》都體現了唯美特色。早期象徵主義文學先驅是美國的愛倫坡、法國波特萊爾（Charles-Pierre Baudelaire），藍波、魏爾倫、馬拉美是前期象徵主義代表。聯想、暗示、神秘性、音樂性、交感手法受到極大重視。

此期的批判現實主義文學創作內容拓展，手法多樣化，悲觀色彩濃重。

法國作家莫泊桑是短篇小說之王，他善於從日常瑣事和芸芸眾生中提煉出具有典型意義的題材，以小見大地反映人情冷暖、世態炎涼。成名作《羊脂球》藉由一個普通的故事，把「下等人」和「上等人」作了對比，讚揚了羊脂球的愛國主義和美好品德，揭露法國資產階級、貴族、教權派和冒牌革命黨人在國難當頭的關鍵時刻，為了個人利益，不惜出賣靈魂、出賣祖國的卑鄙嘴臉，雄辯地說明了上流社會的自私腐敗乃是法國蒙受恥辱的主要原因。

英國現實主義劇作家蕭伯納，繼承了易卜生的「社會問題劇」傳統，幽默的臺詞、雙關語和機警的俏皮話，生動風趣，富有表現力。《巴巴拉少校》是其代表作。托馬斯‧哈代（Thomas Hardy）是狄更斯之後英國最重要的批判現實主義作家，他以勤奮的創作、獨特的風格、濃烈的悲觀主義色彩開創了英國文學的哈代時代，重要作品有《還鄉》、《康橋市長（*The Mayor of Casterbridge*）》、《黛絲姑娘（*Tess of the D'Urbervilles*）》、《卑微的裘德（*Jude the Obscure*）》等。哈代的創作有兩點極為突出，一是悲劇性結局，二是把個人提升為全人類的代表予以關照。他認為人的命運是「諸神的戲弄」，盲目的偶然性是世界的本質，人沒有能力支配偶然，對抗環境，所以亨察爾死了，裘德死了，黛絲死了，克萊爾（Clare）的還鄉夢也破滅了，從而表現出對人類生存狀態的惶惑和焦慮。他的創作標誌著傳統意義上的批判現實主義文學向現代派文學過渡。

十九世紀後半期俄國批判現實主義文學成就輝煌，對社會批判尖銳而全面，對貴族的社會出路及靈魂苦難的探索越來越迫切，基督教人道主義思想日益濃厚，人物形象方面出現了平民知識分子「新人」系列和「懺悔貴族」形象系列。杜思妥也夫斯基、列夫‧托爾斯泰、契訶夫的創作代表了俄國批判現實主義文學的高峰。

杜思妥也夫斯基是一個寫城市下層平民和罪犯心理的能手，同時

又是一個具有深刻的基督教思想的作家。他曾被判絞刑,行刑前幾分鐘改判為苦役,死亡驚嚇對他刺激很大,成為日後擺脫不掉的陰影。由於自幼患病,他比正常人敏感嚴肅,真誠執著,達到幾近瘋狂的地步。貧困、不幸、犯罪與上帝是他作品的核心內容。他把戰場設在人的心靈深處,表現人的道德感的交戰,因為他要解決的是人的道德問題。《群魔》、《罪與罰》、《白癡》、《卡拉馬助夫兄弟》為杜氏四大代表作。《罪與罰》的情節來自彼得堡一個大學生殺死一個老太婆的案件。面對貧困、酗酒、賣淫、盤剝、欺詐,是鋌而走險採用暴力改變它,還是默默忍受一切,用對上帝的愛戰勝一切邪惡,是杜氏這部小說要回答的問題。小說揭示暴力會帶來更大的犯罪,它摧毀理性,使人瘋狂。《罪與罰》的藝術成就主要是描寫細緻,人物性格突出,結構完整,感情真摯深沈,催人淚下。

托爾斯泰雖然出身貴族,但他身上永遠有一種使貴族社會的人感到古怪的特點:善良、誠懇、樸素、率直的性格,培養了他的同情心、愛心、正義感和道德感;貴族式的生活和優越的社會地位,又培養了他的妄自尊大和驕傲虛榮,以及對下等人的蔑視和偏見;他接觸最多了解最多的是農民,便越來越接近樸實的農民,厭惡腐化和虛偽的貴族;天生的反叛意識,使他時時處處發覺自己與他人的欺詐和謊騙;他經常進行內心反省,坦率真誠而執著。

托爾斯泰的創作有其鮮明的特徵:⑴主題思想嚴肅深沈。多用自傳體手法表現作者對道德、宗教、社會、人生歸宿問題的探索;⑵在更高的水平上更充分地挖掘了文學的真實性。他善於觀察生活並從自己的觀察中抓住生活現象背後的本質,如實地描寫現實,揭露現實的矛盾;⑶他大大地發展了對人物內心世界的挖掘。他始終注意透過心理變化反映人的性格思想的變化,其「心靈辯證法」注意描寫人物心理錯綜複雜的矛盾、自我反省、心靈的徹悟和激情狀態;透過人物的各種表情、動作、音調的描寫,表現人物的心理狀態;還能深入到潛意識或無意識領域中去,時常用夢來揭示主角隱密的內心世界。

　　《戰爭與和平》是托爾斯泰的三大代表作之一，小說結構宏偉，布局嚴整，以四個家庭的命運為主要情節線索，以戰爭與和平為兩個中心，全部材料圍繞著這兩個中心組織起來。作品描繪了俄國社會各階層的生活和精神面貌，探討了祖國在歷史轉變時期的命運。

　　《復活》以「最清醒的現實主義」撕下了一切假面具，揭露了法律制度反人民的本質，塑造了一個「懺悔貴族」的典型聶赫留朵夫。

　　《安娜‧卡列尼娜》是托爾斯泰的代表作，小說由兩條平行而又互相聯繫的線索構成。一條線索寫貴族婦女安娜不愛她的丈夫卡列寧，與渥倫斯基相愛而離開家庭，為此她遭到上流社會的鄙棄，後來又受到渥倫斯基的冷淡以待，終於絕望而臥軌自殺。這條線索表現了城市貴族生活的狀況。另一條線索寫外省地主列文和貴族小姐吉提的戀愛，以及列文的經濟改革、精神探索。這條線索反映了農奴制改革後俄國農村的動向。安娜是一個追求個性解放的貴婦形象，一個被虛偽道德所束縛和扼殺的悲劇人物。她的悲劇是她的性格與社會環境發生衝突的必然結果。造成安娜愛情悲劇的內在因素是她獨特的個性。她的感情強烈而真摯，有深刻豐富的內心世界，而這美好的素質卻一直被封建婚姻束縛著。牢獄般的生活窒息了她生命中隱伏的愛情，和渥倫斯基的相遇，使這種激情被猛然喚醒。她的獨特個性是把愛當作生命，她的生是為了愛，她的死也是為了愛，她想以死來喚回愛的生。造成安娜愛情悲劇的外在因素，是虛偽的上流社會和冷酷無情的官僚世界。安娜之所以不能見容於上流社會，不是由於她愛上了丈夫以外的男子，而是由於她竟敢公開這種愛情，這種行為本身就是對上流社會的一種挑戰。托爾斯泰以驚人的藝術力量描寫了安娜自殺前的絕望和醒悟，她看透了那個社會和那個社會的人，對它再也不留戀了。臨死前，她恨恨地說：「全是虛偽，全是謊話，全是欺騙，全是罪惡。」這也是托爾斯泰對那個社會所作的結論。

　　十九世紀俄國批判現實主義文學最後一位偉大作家，是短篇小說大師契訶夫，他也是出色的戲劇家。《小公務員之死》、《變色龍》

等嘲笑諷刺當時普遍存在的奴性心理和庸俗作風，揭露造成這種畸形現象的畸形社會。《哀傷》、《苦惱》、《萬卡》描寫了下層人民的痛苦和悲慘生活，揭示出人與人之間關係的冷酷無情。中篇小說《第六病室》寫外省小城庸俗的生活和第六病室虐待病人、把正常人作為精神病人加以迫害的故事。那間專橫野蠻、陰森恐怖的第六病室活像一座牢獄，彷彿是專制俄國的縮影。《套中人》是他的短篇小說代表作，《櫻桃園》是他的戲劇代表作。《櫻桃園》透過一個破落地主家庭拍賣祖傳櫻桃園的故事，表現了俄國貴族的沒落和資產階級的興起。他不刻意追求戲劇高潮，而是把戲劇事件「平凡化」、「生活化」，從平凡的事物中揭示出深藏的力量和它的戲劇性，使其具有豐富的「潛臺詞」，所以他的劇本沒有標定的開始和明確的結尾。契訶夫戲劇的背景具有象徵意義色彩，他善於借助道具、布景、燈光和聲響，揭示人物的精神世界，具有濃鬱的抒情性。

　　十九世紀末的美國和挪威分別出現了一位著名作家馬克吐溫和易卜生。馬克吐溫是傑出的批判現實主義作家和幽默諷刺作家。他用一枝犀利的筆撕毀了美國「民主」、「自由」的假面具，再現了十九世紀後期美國社會五光十色的社會圖景。主要作品有《湯姆歷險記》、《競選州長》、《鍍金時代》等。代表作《哈克歷險記》以南北戰爭之後的密西西比河沿岸為背景，透過白人孩子哈克和黑奴吉姆沿密西西比河順流而下追求自由的故事，表達了反對蓄奴制的思想和對民主、自由的真誠嚮往。由於岸上文明束縛天性，蓄奴制度暗無天日，哈克與吉姆同時逃向了原始而自由的水上世界。易卜生是「社會問題劇」的創始者，是歐洲現代劇的傑出代表。他的「社會問題劇」觸及了資本主義社會的政治、宗教、道德、家庭、婦女、教育、法律等多方面的問題，筆鋒犀利，貫穿著強烈的批判精神。《玩偶之家》是他的代表作，這是一部關於婦女問題的劇作，劇本透過對一個普通資產階級家庭夫妻關係的剖析，揭露了婚姻家庭生活中內在的虛偽，提出了婦女地位和婦女解放的問題。

三、現當代文學

❀ 二十世紀傳統文學

　　十月革命為受壓迫階級的解放吹響了號角，共產黨及其鬥爭與社會主義建設構成二十世紀無產階級文學的主要內容。兩次世界大戰破壞文明、毀滅生命、摧毀人類樂觀信念，使世界秩序和傳統觀念崩潰，讓知識分子悲觀失望，但同時也喚醒了他們的英雄氣概，並投入到反法西斯戰爭中；所以描寫戰爭的災難和感受，反對侵略、凶殘，歌頌英雄主義，也成為二十世紀傳統文學的內容和主題。二十世紀傳統文學繼承十九世紀現實主義文學反映現實、張揚人道的傳統，更注重人的精神和個性探索，注意挖掘物質對精神的重壓，以及傳統價值觀喪失後的悲觀厭世、空虛失落，尤重敏感知識分子的內心世界；藝術上仍堅持文學反映時代的現實主義原則，但也吸收了象徵、荒誕、意識流、交叉結構等現代手法。有成就的作家，往往是現實主義與現代主義結合的典範。

　　在前蘇聯，無產階級文學隊伍壯大。綏拉菲莫維奇的《鐵流》、富爾曼諾夫的《恰巴耶夫》、法捷耶夫的《毀滅》成為三部里程碑式的作品。阿・托爾斯泰《苦難的歷程》、奧斯特洛夫斯基《鋼鐵是怎樣煉成的》、西蒙諾夫的《日日夜夜》、法捷耶夫的《青年近衛軍》、阿赫瑪托娃《伊凡・杰尼索維奇的一天》、巴斯特納克《齊瓦哥醫生》和華西里耶夫的《這裡的黎明靜悄悄》等都屬現實主義文學。高爾基是傑出的無產階級作家，他把無產階級文學推向了新的高峰。其浪漫主義作品《鷹之歌》、《海燕》代表了俄國革命者的戰鬥精神；現實主義長篇小說《母親》是前蘇聯社會主義文學的奠基作品，開闢了無產階級文學的新紀元；晚年創作的長篇小說《阿達莫夫家的事業》、《克里姆・薩姆金的一生》是他人生與創作的總結。

　　蕭洛霍夫於 1965 年獲諾貝爾獎，他是蘇聯文學中獨具特色的作
家，他善於透過地方性題材來反映歷史性主題，他的全部文學作品向
世界展現了頓河地區哥薩克人充滿鄉土味的歷史和現實畫卷。短篇小
說《一個人的遭遇》描寫安得烈‧索科洛夫痛苦而堅強的一生，它沒
有正面動人心魄的戰爭場面，暢述主角的英雄行為，而是透過主角的
娓娓而談對戰爭進行回味和思考。作者通過「嚴酷的現實」表現戰爭
給普通人帶來的創傷和痛苦，為文學表現戰爭題材開闢了新的道路。
代表作《靜靜的頓河》展現一次大戰、十月革命、國內戰爭時期的頓
河哥薩克民族史，透過葛利高里及其一家的悲劇命運的追蹤，揭示人
民在這個偉大歷史轉折中的命運，表明頓河哥薩克這塊封建舊制度世
襲領土的轉變之艱難和複雜。

　　法國二十世紀現實主義小說有兩個特點：一是開創了「長河小
說」的體裁。羅曼‧羅蘭的《約翰‧克利斯朵夫》、馬丹‧杜‧伽爾
（1937 年獲諾貝爾獎）的《蒂博一家》是代表性作品，具有史詩般
規模的壯闊性、歷史發展的深刻性和現實生活的客觀性。二是心理刻
畫向內心世界深化。

　　羅曼‧羅蘭（1915 年獲諾貝爾獎）是法國偉大的資產階級民主
主義者和戰鬥的人道主義者，有「歐洲的良心」之稱。他的美學觀點
和世界觀的核心是追求「和諧」與「愛」。他喜歡以堅毅、剛強而又
善良的英雄作為自己作品的主角。他心目中的英雄不是「用思想和用
武力去取勝的人」，而是「具有偉大的心靈的人」。傳記作品《貝多
芬傳》、《米開朗基羅傳》、《托爾斯泰傳》描寫了三個不同時代的
文藝巨子，歌頌他們在文藝上的不朽奉獻和為崇高理想而奮鬥不息的
精神。《約翰‧克利斯朵夫》是其代表作，作品在一次大戰前的特定
時代氛圍中，在德、法、義等國家文化背景上，塑造了一個貝多芬式
的貧民音樂家約翰‧克利斯朵夫的形象，再現了他為追求純真的藝術
與「和諧」的生活理想而奮鬥的一生，揭示了十月革命前歐洲進步知
識分子追求──反抗──幻滅的心靈歷程，謳歌他們孤軍反抗「不健

全文明」的英雄主義精神，抨擊依賴於金錢與權勢的虛偽、墮落的藝術，倡導真誠的、能淨化心靈的藝術。小說不以故事為程序，而以感情為程序，採用內心獨白、夢境、聯想、抒情性插筆以及情景交融等多種藝術手段，去表現主角豐富而又奔騰的內心世界，展示它的生命流程，即一生精神探索歷程。音樂性是這部小說另一個獨到的藝術特色；貝多芬用音符和旋律譜寫的英雄交響樂，羅蘭用語言文字譜寫了出來。它的結構是按交響樂的結構方式設計的，音樂是主角生命活動的主要組成部分，作品中環境氣氛的渲染和主角情感的迸發也往往滲透著音樂氣息。

英國二十世紀初最富才華的短篇小說家是曼斯菲爾德，她的短篇小說人物內心細膩、準確，是英國短篇小說成熟的標誌。高爾斯華綏的《福爾塞世家》三部曲，包括《有產業的人》、《騎虎》和《出租》講述福爾塞家庭幾代人的故事。毛姆的長篇小說《人性的枷鎖》表現了社會對人的壓抑和奴役；《月亮與六便士》揭露了社會對藝術的壓抑和摧殘。

勞倫斯（1885～1953）畢生銳意探索資本主義社會現代工業對自然人性的壓抑、扭曲及人性的抗爭。他把性愛和人性的復歸作為自己創作的主題，真誠、無畏地謳歌人的原始本能和自然本性，希望透過和諧的性關係來彌補異化、靈肉分離等現象，尋回失落的自我，重建和諧正常的人類關係。其真誠坦率觸動了世人的虛榮和現代西方文明的弊端。代表作《查泰萊夫人的情人》講述康妮枯萎的生命因性愛而激活的故事。性愛居於小說的中心，是一個具有深刻和豐富象徵意義的主題，康妮是一個處於文明與自然之間的人，她最終拋棄查泰萊夫人的地位而投入守林人的懷抱，實際是她最終否定自己的文明人格而選擇自然人格的一種隱喻。

德國湯瑪斯‧曼的《布登勃洛克一家》、雷馬克的《西線無戰事》、赫塞（1946年獲諾貝爾獎）的《荒原狼》都是此期有成就的作品。布萊希特是二十世紀德國劇作家、詩人和戲劇活動家。他追求

創立一種能夠真實地反映二十世紀人類生活的現代戲劇，即史詩劇。
他將敘述因素滲入戲劇，使史詩的表現方式與戲劇的表現方式——敘
述與行動互相結合，加強戲劇的表現力。他想方設法製造各種間離效
果，使觀眾面對各個戲劇情景能保持住個體欣賞的自由。他的理論和
實踐，為二十世紀的世界戲劇史增添了別開生面的篇章。《大膽媽媽
和她的孩子們》是他揭露法西斯統治和反戰題材代表作。

　　褚威格是二十世紀馳名世界文壇的奧地利作家，創作成就主要在
中短篇小說方面。《象棋的故事》沈痛地訴說了納粹對人的心靈與才
智的殘酷折磨，情調抑鬱而富有魅力。《一個陌生女子的來信》寫一
個瀕臨死亡的女人寫信給她的愛人，傾訴一生。她一生不求任何回報
的忠貞不渝的愛情，哀怨、痛苦，催人淚下。《一個女人一生的二十
四小時》敘述了一個女人一天的遭遇，心靈激起的風暴使她「全神貫
注凝望了整整一生」。作家著力展示蘊含在人物心靈中的激情和情感
的狂瀾，並巧妙地通過人物精神活動，透露人的生活境遇和命運。

　　美國二〇年代「迷惘的一代」、二次大戰後的實驗小說、南方文
學、黑人文學、猶太小說，也基本屬於現實主義範疇。德萊塞的《美
國的悲劇》，劉易斯（1930 年獲得諾貝爾獎）的《大街》、《巴比
特》，索爾·貝婁的《赫佐格》，薩林傑的《麥田捕手》都是優秀作
品。

　　海明威（1899～1961）於 1954 年獲諾貝爾文學獎，1961 年 7 月
自殺。海明威的作品充滿了暴力、鮮血和死亡的意象。這些意象在他
的世界投下了不祥的陰影，構成海明威貫穿一生蔑視死亡的硬漢子精
神。在藝術上，海明威追求簡潔有力的「冰山」原則。他曾說「冰山
運動之雄偉壯觀，是因為它只有八分之一在水面上」。簡潔的文字、
鮮明的形象、豐富的情感和深刻的思想是構成其「冰山原則」的四大
要素。這種以最簡單的語句來表達複雜的思想的寫法，被人喻為「電
報風格」。

　　「乞力馬扎羅的雪」是他最成功的短篇，作品使用了意識流手法

使現實和夢魘互為轉化，集中表現哈利在臨死前最後一天的生活。
《永別了，武器》把「迷惘的一代」文學推向高峰，小說以一次大戰
中義大利戰場為背景，透過美軍中尉亨利的自述，描述了戰爭中人與
人的相互殘殺，戰爭對人的精神和美好愛情的毀滅。《老人與海》是
海明威的代表作，小說描寫了桑提亞哥三天三夜的海上捕魚活動。這
是一部寓意很深的作品，在這場英雄與環境的鬥爭中，桑提亞哥是一
位失敗的英雄。小說一方面歌頌了人類的偉大力量，一方面又對人生
表現出無可奈何的絕望，但海明威希望人們不要在失敗中丟失尊嚴。
桑提亞哥形象、他的力量來源、他的失敗的象徵意義及作品的結尾，
給讀者留下了無窮的回味。

四、二十世紀現代主義文學

　　現代主義文學是十九世紀八〇年代至二十世紀後期歐洲出現的眾
多非現實主義文藝流派和思潮的總稱，包括象徵主義、唯美主義、印
象主義、意識流小說、未來主義、表現主義、超現實主義、達達主義
及二次大戰後的存在主義、黑色幽默、荒誕派戲劇、新小說、魔幻現
實主義等流派。現代主義文學是一種以反傳統為標誌的非理性主義文
學思潮，是對十九世紀以前的社會思想、倫理道德、價值觀念等一系
列歐洲社會傳統的強烈反叛；總的藝術特徵表現為內傾性、開放性和
虛幻性，是現代世界文學的重要組成部分。通常又把二次大戰後的現
代主義稱為後現代主義。

　　1.後期象徵主義　流行於一次大戰後至二十世紀四〇年代，代表
作家作品有法國瓦萊里的《海濱墓園》、奧地利里爾克的《杜伊諾哀
歌》、愛爾蘭葉慈的《茵納斯弗利島》、美國艾略特的《荒原》等。
艾略特的《荒原》是一部「恐怖世紀的恐怖之詩」，它的內容講述漁
王患病喪失了性機能，其國民也喪失了性功能，於是大地一片荒蕪，
其唯一救命之方是身佩利劍的少年騎士（代表勇敢與童貞）找到象徵

繁殖力的聖杯醫治漁王，少年騎士經過種種艱險，看到聖杯。第二天，大地萬物復甦，一片生機。作品揭示出西方傳統價值和文明的衰落，暗示了宗教拯救的希望。艾略特力圖在詩歌形式與文化價值迷失的雙重危機之中，為現代詩歌寫作開闢一條出路。其「客觀對應物」理論，是一個重要的詩歌創作和批評概念。他認為「用藝術形式表現情感的唯一方法是尋找一個客觀對應物，換句話說，是用一系列實物、場景，一連串事件來表現某種特定的情感。」1948 年，他獲得諾貝爾獎。

2.**表現主義**　是二十世紀初三〇年代的歐美現代主義流派，從繪畫始，波及音樂、詩歌、戲劇、小說、電影等領域。表現主義具有較強的社會批判精神，強調自我靈魂的表現是其共同特徵，抽象、變形、面具、時空真幻錯雜、聲光效果是其象徵荒誕手法的常用技巧。戲劇領域的奧尼爾、小說領域的卡夫卡，是表現主義文學的傑出代表。

奧尼爾是美國當代戲劇的奠基者，1936 年獲諾貝爾獎。他是個風格多樣的劇作家，最重要的作品當屬晚期心理現實主義戲劇，如《進入黑夜的漫長旅程》等。其表現主義戲劇代表作是《瓊斯皇帝》和《毛猿》。《瓊斯皇帝》致力於表現瓊斯在當地人民的追捕下，隻身逃到原始森林後的恐懼、驚慌、悔恨、絕望的複雜情緒和心理變化。《毛猿》的主題是探索人類的歸屬問題。主角揚克是一艘油輪上的司爐工，他自認是一個超人，一心一意追求合理的地位和合法的歸屬，但殘酷的社會使他陷入困境之中。作者試圖透過揚克與環境的衝突，表現人類在物質至上的社會中精神失去平衡，竭力尋求自己的位置而終究無所歸屬的永恆狀況。

卡夫卡（1883～1924）的重要作品有《變形記》、《飢餓藝術家》、《審判》和《城堡》等，主要表現人的孤獨與恐懼，表現荒誕世界和異化主題。權威的不可抗拒、障礙的不可克服、孤獨的不可忍受、真理的不可尋求，彌漫在作品的字裡行間。《城堡》表現了「卡

夫卡式」小說的典型特徵。《城堡》從人與城堡的關係角度，表現人在荒誕世界中的生存狀態。主角 K 是資本主義社會中的老百姓，特別是小人物的象徵，也是現代人的命運象徵。「城堡」有多層寓意：它是權力的象徵，是國家統治機構的縮影，是神秘的異己力量的象徵。老百姓與國家之間，關係疏遠而對立，有一條不可逾越的鴻溝把兩者隔開，永不相通。在龐大的官僚機構與大小官吏的阻撓下，小人物的起碼要求也無法滿足，人們最低的生存權力都沒有保障。據卡夫卡看來，人們永遠抱著朦朧的「無望的希望」，永遠追求，永遠達不到目的。

　　3.**意識流小說**　是二十世紀初興起於西方，以表現人們的意識流動、展示恍惚迷離的心靈世界為主的小說，其技巧影響深遠。意識流小說的特徵：①作家退出小說，作家不在作品中對人物、事件進行評論，而是充當客觀冷靜、不動聲色的描述者角色；②情節淡化，以人物意識流動為核心；③大量的內心獨白和自由聯想；④時空交錯和心理時間；⑤象徵暗示和對比聯想；⑥語言創新、變異，大量使用典故、雙關語、外來語、臨時語、不完整句子、雜糅文體、捨棄標點等技巧。代表作家有英國的喬伊斯、吳爾芙，法國的普魯斯特，美國的福克納。

　　普魯斯特是意識流小說的先驅，代表作《追憶逝水年華》沒有完整的故事情節，一切普魯斯特都隨「我」的內心感受和回憶展開。他與其他意識流作家的區別在於普魯斯特是用理性的心理分析方法去探索人的無意識領域，人物的意識活動是清晰的。

　　喬伊斯的長篇小說《尤利西斯》描述了三個主要人物在都柏林的生活經歷和他們的意識活動。三人的溝通和巧遇，構成了庸俗主義、虛無主義和肉慾主義的三結合。該書被認為是一部「現代資本主義精神崩潰的史詩」，是「關於一個社會無可挽回的分崩離析」。作品中的三個人無不帶有病態的色彩。作品標誌著喬伊斯意識流技巧的成熟與完善，整部作品沒有完整的故事情節，事件的發生也沒有明確的時

間順序和邏輯聯繫，時而描述人物的內心活動，時而又以人物間的對話表現情節，在人物的頭腦中自由出入，將人物的所見、所聞、所感不加任何評論地奉獻給讀者。

維吉妮亞‧吳爾芙是英國現代著名的女作家、評論家。她否定生活的客觀性和現實性，強調「內心真實」。《到燈塔去》是吳爾芙的代表作，是她意識流技巧運用最成熟出色的一部作品。小說象徵群的運用，尤其是中心象徵物「燈塔」的多重意義，使作品含蓄蘊藉，富有回味；「放射型」的意識流轉方式（即以拉姆齊夫人的意識為中心，向四周人物發射連結的方式），使小說具有多層次的立體感。

福克納是美國南方文學的開山鼻祖和最傑出的代表，其重要作品有《喧囂與騷動》、《我彌留之際》、《押沙龍，押沙龍》、《去吧，摩西》等。福克納給我們塑造了一系列病態、畸形、怪誕的人物形象，在激情和慾望的支配下，在重重矛盾和痛苦的擠壓下，心理變態、精神失常。他把自己以及同時代人們所體驗到的共同痛苦、不安和懷疑濃縮到令人難以接受的程度展現在讀者面前。代表作《喧囂與騷動》用康普生家庭成員的際遇變故和日趨衰頹的精神狀態，反映美國南部莊園主貴族走向沒落的歷史趨勢和傳統價值的破產，也對資本主義價值標準適度的批判。作者謳歌純樸勞動者的精神品質，宣揚了「人性的復活」的理想。作品採用時空交錯，及多角度敘述的手法，創造了複合意識流方法，在發掘人物內心生活方面達到了新的高度。

4.**存在主義文學** 是現代派文學中聲勢最大、風靡全球的文學潮流。沙特存在主義哲學的核心是：人的存在在先，本質在後，人到這荒謬的世界來，雖然痛苦萬分，卻可以通過自由選擇尋找生存之路，正是後天的選擇才能造就和體現人的本質。沙特的存在主義哲學反映戰後西方人日益深重的危機感、失落感和惶惑感。存在主義作家有沙特、卡謬等。法國卡謬的《異鄉人》是反映荒謬世界、荒謬感情的典型的存在主義作品。沙特（1905～1980）是二十世紀法國著名的哲學家、文學家和社會活動家。1964 年，他以「謝絕一切來自官方的榮

譽」為由，拒絕接受諾貝爾文學獎。沙特的短篇小說《牆》寫三個反法西斯戰士被捕後被判處死刑，面對即將來臨的死亡，一個驚恐萬狀，一個勉力自持。精采的是全篇的結局：「我」出於「固執」一直沒有向敵人講出另一個戰友隱藏的地點（只要講出來，就可以免於一死），但到最後「我」卻「開玩笑」地戲弄敵人說他躲在「墓地裡」，不料他竟真的在墓地裡被敵人發現並擊斃，「我」卻因此活了下來。小說表明世界是荒謬的，人生是痛苦的，選擇是困難的又是容易的，全憑荒誕的「偶然」。中篇小說《噁心》是沙特存在主義文學的代表作之一。這是一部第一人稱、非情節性的「哲學日記」，幾乎沒有什麼外在的「事件」，卻寫盡主角的噁心感。戲劇是沙特文學創作中極其重要的部分，作品有《蒼蠅》、《恭順的妓女》、《禁閉》等。《死無葬身之地》是沙特劇作中的精品。

　　5.荒誕派戲劇　是二十世紀五○年代興起於法國、風靡於歐美的一個反傳統戲劇流派。它沒有完整連貫的情節，沒有戲劇衝突，舞臺形象支離破碎，人物語言顛三倒四，以表現世界的荒誕、人生的痛苦及人與人的無法溝通為主題。代表作家、作品有尤奈斯庫的《禿頭歌女》、貝克特的《等待果陀》等。薩繆爾·貝克特（1906～1989）描繪了第二次世界大戰後西方社會人類的生存狀況。貝克特「因為他那具有新奇形式的小說和戲劇作品，使現代人從貧困境地中得到振奮」而榮獲 1969 年諾貝爾文學獎。兩幕劇《等待果陀》是貝克特的代表作。兩個衣衫襤褸、渾身發臭的流浪漢，在鄉間小道的一棵枯樹下焦急地等待果陀。第二天，他們又在原地等果陀。果陀是誰？做什麼？連他們自己也不清楚。他們就這樣莫名其妙地等著，靠夢囈般的對話和無聊的動作消磨時光。他們渴望果陀的到來能改變他們的處境。但果陀始終沒有來，他們只好繼續等待。《等待果陀》是一部反傳統、反理性的劇作，劇本透過兩個流浪漢永無休止而又毫無希望的等待，揭示了世界的荒誕與人生的痛苦，表現了現代西方人希望改變自己生活處境但又難以實現的絕望心理。貝克特為了體現他的創作意圖，找

到了一種恰當的藝術形式——「荒誕」。劇作完全摒棄了傳統戲劇的情節結構，有意將生活撕成毫無內在聯繫的斷片碎塊。從表面上看根本沒有戲，簡直使觀眾倒胃口，正是以這種荒誕無比的形式，貝克特為我們展示了世界和人生的荒誕。

6.魔幻現實主義　是二十世紀中期在拉丁美洲異軍突起的一個重要文學流派。它繼承發揚了古印地安文化的傳統，將傳統與現代、魔幻與現實、主觀與客觀融合起來，極富民族特色。代表作有胡安‧魯爾福和加西亞‧馬奎斯等。

馬奎斯（1928～）於 1982 年獲諾貝爾文學獎。長篇小說《百年孤寂》達到了他的創作的輝煌頂峰。魔幻無疑是這部小說的重要特徵，神話傳說和象徵手法是構成其中魔幻特色的重要根源。

文學是社會生活和人類心靈的反映。正如十九世紀的歐美文學為人類留下了浪漫主義和批判現實主義豐厚的文學遺產一樣，二十世紀的歐美文學也為我們提供了現實主義和現代主義巨大的文學碩果。正是「江山代有才人出，各領風騷數百年。」一方面，現實主義作家人才輩出，燦若群星，一個個光芒萬丈，仰之彌高；現實主義理論的理解和運用更為寬泛，技巧手法的包容性更強，出現了不同的派別和風格。另一方面，現代主義文學則種類繁多，求新求異，顯示出五光十色、眼花撩亂的藝術世界，既擴大了文學的視野和表現範圍，又提供了多種多樣的藝術手法；現實主義作家也以其新奇的視角、怪誕的方法、銳利的思想和現代寓言式作品，為世界奉獻著一部又一部傳世精品。現實主義文學和現代主義文學競相開放、爭奇鬥豔，既互相對立，又互相影響，互相滲透，兩者共同構成二十世紀文學的主流，從各自不同的角度反映了二十世紀社會生活和人類心靈的廣度和深度。

附錄三

推薦閱讀作品篇目

一、詩歌

1. 《詩經・關雎》
2. 《詩經・氓》
3. 屈原：〈湘夫人〉
4. 屈原：〈國殤〉
5. 古詩十九首：〈行行重行行〉
6. 古詩十九首：〈迢迢牽牛星〉
7. 漢樂府民歌：〈上邪〉
8. 〈長歌行〉
9. 〈飲馬長城窟行〉
10. 〈陌上桑〉
11. 曹操：〈龜雖壽〉
12. 王粲：〈七哀詩〉
13. 陶淵明：〈歸園田居〉（其一）
14. 王昌齡：〈從軍記〉（二首）
15. 李白：〈將進酒〉
16. 杜甫：〈春望〉
17. 陳子昂：〈登幽州臺歌〉
18. 王維：〈山居秋暝〉
19. 王之渙：〈涼州詞〉
20. 高適：〈燕歌行〉
21. 李賀：〈夢天〉
22. 杜牧：〈泊秦淮〉
23. 劉禹錫：〈竹枝詞〉
24. 李商隱：〈無題・相見時難別亦難〉
25. 文天祥：〈金陵驛〉

26.李煜：〈虞美人〉

27.柳永：〈八聲甘州〉

28.蘇軾：〈水龍吟・次韻章質夫楊花詞〉

29.張孝祥：〈念奴嬌・過洞庭〉

30.史達祖：〈雙雙燕・詠燕〉

31.秦觀：〈鵲橋仙・纖雲弄巧〉

32.姜夔：〈疏影・苔枝綴玉〉

33.納蘭性德：〈沁園春・瞬息浮生〉

34.龔自珍：〈己亥雜詩〉

35.秋瑾：〈對酒〉

36.郭沫若：〈鳳凰涅槃〉

37.徐志摩：〈雪花的快樂〉

38.聞一多：〈死水〉

39.卞之琳：〈斷章〉

40.艾青：〈樹〉

41.鄭敏：〈樹〉

42.北島：〈回答〉

43.顧城：〈短詩三首〉

44.余光中：〈鄉愁〉

45.洛夫：〈長恨歌〉

46.鄭愁予：〈天窗〉

二、散文

1.李斯：〈諫逐客書〉

2.賈誼：〈過秦論〉

3.晁錯：〈論貴粟疏〉

4.司馬遷：〈管晏列傳〉

5. 班固：〈蘇武傳〉

6. 嵇康：〈與山巨源絕交書〉

7. 李密：〈陳情表〉

8. 酈道元：〈三峽〉

9. 王勃：〈滕王閣序〉

10. 韓愈：〈進學解〉

〈送李愿歸盤谷序〉

11. 柳宗元：〈三戒〉（並序）

〈種樹郭橐駝傳〉

〈至小丘西小石潭記〉

12. 劉禹錫：〈陋室銘〉

13. 杜牧：〈阿房宮賦〉

14. 范仲淹：〈岳陽樓記〉

15. 歐陽修：〈醉翁亭記〉

〈秋聲賦〉

16. 王安石：〈原過〉

〈讀孟嘗君傳〉

17. 歸有光：〈項脊軒志〉

18. 張岱：〈西湖七月半〉

19. 姚鼐：〈登泰山記〉

20. 朱自清：〈綠〉

21. 沈從文：〈箱子岩〉

22. 龍應台：〈中國人，你為什麼不生氣〉

三、小說

1. 李朝威：《柳毅傳》

2. 羅貫中：《三國演義》

3. 曹雪芹：《紅樓夢》
4. 魯迅：《故事新編》
　　　　《傷逝》
5. 趙樹理：《小二黑結婚》
6. 錢鍾書：《圍城》
7. 沈從文：《邊城》
8. 王蒙：《春之聲》
　　　　《蝴蝶》
9. 古華：《芙蓉鎮》
10. 路遙：《平凡的世界》
11. 余華：《活著》
　　　　《許三觀賣血記》
12. 王安憶：《長恨歌》
13. 顯克微支：《燈塔看守人》
14. 斯丹達爾（Stendhal）：《紅與黑》
15. 雨果：《巴黎聖母院》
　　　　《悲慘世界》
16. 列夫・托爾斯泰：《安娜・卡列尼娜》
17. 海明威：《老人與海》
18. 川端康成：《伊豆的舞孃》
19. 卡夫卡：《變形記》

四、戲劇

1. 關漢卿：《竇娥冤》
2. 白樸：《牆頭馬上》
3. 馬致遠：《漢宮秋》
4. 王實甫：《西廂記》

5.紀君祥：《趙氏孤兒》

6.尚仲賢：《柳毅傳書》

7.高則誠：《琵琶記》

8.湯顯祖：《牡丹亭》

9.李玉：《清忠譜》

10.洪昇：《長生殿》

11.孔尚任：《桃花扇》

12.曹禺：《雷雨》

　　　　《日出》

　　　　《北京人》

13.老舍：《茶館》

14.埃斯庫羅斯（Aeschylus）：《被縛的普羅米修斯》

15.索福克勒斯（Sophocles）：《伊底帕斯王》（Oedipus）

16.歐里庇德斯：《美狄亞》

17.亞里斯多芬：《阿卡奈人》

18.莎士比亞：《亨利四世》

　　　　　　《威尼斯商人》

　　　　　　《羅密歐與茱麗葉》

　　　　　　《哈姆雷特》

　　　　　　《奧賽羅》

　　　　　　《李爾王》

　　　　　　《馬克白》

19.莫里哀：《偽君子》

20.包瑪榭：《費加洛的婚禮》

21.席勒：《陰謀與愛情》

22.小仲馬：《茶花女》

23.易卜生（Ibsen）：《玩偶之家》（Herrik）

24.契訶夫：《三姊妹》

《櫻桃園》

25.奧斯特洛夫斯基：《大雷雨·》

26.高爾基：《在底層》

27.蕭伯納：《華倫夫人的職業》

28.梅特林克（Maurice Maeterlinok）：《青鳥》

29.斯特林堡：《到大馬士革去》

30.奧尼爾：《毛猿》

《進入黑夜的漫長旅程》

31.沙特：《死無葬身之地》

32.尤奈斯庫：《禿頭歌女》

33.貝克特：《等待果陀》

五、影視

1.謝爾蓋·愛森斯坦：《波坦金戰艦》

2.查理·卓別林：《摩登時代》

3.維克多·弗萊明：《亂世佳人》

4.維多里奧·狄西嘉：《單車失竊記》

5.希區考克：《愛德華大夫》

6.黑澤明：《羅生門》

《亂》

7.弗朗索瓦·特呂弗：《最後一班地鐵》

8.斯蒂芬·斯皮爾伯格：《外星人》

《辛德勒的名單》

9.羅伯特·澤梅基斯：《誰陷害了兔子羅傑》

10.查爾斯·克萊頓：《一條叫旺達的魚》

11.奧立佛·史東：《七月四日誕生》

12.羅伯特·澤梅基斯：《阿甘正傳》（Forrest Gump）

國家圖書館出版品預行編目資料

文學欣賞／方英等合著.
--初版.--臺北市：五南, 2004 [民93]
面；　公分
ISBN 978-957-11-3279-2（平裝）
1.中國文學－作品評論
820.77　　　　　　　　92007934

1XS2
文學欣賞

主　　編－王首程
作　　者－方英　王鳳霞　王瀘生　王首程　李尚杏
　　　　　李祥偉　易紅霞　惠　鳴
發 行 人－楊榮川
總 編 輯－王翠華
主　　編－黃惠娟
責任編輯－胡天如　謝麗恩
出 版 者－五南圖書出版股份有限公司
地　　址：106台北市大安區和平東路二段339號4樓
電　　話：(02)2705-5066　傳　　真：(02)2706-6100
網　　址：http://www.wunan.com.tw
電子郵件：wunan@wunan.com.tw
劃撥帳號：01068953
戶　　名：五南圖書出版股份有限公司
台中市駐區辦公室/台中市中區中山路6號
電　　話：(04)2223-0891　傳　　真：(04)2223-3549
高雄市駐區辦公室/高雄市新興區中山一路290號
電　　話：(07)2358-702　傳　　真：(07)2350-236
法律顧問　元貞聯合法律事務所　張澤平律師
出版日期　2004年 5 月初版一刷
　　　　　2012年10月初版四刷
定　　價　新臺幣450元